KB040169

심포니를 타는 허밍버드

무반주 발라드

심포니를 타는 허밍버드
무반주 발라드

초판 1쇄 인쇄 _ 2016년 4월 20일
초판 1쇄 발행 _ 2016년 4월 27일
지은이 _ 신예선
펴낸곳 _ 바이북스
펴낸이 _ 윤옥초
편집팀 _ 김태윤
책임디자인 _ 이민영
디자인팀 _ 이정은

ISBN _ 979-11-5877-007-5 03810

등록 _ 2005. 7. 12 | 제 313-2005-000148호

서울시 영등포구 선유로49길 23 아이에스비즈타워2차 1005호
편집 02)333-0812 **| 마케팅** 02)333-9918 **| 팩스** 02)333-9960
이메일 postmaster@bybooks.co.kr
홈페이지 www.bybooks.co.kr

책값은 뒤표지에 있습니다.

책으로 아름다운 세상을 만듭니다. ― 바이북스

신예선 자전소설

심포니를 타는 허밍버드
무반주 발라드

바이북스
ByBooks

작가의 말

이세돌과 알파고의 대결에 관한 기사가 역사적인 대국이라고 언론을 도배하고 있는 요즈음, "알파고는 인간이란 어떤 존재인가, 지능적 인간과 재현된 지능은 본질적으로 다른가라는 엄청난 질문의 씨앗을 뿌리고 갔다"라는 평가가 일파만파의 파장을 일으키고 있다.

베르나르 베르베르는 인간의 고통과 기쁨도 모든 가능성을 담은 경우의 수를 프로그램하면 앞으로 인간이 행복한 길을 제시해줄지 모른다고 했다. 마크 트웨인은 모든 인간은 비참한 존재라고 했는데, 인공지능에 대해 외면할 수 없는 이유가 그 말 가운데도 있다.

존재함으로, 그리고 내가 만난 모든 존재 안에서 나의 행복한 이유는 황금항아리를 갖고 있기 때문일까? 레프러콘의 전설같이, 비바람 같은 삶의 고통이나 슬픔이 내게 몰아친 뒤에 이어서 시작되는 그 무지개에 나타나는 황금항아리 말이다. 많이도 많이도 삶의 비바람을 맞았는데, 아름다운 전설같이 신화같이 내 가슴과 뇌리 안에는 고요한 속삭임만 있으니 말이다.

구만리가 보이고 또한 품을 수 있는 지금의 나에게 지속되고 있는 7살의 감성도 한 몫을 하고 있는 것일까. 이번에 출간하는 저서도 그렇다. 《한국일보》 샌프란시스코 판에 연재하여 9년 전에 50회로 끝낸 글이다. 이제야 출간하게 된 사연들은 지금은 침묵하기로 하자.

금년이 '50번째 수퍼볼' 5억 달러가 몰리는 수퍼 축제다. 광고 시간도 '50분', 30초당 500만 달러다. '50개'의 기업이 광고에 매달렸다고 한다. 또한 로얄석으로 불리는 경기장 내부 최고 스위트룸을 빌리려면 '500만 달러'라고 한다. 뿐이랴, 이 지역 공항 개인 전용기 사용도 '50%' 급증했다고 한다.

　나는 이 모든 '50'에 나의 '50회'를 나란히 올려놓았다. 나의 처녀작 《에뜨랑제여 그대의 고향은》이라는 상편소설 출간 '50주년'과 함께, 내가 소설가로 널리 알려진 지 '50년'이 된다는 말이다. 운명론자인 나는 이렇게 역사적이고 드라마적 상황에 나의 것을 함께함으로써 의미를 극적으로 부여한다. 바로 내가 살아가는 방식이자 행복한 이유이기도 하다.

　《심포니를 타는 허밍버드》와 함께 다시 묶여 출간되는 《무반주 발라드》도 탈고 후 책상 위에 오랫동안 그대로 놓여 있었다. 첫 장과 마지막 장, 그리고 제목이 출간을 망설이게 했다. 그런데 2년 후, 심신이 감전되는 듯한 사건이 생겼다. 런던의 웨스트민스터 대성당이 TV 화면에 전개되었다.

　다이애나 왕세자비의 장례식 장면이었는데 그곳에 내가 보였다. 여권 등 가방의 분실과 함께 무기력하게 앉아 있는 나의 모습. 웨스트민스터 앞에서 울고 있는 나의 모습. 그 순간 나는 감전된 상태에서 원고를 펴 놓고 신들린 듯이 글을 정리해 나갔다.

기쁨의 눈물이 줄줄이 흘렀다. '무반주 발라드'라는 제목까지 결정이 된 것이었다. 세상을 다 소유한 듯한 엄청난 행복 속에서 황금항아리를 안고 발라드를 연이어 불렀다. 무반주로. 이 모든 것이 내가 사는 방식이고 행복한 이유인 것이다.

존재해서, 만나서, 행복한 이 지상의 많고 많은 나의 인간별들, 은하수같이 찬란하게 전설같이 신화같이 모두 기록할 역사적인 기회가 올 것이다. 지금은 이 출간에 존재함으로, 운명적인 귀한 관계에 이른 분께 우선 감사드리고 싶다.

문학평론가 김종회 교수님이다. 관련하여 내가 매년 행복한 모국 행을 하는 이유, '이병주국제문학제'의 김윤식·정구영 대표님을 위시한 관계자 분들께 감사한다. 또한 이 작품의 산실인 한국일보 샌프란시스코 지사의 강승태 지사장님과 기자분들이다.

그리고 긴 세월을 나 개인에게는 물론, 내가 주관하는 샌프란시스코 지역의 문학행사에 사랑과 도움을 주시는 현원영·오장옥 박사 부부께 감사한다. 더구나 문학평론가 권영민 교수와 홍순경 코리아센터 전 이사장과 함께 시작한 샌프란시스코 문학캠프는 두 분의 도움으로 20년이나 이끌어올 수 있었다.

글을 끝내기 전에 주님 안에서 만나 문학과 신앙으로 삶을 더욱 축복되게 해주시는 이광애·김종수 장로 부부께 감사를 드린다. 행복의 황금 항아리를 안고, 기적과도 같은 신비한 이 지상에서 삶을 함께한 모든 분들께 감사한다.

감사 이외에 다른 기도가 없다고 감사하며, '50회 수퍼볼'이 개최된 샌프란시스코 근교 실리콘밸리의 심장 산타클라라에서.

2016년 4월

신예선

일러두기

1. 연재 당시의 내용을 그대로 살리되 편집상의 오류를 바로잡고 기본 맞춤법은 오늘에 맞게 수정했다.

2. 인명·지명, 서명, 식물명 등은 원문의 것을 그대로 살리되, 독자의 이해를 위해 현대식으로 표기하거나 현대식 표기를 병기한 경우도 있다.

심포니를 타는 허밍버드

삶의 여로에서 부르는 나의 노래

문학작품을 인간의 생존 전략이라고 말한 사람도 있습니다. 어쨌건 글을 읽는 우리 모두는 크건 작건 상처와 고통의 기억을 갖고 있습니다. 글로 씌어진 자유롭고 다양한 경험을 통해 제한된 시공간에 갇혀 있던 상한 마음이 위로를 받기도 합니다. 결국 작가나 독자 모두 부족한 것을 채우기 위해 글을 쓰고 읽는다는 점에서 하나의 존재로 보기도 합니다. 그리고 독자마다 해석을 달리하기 때문에 독자가 곧 작품을 완성한다고 합니다.

"논리보다 앞서서 우선 사랑하는 거예요. 사랑은 논리보다 앞서야 해요. 그때 비로소 삶의 의미도 알게 되죠."《카라마조프네 형제들》에 나오는 말입니다. 사랑 없는 논리만큼 삭막하고 공허한 것은 없기 때문에 독자들에게 우선 사랑을 부탁합니다.

나는 일찍이 레테의 강물을 마시지 않기로 결심했습니다. 짧은 인생으로서의 긴 여로에서 과거의 추억이 없다면 현재도 없습니다. 정말로 가난한 사람은 돈이 없는 사람이 아니라 힘들 때 지켜줄 추억이 없는 사람들이라고 하지 않습니까. 그리움의 이야기, 추억의 이야기, 사랑의 이야기, 그중에서도 제일 감동스러운 이야기가 친구들의 이야기라고 했습니다. 혈육이나 연인들의 맹목적인 정이 아닌 인품이나 감동으로 맺어진 인연이기에 더욱 그렇다고 했습니다.

연재될 신작소설 《심포니를 타는 허밍버드》는 아름다운 삶의 이야기입니다. 고향의 어린이들이 일구어내는 꿈과 우정의 이야기, 그 추억을 만들어가며 겪는 우리들 모두의 이야기입니다. 인생의 바다, 언제 심한 파도가 일지 모르는 우리들 삶의 여정, 그럼에도 불구하고 교향곡을 연주하듯 살아가는 이들, 어린이가 키워가는 우정과 인생 여정을 그려보았습니다.

《한국일보》 뉴욕 판에는 이미 30년 전에 4년여 동안 두 편의 장편소설과 칼럼을 연재했고, 《L.A. 동아일보》에도 20년 전에 한 편을 연재했습니다. 이제 아끼고 아꼈던 북가주의 동포 가족들에게 신작을 선물합니다. 내가 묻힐 이곳, 내 삶의 종착지에서, 그간 받은 흘러넘치는 사랑에 대한 감사의 보답으로 증정하려는 것입니다. 나에게 있어 시와 수필과 여행기 등 많은 글을 포함하면 수백 번째의 자식이 될 《심포니를 타는 허밍버드》가 자라는 것을 애정으로 지켜봐주고 필요한 인물이 되도록 함께 키워나갔으면 합니다.

이 자식의 탄생을 위해 기다려온 강승태 부사장님, 홍남 국장님, 정태수 부국장님을 위시한 한국일보 모두에게 감사드립니다.

그리고 산모의 정신과 육체를 위해 영양공급을 해주는 북가주의 내 사랑 동포 가족들에게 감사에 감사를 보냅니다. 태교까지 함께해주셨으니《심포니를 타는 허밍버드》는 우리들 모두의 자식입니다. 아름답게 자랄 수 있도록 언제나 함께해주실 것을 믿으며 다시금 감사를 드립니다.

　무엇보다 나에게 글을 쓸 수 있는 건강한 심신의 사고와 능력을 제공하고 허락해주신, 끊임없이 나를 지키고 계신 주님께 바치는 아름다운 헌시이기를 기도합니다. 그리하여 월드컵 결승같이 찬란한 황금빛 이야기로 독자들의 가슴에 닿았으면 하는 바람입니다.

2006년
신예선

1

꿈의 구장이라고 명명된 온화한 잔디. 그 잔디 위에서 불꽃 튀는 전투를 벌인 선수들은 마지막 휘슬과 함께 희비가 엇갈린다. 건장한 어깨가 축 처진 채 눈물까지 흘리며 주저앉는 팀, 관중의 환호 속에 웃음꽃이 만개한 승사들의 춤사위. 그 안에서 '팀가이스트'는 침묵이다.

윤기 흐르는 순백의 원형에 검은 프로펠러 무늬를 하고 금색 테두리로 고고한 독일 월드컵 공인구. 그 도도하기까지 한 조화로 전 세계인의 시선을 사로잡고 있던 팀가이스트. 올리브 색채의 넓은 잔디 위에서 침묵한다. 희로애락이 교차되어 환희와 절망이 65억 인구의 지구촌을 뒤흔드는데 참으로 유연하다. 이리 차이고 저리 차이며 높이 오르기도 하고 잔디 밖으로 사라지기도 했던 공. 칠십여 센티미터에 불과 사백여 그램인 몸으로 잘도 묘기를 부리던 절묘한 공. 무수한 발길이 혹은 달래고 혹은 구슬르고 혹은 후려 차고, 때로는 이마로 머리로 가슴으로 그리고 두 손까지 마주잡고 던져도 요리조리 잘도 유희하던 팀가이스트. 그 공이 품위 있는 금색 테두리를 TV 화면에 클로즈업시키더니 침묵으로 들어갔다.

"16강전까지도 그토록 외면하던 네가 월드컵 때문에 약속을 연기한다는 거냐?"

수화기를 통해 들려오는 지연희의 목소리는 놀라움이 감돌았다.

"그것도 신문기사 때문에 매혹 당해서라니 더더욱 이해가 안 간단 말이다. 축구기사 때문에 신문에 읽을거리가 없다고 투덜대던 네가 그게 무슨 말이냐?"

"그러게 말이야. 'NEVER SAY NEVER'가 바로 이런 것 아니겠냐?"

"그렇다고 해도 축구게임이 온종일 있는 것도 아니고…, 약속에 칼인 네가 …."

"남들은 경기가 끝나면 금단현상이 온다는데, 나는 경기 도중에도 오고 있는 것 같다."

만사에 특별한 너를, 일찍이 알고 있지만 말이다, 연희는 연발했다.

"아무튼 월드컵 드라마는 후유증마저 세계적이라더라. 책은 멀찌감치 7월 말쯤 가지러 갈게."

"책이 도착했느냐고 이병주, 이병주 하면서 안달이더니 7월 말까지?"

"이병주 소설마저 밀어내는 마력이 있더라니까."

연희는 화랑을 겸한 서점을 운영하고 있었다. 발레의 꿈을 접어야 했던 연희는 그 보상심리인지 발레에 관한 그림으로 서점을 장식했고 책역시 발레에 관한 것은 거의 다 구비해놓고 있었다. 나도 연희 덕분에 평생을 발레의 관심 속에 함께 있었다. 무용가 이사도라 덩컨으로부터 마고트 폰테인, 그리고 안나 파볼로바 등 발레리나의 삶에도 친숙해 있었다. 〈백조의 호수〉로부터 〈지젤〉, 〈목신의 오후〉, 〈사육제〉 같은 작품은 외울 정도로 많이 보았다.

"연희야, 축구는 거대한 발레 같기도 해. 너 그런 것 못 느꼈냐?"

기적이 따로 없다, 이게 기적이다, 연희는 기적만을 되풀이했다.

"발레는커녕 전투였다. 한국의 16강전에 나도 사활을 걸었으니까."

"하긴 나도 한국전만을 보기 위해서 관람했다면 축구의 맛을 느낄 기회를 갖지 못했을지 모른다. 한국의 승리에만 신경을 썼을 테니까."

"맛이 어떤데?"

"그 불가사의한 맛을 어떻게 설명할 수 있겠니?"

"너의 희한한 맛내기가 이제는 축구에까지 확장되었구나."

연희는 차라리 다행이라고 했다. 지구 상에서 스포츠가 사라졌으면 하던 나에게 이번의 기회가 일나나 다행이냐고. 더구나 월드컵은 세계를 아우르는 문화가 되었다며 관람을 권유했었던 연희다. 이미 하나로 묶여버려 호흡까지 함께한다는. 나는 말했다. 아무리 세계가 하나로 되어간다 해도 관심이 없어. 신문이 배달되면 우선 스포츠란을 빼버려. 물론 경제란도 빼고, 음식 섹션을 빼고…, 나열했었다. 그럼 무엇을 읽는데? 연희의 물음에 동네 소식과 본국지 문화면 기사 그리고 관광…. 그때마다 그래 너는 정혜성이다, 정혜성이다였다. 그뿐이냐, 세계를 하나로 묶는다는데 우리의 승리에만 매달리는 것이 진정한 의미의 월드컵이겠냐고, 보지 않는 게 오히려 세계적이라고 억지까지 부렸다. 알고 있다, 알고 있다, 일찍이 너를 알고 있다는 연희의 대답이었다.

"아무튼 나는 어느 팀이 운명의 여신과 소위 뒷거래를 하는지, 어느 팀에게 운명의 여신이 미소를 보낼지를 지켜보며 팀가이스트와 사랑에 빠졌어."

"사랑, 사랑을 외치더니 이제는 공하고 사랑한다고?"

불가사의는 바로 너다. 그리고 이병주 소설전집 30권은 축구공과의 내 사랑이 시들면 전해주겠다고 했다.

공은 누군가 오기를 바라는 방향으로 절대 오지 않음을 축구를 통해서 배웠다고 대학 시절 골키퍼였던 카뮈가 일찍이 설파했었다. 그럼에도 운명의 여신에 매달려 세계는 웃고 울며 열광하고 있었다.

"괴테도 살아 있었으면 월드컵에 빠졌을 거래. 나의 괴테 말야. 괴테가 이 시대에 존재했다면 함께하고 싶은 심정이다."

"한국의 발자크라던 너의 이병주 선생의 소설이 밀린 마당에, 네 삶의 멘토인 외삼촌을 닮았다는 요요마의 음악이 밀린 마당에 괴테는 존재하는 거니?"

"괴테와 함께라면 맛이 더 있을 것 같아."

월드컵 기사가 지방판을 장식한 것이 동기였다. 만일 스포츠 섹션이나 본국지에만 나열되었다면 나는 지금도 월드컵과는 관계가 없었을 것이다. 무엇보다 64부작 월드컵 드라마라는 제목의 지방판을 본 것이 문제의 발단이었다. 황금의 4중주, 마법의 4중주, 킬러들의 합창 그리고 중원의 지휘자 하면서 음악 용어들이 현란한 서사시를 엮고 있었다.

스포츠 기사가 이토록 촉촉하고 맛이 있다니. 그날부터 나는 스포츠 섹션으로, 본국지로 월드컵 기사를 뒤져나갔다. 그야말로 인생이란 NEVER SAY NEVER였다. 내가 스포츠에 열광하다니. 스위트 식스틴, 엘리트 에잇, 파이널 포…, 나는 기사를 읽고 TV를 틀고, 16강 이후 나의 일과는 오직 월드컵이었다.

2

대망의 클라이맥스를 향한 선수들의 숨 고르기 휴식, 가슴이 두근거리는 꿈같은 매치 업, 별 중의 별은 어느 팀에서 나올지도 나도 함께했다. 왜 아프리카에서는 이미 종교로 여기는지, 왜 유럽의 전통으로 자리매김이 되었는지 그리고 왜 남미는 삶 자체로서 축구가 존재하는지를 이해하게 되었다.

"팀가이스트와의 사랑은 어디까지 진전되었니?"

7월 말까지는 연락하지 않기로 한 연희는 수시로 전화를 했다.

"그 축구공은 네 사랑을 알고나 있나?"

"나의, 짝사랑의 묘미다."

"나를 두고 하는 말 같다. 평생 동안 발레를 짝사랑하고 박정민에 김재훈까지…, 나의 삶이야말로 짝사랑의 여정이요 전문가 아니냐. 묘미라니?"

"나야 4년에 한 번씩 주기만 겪게 될 것 같다는 거지."

"주기만 겪으면 된다고?"

"그럼 너같이 나도 짝사랑의 늪에 함께 있어야겠냐?"

어쨌건 나는 앞으로 4년마다 겪게 될 주기일망정 월드컵 기사에 몰두해갔다. 더 알기 위해서, 더 사랑하기 위해서. 기사는 자상하기까지 했다. 스포츠에 문외한인 나에게 그림같이 이모저모를 보여주었다. '11m의 러시안 룰렛'으로 불리는 피 말리는 승부차기 싸움에서 승리의 여신은 결국 '게르만 전사들의 손을 들어 주고 말았다.' 나도 숨이 찼다. '게으른 천재'로부터 온갖 부정적인 말이 있던 브라질의 호나우두를 '브라질의 킬러', '황제'로 찬사가 난무할 때 나도 박수를 쳤다. '늙은 수탉'이라던 프랑스의 지단이 '불세출의 축구영웅'이라는 호칭을 들으며 부활의 신호탄이 그라운드를 환하게 밝혔다고, 신기의 볼 배급력이 되살아나면서 경기는 그의 지배하에 놓였다고 했을 때 나는 경의까지 표했다. '중원의 사령관', '아트사커의 창시자'란 명성을 회복했다는 지단에게. '전차군단', '무적함대', '사막의 모래바람', '오렌지군단', '탱고축구', '샘스군단' 전투단의 이름 같았던 축구팀들의 기사와 함께 관람하며 나는 팀가이스트를 따라다녔다.

절체절명의 위기, 천금 같은 축포, 종료 휘슬이 울릴 때까지 손에 땀을 쥐게 했다는 기사도 나의 것이 되었다. 나는 별들의 등판번호까지 익히면서 깊숙이 깊숙이 짝사랑의 늪으로 빠져들어가고 있었다. 9번 호나우두가 월드컵 골 기록을 깼다. 나는 흥분했다. 독일의 게르트 뮐러, 안녕. 32년간 보유해온 최다 득점 기록이 14골이라고, 이제 호나우두가 깼다. 괴테는 현재에 열중하라고 했다. 현재에 열중하며 호나우두가 그물에 팀가이스트를 넣는 거대한 모습이 어쩜 그토록 귀여운지. 틈새 벌어진 앞니를 내놓고 웃는 모습이 어쩜 그리도 사랑스러운지. 베컴의 패스가 그리는 우아한 포물선, 지단이 공을 배급하는 묘기, 하다못해 피구의 주름진 얼굴이 화면에 나타나면 나는 닥터 지바고를 연상하기까지 했다.

이럴 수가, 이럴 수가. 할 수 있는 한 평가절하해온 스포츠계의 인물들이 닥터 지바고까지 연상하게 만들다니. 아름다운 잔디가 아까웠고 앙증스러운 공이 가엾었던 내가. 아니, 지구촌의 중심이 되어 작은 공 하나를 커다란 그물에 넣지 못해 사투를 벌이던 그 난장판의 모습이 이렇게 둔갑이 되다니. 공 하나를 그물에 넣는 일에 국가의 운명이 걸린 듯 세계대전을 방불케 했던 그 무기 없는 짜증스러웠던 전쟁이. 각 조에서의 시합이 이리 얽히고 저리 얽혀 A야, B를 이겨다오, 그래야 내가 산다. 알아들을 수 없던 언어들까지 난무했던 16강전의 나. 이 한 달을 위해 4년을 기다렸다고, 또 4년을 어떻게 기다리느냐고, 삶의 재미는 오직 4년에 한 번 월드컵 때만 있다는 도무지 이해할 수 없던 나. 밀고 넘어지고 소리치고…. 관중들은 환성과 야유. 이 모든 것이 그토록 유연하고 이름디운 긴디 위에서 앙증스러운 공 히니를 놓고 벌어지는 현상들이었다. 며칠 전까지의 내게는. 간간이 TV를 켜보면 이리 차이고 저리 차이는 공으로 인하여 내 몸까지 아프기도 했었다. 무기 없는 전투장에서 벌어지는 이 현장을, 전 세계의 시선이 집중되어 있는 모습에 슬프기까지 했었다. 월드컵에 묻혀 6·25도 국민의 뇌리에서 살아지고, 6월은 허망한 달이었다. 함께하지 않으면 죄인 취급까지 받을 무심한 달이기도 했다. 열광하지 않으면 비애국자로, 동요하지 않으면 반역자의 오명까지 쓰게 될 뻔한 그야말로 잔인한 달이었다. '마치 뭔가 해야 할 일을 하지 않았거나, 잊어버린 것 같은 공허한 기분을 느끼고 있다', '특별한 이유 없이 피로감을 느낀다', '생체리듬을 잡지 못해 고생하는 한인들이 적지 않다'. 이러한 금단현상은 한동안 계속될 것 같다는. 이웃들의 허탈해하는 눈길 앞에 나의 안락마저 빼앗긴 16강전까지의 상황이었다.

"받아들여라. 이의를 달지 말고 질문도 하지 말고 시대의 조류에 동석하여 인정해라."

내 삶의 멘토였던 둘째 외삼촌의 말이 내 일생 동안 귀 안을 맴돌았지만 외면하고 싶었던 월드컵이었다. 하긴 1년 반 전 레드삭스가 승리하던 날의 광란 역시 외면하고 요요마의 카네기홀 갈라 연주만을 보았었다. 그리고 이어지는 뉴스를 통해 레드삭스 승리의 현장 보스턴의 모습을 보게 된 것이었다.

"문학이나 예술에 의존해 사는 누나 같은 사람이 있는가 하면 곤충수집에 목숨을 건 사람도 있는 거야."

레드삭스의 승리에 나타난 보스턴의 모습에 어처구니없어 하는 나에게 기정이가 한 말이다. 기정이는 외삼촌의 아들로 용모와 취향, 사고까지 그대로 닮아 있었다.

"누나, 그렇게 다양한 모습으로 영위되는 삶이기에 더욱 묘미가 있다고 생각하지 않아?"

그때의 보스턴. 레드삭스의 승리가 생의 목표였던 사람들의 이야기를 듣고 보고 읽은 기억이 있다. 기정이 때문에. 인산인해를 이루며 서로 부둥켜안고 환호성을 지르던 그 장면들. 거리의 차량들도 경적을 울려댔고, 흥분한 팬들이 거리의 나무를 잡고 뒤흔들어 나무가 뿌리째 뽑히는 진풍경까지 벌어졌던 그날. 술집마다 온통 축하연이 열렸고 집집마다 샴페인을 터뜨린다고 했다. 이날의 우승 소식을 못 보고 먼저 눈을 감은 고인들을 떠올리며 눈물을 흘리기도 했다. '죽기 전에 우승하는 것을 한 번만이라도 봤으면' 했다는 고인들이 이제 눈을 감을 수 있겠다고도 했다. 숙원이 풀린 지금, 이제는 무엇을 해야 할지 모르겠다고 행복한 고민에 쌓이기도 했다고. 뿐이랴, 미국의 최고령 할아버지, 113세라는 프레드 헤일은 이날만을 기다려 왔다고 했다. 월드 시리즈 원년인 1903년, 피츠버그와의 우승 때부터 1918년까지 5회에 걸친 승리를 아직도 기억한다는 할아버지. 그리고 그 후 86년을 기다려 왔다고 했다. 베이브 루스에 대한 기억도 생생하지만 '밤비노의 저주'는 믿지 않는다고 했다. 보스턴에서 벌어지고 있는 레드삭스 승전의 모습들이었다.

3

"쭈글쭈글 피구가 닥터 지바고로 보인다고? 뚱뚱이 호나우두가 사랑스럽다고?"

귀에 장막을 치자, 귀에 장막을 치자. 연희는 통화의 중단을 또 선언했다. 나는 상관하지 않았다. 지금 너와의 통화는 문제가 아니다. 왜 '마법의 4중주'인지 '황금의 4중주'인지 '중원의 지휘자'가 나에게는 더 중요하다. 나의 기사 읽기는 현재뿐 아니라 과거의 인물 추적까지 올라갔다. 아르헨티나의 마라도나, 독일의 마테우스, 브라질의 펠레. 그리고 '토사구팽'된 인물들. 수비수의 반칙에 걸려 넘어지자 주심이 페널티 킥을 선언했고 그걸 못 넣었다 해서 졸지에 '역적'이 되어 이민을 떠났다는 한국인 선수 이야기. 브라질의 수문장 하나는 패배의 불명예를 몽땅 뒤집어쓴 채 살다가 국민들의 용서를 받지 못하고 쓸쓸히 죽었다고도 했다. 경기에 지면 영웅 대접을 받던 선수들에게 온갖 비난이 쏟아진 예를 수없이 나열했다. 뿐이랴, 서로 비난한다. 선수를, 코치를, 심판을, 때로는 구장의 잔디를, 일기를, 운명의 여신까지. 하긴 토고, 가나 등은 월드컵 출전이 확정된 날을 국가 공휴일로 지정했다니, 가히 아프리카에서는 축구가 종교인 동시에 꿈이자 희망임을 알 수가 있었다.

사랑하는 여인을 대하듯이 달래기도 하고 구슬르기도 하고, 분노와 질투로 후려 차기까지 하면서 끈질기게 그물 안으로 팀가이스트를 몰고 가는 인물들. 하지만 공은 뱅글뱅글, 데굴데굴, 그물 옆으로 뒹굴며 피해만 간다. 반들반들 윤기 흐르는 공 위의 금줄은 방긋방긋 애간장을 녹인다.

대망의 클라이맥스를 향한 숨 고르기 휴식. 그 사이사이로 게임은 계속되었다. 90분에도 연장전에도 끝내 공이 들어가지 않으면 승부차기로 이어지며 경기는 스위트 식스틴에서 엘리트 에잇으로 그리고 파이널 포로. 대망의 클라이맥스를 향해 앓고 있다. 승자 지단과 패자 피구가 서로의 유니폼을 벗어 나누어 갖자 눈시울이 뜨거워졌다. 피구의 자줏빛 유니폼을 뒤집어 입고 잔디 위를 걷는 승자 지단의 모습이 너무도 아름다워 결국 눈물을 흘렸다. 패자 피구도 뒤집어 입었는지 화면은 보여주지 않았지만 나는 세계의 명화를 보는 것 같았다. 넓은 잔디 위로 그 넓음을 채우고도 남을 두 거인의 걸어가는 뒷모습, 닥터 지바고를 능가하는 명화의 장면이었다. 데이비드 린의 손을 거치지 않고 진행되는 잔디 위의 장면들. 이어서 보여지는 승자 앙리와 패자 호날두가 서로 끌어안고 등을 어루만질 때 나의 얼굴은 눈물로 범벅이 되었다.

어쩌면 이날의 눈물은 내 생의 기억 속에 최초로 흘린 눈물의 양과

맞먹을 정도였다. 예산역의 잔디 위 외삼촌을 태우고 떠난 기차의 여운 속에서 흘린 눈물. 네잎 클로버를 뜯으며 그 위에 떨어뜨렸던 나의 눈물. 이제 지단과 피구, 앙리와 호날두가 사라진 잔디 위에 내가 있었다. 단발머리 꼬마인 내가 울면서 네잎 클로버를 손에 들고 있었다. 팀가이스트도 보이지 않는 그 넓은 잔디 위에, 팀가이스트만큼 작은 내가 홀로 울고 있었다. 프랑스와 포르투갈 경기 때의 일이었다. 하긴 이 경기에서는 지단과 피구가 맨 앞에 서서 어린이들의 손을 잡고 입장할 때부터 가슴이 찡해오기 시작했다. 국가를 부르며 지단과 알리가 화면에 클로즈업되고 피구와 호날두가 보일 때도 눈물이 고였었다. 장엄하기까지 했던 장면들. 이어서 전개될 이들의 대형 발레를 상상하며 설레는 가슴. 데이비드 린이 없어도 연출될 명화의 상연을 기다리며 나는 TV 앞에 박제되어 있었다. 팬들은 별 중의 별은 어느 팀의 누구일까를 나름대로 예측들을 하고 있었지만 나의 별들은 이미 결정이 나 있었다. 스포츠 각 분야를 묶어 평생을 알고 있던 선수들은 골프의 타이거 우즈까지, 복싱의 무하마드 알리까지를 포함해서 손가락이 남는데, 이 짧은 기간 나는 각 나라 별들의 등판번호까지를 알게 되었다. 나에게 일어난 기적이라는 확인에 오직 스스로 놀랄 뿐이었다.

"맞아요. 잘 뽑았어요. 처음으로 월드컵을 관람했다면서 참으로 잘 뽑았어요."

애당초 64부작 드라마라는 큰 제목으로 기사를 써서 나를 찰나에 사로잡은 기자에게 나의 별들을 말하자 그는 박수를 쳤다. 그리고 다음 날 기사에는 나의 별들의 얼굴이 또다시 지방판을 장식했다.

"이 사진과 기사, 나에게 보내는 러브레터죠?"

나의 질문에 기자는 맞다고 했다.

"하도 신기해서요. 그야말로 어느 날 갑자기 축구에 열광하고 그게 내 기사 때문에 시작되었다니 내가 손 놓고 있을 수가 없죠."

기자는 말했다. 자신은 일찍이 축구광이었노라고. 월드컵과 그에 관련된 선수들의 개인사까지 써놓은 저널이 7, 8권이나 있다고.

"며칠 전까지만 해도 스포츠 이야기만 하지 말라던 정 선생님께서 월드컵 때문에 전화까지 하셨으니 답례를 한 겁니다."

정확히 말하자면 나의 월드컵 열애는 발레를 보듯이, 명화를 보듯이 드라마타이즈된 것에 불과했었다. 명화를 보면서 배우에게 끌리듯이 나의 별들을 뽑은 것뿐이었다. 하지만 기자는 내가 뽑은 별들이 제법이라는 생각이 들었나 보았다.

"어쨌거나 러브레터입니다. 신문지상으로 보내는 공개된 비밀의 은밀한 러브레터인 셈이죠."

4

러브레터에는 호나우두의 열일곱 살 모습도 적혀 있었다. '고속도로를 초고속 탱크처럼 질주하며, 상대선수들을 마치 가로등처럼 속속 뒤로 밀어내며, 하나하나 명품 골을 빚어냈다', '제 발로 찬스를 만들고 제 발로 골을 마무리 했다', '제비 날개처럼 양팔을 펴고 골을 넣을 때보다

더 빠른 속도로 여봐란듯이 관중석 앞으로 치달리던 골세레모니'. 러브
레터는 이어졌다. 그러한 그가, 가는 청춘 가시로 막고, 오는 백발 오랏
줄로 옭아맨들 청춘이 아니 가고 백발이 아니 오랴. 하지만 하나같이 월
드스타인 동료들 덕분에 다른 팀의 외로운 별들처럼 중노동에 시달리지
않아도 된다는 걸 신의 은총으로 받아들여야 할 처지라고. 한 인물로 배
우들의 야코를 팍 죽였다는 피구에 대해서는 '그 생고무처럼 탱탱한 다
리로 터치라인을 따라 질풍처럼 내달리다 느닷없이 안쪽으로 꺾어 문전
을 후비거나 도무지 각이 없는 지점에서 절묘하게 휘들어가는 크로스를
올리면 상대팀의 억장은 무너지고 자기 팀이나 제 3자 구경꾼들은 벌린
입을 다물지 못했나'고. 그리고 지단, 유럽이 어느 눈 밝은 축구기자가
지단 스토리의 첫 머리를 장식했던 것을 인용해서 썼다.

'특유의 엷은 미소를 띠며 기자회견장에 막 들어서던 그가 뒤뚱거렸
다. 반들반들 카펫에 스텝이 엉킨 것이다. 그 사나운 축구장 잔디에서는
아무리 붙들고 걷어차고 가로막아도 쓰러질 듯 쓰러지지 않으며 발레
하듯 물 흐르듯 경기를 조율하는 이 곡예사가 기자회견장 카펫에서 넘
어질 뻔했다'. 러브레터는 내가 선택한 별들이 진정으로 별들임을 설명
해주었다.

"월드컵 기사는 이태리의 승리와 득점왕 등 몇 가지 예측 기사를 끝
으로 더 이상 쓰지 않으려고 했는데, 정 선생님 때문에 자꾸만 러브레터
가 써지네요."

나도 계속 기다렸다. 어느 날은 신문이 배달될 새벽 7시까지 기다릴
수가 없어 한밤중에 차를 몰고 나가 가판대에서 신문을 뽑아 읽었다. 이

렇게 되다니, 내가 이렇게까지 되었다니. 한밤중에 별을 보라는 전화를 받고 밖으로 나갔다가 무서워서 되돌아 들어온 나였다. 무서워서 아름다운 별을, 생애에 한 번이라는 그 장관을 포기한 내가 월드컵 기사를 기다리지 못해 칠흑의 어둠 속을 배회하다니. 2010년에는 남아공의 월드컵 관중석에 앉아 있을 내가 이미 보였다.

나는 이 불가사의한 인생 여정 앞에 무릎을 꿇으며 삶이 지속되는 한 NEVER SAY NEVER임을 확인에 확인을 했다. 그리고 이 불가사의한 인생 여정 속을 어떻게 지금까지 왔는지를, 잔디 위의 어린 소녀를 보며 돌이켜보았다. 나의 월드컵 별들의 어릴 적 사진들을 신문에서 바라보며 단발머리 꼬마인 나를. 그러고 보니 6월은, 7월은 잔인한 달이 아니었다. 문학만이, 아니, 음악과 그림과 발레와, 아름다운 온갖 자연의 모습들이 하모니를 이룬 세계만이 아름다운 삶이라고 살아온 나에게, 세계를 단숨에 한곳으로 모으는 절대의 예술이 스포츠에 있다는 것을 알게 해준 달이었다. '마르세유턴'이라는 지단의 화려한 개인기와 농익은 플레이가 젊음의 패기를 압도하며 노련미의 극치를 펼치는 순간을 경험했고 경탄한 감격의 달이기도 했다. 무엇보다 독일 월드컵은 인생을, 삶을 생각하게 한 교훈의 달이었다. 7월이 지나면 다시금 나는 요요마의 첼로 연주를 들으며 나의 외삼촌을 그리워할 것이고, 이병주의 소설을 읽으며 그와 함께한 날들에 잠길 것이다. 이렇게 겉으로는 나의 일상의 모습들이 진행될 것이다. 하지만 월드컵 기간 중에 느끼고 얻은 삶의, 인생 여정의 생각들은 많은 교훈으로 내 가슴에서 자랄 것이다.

"너, 목소리가 왜 그래. 울고 있는 것 아냐?"

전화선 너머로 들려오는 연희의 음성은 독일의 월드컵 구장에서부터 굴러오는 것 같았다.

"무슨 일이야?"

데굴데굴 공이 구르듯 이어서 물었다.

"프랑스와 포르투갈의 경기, 그 명화가 끝난 자리에 내가 있고 너희들이 보여서…."

나도 공을 굴리듯이 대답했다.

"그 구장이 예산역의 잔디가 되어, 기차가 나의 외삼촌을 태우고 떠나던 그날의 그 잔디 위에 우리들 꼬마가 있어."

"전설 같은, 아니, 신화 같은 아득한 그날이 왜 떠오르는데? 네 스스로 말했다. 이번에 한국 갔을 때 예산을 들러보니 이제는 전설이 되었다고…."

연희와 나 사이로 전화선을 타고 공은 멈추지 않고 굴렀다.

"우리들의 전설이 이어지고 있어. 세계의 잔디 위에서 재연되고 있다니까."

"큰일이다. 월드컵은 제대로 두 경기가 남았는데 너, 병이 걸려도 단단히 걸렸구나."

"태양에 바래면 역사가 되고, 월광에 바래면 신화가 된다는데 우리들의 전설은 무엇에 바래서 무엇이 되는 걸까?"

"이병주 어록을 말하는 걸 보니 치료의 가능성이 있어 다행이다."

"그 양반 때문에 몇 년 만에 한국을 간 나다. 제주도로 예산으로 두루

두루 다닌 것도 그 양반 때문이 아니겠니? 외삼촌의 어록만큼 그 양반의 명언들은 나의 세포 속에 있다. 무의식 속에서도 언제나 발레를 한단 말이다."

"네 입에서 '발레' 소리가 언제 끝날지…, 내가 아닌 바로 네가 발레리나의 꿈을 버리지 못하는 것 같다."

"나는 마음이 맑고 투명해서 전염이 잘 되지 않냐?"

"왜 안 그러겠니. 네 방에 진열된 크리스털들이 침묵할 정도지."

"그런데 너는 왜 자꾸 전화를 하니? 당분간 통화하지 않기로 했잖아."

"알아듣기 힘든 환자의 중언부언을 나도 듣고 싶지 않다마는, 지수가 일주일 늦어질 거라고 전화를 했다. 네 전화는 응답기만 돌아간다고 내게 했다."

"그럼 김재훈과 박정민도 늦어지는 거니?"

"네가 이 지경이 되어 있는 것을 알고 있는 것 같이 우리들의 연중 모임이 늦추어진 거다."

연희의 공은 계속 굴렀다.

"그때쯤이면 너의 병도 나아질 거고…, 하여간에 전설은 어떻게 이어지는데? 예산을 다시 가보니 모든 것은 지나갔다고 네가 점을 찍었다. 우리들의 집도, 거리도, 학교며 교회며…, 무엇보다 역의 잔디는 손바닥만 하다고, 우리들의 모든 과거는 기억 속의 전설이 되었다고 네가 접었단 말이다."

"월드컵 탓이다. 삶은 불가사의한 것이라는 생각을 하게 만들었다.

우리들의 일생을 돌이켜 보게도 하고…."

5

지난 4월, 나는 월드컵을 앞둔 세계가 어떻게 준비하고 있었는지 관심 밖이었다. '태양에 바래면 역사가 되고 월광에 바래면 신화가 된다'는 나림 이병주 문학제 참석을 위해 조국의 남단에 있었다. '나폴레옹 앞엔 알프스가 있고 내 앞엔 발자크가 있다'던 이병주. 문학을 사랑하는 친구들 사이에서 "이제 이병주를 읽은 사람과 안 읽은 사람으로 나누자"라는 말까지 나올 정도로 젊은 지성인들의 마음을 송두리째 빼앗았던 이병주. '인생이 허망하기에 진실이 아름답다'던. '행복에 기여하지 않는 이데올로기가 무슨 쓸모인가.' 당대의 젊은 청춘들은 이병주와 함께 흘러갔다. 도덕과 부도덕의 경계까지 허물며 냉전시대의 자유인이었던 그가, 지리산처럼 아직도 요동하지 않은 채 섬진강의 물결 위에서 빛나는 문학제, '방황하는 청춘아, 이병주를 읽어라', 그 청춘들이 백발이 되어 문학제에 모였다. 하동의 섬진강 변 오룡정 '이병주 문학비' 앞에서 치러진 제14주기 추모식. 이병주라는 고봉준령 앞에 진보와 보수, 이념과 사상을 넘어 문인, 정·재계, 학계, 언론계, 인사 들이 포진한 가운데 이루어졌다. 너무도 범상치 않은 인생 역정으로 인해 겪어야 했던 그의 삶, 역사인가 신화인가. 모두는 그와의 인연 속에 얽힌 그의 말과 글의 이삭으로 인해, 가슴과 머리 안에서 자라고 있는 추억들을 더듬으며 그곳에 모였었다. 한 달에 원고지 1000장, 모두 10만여 장의 작품을 남기고 그가 떠난 지 14년. '이 거인의 빈자리 메울 자 있을 것인가'를 물으며 진행된 문학제. 지리산은 무겁게 침묵했고 섬진강은 도도히 흘렀다. 오직 전설같이 신화같이 피어 있는 환상의 배꽃 위로, 벚꽃들이 송이송이 흰 눈이 되어 우리들의 그리움인 듯 대지를 덮었다. 지리적 공간적 개념적인 것까지 망라한 이 문학제. 해외에서는 내가, 그곳에 있었다. 백만 명이 넘을 그와의 직·간접 인연 가운데 50인 속의 발기인으로 내가 있었다. 그리고 하동 종합사회복지회관 대공연장에서 열린 추모행사장 단상에 내가 올려졌다.

"선생님, 보고 계세요. 소식을 접한 순간 1초의 망설임 없이 참석을 결정한 제가 지금 여기 있습니다. 선생님의 사랑을 받고, 선생님을 사랑한 이 많은 사람들, 보고 계십니까? 우리들의 그리움을 느끼고 계십니까?"

장내는 숙연해지기 시작했다. 밤 11시가 되어가는 행사의 마지막 순서로 등단한 나의 목멘 말에 장내는 숨소리 하나 들리지 않았다.

"선생님의 생전에 우리가 이런 모임을 가졌다면 이 자리에 함께 계실 것을, 함께 행복해하실 것을. 살아 있는 자의 몫은 타계한 사랑하는 사람을 추모하는 것인가요. 이것이 산 자들의 서글픈 특권입니까?"

불혹의 인연 따라 역사를 배개 삼아
사마천을 꿈꾸시던 '바람과 구름과 비'
한 겨레 얼룩진 갈피 고난 딛고 섬기셨네

"역사는 산맥이요 문학은 골짜기라"
세월에 묻혀버린 무지렁이 눈물 한숨
꽃마다 영혼을 찾아 쟁쟁하게 새기셨네

바람 가고 구름 가고 줄기찬 금수강산
올곧은 말씀으로 '지리산' 물꼬 틔어
목마른 하동의 뜨락 이정표를 세우셨네

구슬픈 시조 창으로 시작된 추모제. 앞서 연단에 섰던 인물들의 '나림 이병주' 회고담으로, 연사나 청중이나 모두 살아 있는 자의 서글픈 특권을 누리고 있었다. '작은 붓대로 하나의 천재에의 꿈을 키워온 그에게 모자를 벗지 않을 수 없다. 이병주는 우리 문단 최후의 거인이다.' '그 비루한 일상 속에 100여 년의 한국 지식인 소설의 계보를 버무려 넣을 줄 알았던 그는 감히 단언하건대 천재이다. 그의 발상들이 항시 시대를 앞서가 그 열매를 다른 작가들에게 따게 해주었던 전력을 생각해보라. 《지리산》의 열매를 《남부군》과 《태백산맥》이 따먹었듯이 《행복어 사전》의 열매를 우리 시대의 젊은 이야기꾼들이 은밀히 따먹고 있는 중이라는 사실을 어찌 우리가 잊을 수 있겠는가.' '한국인에게 글 읽기의 즐거움 또는 문학의 아름다움을 한없이 공급해준 이병주.' '이야기 문학으로의 이병주 문학.' '이병주 문학에 주목합니다. 이병주 문학으로부터 우리는 한국문학의 새 길 찾기가 가능하지 않았나 싶습니다. 이야기 또는 서사란 무릇 문학의 출발이자 궁극이기 때문입니다.' '걸출한 이야기꾼이 풀어내는 이야기는 언제 읽어도 재미있습니다. 이병주 선생은 이미 이야기 문학의 고전이 되었습니다. 참으로 인간적인, 그러기에 더욱 문학적인 이병주의 이야기 문학.'

그와 함께 있을 때와 마찬가지로 아무도 자리를 뜨지 않았다. 그의 이야기를 놓칠까봐 자리를 뜰 수 없었던 사람들. 그의 발자취를 놓치기 싫어 미동도 없이 앉아 있었다. 한 연사는 말했다. 많은 오해가 난무했던, 명예회복이, 남은 우리의 해야 할 일 중에 하나임을. '우리 사회의 고질적인 학연이나 지연, 그리고 일부 부분적인 '태작'의 영향으로 정당한 평가를 받지 못했던 작가이다. 요컨대 그는 그렇게 허망하게 역사의 갈피 속에 묻혀서는 안 될 작가이며, 그에 대한 정당한 평가는 한 작가의 필생의 공력으로 이룩한 문학적 성과를 올곧게 수용해야 마땅한 한국 문학계의 책무이기도 하다. 그래서 지금 여기서, 다시 이병주 선생인 것이다'.

어쨌거나 생전에도 인정받은 행복한 작가가 사후에 '다시 이병주'라는 대명제하에 밤은 짚었다. 젊디젊은 밤에 사랑을 담은 논리적인 회고담은 이어져갔다. '여기서, 다시 이병주'라는 대명제를 내놓은 연사는 고인의 데뷔작 《소설 · 알렉산드리아》를 읽고 눈을 크게 뜨며 놀란 여러 사람들의 예를 들기도 했다. '산뜻하면서도 품위 있게 진행되는 이야기의 구조, 낯선 이국적 정서를 작품 속으로 끌어들여 누구든 쉽사리 접근할 수 있도록 용해하는 힘, 부분 부분의 단락들이 전체적인 얼개와 잘 조화되면서도 수미상관하게 정리되는 마무리 기법 등이 이 한 편의 소설에 편하게 채워져 있었으니'. 이병주는 '알렉산드리아' 이후 천차만별의 창작 유형들을 남겨 놓았다. 연사는 강조했다. '작고 사소한 허물을 덮고 크고 유다른 성과를 올곧게 평가하는 대승적 시야가 필요하다. 그래서 지금, 다시 이병주인 것이다'. 이병주는 니체의 말을 빌려 '스스로의 힘에 겨운 뭔가를 시도하다가 파멸한 자를 나는 사랑한다'고 작중인물의 입을 빌려 말한다. 도처에 미문, 관념적 서술, 낭만적 발상과 박식이 담론상의 특징인 그는 '기록이 문학으로서 가능하자면 시심 또는 시정이 기록의 밑바닥에 지하수처럼 스며 있어야 한다. 그래야만 설득력과 감정이입이 함께 가능하다'고.

6

"정혜성이 살고 있는 곳이 세계에서 가장 아름답다며 보스턴으로, 뉴욕으로, 샌프란시스코로 나의 거주 지역을 해마다 찾아주시던 선생님, 이제는, 선생님을 잉태하고 탄생시킨 하동 땅에 제가 와 있습니다. 지리산 자락 섬진강 변에서, 선생님과 함께했던 순간들같이 벚꽃이 흩날리는 이곳에서, 배꽃 같은 환상에 젖어 선생님을 그리워하고 있습니다. 보고 계신가요, 선생님."

나의 말을 끝으로 장내는 술렁이고 우리는 야식이 준비되어 있는 호텔로 향해 차를 탔다. 차는 '화개십리벚꽃길'을 지나갔다. 섬진청류와 화개동천 25km 구간을 하얀 눈처럼 피어난 벚꽃길. '어느 때 죽고 싶으냐고 물으면 별들만 노래하고 지상엔 모든 음향이 일제히 정지했을 때라고 대답할 수밖에 없다'고 스페인 내란 때 죽은 시인 가르시아 로르카의 시 구절을 작중인물을 통해 인용했던 그. 하늘엔 별들이 노래하고 있었다. 지상의 음향도 고요한 속에 흰 눈 같은 벚꽃잎들이 시야에 휘날렸다. 그가 태어난 4월의 하동, '화개십리벚꽃길'.

사후에도 나를 불러 아름다움에 취하게 만든 '나림 이병주'. 밤을 지새며 하동의 명물을 맛보게 했다. 최 참판 댁으로, 이병주 문학관 건립 현장으로, 그가 생전에 밟았을 땅을 나도 거닐게 했다. 수려한 산중턱은 이미 공사가 시작되었고 조감도가 입구에 붙어 있었다. 그곳에서 바라보는 마을은 벚꽃과 배꽃이 그와의 시간들같이 피어 있었다.

"감사합니다. 샌프란시스코에서까지 와주셔서."

숨이 멎을 만큼 닮은 그의 아들이 내게 다가왔다.

"조감도, 보시기에 마음에 드십니까?"

내 마음에 들고 안 들고를 묻다니 대를 이은 과분한 질문이었다.

"어저께 차에서 내리실 때 단박에 알아보았습니다. 아버지 유품을 정리하면서 사진을 많이 대한 탓인지 금방 알았습니다."

나는 그리움에 짓눌려 그 빈터에 주저앉을 것 같았다. 이제는 다시 볼 수 없는 거인의 생전에 나는 어떻게 대접했는가, 죄스러움과 그리움이 뒤범벅이 되어 무거운 무게로 나를 아프게 했다.

"정혜성 선생님의 이야기는 많이 듣기도 했지만, 어젯밤 단상에서 말씀하실 때 저도 울었습니다. 아버지께서도 천상에서 들으셨을 겁니다. 감사합니다."

미안합니다. 나는 속으로 말했다. 어리석은 우리 인간들, 옆에 있는 그 많은 시간 속에서는 제멋대로 행동하고 떠난 다음에, 지상에서 더 이상 볼 수 없을 때 비로소 깨닫게 될까요. '사랑이라는 미명' 아래 언어의 폭력을 휘두르고, 다시는 볼 수 없을 때 가슴을 쥐어짜며 애통하는 것일까요. 나는 그 아들을 바라보며 마음속으로 사죄를 했다. 그는 웃고 있었다. 나의 온갖 심술에도 웃던 '나림 이병주 선생님'같이.

나는 일행과 함께 서울로 가는 대신 제주도행 비행기 예약을 부탁했다.

"제주도에 볼일이 있으십니까?"

아들과 일행이 물었다. 나는 오직 이병주 문학제를 위해서만 한국에 왔을 뿐이다. 하지만 이 애련한 마음으론 돌아갈 수가 없었다. 마침 '있을 동안'이라는 이시아나 항공 지점장이 말이 귓가를 맴돌았다. 제주도에 있을 동안 한번 다녀가라는 지점장의 초대. 나는 외딴섬으로 가서 단 며칠이라도 쉬고 싶어졌다. 아니, 나의 의지가 아닌, 어쩌면 고인이 나를 제주도로 보내고 있는지도 모른다. 고인은 생전은 물론이고 사후에도 나를 절묘하게 여행을 시켰다. 나는 그것을 알 수 있었다.

제주도에는 비가 내리고 있었다. 지점장은 한 손에 우산을, 한 손엔 노란 장미를 들고 나를 맞이해주었다.

"갑작스러운 연락을 받고 얼마나 놀라고 기뻤던지요. 결국은 저의 초대에 응답하신 것 아닙니까. 제주도 방문을 진심으로 환영합니다."

그러면서도 지점장은 나의 예고 없던 제주도행이 심상치 않음을 감지한 듯했다. 차에 탈 때까지 몇 번이나 고개를 돌려 그 이유를 물을 듯 말듯 우산을 든 손만을 움직였다.

"쉬기도 할 겸, 나의 친구가 제주도에 '있을 동안' 와보고 함께 시간을 갖기로 했어요. 위로도 받고 싶고….”

“아, 그랬군요.”

지점장의 얼굴이 펴졌다.

“제가 바로 그 사람이라는 거죠. 알았습니다. 잘 오셨습니다.”

서귀포시 롯데호텔까지 가는 내내 비는 내렸다. 안개가 몰려오고 몰려가는 사이로 만발한 유채화가 내 시야에 들어왔다. 사이사이로 철쭉꽃이 내 눈을 붙들기도 했다.

“이병주 선생님의 문학제에 오셨다니…, 많이 생각나시겠습니다.”

하동에서 흰 눈같이 날리던 벚꽃도 눈에 들어왔다.

“생전에도 거인인 줄은 알고 있었지만, 제대로 대접을 해드리지 못했던 것이 아파서요.”

“고인에게는 누구나 그런 생각이 드는 겁니다. 남은 자 모두의 아픔입니다. 아무튼 잘 오셨습니다. 풍차가 있는 전망 좋은 곳에 방을 잡아 놓았습니다. 쉬시면서 제주도도 한 바퀴 돌고, 맛있는 것도 많이 드시고….”

“고마워요. 제주도에 계셔서….”

“하~, 제주도로 발령이 났을 때는 유배를 떠나는 기분이었습니다. 이제는 보람을 느낍니다. 선생님의 오늘을 위해서 제가 미리 와 있었나 봅니다.”

A로 인해 아픈 가슴을 B가 달래는 인간관계. C가 떠나면 D가 남아 있고, 그리고 내가 떠난다. 그러면서 삶은 이어진다. 오늘도 지구촌 곳곳에서 지상을 떠났고, 또한 출생의 울음소리가 도처에서 터졌을 것이

다. 태어날 때는 본인이 울고 떠날 때는 주위가 운다. 떠난 자의 주변은 슬픔에 젖어 있고 태어난 자의 주변은 기쁨으로 웃음꽃이, 벚꽃같이 휘날린다.

"유채꽃 정원에 동화 속의 집 같은 전복 식당도 예약해놓았습니다. 호텔에 짐을 내려놓고 그곳부터 가시죠."

산 자들은 먹는다. 하동 땅에서도 먹었다. 재첩국도, 흑 돼지 오겹살도 소주와 함께 먹었다. 떠들기도 하고 웃음도 터뜨리며, 아픈 가슴은 서로 숨긴 채 거인이 흘린 이삭, 머릿속에서 자라는 이삭의 말과 글을 인용하며, 밤을 지새면서 먹었다.

"정 신생님의 진화를 받고 놀란 와중에도 그 식당이 떠오르더군요. 전복 같은 야릇한 음식을 좋아하시는 것이 생각나서. 제주도에 오셨으니 더욱더 전복부터 드셔야죠."

산 자들의 특권. 맛있는 것을 먹고 아름다운 곳을 돌아다니고, '사랑이라는 미명'으로 투정을 부리고, 살아 있는 자들은 무엇이나 할 수 있다고 자만한다. 죽음은 타인의 것이고, 나는 살아 있음에 특권을 행사한다. 조각 같은 전복껍질 위에 가지런히 얹혀 나온 작은 전복들을 나는 잔인하게 먹었다. 혀에서 녹는 그 맛이 목을 타고 넘어갈 때마다 눈물도 함께 삼켰다. 전복을 유난히 좋아하던 하동 땅의 거인을 생각하며. 하루도 술을 마시지 않고는 모든 것이 정지되어 있듯이 즐기던, 하동의 땅속에 있는 그 거인을 그리며 술도 마셨다.

"맛이 어떻습니까?"

지점장이 물었다.

"이렇게 맛있는 전복은 처음이에요. 더구나 유채꽃 정원에서 술과 함께 먹는 전복은 예술이에요."

7

"그러실 줄 알았습니다. 정 선생님과 함께 있으면 시간도 돈도 마냥 쓰고 싶다니까요. 무엇에나 감동하시는 모습을 바라보는 것이 얼마나 행복한지 아십니까. 우리들 대부분은 덤덤하게 살거든요. 어찌 보면 그저 생존일 뿐이죠. 선생님이 부러울 때가 많습니다."

감동이 많다는 것은 그 양만큼의 아픔과 슬픔도 많다는 것이다. 아픔과 슬픔을 이겨내기 위해 가시넝쿨 속에서 피를 흘린다. 세상의 모든 아름다움은 아픔과 슬픔을 내재하고 있다. 사랑이 아프고 슬프듯이 아름다움엔 눈물이 흐른다. 내가 한때 '쥘리앙 뒤비비에'에 빠졌던 것도 그의 예지가 끌고 가는 슬픈 아름다움 때문이었다. 그의 영화 〈위대한 왈츠〉의 요한 슈트라우스, 환호하는 군중을 바라보며 사랑의 품에 젖는 장면. 최고로 행복한 순간은 아프다. 감동이 많을수록 아프다. 때문에 진정한 예술가들은 아프게 산다. 다만 아픔을 들키지 않으려고, 가장 아름다운 색을 칠하며 가장 매혹적인 장미향수를 뿌린다. 주위는 그 색이 아름답다고 향이 좋다고 찬사를 보낸다. 그러나 자신은 울고 있다. 눈물이 체내에 쌓인다. 무겁다. 그 무게를 혼자 지고 간다. 심장에 십자가가 박혔듯이 아프고 무겁다. 그리고 골고다의 언덕을 힘겹게 올라간다. 언덕

위에는 죽음이 기다리고 있다. 그래도 보인다. 죽음 너머의 천국이. 유
채화와 벚꽃, 배꽃이 바다를 이루고 고인들이 그곳에 있는 것이. 십자가
는 다 내려놓고 꽃 속에서 고인들이 활짝 웃고 있다. 그곳엔 아름다움이
아름다움으로만 존재한다. 아름다움이 아픈 것은 지상에서만이 누리는
슬픈 특권인 것이다.

호텔 방 베란다에 앉아 바라보는 풍차. 불이 꺼진 채 정지되어 있었
다. 그 너머로는 바다가 펼쳐 있었다. 바다 저편에는 아무것도 존재하
지 않는 듯 그야말로 망망대해다. 인생의 바다도 이렇게 망망대해같이
느껴질 때가 있다. 망망대해 위에서 내 마음의 풍차가 돌고 있었다. 하
동 땅 거인과 함께했던 내 마음의 풍차. 나는 내 마음의 바다 위에서 돌
고 있는 풍차의 날개와 날개 사이로 붉은 포도주를 밤을 지새며 부어넣
었다.

유채화는 동부의 해안도로를 끼고 섭지코너로 가는 내내 만발히 피
어 있었다. 성산 일출봉을 바라보며 섭지코너에 서니 바다는 안개와 비
와 바람과 더불어 춤을 추는 듯했다. 뿌연 바다 위로 물거품이 섭지코너
언덕까지 치솟아오르며 삼바의 물결을 이루는 제주도의 바다. 생전에
파리로, 비엔나로, 일본으로 나를 끌고 다니던 하동 땅 거인은 사후에도
나를 제주도에 갖다놓은 것이었다. 그래, 보고 안 보고가 무슨 상관이
랴. 언제나 함께 있는 것을. 어차피 영혼의 관계임을. 그가 뿌린 이삭이
내 영혼 속에 자라 유채화도 피우고 흰 눈같이 벚꽃이 되어 휘날리기도
하고 성난 파도같이 그리움의 광란이 삼바도 추고.

비와 안개로 인해 구름은 보이지 않지만 지점장은 '구름이 내게 가져

다준 행복'의 주인공 '김영갑 갤러리'로 나를 안내했다. 김영갑, 루게릭이라는 불치병에 시달리다 떠난 그의 갤러리. 변화무쌍한 구름을 쫓아다니며 삶에 대해, 세상에 대해 깊은 생각에 잠기곤 하며 세월을 지냈다는 사진작가. 구름이 느긋하게 흘러가면 마음도 느긋해지고, 구름이 조급해지면 덩달아 마음도 당황스러웠다는 사진작가. 별이나 달을 보기 위해서가 아닌 구름의 모습을 살펴보기 위해 그는 습관적으로 무의식중에도 하늘을 보며 살았다고 한다. 그는 말했다.

"루게릭을 몰고 온 구름 역시도 한순간도 같은 모습을 하고 있지 않다. 오늘 견뎌내야 하는 육체적 통증으로 내일이면 또 다른 통증이 시작된다는 것을 알 수 있다. 어제 견뎌낸 통증은 오늘과는 또 사뭇 달랐다. 그동안 내가 보았던 구름들, 내 안에 흐르고 있는 구름들을 통해 많은 것을 느끼고, 깨닫고 있다. 내 안에 흐르는 구름은 하루에도 수없이 변화한다. 그 변화를 지켜보며, 그동안 내가 보았던 구름들을 떠올리며, 나의 내일을 가늠해보곤 한다. 내 안에 흐르는 구름이 내일은 세찬 장대비를 몰고 올지, 아련한 가랑비를 몰고 올지, 혹은 자욱한 안개를 몰고 올지 참으로 궁금하다."

작은 카메라 하나 들고 들녘으로, 바다로, 구름 따라 흐르기 위해 갤러리 마당을 걷고 있던 그, 그 고통의 발걸음 하나하나를 옮겨놓으며, 삶의 봄을 향한 고행을, 언젠가 불현듯 다가올 회복의 꿈을 믿으며 걸음마를 연습한다고 했다. 거동이 힘들어지며 외출도 하지 못하던, 삶이 꺼져가는 가운데 구름을 보며 그가 보낸 생의 봄날을 향한 고행의 순간들.

나는 갤러리의 주인공으로 인한 아픈 가슴은 가슴대로, 나의 꼬마 친구 박정민에게 줄 사진작품 모음집을 샀다. 정민은 구름을 쫓지 않았기 때문일까 지금도 아프리카로 아마존으로 사진을 찍으며 건재했다. 정민이 덕분에 우리 다섯 명의 꼬마 친구들도 아프리카로 아마존으로 여행을 했었다.

　"야, 예산의 꼬마들 대견하다. 아마존의 밀림까지 와 있으니…."

　안내원의 작은 보트에 올라타고 밀림 속을 헤쳐들어가며 김재훈이 말했었다.

　"왜 아니겠니. '아마존'을 향해 '마나우스'로 가기 전 '리우데자네이루'에 도착해, '코파카바나' 비치를 거닐 때부터 나는 꿈을 꾸는 것 같았다."

　"다 우리 인생 각본에 기록되어 있었다고 일찍이 혜성이가 말하지 않았나?"

　윤지수의 말에 지연희가 되받았다.

　"우리가 그토록 사정해도 주일 예배에 참석은 하지 않으면서 성경구절 인용은 도맡아 했잖아?"

　박정민도 한마디 했다.

　"성경구절뿐이냐. 우리가 미처 알지도 못하던 인물들의 어록을 들먹이며 '우정'이란, '사랑'이란, '인생'이란…, 아이고, 누가 말릴 수 있었겠니."

　"그래도 구구절절 그야말로 '금언'들이었다. 오늘날 우리가 여기까지 올 수 있는 삶을 산 것도 어쩌면 혜성이 주워준 '잠언' 덕분일지도 모른다."

"하긴 그래. 우리 같은 순둥이들이 그 시골에서 어찌 인생을 알며 세계를 꿈꾸었겠니. 다, 저 악동이 친구 덕이지."

"맞아. 희한한 말로 어리둥절하게 만들기는 했지만 결국 우리는 세뇌가 되어 세계 속으로 들어오지 않았니."

"그럴 수밖에. 자기 말은 길이요 진리요 생명이니 듣지 않으면 멸망이라고 했잖니."

"멸망은 둘째 치고 당장 놀아주지를 않으니 말이야. 처음에 우리들 돌아가며 근신당했던 것 기억나니?"

"놀아주지 않을 때 왜 그렇게 속상했던지."

"혜성이 그랬잖냐, 운명이라고. 선택당했으니 순종하라고. 순종은 제사보다 낫다고. 아이고, 하나님께서는 얼마나 힘들게 참으셨을까. 어린이를 사랑하라고 하셔놓고 이 괴상한 어린이를 어찌해야 할까 주야장천 한숨을 쉬셨을 것이다."

"예측불허의 악동 때문에 아마도 하나님께서도 전전긍긍하셨을 게다."

"하지만 아무것도 모르는 우리들을 너는 사진을 찍어라, 너는 발레를, 너는 의사가 되라, 그리고 나보고는 화가가 되라고 했다. 결국 연희만 빼고는 다 그대로 되지 않았니. 하나님께서도 감탄하시지 않았을까?"

"그건, 처음에는 저를 찍어라, 저를 스케치해라, 그리고 수시로 넘어져 무릎을 다치며 약을 발라라였다. 연희는 발레의 명령만 떨어지면 율

44

동하다가 발가락 끝이 성한 적이 없었다."

"뿐이냐, 연희는 노래를 부르고 싶다는데, 얼굴이 작고 몸이 잠자리 같아서 발레를 하라고 우긴 애다."

8

"나는 어떻고? 그림은 상상도 못했다. 피아노를 치고 싶었다. 연희가 노래를 부를 때 반주도 해주고. 그런데 나는 게을러서 매일매일 연습해야 하는 피아니스트의 길은 맞지 않다고 박났다."

"결국은 선택을 잘하라고 외치면서 우리에겐 선택의 자유가 없었다."

"혜성이 말대로 그걸 이름하여 '운명'이라고 한다. 운명이 아니고는 이렇게 평생을 묶여 살 수 있겠니. 헤어지면 멸망할 것 같다니까. 하나님께서도 다 생각이 있으셔서 혜성을 만들어내셨을 게다. 하나님의 각본을 믿고, 선지자같이 떠드는 혜성이 말을 들으며 다음 장을 기다리는 거다."

나의 선택은 옳았다. 나는 이 친구들을 선택했고 우리들은 평생을 이렇게 우정을, 사랑을 키우며 삶을 함께했다. 나는 곧 너였고, 너는 곧 내가 되어 함께 웃고 함께 아팠다. 이런 친구들을 선택할 수 있는 예지는 어디로부터 온 것일까, 나는 때때로 하늘을 바라보며 감사를 했다. 그리고 때때로 생각했다. 과연 내가 선택한 것일까 하고. 전능하신 분이 내게 보내주신 귀하디귀한 나의 천사들을. 나의 선택이 아닌, 전능자의 선택이었음을. 그리고는 숙연해진다. 왜 보내셨을까. 나는 무엇으로 어떻게 보답해야 하는가를.

"마음이 아프죠?"

지점장이 물었다.

"삶의 색깔은 어떤 것일까요? 흰 구름일까요, 석양에 물든 구름일까요, 장대비를 몰고 오는 먹구름일까요?"

지점장과 나는 갤러리 마당에 한동안 서 있었다. 안개비가 내리는 뿌연 하늘엔 구름 한 점 없었다. 세찬 바람만이 구름의 여운 같은 안개를 이리저리 몰며 불어오고 있었다. 돌담이 입구까지 정원을 이룬 갤러리 마당, 흙으로 빚은 토우와 방사 탑처럼 돌탑이 쌓여 있는 김영갑 갤러리. 맑은 날보다 바람 불고, 비가 오는 악천 후 속을 주로 사진에 담은 작가의 모습과 같은 일기 속에서 지점장과 나는 한동안 있었다. 성산읍 삼달리에 있는 김영갑 갤러리에서.

숙소로 돌아가는 마음은 어두웠지만 서귀포의 이중섭 미술관에도 들렀다. 김영갑과 달리 '소'와 '닭'과 '집 떠나는 가족'을 주로 그린 이중섭 역시 지점장과 나의 구름 낀 마음에 위안은 되지 않았지만 그의 미술관은 그래도 온기가 있었다. 권옥연, 박고석, 김병기 등 동시대 작가들의 작품과 절친했던 시인 구상이 함께 있었다. 하지만 이중섭도 고인이다. 우리 모두도 떠난다. 그러나 아니다. 천년만년 살 것 같이들 산다. 오래 남을수록 흉터만 늘어나는데, 먼저 떠나는 것이 차라리 평온한 길인데 나의 죽음은 멀고 실감할 수가 없다. 오래 지상에 머물고 있다는 것은 그만큼 먼저 떠난, 사랑하는 사람들의 그리움으로, 슬픔의 시간을 더 갖게 될 뿐인데도 우리는 되도록이면 오래 살기를 원하고 있다. 다시는 지상에서 볼 수 없는 서글픔에 천국에서의 재회를 그리기도 하지만, 그래도 오래 이승에 머무르려 한다. 생이란 고도의 희극이다.

"김영갑 작가에 비하면 이중섭 화백은 그래도 행복한 것 같습니다."

미술관을 나오며 지점장이 말했다.

"두 분 다 행복하다는 생각이 들기도 해요. 생활은 고달팠을지 모르나 하고 싶은 일을 했고, 일찍 떠난 것이…."

그게 무슨 말이냐고, 지점장이 나를 바라보았다.

"사랑하는 사람들이 한 분 한 분 내 앞에서 떠나는 것을 감당하기 힘들어서요."

미술관 앞에 서니 바다가 펼쳐졌다. 어디를 가도 바다다. 모퉁이만 돌아서도 바다고, 작은 언덕 위에 서면 바다다.

"이런 섭섭한 말씀을 하시다니요. 저를 위시하여 선생님을 사랑하는 사람들이 몇 개의 사단을 이루고 있는데, 떠난 분들만 그립고 남은 자들은 상관없다는 말씀같이 들립니다."

김영갑 갤러리에 내리던 비는 이중섭 미술관에서는 멎어 있었다.

"그래서, 떠난 분이 그리운 마음을 달래려고 제주도까지 온 거지요. 달래야만 현존한 사랑하는 이들과 삶을 이어갈 테니까요."

"다행입니다. 그러셔야죠."

이중섭 미술관에서는 김재훈에게 줄 기념품을 구입했다.

"오늘 가본 세 곳 모두 벼르고 있던 장소인데, 정 선생님과 함께 봐서 아주 소중한 추억이 되겠습니다."

호텔의 바에서 포도주를 마시며 지점장이 말했다.

"같은 장소라도 누구와 함께 하느냐에 따라 의미가 달라지더군요. 삶에서 가장 중요한 것이 사람과의 만남과 관계인 것 같습니다."

"물론이죠."

나는 고개를 절대의 힘으로 끄덕였다.

"사람이에요. 모든 것이 사람이죠. 아무리 아름다운 유채꽃도, 벚꽃도, 별과 바다도 사람이 관련되어 있지 않다면 아무것도 아니에요. 사랑하는 사람과 함께함으로, 또한 사랑하는 사람을 그리워하며 바라보기 때문에 아름다운 거죠. 아름다움의 완결은 사람이에요."

나는 제주도에서의 마지막 밤을 또다시 포도주로 물들였다. 떠난 하동 땅의 거인도 함께 있었고 생존한 예산의 꼬마 친구들도 나와 있었다. 제주도에서도 밤은 젊었고 나는 이 젊은 밤을 포도주에 취하도록 마셨다. 바의 창으로도 풍차는 보였고, 풍차는 돌고 있었다. 바다는 별빛과 달빛을 받아 은물결을 이루고 있었다.

"산 자들의 특권, 저 아름다움에 취하고 포도주에 취하고…."

나는 주정하듯이 말했다.

"정말로 고마워요. 나를 위해 지금 제주도에 계신 것 같아요. 절실했던 시간에…."

"저야말로 고맙습니다. 제가 그 대상이 되어 위로가 되셨다면…."

풍차는 유유히 돌고 은빛 바다는 유유히 물결을 계속 이루었다.

"제가 샌프란시스코를 떠날 때 송별연에서 낭송하신 시 두 편을 제주도까지 갖고 왔습니다. 이번에도 시 한 편 남겨주실 수 있으신지요."

샌프란시스코의 임기를 마치고 귀국하는 지점장의 송별연은 아름다
웠다. 아름다운 사람의 주변에는 아름다운 사람들이 모이게 되어 있다.
총영사를 위시하여 한국에서 파견되어 나온 사람들은 임기가 끝나면 귀
국한다. 그러나 떠나도 떠나지 않는 사람들이 있다. 지역에 사람의 발자
국을 남기며 관계를 맺은 아름다운 사람들. 3년 평균의 시간 동안이지
만 내 고향같이 지역 사람들과 사람의 관계를 맺어온 사람들은, 떠나도
우리와 함께하게 되어 있다.

9

"그날의 송별연은 잊을 수가 없습니다. 특히 선생님의 시 낭송은 이제
샌프란시스코를 떠나는구나 하는 이별의 진한 아픔을 안게 했습니다."
지점장의 송별연에서 내가 낭송한 시는 이형기의 〈호수〉와 〈낙화〉였다.

호수

어길 수 없는 약속처럼
나는 너를 기다리고 있다.

나무와 같이 무성하던 청춘이
어느덧 잎 지는 이 호숫가에서

호수처럼 눈을 뜨고 밤을 새운다.

이제 사랑은 나를 울리지 않는다.
조용히 우러르는
눈이 있을 뿐이다.
불고 가는 바람에도
불고 가는 바람같이 떨던 것이
이렇게 고요해질 수 있는 신비는
어디서 오는가.

참으로 기다림이란
이 차고 슬픈 호수 같은 것을
또 하나 마음속에 지니는 일이다.

낙화

가야 할 때가 언제인가를
분명히 알고 가는 이의
뒷모습은 얼마나 아름다운가.

봄 한철

격정을 인내한
나의 사랑은 지고 있다.

분분한 낙화…
결별이 이룩하는 축복에 싸여
지금은 가야 할 때,

무성한 녹음과 그리고
머지않아 열매 맺는
가을을 향하여

나의 청춘은 꽃답게 죽는다.

헤어지자
섬세한 손길을 흔들며
하롱하롱 꽃잎이 지는 어느 날

나의 사랑, 나의 결별,
샘터에 물 고이듯 성숙하는
내 영혼의 슬픈 눈.

"이번에도 〈호수〉 한 편 낭송해드릴까요. 라마르틴이라는 프랑스의 대표적인 낭만파 시인의 〈피안의 호수〉라는 시예요. 옛일을 추억하며, 옛사랑의 소리를 자연에서 듣고자 쓴 시입니다. 워고, 뮈세 등과 함께 사랑의 고뇌와 절망 속에 영혼의 소리로 시를 쓴 시인이죠. 좀 길지만 엘리엇의 〈황무지〉와 더불어 내가 외우고 있는 두 편의 장시 가운데 하나예요."

"아, 〈황무지〉. '4월은 가장 잔인한 달.' 젊은 날 저희들도 그 시에 빠져 있었습니다. 운명이나 인간의 존재도, 인간 사회도 비판할 수 있는 기능을 시가 가질 수 있는 것이구나 하는 눈이 떠졌지요. 우리는 학교의 잔디에 앉아 다투어 그 시를 외우며 청춘의 일부를 바쳤습니다. 그 장시를 누가 외울 때마다 명동의 'OB캐빈'이나 'OB뚜울'에 가서 맥주를 마시며 축하연을 벌였습니다."

지점장은 학창 시절의 청춘이 되어 활기가 넘쳤다.

"얼마나 열심히들 외웠던지 '태종태세문단세…' 이조의 역대 왕 이후 지금까지 낭송할 수 있는 시입니다. 물론 1장 '죽은 자의 매장'뿐입니다마는…."

엘리엇이 우리의 테이블에 함께 있었다.

"5장을 다 외우는 사람은 없겠죠. 1장의 앞부분 때문에 다 빠져 버렸을 테니까요."

"맞아요. '4월은 잔인한 달'로 시작해서 '죽은 땅에서 라일락은 자라고', '추억과 정욕이 뒤엉키고', '잠든 뿌리는 봄비로 깨어난다', '겨울은 차라리 따스했다', '대지를 망각의 눈으로 덮고', '메마른 구근으로 작은 생명을 키웠으니'… 완전히 사로잡았죠. '4월은 잔인한 달'은 전 세계가 시도 때도 없이 써먹지 않습니까."

"시인이 되셔야 할걸 그랬나봐요."

"왜 아니겠습니까? 우리 세대에 시인이나 소설가의 꿈을 꾸지 않은 젊은이는 드물었죠."

10

테이블 가운데에 놓인 꽃바구니 속에서는 꽃잎을 흔들며 촛불이 타고 있었다. '4월만 잔인하냐'고 묻는 꽃잎에 촛농이 떨어졌다. 꽃늘이 마르르 떨었다. 초가 불길을 높이며 말했다. 잔인한들, 희극인들 너는 꽃으로 태어났을 뿐이다. 눈이 덮이면 덮이는 대로, 바람이 불면 부는 대로, 네 힘껏 싹을 틔우고 꽃망울을 터뜨리면 된다. 피어 있는 동안만 너는 꽃이다. 그것도 인간이 불러주었을 때만. 김춘수가 쓰지 않았느냐.

내가 그의 이름을 불러 주기 전에는

그는 다만 하나의 몸짓에 지나지 않았다

내가 그의 이름을 불러 주었을 때

그는 나에게로 와서 꽃이 되었다

내가 그의 이름을 불러 준 것처럼

나의 이 빛깔과 향기에 알맞은

누가 나의 이름을 불러다오

그에게로 가서 나도

그의 꽃이 되고 싶다

우리들은 모두

무엇이 되고 싶다

너는 나에게 나는 너에게

잊혀지지 않는 하나의 눈짓이 되고 싶다.

우리는 무엇이 되고 싶어 한다. 네가 있어서 내가 행복함으로 나도 너에게 행복한 대상으로 불리기를 바란다. 누가 누구를 불러주기 전에는 인간도 꽃의 운명과 같다. 누군가가 이름을 불러주기 전까지는 누구도 아무것도 아니다. 그래서 소설을 읽고 시도 읽어본다. 글을 읽으며 내가 그 속으로 들어간다. 글 속에서나마 나를 부르고 내가 부르는 이름을 붙여본다.

엘리엇의 〈황무지〉를 말하는 지점장의 상기된 모습은 이미 시인의 경지 안에 있었다.

"지금이라도 쓰세요. 시작하세요. 아주 좋은 기회라고 생각돼요. 벚꽃의 꽃말이 '뛰어난 미인'이라고 하는데 이 미인들의 원산지에서, 유채화도 만발한 이 아름다운 곳에서 시가 안 써질 수가 없어요. 안개와 바람과 바다, 제주도는 곧 〈황무지〉보다 긴 한 편의 시예요."

촛농에 꽃잎은 여전히 떨고 촛불은 지점장같이 활기에 넘쳤다.

"그럴까요. 부지런히 써서 선생님께 보내드릴 테니 지도해주시겠습니까? 소설도 써보고 싶지만 체질상 시를 쓰는 게 나을 것 같습니다."

"소설은 나같이 철없는 사람들이 매달리는 거죠. 평생을 던지고 있지 않습니까."

독자들의 말 한마디에 보람과 좌절이 교차되는 외로운 삶. 의식하지 않아, 않아 하면서도 찬사 한마디에 삶이 행복한. 너만 있으면 된다고, 원고지와 만년필을 기둥 삼아 커피와 담배로 집을 짓고, 음악으로 내부를 꾸미며 나는 살고 있다. 아픔과 슬픔 위에 이름 부른 온갖 꽃을 얹혀 놓고 그 향기를 맡으며 독자들의 찬사에 내 이름을 부른다. 울창한 숲 속, 칠흑의 어둠 속에서 길을 찾듯이 헤매다가 이야기나 문장이 풀리면, 마음에 불이 켜지며 무지개 위에 올라타고 천상을 난다.

꼬마 때 쓴 첫 작문의 갈채가 나의 삶을 '소설'로 결정지었고, 내 삶엔 소설만이 있었다. 살아 있기에 소설을 쓰고 살아 있는 한 이 길만이 있을 뿐이다. 애써 꽃과 꽃 속을 날아다니며 인생을 교향곡이라 명명하고 힘든 날갯짓을 계속할 것이다.

"소설가가 철이 없다니요. 진정으로 철든 사람만이 소설을 쓸 수 있는 게 아닙니까?"

나는 침묵했다.

"무엇보다 소설은 중노동일 거라는 생각이 듭니다. 육체도 받쳐주어야 글을 끌고 갈 게 아닙니까. 거기에다 이야기의 재미와 감동을 단어 하나하나에 실어 문장을 엮어나가야 하니 정신적으로는 또 얼마나 힘든 노동이겠습니까. 그런 작업인데도 독자들은 얼마나 인색합니까. 자기 취향에 맞지 않으면 무자비하게 언어의 폭력을 휘두르지 않습니까."

"그러게요…."

나는 침묵을 깼다.

이 지구 상에는 외로운 선택에 목숨을 건 분야가 얼마나 많은가를 말했다. 아프리카의 험악한 산중에서 침팬지나 코끼리의 삶을 추적하며 일생을 보내는 사람들. 현미경을 벗삼아 연구실에 파묻혀 지내는 사람들. 헤아릴 수 없이 많다.

"거기에 비하면 소설가는 외롭지 않은 거죠."

"선생님은 더더구나 외롭지 않습니다. 우선 저와 같은 열혈팬이 있습니다. 선생님의 소설 때문에 선생님을 사랑하게 되었으니까요."

위로의 잔같이 지점장은 나의 빈 잔에 포도주를 따랐다.

"지점장 같은 분 때문에 소설과 삶에 좌절하지 않고 더 아름다운 소설을 써서 사랑에 보답하려는 거예요."

"보답은 저희들이 해드려야지요. 선생님은 이렇게, 하동으로 제주도로 다니시면서 대접을 받기만 하면 됩니다. 이제는 대접을 받으실 때가 아닙니까."

지리산 기슭 하동에서 태어나, 진주의 중학을 다니며 밤낮으로 지리산 천왕봉을 바라보면서 세계로 향한 야망을 키우던 한 소년 이병주가 있었다면, 예산에서 태어나 금오산을 바라보며 세계로의 꿈을 키운 소녀 정혜성인 나다. 하동 땅에 쌍계사가 있고 칠불사가 있다면, 예산에는 향천사와 근교에 칠갑산이 있다. 섬진강이 아닌 무한천을 거닐며 나도 꿈을 꿨다. 그리고 이병주가 나를 계속 끌고 다닌다. 한라산도 보거라, 일출봉도 보거라, 나는 계속, 너를 부를 것이다. 체호프와 도스토옙스키, 톨스토이가 있는 러시아에도, 발자크가 있는 파리에도, 헉슬리가 있는 런던에도 보낼 것이다. 카프카가 있는 프라하, 괴테가 있는 프랑크푸르트, 엘리자베스 브라우닝이 쉬고 있는 플로렌스에도 안내할 것이다. 셀리와 키츠와 바이런의 로마에도…, 계속 너를 데리고 다닐 것이다. 보고 또 보고, 생각하고 또 생각하며 소설을 써라. 나는 너의 소설이 사랑받기를 원하고 있다. 나는 언제나 너와 함께하며 너를 지켜줄 것이다. 떠난 이병주가 떠나지 않고 나를 부른다. 나폴레옹 앞에 알프스가 있고 이병주 앞에 발자크가 있고 내 앞에는 떠난 이병주도, 그리고 지금 내 앞에 앉아 있는 지점장을 위시하여 사랑하는 친구들이 병풍으로 있다.

외롭다니?

고도의 희극이다.

11

"'호수'는 어떻게 되었습니까? 〈피안의 호수〉라는 시 말입니다.

"아~, 낭송하죠."

언제나 새로운 해안으로 떠밀려가는,

영원한 밤 속에서 되돌아옴 없이 빨려 들어가는

우리, 이 세월의 주름짓는 물결에

어느 날 닻을 놓을 것이랴?

호수야! 한 해는 거의 저물어
사랑하는 사람이 찾던 강가, 그리운 그 물가에
보아라, 그 사람 앉았던 바위 위에
이제 나 홀로 앉아 있다.

그날도 뿌리깊은 바위 아래서 너는 노래했고,
날카로운 바위를 치며 너는 부서졌지.
네 안에서 일던 파도의 물거품은 바람에 실려
고운 네 발을 적셔 주었지.

기억하는가, 그날 밤을.
우리는 침묵 속을 노 저어 가고 있었지.
하늘 아래, 물결을 타고 들리는 거라곤
물결에 맞춰 젓는 노 소리뿐이었다.

문득 세상의 신비한 소리가 일어
눈에 서언한 언덕에 울려,
물결은 숨죽여 듣고
그리운 그 소리는 말했었다.

세월아, 날갯짓 멈추고
좋은 시절아, 거기 있어라.

생애 최고 아름다운 이 순간이

덧없이 사라지기 전에.

세상의 많은 불행한 이들,

가려거든 그들을 데리고 가라.

고통과 그들을 짓누르는 근심은 실어가고

행복한 이들은 내버려두렴.

그러나 내 소박한 소망도 아랑곳없이

세월은 내게서 살며시 사라져 간다.

이제 곧 새벽이 오리니, 조금만 더 천천히···

나는 이 밤에 간절히 기도하네.

그러니 우리 서로 사랑하자.

덧없는 시간 서둘러 즐기자.

인생엔 닻을 내릴 항구가 없고,

세월은 가 닿을 기슭이 없어, 우린 그렇게 사라져 간다.

사랑이 남실남실 우리에게 찬 이 순간도

불행한 날들처럼 순식간에

우리한테서 멀리 달아나 버릴 수 있나?

두어두지, 세월아.

아, 세상에 사랑은 자취도 안 남고
영원히 사라져 버렸다.
잠시 행복을 주었다가 이내 빼앗아 버리는 시간,
다시는 도로 돌아오진 않으리라!

영원, 허무, 어두운 심연이여!
너희는 그 집어삼킨 날들을 어찌할 텐가?
말하라, 우리에게서 앗아간 그 덧없던 꿈같은 순간들을
우리한테 돌려주지는 않겠는가?

호수, 말없는 바위, 칙칙한 수풀아!
시간이 멈춰 있는, 아니 영원한 시간을 간직하고
있는 그대들이여!
이 밤을 기억하라.
아름다운 자연이여, 추억만이라도!

네 편안한 품 안에, 몰아치는 물살에,
고운 호수야, 내 눈웃음치는 물 언덕의 그 경치에,
늘어 선 전나무 숲에,
그리고 물결이 와서 부서지는 지친 바위들 속에
이 추억을 지켜다오.

부르르 떨고 지나가는 하늬바람.

호숫가를 찰랑이는 물결소리.

상냥한 빛으로 수면을 비추는

은빛 달 속에도 추억이 깃들게 하라.

흐느껴 우는 바람, 한숨 쉬는 갈대.

향기 그윽한 호수의 맑은 공기.

들리고 보이고 숨 쉬는 것 모두가

말하라. '그들은 사랑했다'고….

포도주를 앞에 놓고 촛농이 꽃잎을 적시는 것을 바라보면서 시나 낭송하며 살고 싶다. 사랑하는 사람들과 잔과 잔을 부딪치며 '인생은 아름다워라', 시를 낭송하고 싶다. 이 젊기만 한 밤, 이 찬란한 제주도의 밤, '내가 외롭다고?' 나는 고개를 힘 있게 가로저었다. 살고 있는 자의 특권속엔 생존의 이런 색깔과 향기도 있다. 제주도행을 선택한 것 역시 생존자의 특권이 아니던가.

12

내친김에 고향 땅 예산으로 가기 위해 김포행 비행기에 올랐다. 아니, '제주도에서 심신의 휴식을 취했으니 이제 예산도 가보거라. 내 고향 하동 땅을 밟았으니, 네 고향도 둘러보아라.' 이병주가 나를 또 예산으로 보내고 있었다.

"가을에 한 번 더 들러주십시오."

비행기 안까지 내 짐을 손수 들고 온 지점장이 말했다. 이미 내 좌석은 가장 좋은 곳으로 지정되어 있었다.

"제주도의 조랑말을 타고 대초원도 함께 달려보셔야지요."

그야말로 바닷가의 모래알처럼 많은 사람들 중에 만났고 사랑하는 친구가 있다는 것은 얼마나 행운인가. 친구를 위해서 시간도 돈도, 그리고 마음을 다해 함께하는 것이 없다면 삶은 헛되고 공허한 것일 뿐이다. 친구가 있어 살고 싶고, 친구가 있어 삶은 아름답기만 하다.

"지점장님이 계실 동안 다시 한 번 와야지요. 억새꽃 물결이 바람과 함께 노래한다는 그 합창을 들으며 조랑말을 타고 가을도 함께 맛보아야지요."

친구가 마련해놓은 자리는 금방석이 깔려 있는 것 같았고 나는 보석이 찬란한 우정의 왕관을 머리에 얹은 채 그 자리에 앉으며 말했다.

"억새풀들의 합창요? 맞습니다. 그 이상입니다. 오케스트라의 연주입니다. 저도 벌써 시인이 되어가는 것 같습니다. 연주에 맞추어 선생님과 제가 조랑말 위에서 듀엣을 하죠. 상상만 해도 멋있습니다."

티부론에 사는 나의 친구 작곡가는 제주도의 대초원을 배경으로 뮤지컬을 계획하고 있다. 〈젊은 베르테르의 슬픔〉, 〈카르멘〉, 〈서동요〉 등을 작곡한 그가 만들어낼 대형 뮤지컬. 초원에서는 실제로 말들도, 한 무리의 고등학교 학생들도 달리게 하는 제주도만의 문화상품이 될 거라고 했다. 그 공연 때 지점장과 내가 조랑말을 타고 친구의 곡을 따라 달리는 모습, 환상 중의 환상이다. 작곡가 친구는 티부론에 종종 나를 초대했다. 부인이 차려놓은 명화 같은 식탁에 앉아 우리는 음악으로, 문학으로, 예술의 모든 장르를 초월하여 종횡무진으로 휘저으며 화제가 끊이지 않았다.

"정혜성 선생님, 생각해보셨습니까? 모차르트나 쇼팽이 30년만 더 살았다면 세계가 뒤집어졌을 거라는 것을…."

"맞아요."

"문인과 음악인의 관계는 불가분하다는 것 알고 계시죠."

"물론이죠!"

"특히 저의 경우는 헤세의 영향을 많이 받았습니다. 헤세를 유난히 좋아했거든요."

"그래요?"

"저뿐만 아니라 모든 작곡가들은 문인들로 인해 영향을 받고 따라서 문인들의 뒷바라지를 해주는 것 같은 느낌이 들지 않으세요?"

"글쎄요."

"문인들은 각자 독야청청한데 음악가들은 문인들이 쓴 글을 놓고 다른 모든 예술가들이 어우러지게 만드는 중심적인 역할을 담당하고 있다고 보지 않으세요?"

"그렇네요."

그리고 내가 답변한다. 프라하에 갔을 때 카프카보다 드보르자크의 집을 먼저 방문했노라고. 부다페스트에서는 리스트의 집을, 그리고 바르셀로나에서 라팔마 섬으로, 발데모사로 하루 꼬박 걸려 쇼팽이 머물 던 곳까지 찾아다니는 문인, 나도 있다고. 음악이 흘러야 글이 써지는 내가 있다고. 음악은 나에게 많은 이야기를 하고 기쁨을 주고 추억을 안 긴다고. 그러고는, 언제나 우리는 똑같은 결론을 내린다. 음악이 있어, 문학이 있어 살맛난다고 서로에게 감사한다는. 한 걸음 더 나아가 나는 작곡가가 세상에서 제일 위대하다고. 그도 말한다. 작가는 더 위대하다 고. 그리고 의기투합하여 위대한 계획을 결의한다. 나의 작품에 그의 곡 을 붙여 뮤지컬 무대에 올리는. 하나님이 주신 재능의 보답으로 함께 성 곡 음반을 출간하는. 이렇게 우리는 상대의 전문 분야를 서로 위대하다 고 찬양하며 꿈을 키우고 논다. 현명하고 넉넉한 부인은 남편과 나에게 미소일관, 침묵일관으로 오직 그림 같은 음식 나르기에만 혼신을 기울 인다. 테이블에 함께 있는 친구들도 지극한 인내로 우리들의 노는 것에 감격 감동의 표정으로 시종일관 동참해준다. 아, 우리는 살맛난다.

나는 왕관을 쓴 채 금방석에서 일어나 비행기에서 내리는 지점장을 배웅했다. 억새풀 초원에서 함께 조랑말을 타고 달릴 것을 약속하며.

비행기 창 너머로는 바다가 펼쳐졌다. '나의 생애와 예술은 바다의 산 물이다', 내 사랑 북가주에서 태어나 시대가 지날수록 더욱더 광범위하 게 재평가를 받는 이사도라 덩컨의 말이다. '또한 내 생애의 모든 중요 한 사건들은 바닷가에서 일어났었다. 운동과 춤에 대한 나의 최초의 관 념은 파도와 리듬으로부터 발생했음을 나는 확신한다'고 했던 덩컨의 바다. 그토록 바다에서 출발한 그녀가 프랑스의 해변 도시 니스에서 생 을 마감했다. 그녀의 붉은 스카프, 자동차 바퀴에 감기는 바람에 목뼈가 부러져 비극적인 최후를 마쳤다. 그러나 그녀는 죽음을 넘어선 〈불멸의 아름다움〉으로 영원한 빛으로 남아 있다. '나는 사랑과 예술 어느 쪽을 더 우위에 두는가를 종종 자문해보지만 도저히 이 둘을 분리시킬 수가 없다. 왜냐하면 예술가만이 오로지 그만이 아름다움 위의 순수한 비견을 지녔기 때문에, 그리고 사랑은-불멸의 아름다움 위에 머물 것이 허용됐을 때 그것은 바로 영혼에 비견이 되는 것이므로-'. 평자는 말했다, 이렇게 그녀가 고백한 바와 같이 과연 덩컨은 사랑과 예술이 혼연일체가 된 최고로 아름다운 삶을 유감없이 구현했다고.

'나는 내 운명을 만나기 위해 그곳으로 간다'고 모스크바로 간 그녀는 그곳에서 15년이나 연하인 시인 세르게이 알렉산드로비치 예세닌을 만나 사랑하고 결혼했다. 물론 그녀가 미국을 떠난 것은 모스크바에서 무용학교를 설립해주겠다는 필생의 꿈 때문이었지만. 결혼생활은 시인의 권총 자살로 3년 만에 끝났고 그 이전에도 그녀는 극복하기 힘든 비극이 있었다. 무대 미술가였던 고든 크레이그, '나는 그의 속에서 나의 살, 나의 피를 만났었다'고 고백할 정도로 사랑했던 남자와의 사이에서 태어난 딸과 재봉틀 재벌의 상속자인 예술 파트롱 싱어와의 사이에서 태어난 아들이 자동차 사고로 센 강에 빠져 죽은 것이었다.

'어머니의 자궁 속에 있을 때부터 춤을 추었다'고 말한 덩컨. 끼니가 떨어질 정도로 어린 시절 가난했었지만 한 번도 비참하게 느낀 적이 없었다고, 어머니가 치는 피아노와 시 낭송, 세계 명작을 들으며 오히려 가정교사나 유모들의 감시를 벗어날 수 없는 부유한 집 애들을 불쌍히 여겼다고 했다. '해변에서 춤출 수 있는 온갖 움직임도 파도의 리듬과의 하모니가 없다면…, 또한 숲 속에서 춤출 때 그 동작이 나뭇가지의 흔들림과 조화되지 않는다면…, 그리고 탁 트인 시골 벌판에서 춤출 때 그것이 주변 풍경과의 조화가 이루어지지 않는다면…, 이 모든 움직임은 하나같이 거짓된 것이다', 아, 이사도라 덩컨. 나의 꼬마 친구 지연희에게 발레를 하라고 한 나의 근본적인 동기는 덩컨 때문이었다. 이모한테 덩컨의 이야기를 들었고 서양 무용과 발레를 구체적으로 알게 되었다. 그때부터 나는 연희를 설득시키기 시작했다.

"그렇게 멋있으면 네가 하렴."

한동안 연희에게서는 시큰둥한 대답만 돌아왔다.

"나는 작가가 될 거잖아."

"나는 성악가가 된다니까."

13

나는 계속 설득했다. 덩컨이 그리스의 예술과 베토벤, 쇼팽, 바그너 그리고 니체 등이 그녀 춤의 스승이었다고 했단다. 또한 다길레프는 발레를 모든 예술 행위를 전부 포괄하는 종합 예술이라고 했다. 그러니까 너는 나의 문학, 김재훈의 그림, 박정민의 사진들 속에서 영감을 얻어 예산이 세계의 발레를 장악하는 거다. 너야말로 우리 친구들 중에 제일 멋있는 길을 걷게 될 거라는 말이다. 어차피 성악가는 체격이 받쳐주어야 하는데 너는 너무 가냘프다. 그러니까 너의 예쁜 몸매로 무대에서 발레를 하라니까. 작은 외삼촌과 작은 이모 덕분에 나는 꼬마 때부터 베토벤도 니체도, 세계의 많은 인물들을 알고 있었다. 나는 이 어려웠던 이름들을 모아 어려운 내용까지 아름다운 그릇에 담아 온갖 양념까지 쳐서 설명하며 주위를 황홀하게 만들었다. 이런 나에게 덩컨의 이야기는 최고의 진수성찬이었고 나의 친구가 발레를 했으면 좋겠다는 결론에 이르렀었다.

"작고 예쁜 네 얼굴에 가는 허리, 팔과 다리를 죽쭉 뻗으며 무대 위에서 뱅글뱅글 도는 네 모습이 보고 싶다. 너는 손색이 없는 발레리나다. 너는 발레리나로 태어났다. 운명적으로⋯."

나 자신도 어린 시절엔 운명의 개념이 분명하지는 않았지만 이 '운명'이라는 말을 자주 썼다. 친구들도 내가 운명이다, 하고 결론을 내리면 지상명령으로 받아들였다. 결국 연희는 덩컨에 취해 있던 나의 설득으로 발레리나가 되겠다고 했다.

반에서, 아니, 전교에서 노래를 제일 잘 불렀던 김재훈은 처음에 연희가 성악가가 된다니까 연희의 반주도 해줄 겸 피아니스트로 전향한 바가 있었다. 그런데 화가가 되라고 내가 그 운명을 들고 나왔다. 계집애보다도 예쁜 네가 피아니스트? 아니다, 아니다.

"성악가가 되건 피아니스트가 되건 무대에 서면 예쁜 게 좋지 않겠니?"

친구들은 이구동성으로 항의했었다.

"우리들의 친구가 아니라면 그래."

친구니까 더욱 신나지 않겠느냐는 그들의 물음이 이어졌다.

"남들에게는 그 점이 눈과 귀의 충분한 즐거움이 될 수 있지만 나는 네가 그걸 즐기며 헬렐레 살 것이 싫단 말이다. 무엇보다 큰 문제는 예쁜데 게으른 것이다."

부지런한 연희와는 다르다. 게으른 너는 날마다 해야 하는 그 지독한 피아노 연습을 못한다. 못하지, 못해.

"어찌 어찌 연습해서 무대에 오른다 해도 세계적인 인물까지는 멀기만 하다. 오히려 예쁜 얼굴이 너를 헬렐레 인생으로 끌고 가기에 딱 맞는다. 그러니까 화가가 되어 화실에서 너같이 예쁜 그림이나 그리는 것이 네가 대접받을 수 있는 인생이 될 것이다."

재훈에게 이 말을 하면서 나는 스스로 대견함을 금치 못했다. 어떻게 꼬마가 이런 생각을 했을까 스스로 감탄했었다. 예쁘고 게으른 재훈의, 삶의 방향에 대해서. 아마도 사내 녀석이 워낙 예쁘게 생긴 데다 두드러지게 게을렀던 점이 은근히 걱정이 되었었나 보았다.

"지수는 왜 의사가 되어야 되는데? 그것도 안과의사 말야."

꼬마들이 내게 물은 말이다.

"재는 정만 많은 게 아니라 누구보다 맑은 영혼을 가졌고 저희 집이 병원이니 의대 보낼게 분명해. 그러니까 아들들이 내과나 외과를 해서 아버지 병원을 이어가게 하고 지수는 안과의사가 되어 예산을 떠나서 우리와 함께 세계 속으로 들어가는 거지. 그리고 우리들이 맑은 눈으로 세상을 살아가도록 보살피라는 거야."

"우리들 눈 때문에 안과의사가 되라고?"

꼬마들은 입을 딱- 벌렸다.

"우리들 눈뿐이 아니고 모든 인간들이 맑은 것을 바라보며 살게 하라는 거지. 탁한 것을 보지 않도록."

일찍이 카메라를 들고 다니며 사진 찍기를 즐기는 박경민은 법조계 집안이라 혹시 그 계통으로 나갈 수도 있지만 그래도 사진작가를 겸하라고 했다.

"놀아주지 않으니까 할 수 없이…."

"운명이라니까…."

친구들은 말했지만 나는 이 친구들의 타고난 아름다운 심성을 그때도 이미 알고 있었다. 5학년 특수반에 뽑혀 별도의 교육을 받게 되던 첫 날, 나는 거울에 그대로 반영된 맑고 똑똑한 이 애들을 그 안에서 또 뽑았다. 너, 너, …, 학교 끝나고 우리 집에 가자. 나의 이 말에 이 애들은 우리 집으로 갔고, 그날로 시작된 우리들의 관계는 평생으로 이어지고 있었다. 장밋빛 인생 너머, 태양도 별도 무색할 만큼의 빛나는 삶을 꿈꾸면서. 시대는 우리에게 6·25 전쟁도 겪게 했고, 외롭고 힘들었던 유학생활도 있었고, 사랑이네, 결혼이네, 가정이네…, 인간이 겪는 모든 과정도 거치면서 지금에 왔다. 태양과 별이 무색할 삶은 아니었을지 모르지만 장미꽃과 향기를 바라보며 맡는 인생. 가시 같은 아픔들은 줄기마다 매달려 있지만 그래도 우리들의 인생 여로는 장밋빛 삶이었다.

김포공항의 청사에서 예산으로 가는 타임머신을 타러 가기 전에 나는 스타벅스에 들어갔다. 커피향이 코를 자극하자 북가주가 나를 불렀다. 아득한 고향으로 왜 발길을 돌리느냐, 네 이승의 종착지 북가주로 빨리 돌아오거라. 불과 얼마 전에 헤어졌고 불과 얼마 후면 만날 친구들이 커피향을 타고 나를 불렀다. 여행을 좋아하는 나는 샌프란시스코 공항에서 떠나고 돌아간 것이 백번도 넘는다. 그때마다 북가주 친구들은 공항 청사의 카페에 둘러앉아 나를 보내준다. 이번에는 이병주 추모제 참석차 떠나는 나에게 행사가 하나 더 치러졌다. 아름다운 스트로베리에 사는 호텔업계의 황태자 친구가 금으로 장식된 최고의 크리스털 시계 'RADO'를 팔목에 채워주는 파티가 열렸었다.

"이 시계를 차고 추모식에 참석하십시오. 그리고 시계를 보며 우리들이 기다리고 있다는 것을 생각하면서 마음을 달래십시오."

시계가 내 손목에 채워지자 모두 박수를 치며 이 사랑의 선물을 축하해주었다.

"약혼하기를 잘했어요. 이런 멋지고 비싼 시계도 받고…."

나는 어린애같이 그 시계를 차고 청사 안을 한 바퀴 돌며 아는 사람을 볼 때마다 자랑하면서 뛰어다녔다. 북가주 동포들 가운데는 나의 아들과 딸, 동생과 연인이 수도 없이 많은데 약혼자는 어찌해서인지 한 명뿐이었다. 그가 샌프란시스코에 정착한 지 얼마 되지 않아서 빌 게이츠 용모를 한 치과 의사 연인으로부터 소개받은 자리에서 약혼자가 되었으니 꽤나 세월이 흘렀다. 키신저의 분위기에 김용식 대사 같은 모습의 젊은 청년을 만났을 때 즉각 나는 그가 범상치 않은 인물임을 알았다. 그후 샌프란시스코 한복판에 있는 그의 호텔 커피숍은 우리들의 아지트가 되었고 내 테이블 위의 계산은 그의 몫이었다. 뿐만 아니라 나의 생일과 명절에는 호텔 투숙 쿠폰이 우편으로 날아왔다. 그가 40회 생일잔치를

호텔에서 열었을 때 그는 하객들 앞에서 부인과 나를 세워놓고 '이쪽은
나의 부인, 이쪽은 나의 영원한 약혼자' 하고 소개를 해서 웃음바다가
되기도 했었다.

"어떻게 우리가 약혼자가 되었죠?"

내가 물으면 언제나 그는 똑같은 대답이다.

"내가 약혼을 당했죠."

14

그러면서 세월과 더불어 나를 약혼자같이 챙겨주었다. 나의 아파트
에 불이 났을 때도 아름다운 노랑 장미 한 다발과 누구보다 많은 액수의
금일봉을 보내주었다. 그가 입은 T셔츠가 너무나도 멋있어서 약혼자 것
은 왜 안 샀느냐고 하면 남자 것밖에 없었다고 마음에 걸리기도 했던 정
많은 나의 황태자, 약혼자. 그는 그 아름답고 비싼 시계를 정동영을 닮
은 나의 연인 백화점에 가서 아낌없이 구입했다. 이 사건의 시초는 백화
점 부부와 약혼자 부부와 함께 바닷가 식당에서 만찬을 즐기던 날 밤에
생긴 일이었다.

"이게 무슨 시계죠?"

그의 손목에서 반짝이는 시계를 보고 놀라서 던진 내 말에 그는 즉각
시계를 풀어 나에게 채워주었다. 어찌나 무겁던지 나의 가는 손목이 아
래로 처졌다.

"이렇게 대단한 시계를 차고 약혼자에게는 선물 안 해요?"

맹세코, 성경에 손을 얹고 말할 수 있다. 장난이었다. 그런데 그가 답했다.

"가져요, 그 시계…."

무게 때문에도 도저히 내가 찰 수 없는 시계였다. 값으로도 짐작건대 내 차의 몇 배가 될 것 같았다.

"이건 너무했고, 백화점 친구 집에 가서 제일 큰 남자용 'RADO' 정도 구입하면 어때요."

이렇게 시작된 농담이었다. 부인까지 찬성하는 상황으로 이어졌다. 내 친구들의 부인은 남편이 나와 함께 있다고 하면 재미있게 놀아라, 맛있는 것 사드려라 했다. 물론 남편들도 부인이 나와 함께 있다면 마찬가지 반응이었다. 나는 이 부인들과 남편들 그리고 부모들의 넉넉하고 예쁜 마음들에 고맙기만 하다.

커피가 목을 타고 넘어가면서 북가주의 연인들이 더욱더 그리워졌다. 그리고 나의 출생지로 가려는 내 마음을 내 생의 종착지인 북가주가 계속계속 나를 불렀다. 나의 장례식에서 눈물로 나를 보내줄 친구들, 쌩쌩하게 뛰고 나는 내 앞에서도 내가 죽으면 어떻게 하냐고 미리 울고 있는 나의 사랑들. 나의 죽음이 상상이 안 된다고, 아마도 자기들을 다 보내고도 혼자 살아 있을 거라고 하면서도 우는 친구들이다. 하지만 그대들은 모른다. 나의 남은 소망 하나가 그대들 앞에서 지상을 떠나는 것임을. 그대들의 배웅 속에서 댄싱레이디 꽃같이 예쁘게 발레를 하며 천국에 먼저 가서 그대들의 자리를 마련하고 느긋이 기다리는 것임을. 한 사

72

람, 한 사람씩 때가 되어 올 때까지. 커피를 좋아하는 연인들을 위해서는 카페를, 술을 좋아하는 연인들을 위해서는 바를 예쁘게 만들어놓고 기다릴 것이다. 취향대로 준비해놓고 맞이할 것이다. 나는 맞이하고 맞이하는 역할을 담당할 것이다. 떠나보내고 떠나보내는 역할은 나보다 이성적인 그대들이 맡으라고. 나도 지상에 오래 머무르고 싶다. 많은 사람들이 말했고 나도 알고 있는 삶. 생명의 고마움과 소중함과 위대함과 감격스러움을 철저히 알고 있다. 얼마나 축복이고 얼마나 황홀한 삶인가를. 얼마나 놀랍고도 경이로운가를. 살아 있음 그 자체로 경이요, 감격이요, 황홀이요, 축복인가를. 살아 있다는 이 경탄할 만한 축복 속에서 더 많이 느끼고 보듬고 감격하고 사랑하며 베풀이야 할 것을. 아름다운 삶의 축제.

나는 'RADO'를 보며 살아 있는 나의 연인들의 북가주 시간을 계산해보았다. 이 RADO는 나에게 두 번째 RADO 시계. 첫 번 것은 가장 작은 여자용으로 캐나다 몬트리올에서 샌프란시스코까지 기차로 횡단한 기념 선물인데 작가 일행 중 한 명이 내게 선물한 것이었다. 그 작가의 일생에서 가장 큰 금액을 지불한 것이라고 어깨를 쫙 펴고 준 선물인데 불이 났을 때 타버렸다. 그리고 역대 대통령 이름의 시계는 줄줄이 있으나 누구 것도 생명력과 사랑이 없어 차지 않았다. 내 방에 진열된 물건 대부분은 사실 물건이 아니다. 생명과 사랑이 있다. 친구들이 내게 준 것들로 그들의 얼굴이었고, 나와 항상 함께하며 대화를 나누었다. 친구들은 내가 무엇이 갖고 싶은지, 그리고 무엇을 하고 싶은지 묻고 또 묻는다. 이렇게 북가주에서 사랑의 대가족을 이루고 있음을. 엄마요, 누나요, 연인이요, 약혼자로.

"행복해하실 겁니다."

황태자 약혼자가 시계를 구입하며 했다는 말이 들려왔다. 결국 이 시계 역시 물건이 아니었다. 우정이 있는 생명체였다. 이렇게 삶은 감격이고 축복인데, 우리 모두는 떠나게 되어 있다. 다만 떠나는 날의 선택이 주어진다면 나는 이런 날 이렇게 떠나고 싶다. '별들만 노래하고 지상엔 모든 음향이 일제히 정지했을 때'가 아닌, 잠든 뿌리가 봄비로 깨어나는 봄, 죽은 땅에서 라일락이 자라는 봄, 온갖 새들이 노래하는 화창한 4월의 오후에, 베토벤의 〈황제〉를 들으며 내 방의 물건들, 그 주인들의 얼굴이 나를 둘러싼 가운데 의자에 기대어, 한 사람 한 사람을 바라보며 '그대들이 존재해서 행복했노라'고, 감사와 감사의 송별사를 끝으로 하직하고 싶다. 그리고 영원의 나라로 향해 나그네 인생길에 종지부를 찍을 것이다.

꽃 속을 넘나들며 꿀을 빨아 먹고 사는 허밍버드 같은 생이었지만, 실은 얼마나 힘든 날갯짓이었는지. 아, 바람같이 쳐야 하는 날갯짓의 고달픈 삶. 비록 독을 간직한 채 꿀을 모으는 벌과 같은 삶은 아니었지만, 꽃과 꽃 속을 날아들며 꿀을 먹고 사는 허밍버드의 아름다운 몸치장 뒤에는 날갯짓의 힘든, 엄청난 대가가 있었음을, 그 대가의 비밀을 홀로 간직한 채 떠날 것이다.

내 생애에 기억되는 최초의 눈물을 흘리게 한 기차. 외삼촌을 태우고 예산을 떠난 기차를 타고 나는 예산으로 가고 있었다. 처절한 가을비같이 흘러내리던 기억을 안고 마음의 타임머신을 타고 기차에 앉아 있었다. 이별의 눈물을 흘리고 있는 어린 꼬마에게 예산역의 잔디는 월드컵 구장만큼 넓고 넓었다. 지금, 추억 여행을 하는 기차에는 외삼촌이 함께 탔다. 이병주는 예산으로 가보라 했고, 그리고 이제는 외삼촌이 동석했다. 나는 확인했다. 살아서의 관계는 사후에도 계속 이어지고 있는 것을. 물리적으로만 옆에 없을 뿐 언제나 함께함을. 그러나 보고 싶다. 지금도 외삼촌과의 최초의 이별을 생각하면 가슴이 무너진다. 살아서의 이별이었는데도. 그날의 기차, 기적 소리와 바퀴 굴러가는 소리는 역 앞을 지나던 말발굽 소리와 함께 슬픔에 겨운 나를 잔디에 쓰러뜨렸다. 칙칙폭폭, 칙칙폭폭, 어쩌면 그리도 애절하고 슬펐던지. 지연도 슬펐고 말도 슬펐고 인생이 슬펐다. 그 후로 기차는 누구를 태우고 떠날 때만 아니고 내가 타고 있어서도 구슬펐다. 바퀴 소리, 기적 소리, 정차하고 떠나는 소리, 기차와 관련된 모든 소리는 이별의 소리였다. 티부론의 작곡가 친구는 두릅 따는 소리에서 환상적인 천상의 음을 들었다고 했다. 요한 슈트라우스는 비엔나의 숲 속을 지나다가 들려오는 소리, 연인을 태운 배가 떠나는 다뉴브 강에서 들려오는 소리로 전 세계인의 귀와 뇌와 가슴을 살맛나게 만든 음악을 남겼다. 덩컨은 테크닉을 통해서가 아닌 베토벤, 쇼팽, 바그너의 음악에서 영감을 통해 인간 정신의 신성한 표현을 찾아냈다고 했다. 물론 그들 못지않게 니체도 춤의 스승이었다고 했다. 니체의 철학 속에서도. 때문에 덩컨은 소위 아리스토텔레스적 개념의 카타르시스의 경지에까지 고양시켰다고 말할 수 있을 것이다, 라고 덩컨을 묘사한 작가들은 말한다. 덩컨은 음악을 들을 때면 음악의 광선과 진동이 자신의 속에 내재한 이 하나의 빛의 샘으로 흘러들어감을 발견했다고.

위대한 예술가들은 소리를 들으며 고도의 아름다운 작곡도 하고 춤도 춘다. 나는 기차 바퀴 돌아가는 소리나 들으며 비애에 젖는다.

15

또다시 외삼촌과의 두 번째 이별마저 떠올라 추억에 젖을 뿐이다. 기차만 외삼촌을 태우고 떠나는 줄 알았는데 두 번째의 이별은 미군 군용 지프차였다. 기차 정거장에서만 외삼촌과 헤어지는 것이 아니었다. 천안의 삼거리 그 길 위에서도 외삼촌과 헤어졌다. 헤어짐에는 장소도, 계절도, 그 무엇도 상관이 없었다. 길 위에 나를 내려놓고, 레이션 깡통 등이 든 상자를 안겨놓으며 떠나버렸다. 한겨울, 눈이 펑펑 쏟아지는 천안의 삼거리, 1·4 후퇴 때의 일이었다. 군대를 인솔하고 대구로 향하던 외삼촌은 종로4가에 있는 우리 집에 들러 찰나에 나를 지프차에 실었다.

"현성이도 데려갈 수 없겠니?"

어머니는 동생을 외삼촌의 팔에 안겼다. 차 안에는 자리가 없었다. 나도 외삼촌의 무릎에 앉아야 했다.

"너의 매형과 남은 가족은 우리가 알아서 내려갈 테니 현성이 하나만 더 데리고 가라."

차의 엔진이 켜 있는 상태에서 벌어진 일이었다. 천안까지만이라도 나를 데려다주려고 차를 돌려 우리 집에 들른 외삼촌이었다. 우리 남매는 외삼촌의 무릎에 앉아 피난길에 올랐다. 나는 대구까지 따라가고 싶었다. 전투장이라도 외삼촌과 함께 있고 싶었다. 죽는 것까지도 외삼촌과 함께라면… 이미 6·25의 전쟁을 서울에서 겪었다. 9·28 수복 전날의 참혹한 폭격 속에 있었다. 우리 집이 불길에 전소되는 광경을 목격했고 길 위에 끝도 없이 쌓인 시체를 본 나였다.

"혜성아, 외삼촌은 국가에 매인 몸이다. 전쟁이 끝나면 예산으로 너를 데리러 갈 것이다."

내 마음을 알고 있는 외삼촌, 그 무릎이 젖도록 울고 있는 나를 외삼촌은 달랬다.

"계속 일기를 쓰고, 작문도 쓰고…, 알았지?"

나는 서울에 남겨진 가족보다 외삼촌과의 이별이 서러워 울고 울었다.

앞이 보이지 않을 정도로 눈이 내리고 있었다. 나는 처음으로 눈을 보는 듯했다. 하늘도 땅도 온통 눈뿐이고 세상은 그저 하얗기만 했다. 이 솜송이같은 눈이 난무하는 속으로 지프는 그저 달렸다. 천안이 보이지 않기를 나는 빌었다. 천안에 가면 나는 외삼촌과 헤어져야 했다. 하얀 세상에서 나는 떨어져야 했다. 천안의 글자가 눈에 보이지 않았으면…, 천안이 보이지 않았으면…, 나는 외삼촌의 무릎 위에 앉아 빌고 빌었다. 하지만 외삼촌과의 천안행은 너무도 짧게 끝났다. 하얀 세계 속에 '천안'이라는 검은 글씨는 뚜렷했고 지프는 정차했다.

"현성이는 누나 말 잘 듣고 가야 한다."

천안에서 우리 남매를 내려놓으며 외삼촌은 레이션 깡통 등이 든 상자를 내게 주었다. 그리고 찰나에, 차는 떠났다.

"예산으로 곧 데리러 가마."

외삼촌의 말이 눈과 함께 허공에서 떨어졌다. 눈은 하늘에서만 내리지 않았다. 내 머릿속에서도, 가슴속에서도 내렸다. 나는 외삼촌이 내려놓은 그 천안의 길거리에 그대로 서서 멀어져가는 지프차를 바라보았다. 기차를 타고 외삼촌이 떠난 역의 잔디에서 한없이 한없이 울었듯이 눈물이 계속 흘렀다. 춥다고 칭얼대는 현성이만 아니었다면 아마도 나는 얼음덩이가 될망정 그 자리에 그대로 있었을 것이다. 외삼촌과의 이별에 비하면 전쟁도 관심 밖이었다. 나는 내가 전쟁의 피난길에 있다는 것도 상관하지 않았다. 어린 나에게 외삼촌은 곧 우주였으니까. 그 외삼촌인 우주에서 나는 또 떨어졌다. 나는 다시금 우주 속으로 들어갈 날을 홀로 기약하며 동생의 손을 잡고 예산을 향해 눈 속으로 발길을 옮겼다.

타임머신을 타고 추억 여행을 하는 기차는 남으로, 남으로 내려갔다. 기차가 천안에 도착하자 나는 차 안에서 추억을 반추하듯이 호두과자와 삶은 계란을 사서 김포의 공항 청사에서 사들고 온 스타벅스 커피와 함께 먹었다. 현재에다 과거를 담고 나는 기차를 타고 있는 것이었다. 차창으로는 4월이 전개되어 있었다. 4월은 아련하게 과거와 현재를 왕래시키고 있었다. 하긴 4월뿐이겠는가. 9월에도, 11월에도 마찬가지였다. 또한 1월도, 8월도 과거와 현재를 왕래하는 데는 특별한 달이 없었다.

기차가 예산으로 가까이 다가가자 외삼촌과의 첫 번째 이별 장면이 시야를 덮으며 전개되어갔다. 두 번째 이별이 내 손을 잡고 있는 동생으로 인해 그 자리를 떠나게 했다면, 첫 번째의 이별은 교회에서의 연극 연습 때문이었다. 천안에서의 이별에 동생이 옆에 없었으면 내가 천안의 길 위에 얼음이 되었을 뻔했듯이 예산에서의 이별에서는 역의 잔디 위에 박제되었을 것이다. 그만큼 외삼촌과의 이별의 자리는 나를 묶어 놓고 있었다.

나의 말 한마디는 절대의 지상명령이었기에 우리 집은 물론이고 친가와 외가 전체는 비상령이 내려진 채 오직, 스스로의 나의 귀가만을 기다릴 수밖에 없었다. 아버지를 선두로 삼촌들과 고모들, 그리고 외삼촌들과 이모들, 아니, 양가의 할아버지와 할머니까지 나의 기분에 좌우되고 있었으니까. 나의 기분을 상하게 하는 것은 집안의 금기 사항이었다. 모두의 애간장을 녹이며 제룡을 떨다가도 무언가 기분이 상하면 그길로 모두는 지옥에 정착해야 했다. 때문에 교회와는 아무런 관계가 없던 우리 집안이었지만 그날만은 교회에 감사했다. 일찍이 약속에 철저했던 나였기에 연극 연습 시간에는 정거장을 떠날 것을 믿고 있었다.

나의 친구들이 우리 집으로 나를 데리러 갔을 때 가족들은 어느 때보다도 대환영을 하며 그 애들을 역으로 보냈다. 특히 이 친구들은 이전의 다른 친구들보다 내가 유난히 아꼈다. 학년이 올라갈 때마다 반 편성이 되고 그때마다 나는 앞에 서서 몇 명을 뽑아 그 애들하고만 노는 습관이 있었다. 특히 이 친구들은 5학년 때 편성된 특수반의 애들이었다. 전 학년에서 여러 면으로 우수한 애들만 뽑아서 만든 반으로 교실도 다른 건물에 있었다. 나는 그 첫날도 예외 없이 그중에서도 또 뽑아 삼은 친구들이었다. 학업이 끝남에 나는 그 애들을 우리 집으로 데려갔다.

"우리들은 특수반에서 특별히 만난 사이이다. 우리는 운명적이다. 이 운명은 영원히 계속될 것이다."

나도 '운명'을 제대로 알지 못했지만 그 애들은 더더욱 몰랐다. 하지만 나의 강렬히 내뱉은 운명이라는 말에 그래야만 되는 것으로 믿고 착한 그 애들은 나의 친구로서의 운명적인 맹세를 했다.

"이제 친구니까 추억 만들기로 돌입하자. 세계 속으로 들어갈 시야도 넓히고…."

역시 '추억 만들기'며 '세계 속…' 등 구체적인 것은 몰랐다. 그러나 함께 공부하고 함께 돌아다니며 놀았다. 나의 일기장은 잠자는 시간 빼놓고는 이 애들과의 생활로 매일매일 채워졌다. 방학 중에도 마찬가지였다. 오직 일요일만 나 혼자 놀았다. 일요일은 이 애들이 교회에 가는 날이었다. 내 말은 무엇이나 따르는 애들이었는데 왜 교회에 가지 말고 나와 놀자고 하지 않았는지 그때는 몰랐다. 내가 교회에 가는 것은 오직 연극만을 위해서였다.

16

우리의 추억 만들기와 세계 속 여정의 전초전은 예산의 읍내는 물론이고 근교를 누비는 것으로 지칠 줄 모르게 이어졌다. 무한천으로 흐르는 개천을 걸으면서 박정민은 사진을 찍었고, 화가로 전향시켰지만 김재훈은 〈푸른 하늘 은하수〉, 〈낮에 나온 반달〉 등을 불렀고 지연희는 뱅글뱅글 돌며 발레리나의 흉내를 냈다. 그리고 윤지수는 너무나 급하게 걸어서 항상 넘어지는 내 무릎에 약을 발라주는 것이 일이었다. 일종의 내 주치의 역할을 했다.

예산은 우리의 오늘을 만들어낸 초석이었다. 우리는 사직골을 따라 과수원으로, 호숫가로 종횡무진하게 돌아다니며 꿈을 키웠으니까. 금오산에도 올라갔다가 시장도 누볐다. 마음이 내키지 않아 하는 애들을 끌고, 향천사의 절에 올라가 우리들의 펼쳐질 인생의 청사진을 놓고 부처님 앞에 수도 없이 절을 했다. 뿐만 아니라 충남여객의 버스를 타고 마곡사로 칠갑산으로도 가고 수덕사도 갔다. 절 곳곳을 다니며 나와 친구들의 미래를 부처님께 빌고 빌었다. 이 애들은 할 수 없이 절까지는 따라왔지만 절 안에는 늘어가시 않았다. 그 애들과 내가 행동을 함께하기 못하는 것은 절에서도 교회와 마찬가지였다.

"나는 교회에 나가지 않아도 교회 안에서 성극을 너희들과 함께하는데 너희들은 왜 그러니?"

내가 물으면 그것 하나만 봐달라고 했다. 태중에 있을 때부터 교회를 다니던 애들이었다. 착하고 아름다운 나의 친구들은 내 비위를 다 맞추어주었지만 부처님한테 절하는 것 하나만은 시키지 말아달라고 했다. 교인이 아닌 내가 성극 연습을 할 때 기도 시간에 고개를 숙이는데 너희들은 왜 못하느냐고 물으면 납득이 갈 만한 대답을 하지 못한 채 그저 그렇게 해달라고 했다. 물론 내가 교회 안에서 모두를 따라 눈을 감는 기도 시간은 연극 연습 때인 부활절과 크리스마스뿐이었다. 왜 고개를 숙이고 눈을 감아야 하는지를 모르는 채였다. 이 애들이 내가 함께 해주기를 바라는 것은 교회 출석이기도 했다.

하지만, 나는 십자가에 매달려 있는 예수님이 이해되지가 않았다. 절대자란 분이 너무나 무기력해 보였다. 찬송을 부르는 교인들 역시 슬픔에 젖어 처져 있었고 표정도 애절하기는 마찬가지였다. 그러나 내 눈에 비친 절의 내부는 호화로우면서도 장엄했다. 부처님 또한 위엄과 자비가 넘쳤다. 무엇이나 이루어줄 것 같은 든든함과 믿음이 있었다. 물론 세상을 만든 어떤 창조자가 있을 거라고는 믿었다. 우리 집 정원과 외가, 친가를 둘러싼 온갖 과일나무와 꽃들을 보아도 그랬다. 어느 절대자의 솜씨가 아니면 불가능할 것 같은 아름다움이 도처에서 나를 취하게 했으니까. 온갖 새와 그들의 웃음인지, 울음인지, 혹은 대화인지 모르는 소리도 그랬고, 무한천을 향해서 흐르는 개울물 소리도 그랬다. 특히 정원의 탱자나무, 은행나무 위로 펼쳐진 밤하늘의 별들은 그 신비로움에 황홀했다. 눈도, 비도, 더구나 무지개를 보면 경이로움에 몸이 굳어질 듯했다. 사계절마다 바뀌는 찬란한 자연의 변화에 감탄을 하기도 했다.

"하나님이 창조자시면 교회에 나가겠는데 예수님이 이해가 안 된다니까."

친구들이 소위 전도할 때면 내 대답은 이랬다. 나는 몇 번의 성극에서 언제나 주인공이었기 때문에 교회에 다니는 내 또래의 애들보다는 성경을 조금은 더 알려고 노력은 했다. 예산역을 떠날 수밖에 없었던 날 연습해야 하는 성극은 다윗 왕과 우리아 장군, 그리고 밧세바가 등장하는 세계였다. 나는 꼬마 계집애임에도 다윗 왕이었다.

"성경은 소설 같다."

나는 연극을 하면서 자꾸만 성경이 소설이라는 생각이 들었다.

"소설은 사람이 쓰는 것이지만 성경은 하나님 말씀이라니까."

애들은 이구동성으로 '하나님'을 강조했다. 이런 대화는 그 후로도 수십 년간 이어졌으니 나라는 사람과 예수님 사이에는 참으로 긴긴 사연이 쌓여갔다.

외삼촌이 떠나던 날도 역에 나를 데리러온 애들은 하나같이 기도 이야기를 했다.

"너의 외삼촌을 빨리 만나게 해달라고 예수님께 기도할게."

"예수님은 애들의 기도는 더 잘 들어주신데."

"그래, 기도하면 너의 외삼촌이 너를 만나려고 곧 기차 타고 내려오실 거야."

"맞아, 기도하면 돼."

그러고는 내가 이제라도 교회에 다니면서 기도하면 외삼촌 만나는 날이 더 빨라질 거라고들 했다.

"벌써 외삼촌 생각이 나서 왔니?"

외숙모가 반기며 나를 끌어안았다. 그날 교회의 연극 연습이 끝나자 나의 발길은 집과는 반대 방향인 외삼촌의 서재로 갔다. 2년간 줄기차게 드나들던 서재였다. 이 서재는 외삼촌이 결혼하기 전까지는 외삼촌의 침실이기도 했다. 나는 외삼촌의 침대에서 외삼촌이 연주하는 첼로도 듣고, 외삼촌으로부터 세계를 그리며 꿈을 키웠다. 해방 후 한글을 자유롭게 쓰기 시작하면서 쓴 나의 첫 번째 작문이 장원을 하던 그 밤부터였다. 그렇지 않아도 친가와 외가를 통틀어 사랑 속에서 천상천하에 유아독존으로 자라던 나의 의기는 그야말로 양양하였다. 모두들 얼마나 나에게 빠져 있었으면 훗날 결혼을 하고 자신들의 자식이 태어났는데도 나에 대한 첫사랑에서 헤어나지를 못한다고들 했다.

"누나, 내가 책임지고 우리 혜성이를 작가로 키울게."

양가의 가족들이 다 모여 나의 수상을 축하하는 자리에서 둘째 외삼촌이 말했다.

"가경이 너뿐이겠니? 이모들까지 소설 속에 파묻혀 살고 있으니 우리 혜성이의 몸엔 이미 작가의 피가 흐르고 있을 게다."

아버지의 무릎에 앉아 축하연을 즐기고 있는 나를 보며 어머니가 말했다. 사실 나는 이모들이 소설책에 빠져 훌쩍훌쩍 우는 모습을 많이도 보았다.

"그렇게 슬픈 책들을 왜 읽고 그래?"

내가 물으면 아름다워서 운다고 했다. 확실히 그때의 모든 현상들이 나에게 영향을 끼쳐 평생을 따라다녔다. 침실에 서재를 겸하는 거며, 아름다울 때 더 눈물이 나는 것 등이 그랬다. 아무튼 나의 기억 속 우리 집안 식구들은 아름답다는 말을 제일 많이 했다. 하다못해 추수가 끝난 가을 벌판의 황량함도 아름답다고 했고, 초겨울에 이지러져 짓밟히는 낙엽들도 아름답다고 했다. 호박꽃도 할미꽃도 아름답고, 튀긴 메뚜기와 번데기까지도 아름답다며 먹었다. 어린 나는 외부적인 형태만 보았지만 이 모든 현상들을 예술적으로, 철학적으로 승화시키기도 하고, 상징적인 모습으로도 느꼈던 것 같다. 나는 삶에 연결시킬 능력이 없었지만 서서히 물들어가며 슬픈 것도, 아픈 것도 아름다운 지경으로 젖어들고 있었다.

17

집안에서 표현되는 아름다움에는 하다못해 시장 바닥에서 빈대떡을 부치고 있는 초라한 아주머니가 애 젖먹이는 모습, 엿장수가 가위를 흔드는 모습, 어미 소와 새끼소를 팔러 나온 농군의 모습 등이 세상에는 도무지 아름답지 않은 것이 없는 것 같았다. 특히 나의 뇌리에 각인된 강력한 장면 중 하나는 해방이 되던 날, 둘째 외삼촌이 이마에 흰 띠를 두르고 태극기를 흔들며 단상에서 만세를 선창할 때, 우리 가족들은 그 모습이 너무나 아름답고 감격적이라며 통곡까지 했었던 일이었다. 이렇게 아름답다는 밀의 총수 속에서 자란 나는 훗날 정신세계를 윤택하게도 했지만 많은 상처를 안기도 했다.

외삼촌의 아들 기정이가 침대에 누워 있었다. 나는 외삼촌이 내게 그랬듯이 기정이를 안았다.

"아빠도 엄마도 못 알아보는 것 같은데 너만 보면 애가 방긋방긋 웃는 게 신기하기도 하다."

기정이는 동화 속의 아기 왕자와 같았다.

"외삼촌이 안 계셔도 자고 갈래?"

"기정이하고 자고 싶어."

나는 왕자를 바라보며 대답했다. 외삼촌의 첼로 연주가 방안에 감돌았다. 〈트로이메라이〉의 진정으로 아름다운 선율이. 세계 명작 동화를 읽어주던 외삼촌의 목소리가 그 음악을 타고 나의 가슴을 파고들었다.

세상에서 제일 사랑하는 나의 혜성아, 정거장에서 손을 흔들며 서 있던 너의 모습이 지금도 눈앞에 가물거린다. 도토리만 한 꼬맹이 공주님이 슬퍼하던 모습. 하지만 혜성아, 소설가가 되려면 이별의 아픔을 경험하는 것도 괜찮다. 아픔까지도 자양분이 되니 소설가는 축복받은 삶이 아니겠니? 너는 그저 계속 공부 잘하고, 일기와 작문도 열심히 쓰고, 그리고 삼촌이 보내는 책들을 읽으며 편지를 해라. 외삼촌과의 약속이다. 너는 왜 첼로도 그만두고 네 옆을 떠나 육군사관학교냐고 물었지만 네가 조금만 더 크면 말해줄 거다. 그리고 너도 다음에 좁은 예산읍이 아닌, 서울도 아닌, 미국 등 세계 속으로 떠나야 한다. 예산에 있는 동안 추억 만들기나 계속해라. 고향의 추억들은 훗날에 위안과 즐거움이 될 것이다.

그럼 다음 편지 보낼 때까지 잘 있거라.

- 혜성이 외삼촌

편지와 함께 도착한 첫 번째 책은 《쌍무지개가 뜨는 언덕》이었다. 외삼촌의 편지를 받은 후 나는 외삼촌의 다음 편지와 만날 날을 기다리며 친구들과 추억 만들기에 박차를 가했다. 지금 돌이켜보면 예산은 극히도 작은 읍과 주변이었지만 우리들에게는 하나의 세계였다. 나는 애들을 끌고 꼬마들의 세계에서는 참으로 아득하고 멀게 여겨지는 공동묘지까지도 종종 갔다. 놀랍게도 무덤은 두려움이 아닌 고요였다. 누가 죽으면 슬프고 무서웠지만 공동묘지는 평온이 깃들고 있었다. 우리는 죽어서도 한곳에 묻히자고 했다. 흙으로 돌아갈 때까지의 길고 긴 인생 여정. 우리는 아무것도 예측할 능력이 없는 어린이들이었다. 더구나 어른들의 세계에서 일어날 수 있는 종횡무진한 삶을 가늠할 수 없는, 그저 즐거운 어린이들이었다. 뿐만 아니라 모든 면에 유복한 집안에서 태어났고 삶의 어두운 측면을 상상할 수 없이 자랐다. 물론 생각과 마음도 비슷했다. 한 가지 나의 특이하게 다른 점은 이 애들은 모두 양순했다. 나만 가끔 악바리 짓을 했다. 하지만 이 유난한 악바리 짓으로 인해 일찍이 세계에 눈을 돌리게 되었고 풍부한 추억을 안으며 일생을 함께할 수 있었다. 추억을 반추하는 것만으로도 그때그때의 고통을 이겨낼 수 있을 만큼. 삶의 벽에 부딪칠 때마다 이겨내게 하는 힘이 되었다. 추억은 우리들 삶을 지켜주는 병풍이기도 했다. 추억을 만들 때는 절대로 알 수 없었던 삶의 여정. 예산에서 시울로, 그리고 미국으로 유학을 오면서 겪은 일생, 그래도 삶이 아름답다는 결론을 내린 우리에게 추억이 절대적인 한몫을 한 것이다.

외삼촌과 나와의 두 번에 걸친 이별 말고도 어린 날의 추억 속에 슬픔이 있었다면 6·25 전쟁을 예측 못한 삶의 한가운데에서 우리 집이 서울로 이사했던 것 역시 이별의 슬픔이었다. 외삼촌과의 이별을 겪었던 나였기에, 또한 떠나는 쪽이 나였기에 그 슬픔은 남는 친구들이 더 컸었지만 그래도, 우리가 함께 겪은 것이었다. 그 후에도 이 애들과 나 사이에서 언제나 내가 먼저 떠났기 때문에 우리의 추억 가운데는 친구들이 조금은 더 아파야 했었다. 1·4 후퇴 때 내가 동생의 손을 잡고 예산으로, 그야말로 입성했을 때 이 애들의 환성과 기쁨은 전쟁이 문제가 되지 않을 만큼 대단한 것이었다. 그때 내가 겪은 6·25는 이 애들의 되풀이되는 물음에 수백 번도 더해주어야 했다.

"어떻게 전쟁터에서 네가, 네가 말이다, 냉차 장사와 참외 장사를 할 수가 있었니?"

"포탄 속에서 시체를 넘어?"

비록 한 달간의 냉차 장사에 두 주일의 참외 장사였지만 나와 동생은 전쟁터에서 살아남았다. 이 기간 나는 가장이었고 동생은 가장인 누나를 도와 함께 남대문시장으로, 뚝섬으로, 얼음을 사려고 참외를 사려고 포탄 속을 뛰어다녔다. 냉차가 많이 팔리는 날엔 얼음이 부족해서 동생 혼자 사러 가기도 했는데 그때의 심정을 동생은 지금까지 동생의 친구들에게 토로하고 있을 정도다.

"얼음을 사들고 오다가 폭격을 당하면 피해 있어야 했는데, 얼음이 녹아 물이 한 방울 한 방울 떨어질 때마다 내 피가 떨어지는 것 같았다. 악바리 누나가 야단칠까 봐서…."

내가 악바리 노릇을 했기 때문에 우리 가족이 살아남았음을. 더구나 비싼 모찌도 수시로 내가 사주었다. 모찌 말이 나왔으니 말이지, 동생이 얼음을 혼자 사올 때마다 모찌를 사주었다. '차고 달고 시원한 얼음 냉차 사세요!' 하고 외치라 하면 울기만 하던 동생이다. 동생은 귀부인같이 생긴 아줌마가 귀부인같이 만들어놓고 파는 모찌만 쳐다보며 그 모찌를 사달라고 울었다. 냉차를 크게 외치면 사주겠다고 달래도 입안에서만 냉차 소리를 내며 울기만 했다. 결국 나 혼자서 냉차 소리를 종일 외쳐대야 했다. 그리고 동생은 얼음이나 사오는 심부름을 하고 모찌를 먹었다. 그 모찌는 냉차를 팔기 위해 외쳐대는 누나의 절규인지도 모르고 동생은 지금까지 누나를 원망하고 있는 것이다.

염천교 다리 위에서 '차고 달고 시원한 얼음 냉차 사세요'를 외쳐댔던 전쟁. 그 여름은 몸도 마음도 유난히 더웠지만 나의 외침에 날개를 달아 냉차 장사는 번창했고 그 수입으로 추석 잔치를 위한 만반의 준비를 해 놓을 수 있었다. 그러고도 다가올 설날까지를 위해 더위가 물러나자 참외 장사로 돌입했었다.

18

하루도 빠짐없이 이어지는 폭격 속에서도 하루도 빠짐없이 했던 한 달간의 냉차 장사. 그 대가는 엄청나 수입은 많았지만 참외 장사는 실패하고 말았다. 육체적으로 정신적으로 갈증이 심했는지 그토록 잘되던 냉차 장사는 더위가 물러남에 따라 끝냈고 더 돈을 모으겠다는 나의 계획은 무산되고 말았다. 동생과 둘이서 버스를 타고 뚝섬까지 가서 들고 올 수 있는 최대의 참외를 사다 팔았지만 밤이 늦도록 앉아보아도 간신히 본전만을 건졌다. 이익이 있었다면 남은 참외뿐이었다. 모찌를 쳐다보는 동생을 위해 참외와 바꾸기도 했고 가족들이 남은 참외를 먹었으나 그것도 연속으로 먹다 보니 지쳐버렸다. 결국 두 주일 만에 참외 장사를 그만두었다. 냉차 장사로 벌어 놓은 돈이 내 주머니에 두둑이 있기도 했고 또 꼬마 식모에게 맡긴 집안이 아무리 전쟁 중이라 해도 엉망이 되어 있었기 때문이기도 했다. 무엇보다 3개월여를 숨어서 지내는 아버지는 그런대로 잘 견뎠지만 어머니가 걱정되었다. 영등포의 사촌 집에 놀러갔다가 한강다리가 끊겨 소식을 모르는 둘째 동생 지성이로 인해 어머니는 내내 자리에 누워 병이 짙어만 갔다. 나는 어머니도 보살필 겸 추석의 꿈을 안고 전쟁의 승리를 기다리며 집에 들어앉았다. 현성이는 남대문시장으로, 뚝섬으로 얼음이나 참외를 사러 가지 않아도 되었다는 기쁨에 친구들과 딱지치기, 구슬치기로 신나게 놀았다. 나만 집안의 가장으로서 무서웠고 외로웠다. 하지만 가장은 엄격하고 냉정해야 한다고 생각했었다. 이 전쟁에서 살아남기 위해서는 가장이 무서워하고 외로워하면 안 된다고 다지고 다지며 남몰래 혼자 공포와 고독을 이겨내고자 했다. 그리고 길이 있었다. 외삼촌에게 편지를 쓰는 일이었다. 보낼 주소는 없지만 그래도 외삼촌을 향해 편지 쓰는 길만이 내가 두려움과 쓸쓸함을 견딜 수 있는 유일한 방도였다.

보고 싶은 외삼촌, 나는 너무도 무서워. 아버지는 숨어 있고 어머니는 앓기만 하고 꼬마 식모 등에 업힌 인성이는 종일 울기만 해. 거기에다 현성이는 염천교 다리 위의 아줌마 모찌만 생각해. 나는 외롭기만 해. 이런 때 외삼촌의 첼로 연주를 들으며, 외삼촌이 말해주는 세계를 그리며, 함께 있을 수 있다면 얼마나 행복할까만을 생각해. 그러나 눈앞의 현실은 폭격과 늘어가는 시체와 인민군의 빨간 완장만 있어. 인민군을 바라보고 있노라면 코도 빨갛고 이마에 뿔까지 있는 것 같애. 나의 외삼촌같이 잘생긴 사람은 한 명도 없어. 모두 고슴도치같이 머리와 등에 가시가 뻗어 있어. 스컹크같이 냄새도 고약해.

그리운 외삼촌, 빨리 와서 이 고슴도치와 스컹크를 없애주어야 해. 추석이 되기 전에 빨리, 알았지? 빨리.

사랑하는 외삼촌, 추석에는 꼭 서울로 와야 하는 것 알지? 꼬마 식모 보고 토란국도 끓이고, 고보와 더덕 요리도 뒷집 아줌마에게 배워서 준비하라고 했어. 외삼촌과 함께 추석의 식탁에 앉아서 먹으려고 지시한 거야. 해방이 되던 날 이마에 흰 띠를 두르고 만세를 선창했던 외삼촌, 이번에는 국군을 이끌고 선봉에 서서 서울에 입성해야 해. 그래서 해방되던 해의 추석과 같이 금년의 추석은 서울 탈환의, 승리의 추석 잔치를 해야지.

나의 구세주인 외삼촌, 상상을 해봐. 내가 염천교 다리 위에서 냉차를 팔았다는 것을. 그런데 모두들 귀엽다고 내 냉차들만 사먹어서 돈은 많이 벌었어. 모찌 먹고 싶어 우는 현성이가 가엾다고 그 점도 장사에 한몫을 하긴 했어. 얼마나 '차고 달고 시원한 얼음 냉차 사세요'를 외쳐댔으면 꿈에서까지 외친다니까. 이렇게 악착같이 돈을 번 이유가 외삼촌과 함께할 추석 잔치를 위해서였다니까. 나는 개선장군인 외삼촌을 맞이할 모든 준비를 끝냈다니까. 만일 오지 않으면 나는 어떡해? 내가 집안의 가장인데 겨울에는 어떻게 하라고? 추운데 무슨 장사를 할 수 있겠어? 군밤? 군고구마? 아냐, 난 못 해. 외삼촌의 공주가 눈 내리는 염천교 다리 위에서 목도리를 두르고 입에 마스크를 하고 귀마개를 하고 장갑을 끼고 이것들을 구워 팔라고? 난 못 해, 난 할 수 없어.

눈물을 줄줄 흘리며 나는 편지만 썼다. 어느 때는 하루에도 몇 통씩 편지만 썼다. 천상천하에 유아독존으로 제왕같이 군림해 살던 짧은 10

여 년의 일생이 아른거리며 눈물만 흘렀다. 꿈인 것 같은 현실 속에서 다가올 겨울은 곧 죽음만 같았다. 벌써 아침저녁으로는 바람이 차가워졌다. 나는 왠지 염천교 다리 위에서만이 우리의 생계가 달린 것 같았다. 때문에 겨울을 견디려면 그 다리 위에서 군밤이나 군고구마를 팔아야 될 것 같은 서글픔에 눈물이 났다.

염천교, 지금까지 그 다리는 나를 따라다닌다. 얼마나 그 시절이 강하게 각인되어 있는지 아무리 잊으려 해도, 아무리 그 기억에서 도피하려해도 나를 놓아주지 않는다. 하지만 동시에 내가 스스로 대견했던 시절이기도 하다. 대견하기 그지없는 가장으로, 참으로 대견한 누나였으니까. 내가 대견했던 것은 그 시절뿐인 것 같다. 특히 현성이에게 어깨를 쫘-악 펼 수 있는 것, 목에 힘을 줄 수 있는 것 역시 그 다리 위의 모찌 공급뿐인 것 같다. 누나를 지극히 섬기는 현성이는 아마도 6·25 때 누나가 해낸 대견함이 머리에 가슴에 너무나 강하게 각인되어 있는 부분이 커서라는 생각이 들기도 할 정도로 대단한 누나였다.

형제의 소중함. 인간관계에서 제일로 귀한 관계가 형제지간임을. 세상에 나오기 전부터 같은 어머니 배 속에 있었고 삶을 가장 긴 세월 함께하는 관계. 일찍이 형제는 수족이라 했다. 수족이 없다면 그 삶은 어떻겠는가. 그런 동생에게 모찌를 사달라는 대로 사줄 수 없었던 전쟁의 한맺힘은 지금도, 일본 마켓에서 모찌를 볼 때마다 나는 눈이 젖는다. 이제는 동생이 누나가 좋아하는 수준급의 벨루가 캐비어를 구하느라고 신경을 쓰고 있고 더 이상 모찌에 연연해하지 않는다. 동생의 입에서 지금도 그 시절의 모찌 이야기는 종종 흘러나오지만, 그때의 모찌를 동생

은 평생 잊지 못하고 있지만, 일본 마켓에서 사다주는 모찌가 그 맛일
수가 없다.

그 절대적이었던 6·25때의 누나의 대견함. 이 점에 있어서는 나의 막
냇동생은 더더욱 대견함을 넘어 생명을 이어준 누나의 존재였다. 9·28
수복 직전의 일이었다.

19

9·28 수복의 역사석인 배성, 그 기록에는 우선 인민군이 10개 사단
의 병력을 투입하고 38선 전역에서 남침을 감행하여 3일 만에 서울을
점령했다. 그리고 그 기세를 몰아 남으로, 남으로 공격해가는 와중에 유
엔 안전보장이사회가 북에 대한 군사 제재를 결정했고 유엔군의 파견이
이루어졌다.

수세에 몰리다 공격을 개시한 것은 낙동강 전선에서의 일이었고 9월
15일 인천상륙작전이 시작된 것이다. 작전에는 한국 15척, 미국 226척,
영국 12척, 캐나다 13척, 호주 2척, 뉴질랜드 2척, 프랑스 1척, 참전 16
개국 217척의 함정과 한국 육군보병 제17연대, 해병 2개 대대, 미국 육
군보병 제7사단과 해병 제1사단, 영국 해병대 등으로 구성된 미 제10군
단이 참가했다. 그리고 항공모함 함재기의 서해안 일대 폭격을 9월 12
일부터, 13일에는 인천 함포사격이 개시, 15일에 첨병부대가 월미도에
상륙 28분 만에 점령, 주력부대 역시 1시간 만에 인천을 장악했다. 이어

서 진격, 김포 비행장을 확보하고 인민군 최후의 방어선 접전지인 연희 고지에서 필사적인 인민군의 저항에도 서울을 함락했다. 한편에서는 남산과 왕십리 방면을 제압하고 망우리 일대를 탈환하는 등 3면에서 진격하여 27일에 국군 해병대가 중앙청에 태극기를 게양, 28일, 서울은 수복된 것이었다. 이 와중에 서울의 도처는 폭격에 불바다로 화했고 우리 집도 이때 폭격으로 전소되었다. 그 밤, 나는 슈트케이스를 꽉 붙들고 아버지의 명령만을 기다렸다. 이 가방 한 개만을 들고 뛰어나갈 만반의 준비를 하고 있었다. 가방 속에는 외삼촌에게 쓴 편지들, 일기장, 작문집과 사진, 책, 가장 아끼던 인형까지 가방에 넣을 수 있는 한 내가 귀중히 여기던 물건들이 들어 있었다. 꼬마 식모는 인성이를 단단히 묶어 업고 있었고, 우리는 아버지의 명령과 함께 뛰쳐나갈, 그리고 살아남기를 애처롭게 염원하며 기다리고 있었다.

"운명에 맡기고 각자 흩어져 나가야 한다. 그리고…, 폭격이 끝나면…, 살아 있으면…, 이 집터에서 만나자."

3개월 만에 방으로 올라온 아버지의 목소리는 힘이 하나도 없었지만 비장함이 우리 모두를 짓눌렀다. 폭격 소리와 창밖을 화염으로 무늬를 이루는 불길은 아버지의 비장한 목소리 위에 무게를 얹기까지 했다. 어머니는 아버지가 부축하고 있었고 현성이는 몸까지 공포에 젖어 있었다. 영겁의 시간 같았던 그 순간들, 폭격 소리는 더 가까이 창밖의 화염은 더 강렬히, 그리고 우리 뒷집에 떨어졌다.

"지금 나가라! 뿔뿔이 흩어져라! 나가라!"

그때였다. 뛰어나가는 꼬마 식모를 내가 붙들었다. 그리고 인성이를 받아 내 등으로 옮기고 가방을 팽개친 채 쌀자루를 머리에 이고 집을 뛰쳐나왔다. 생과 사의 기로. 그 기로에서는 평소에 인간이 생각하는 것도, 나약함도 일순간에 기적과도 같은 상황이 일어남을 그때 알았다. 처음으로 등에 동생을 업고 쌀자루를 머리에 얹은 채 나는 뛰고 또 뛰었다. 얼마를 뛰다가 뒤를 돌아보니 우리 집이 불길에 싸여 있었다. 아버지는 뒤도 돌아보지 말고, 각자만 생각하며 살아 있어야 한다고 했다. 나는 돌아선 채 그 자리에 서서 타고 있을 가방을 생각하며 울기 시작했다. 소금 기둥은 되지 않았지만 소금물 같은 눈물이 끊임없이 흘렀다. 신기하게도 가족의 죽음은 절대로 없을 거라는 확신이 있었고, 타는 것은 내 가방뿐이라고 여겨졌다. 집이 타는데도 집에 대한 걱정도 되지 않았다. 집은 또 있을 것 같았고 내 가방 속의 물건만 재로 변하고 있다는. 누나가 울자 등에서 동생도 자지러지게 울었다. 그곳까지 피신해 있던 사람들이 우리 남매의 울음소리에 자신들이 위험하니 떠나라고 했다. 쫓기는 인민군에게 울음소리는 소위 죽음을 부르는 신호라는 것이었다. 나는 울음을 그칠 수가 없어 그 자리를 떠나면서 계속 울었다. 뛸 힘도, 걸을 힘도 잃고 기면서 한 발 한 발 앞으로 나아갔다. 얼마나 기었을까, 무엇인가 나의 발을 멈추게 했다. 땅 밑으로 푹 꺼진 위로 뻗어나온 나무뿌리, 커다란 고목나무 앞이었다. 사람의 그림자조차 없는 곳에 고목나무 한 그루가 기고 있는 나를 멈추게 했다. 나는 꺼진 땅에 쌀자루부터 넣고 그 위로 동생과 함께 들어갔다. 그리고 여기저기 뻗어 있는 뿌리를 긁어모아 우리를 덮어버렸다. 천혜의 피난처가 준비되어 있었다. 나는 그 안에서 잠이 들었는지 의식을 잃었는지 분간할 수가 없었다. 눈을 떴을 때는 덮여진 뿌리 사이로 짙은 안개 같은 연기가 천지를 가리고 있었다. 폭격 소리도 불길도 보이지 않았다. 뿌리를 헤치고 나와 보니 하나 둘 물체가 희미하게 보이기 시작했다. 인성이는 지쳐서 울지도 못하고 내 등에 처져 숨소리만 흘렸다.

쌀자루까지 머리에 이고 주저앉을 것만 같은 몸을 이끌고 집터를 향해 되돌아 걷던 그 길고도 긴 여정. 그 여정의 길은 시체로 덮여 있었다. 우리보고 떠나라고 했던 사람들은 무더기로, 그곳을 시체로 지키고 있었다. 울음소리에 들킬 것을 염려했던 그들은 무슨 소리에 죽음을 당한 것일까.

나는 집터 근처에서 가족을 찾기 시작했다. 뿌연 연기가 아직도, 그야말로 피어오르는 사이로 울고 있는 꼬마가 보였다. 직감으로 현성이임을 알았다. 현성이의 울음소리, 힘이 다 빠진 울음소리였지만 그 소리는 살아 있는 자의 신호였다. 생명을 알리는 소리였다. 나는 뛰었다.

"누나!"

나를 보고 달려오는 현성이의 울음소리가 점점 힘을 발했다. 나의 몸에도 힘이 용솟음쳤다. 우리는 있는 힘을 다해 생명을 외쳤다. 생존을 위해 외치던 '차고 달고 시원한 얼음 냉차 사세요'보다 더 크게, 생존을 넘은 생명을 위하여 더 힘 있게, 더 크게 울었다. 실로 현성이와 내가 마주 잡고 운 것은 그날이 처음이었고 마지막이었다. 이제는 쌀자루도 무겁지 않고 등에 업혀 있는 인성이도 무겁지 않았다. 남은 손으로 현성이를 힘 있게 붙들고 아버지, 어머니, 그리고 꼬마 식모를 찾아나갔다. 그리고 시체와 부상자의 신음소리가 엉켜 있는 사이사이에서 가족 모두를 찾았다.

손끝 하나 다치지 않은 상태로 모두 살아 있었다. 영등포에 놀러간 지성이도 사촌들과 함께 예산으로 내려갔을 것을 나는 또한 확신하고 있었다.

20

"자, 그만 가자."

가족의 눈길이 젖은 채 서로와 서로에게 멈추었다가 타버린 집 쪽으로 옮겨지기를 거듭하고 있을 때 아버지가 앞장을 서서 걸음을 옮겼다. 우리는 묻지도 않고 아버지의 뒤를 따라갔다. 얼마 후 아버지는 대문이 확 열려 있는 어느 집으로 들어갔다. 전소된 우리 집 주변보다 지대가 높아 언덕 위의 집 같은 곳 대청마루엔 그 집의 가족 같은 사람들이 앉아 있었다. 그러고 보니 주인남자는 낯이 익었다. 가끔씩 우리 집에 들러 비밀통로를 타고 아버지를 만나고 가던 부하 직원이었다. 주인은 우리를 반갑게 맞이해주었다. 아버지와 일찍이 무슨 약속이라도 되어 있었는지 놀라는 기색도 없었다.

"간밤에 그 지역이 몽땅 폭격에 타고 있는 것을 보았습니다. 밤새 걱정을 했지만 무사하신 것을 보았다는 소식도 인편에 들었습니다. 저의 집이 폭격을 맞지 않았으니 이곳에 마음 놓고 계시면 됩니다."

부인과 딸들도 자리에서 일어나 우리를 반겼다.

"수제비라도 드시고 쉬시는 것이 어떨까 해서…."

주인이 말하자 부인과 딸 셋은 부엌으로 들어갔다. 나는 비로소 인성이를 꼬마 식모에게 넘겼다.

"그 아줌마도 살아계시겠지?"

현성이가 '누나'라고 부르며 울음을 터뜨린 후에 입을 연 첫마디였다.

"왜, 모찌 생각이 나서?"

현성이는 대답 없이 나를 보고만 있었다.

"아직은 너무 이르니까 이따가 염천교로 가보자."

살아 있는 가족들을 위해서는 내 주머니에 차곡차곡 쌓여 있는 돈은 문제도 되지 않았다. 그렇지 않아도 현성이를 보는 순간 맨 먼저 떠오른 것은 모찌였다. 마음껏 사주기로 결심하고 있었다.

"모찌 아줌마는 살아 계실 거다. 그 집은 염천교 저쪽이니까 무사하실 거다."

염천교에 가보자는 것만으로 모찌는 누나가 사줄 것이라고 알았는지 동생의 얼굴이 환하게 밝아졌다.

"오늘이 추석이잖니. 소공동에 가서 월병도 사줄게. 땅콩엿도 사주고 탕수육까지 사줄게. 우선 팻말을 만들어야 해. 외삼촌이 왔다가 우리를 못 찾을 테니까. 집터에 이 집 주소를 써서 꽂아놓아야 하거든."

나는 이제 전쟁은 끝났고 외삼촌만 기다리면 된다고 생각했다. 아버지는 더 이상 숨을 필요가 없고 어머니에게는 가끔 약만 사다드리면 되었다. 지금은 약 사러 가는 길에도 염천교를 가운데 한 국군과 인민군이 진을 치고 있지도 않을 것이다.

그 사건이야말로 단 한 번으로 충분했다. 그 다리를 건너며 이쪽저쪽을 지날 때마다 양팔을 높이 들고 손뼉을 치면서 이유를 설명해야 했던 전선. 아군과 적군의 경계선을 넘나들어야 했던 그 밤의 악몽, 그 공포의 순간, 두 번 다시 반복할 자신이 없었다.

뿌연 연기 속에서 하루가 지났고 어둠은 오히려 고요를 깔고 있었다. 풀벌레 소리조차 없는 그 고요 속에 나만 깨어 있는 것 같았다. 아니, 나 혼자가 아니었다.

그 이전에도 이후에도 결코 다시 보여주지 않은 너무나 큰 달이 밝게 나와 함께했다. 언덕 위의 집 마당을 밝히며 나와 함께 있었다. 그리고 그 달은 서서히 물러가면서 더 많은 별을, 보석보다 더한 빛을 뿌려대는 별들을 보냈다. 뿌리고 뿌려, 망토같이 나를 두르며 위로해주라고 달이 부탁한 듯했다. 한 달간의 냉차 장사도, 두 주일의 참외 장사도, 염천교에 국군이 입성하던 밤, 그 전선을 왕래해야 했던 것도, 내 가방이 집과 함께 사라진 것도…, 다 꿈이다. 별들이 속삭였다. 쌀자루를 이고 동생을 등에 업고 뛰다가 뒤를 돌아보았을 때 소금 기둥이 되지 않았듯이 다, 꿈이다. 그래 꿈이다. 달도 별도 이토록 아름다운데, 이 모든 일들이 현실일 수가 없다. 바람이 차가웠다. 전쟁의 열기를 식히려는 것일까. 그해의 추석 밤, 바람이 몹시도 불었다. '샌 안셀모'에 거주하는 아름다운 부부, 내가 존경하는 의사와 시인 부부도 9·28 서울 탈환 당시 폭격에 집이 전소되었다고 했다. 그리고 그 '바람' 이야기를 했다. 바람이 유난히도 세차게 불었다고. 그 바람을 맞으며 나는 밤을 새웠다. 그 꼬마가.

전설의 고향 같은 6·25 이야기. 꿈이 아닌 현실이었고 역사임을. 모찌를 사달라고 울던 동생, 누나 손을 놓칠까 봐 움켜쥔 채 눈을 맞으며 피난길을 동행했던 우리 남매. 이제는 동생이 마음의 모찌를, 마음의 손을 내밀고 나를 지킨다. 우리 남매의 역사도 이렇게 흘러왔다. 같이한 시간만큼 그리움이 남는다 했던가. '소중함이란 관계 속에서 생겨나는 것'이란 어린왕자의 깨달음. 있음 자체의 존중과 귀중함. 진정으로 행복이란 소유의 개념이 아니라 존재의 개념이라 했다. 나의 존재 자체가 동생에게, 북가주의 사랑하는 가족에게 소중하고 행복이었으면 좋겠다.

6·25는 3년 1개월 하고도 2일간의 전쟁이었다고 기록되어 있다. 1백만이 넘는 인명이 희생되었고 30억 달러의 손실을 낸 전쟁이었다. 살아서 헤어진 가족들은 남과 북에서 하나씩 지상을 떠나고 기억 속에서만 존재해가고 있을 뿐이다. 과거와 현재가 맞물려 하나의 기억은 또 다른 기억을 불러일으킨다는데, 살아 있는 남과 북의 가족들은 무엇에 귀착되어 있을까. 나의 전쟁 기억은 전설의 고향이 되어 그해의 보름달과 별들과 염천교의 추억으로 남았지만, 그리고 나의 확신대로 고향으로 미리 내려가 있던 지성이까지 1·4 후퇴 때 다시 만나 모두 생존했지만, 백만 명의 희생자와 그 가족들, 남과 북의 가족들은 얼마나 서글픈 사연 속에서 아프게 살고들 있을까. 내가 사랑하는 북가주의 가족 가운데는 유복자로 태어난 사람이 둘이 있다. 단 한 번도 말은 안했지만 그들을 볼 때마다 얼굴에 그리움이 드리워 있다. 아버지에 대한 그리움일 것이다. 그 그리움은 전설의 고향이 아니다. 어제도, 오늘도, 그리고 살아 있는 한 사라지지 않을 그리움이다. 생존의 가망성은 세월과 함께 점점 멀어가고 어쩌면 끝내 아버지의 얼굴을 보지 못할 것이다. 죽음을 의식하

지 않는 삶은 제대로 영위할 수가 없다. 죽음을 인정하고 우리는 다 죽는다는 것을 진실로 받아들일 때 우리의 삶은 빛을 발한다. 하지만, 국가의 비극으로 강제로 헤어져야만 했던 관계, 당시의 사회상으로 인한 이념으로 갈라서야 했던 관계, 그것이 부모와 형제 간의 관계였다면, 그 죽음의 철학은 색이 다를 것이다. 그리움이 전신을 옥죄고 있는데 여유 있게 죽음을 의식할 수는 없을 것이다. 결코, 결코 전설의 고향으로만 매듭지을 수 없는 혈육상쟁의 6·25.

21

그 혈육상쟁의 기록은 이렇게 이어진다. 서울을 탈환한 후 국군과 유엔군은 38도선 이남 지역을 회복한 후 10월 1일 북한으로 진격, 11일 만에 평양에 입성한 국군 제1사단은 미 제1기병사단과 합류하여 평양의 인민군을 제압했다. 그때 김일성은 48년도에 체결한 조·중 상호방위조약에 근거한 중공군 참전 요청을 했고 모택동은 군 지휘관들에게 부대 편성을 명령했다. 10월 말 중공군의 기습적인 공격에 밀린 국군과 유엔군은 전쟁을 종결지으려 했으나 중공군의 제2차 공세에 밀려 12월 4일에 평양을 빼앗겼다. 압록강에 태극기까지 꽂았던 아군은 중공군의 개입으로 다시금 38도선까지, 임진강까지 밀려내려왔다. 결국 51년 7월부터 시작된 휴전협상은 휴전선 문제와 포로교환 문제 등으로 18개월이나 늦추어졌다. 중국과 북한 측은 제네바 협상에 따라 자동송환을 주장했고, 미국 측은 인도주의를 내세워 포로 개인의 자유의사대로 처리하자고 맞섰다. 그야말로 치열했던 치악산전투가 계속되고 있는 와중에 일어난 일들이었다. 그리고 53년 7월 27일에야 휴전이 협정되었다.

"가방을 팽개치고 쌀자루를 머리에 얹었다고 하지 않니? 동생까지 업고…."

"정말로 악바리다. 우리 같으면 그럴 수 없었을 게다."

"시체와 시체를 넘고 넘었다는데 나 같으면 기절했을 거다."

"고목나무 뿌리로 몸을 덮을 생각은 어떻게 했지? 전쟁 중에 생각은 더 잘 전투들을 했나보다. 아니, 전투들을 한 게 아니고 발레를 했나 보다. 달과 별들이 위로하며 망토까지 보석으로 씌웠다고 하지 않니?"

백번이 넘는 같은 질문에 같은 대답을 하고 나면 네 명의 꼬마 친구들은 돌아가며 이렇게들 말했다. 그러고는 눈물을 글썽이며 다시금 돌아가며 이런 말들을 반복했다.

"그래도 신통해. 3개월간이나 지켜온 가방을 버리고 동생을 챙겼잖니."

"가엽기도 해. 그 다리 위에서 얼음 냉차 사라고 종일 소리를 질렀다니 그게 소리였겠니, 울음이었지."

"전쟁이 끝나면 우리 모두 서울에 놀러가자. 그 염천교 다리에 가서 모찌 좀 먹어보자. 그 순하고 착한 현성이가 왜 그토록 모찌 타령을 했는지 맛이나 보자."

"왜 하필이면 전쟁 직전에 서울로 이사 가서 그런 고생을 했지? 혜성이가 그 전쟁터에서 죽었으면 우리는 어떻게 되었을까? 아이구, 생각만 해도 따라 죽고 싶다."

내가 서울로 떠난 후 맥이 탁 풀려 살던 친구들은 물 만난 고기들이 되어 무한천이 아닌, 서해안에서 헤엄치며 놀고 있는 듯 활기에 넘쳤다. 전쟁을 일선에서 겪은 나는 철갑상어가 되어 카스피 해 등 더욱 세계를 향해 벨루가 캐비어를 체내에서 만들어나갔다.

학교에서도 월반 아닌 월반으로 나를 받아주었다. 전쟁과 피난의 기간 동안 학교를 못 간 나를 초등학교 성적을 참작하여 그 공백을 묵인해 주었다. 전쟁은 계속 중이었지만 우리들은 다시 합쳐 열심히 공부도 하고 열심히 놀면서 세계 속의 꿈을 더욱더 키워나갔다. 운명이라 명명한 내 선언대로 우리의 오명에 순종을 했다. 이 '순종'이라는 던어는 내가 성경구절에서 따온 것이었다. '순종은 제사보다 낫단다.' 교회는 나가지 않으면서 성경 속의 아름다운 말과 필요한 말들을 적재적소에 잘도 했다. '산 개가 죽은 사람보다 낫단다. 열심히 살자', '범사에 감사해라', '세상이 너무도 아름답지 않니? 범사에 감사해야지, 범사에 기뻐해라'. 전쟁의 폐허 속에서도 별들이 내려와 망토를 만들며 나를 감싸고 위로했다. 얼마나 아름다운 삶이냐. 절대로, 절대로 슬퍼하지 말라. 기뻐해라. 슬플 때 절대로 울지 말라. 기쁨의 눈물만 흘려라. 하도 어린 날 외쳐댔더니 스스로 세뇌가 되어 나는 슬플 때 눈물을 남에게 보이지 않는다. 내가 눈물을 흘릴 때는 아름다울 때, 감사하고 감동받았을 때다.

훗날 성인이 되어 사람들과의 관계를 경험하면서 나는 세뇌되기를 참으로 잘했다는 결론을 내렸다. 기뻐하며 감사하는 사람들 옆에 있을 때의 즐거움. 진정한 친구는 기쁨을 함께할 수 있는 사람들임을. 우리는 한 번도 만난 적이 없는 사람들의 비극이 뉴스에 나오면 마음이 아프다. 인간은 이렇게 아픔에 동정의 동참을 하게 된다. 그러나 친구라고 하면서도 그 기쁨에 진실로 함께하는 자는 많지 않다. 입으로는 축하한다고 하면서도 머릿속 가슴속으로는 부러움과 함께 시기와 질투까지 한다. 때문에 나의 사랑에 대한 감별법은 상대의 기쁨이 그대로 내 기쁨이 될 때이다. '나는 너를 사랑하고 있구나.' 그 순간 나는 나의 기쁨 이상으로 행복하다. 이런 사랑의 대상이 북가주 도처에 있다는 것은 나의 행운이자 축복이다. 나는 기쁘고 고맙다. 이들의 존재가 곧 나의 행복이기 때문이다. 이것이 내가 내린 사랑의 정의, 행복의 정의이다. 아직도 지구촌 곳곳에서 '사랑'이 무엇이냐, '행복'이란 어떤 것이냐, 묻고 묻지만 나의 사랑관과 행복관은 '너와 그의 존재'이다. 너나 그가 존재하지 않는다면 나의 존재 자체가 무의미하다. 너와 그의 존재 속에서만 나의 존재가 사랑할 수 있고 행복할 수 있는 것이다. 이것은 사후에도 이어진다. 진정으로 사랑했다면 그것은 불변이다. 어떠한 난관도 뚫고 지나간다. 흔히 사랑을 '눈물의 씨앗'이 어떻고 슬퍼들 한다. 진실로 사랑했다면 '행복의 씨앗'이다. 이 행복의 씨앗으로 나는 가슴속에 울창한 '레드우드' 숲을 가꾸고 싶다.

22

고향의 꼬마들과 다시 만나 뛰놀던 시간들. 전쟁도 무색할 정도로 우리들이 즐기던 예쁜 시간들 앞에 또다시 이별이 왔다. 서울로 환도할 때까지 고향에 머물기로 했던 우리 가족들은 혼자서 이산가족으로 지내는 아버지의 불편함을 더 이상 지속할 수가 없었다. 결국 우리는 아버지의 직장이 피난 내려와 있는 청주로 이동을 하게 되었다. 친구들은 나로 인한 두 번째의 이별에 아예 말을 잃고들 있었다.

"공부만 생각하자. 3년간 공부에만 매진하자. 그리고 3년 후에 서울 대학에서 우리는 만나는 거다."

결국 나만 구국 선언문을 선포하듯이 무거운 이 말을 남기고 예산을 떠났다.

예산에는 무한천이 흘렀는데 청주에는 무심천이 있었다. 친구들에게 향한 그리움을 외면한 듯 무심천이 있었다. 무한대로 펼쳐져 있는 것 같았던 예산에서의 꿈, 그 미래의 청사진. 청주는 그저 무심하기만 했다. 고등학교 선생 대부분은 서울에서 피난 온 대학 교수들이었고 학생들의 수준도 대학생과 같았다. 전쟁의 와중에 건너뛴 1년여의 공백까지 합쳐 나는 암흑의 동굴 속에 있는 것 같았다. 나의 존재란 그저 움직이는 물체에 불과했다. 학년이 바뀔 때마다 앞에 버티고 서서 친구들을 선택했던 나, 교장실에 한 대 밖에 없던 피아노를 수시로 드나들며 치던 나의 특권, 모두 다 전설의 고향이었다. 청주 토박이가 주류를 이루고 서울의 명문 여고에서 피난 온 뛰고 나는 애들 사이에서 나는 듣지도 보지도 못한 책만 혼자 넘겼다. 이런 세계 속에 내가 있을 수 있다는 것은 상상 밖의 일이었다. 나는 가족과 헤어져 혼자라도 예산으로 가고 싶었다. 하지만, 나는 힘 있게 고개를 저었다. 6·25 전쟁에서, 그 폭격 속에서도 가장으로 승리했던 나, 패잔병으로 고향에 돌아갈 수가 없었다. 나는 암흑의 동굴 속에서 책과의 전쟁을 선포했다. 패배는 나의 인생사전에 없다, 나는 승리하고야 말 거다. 나는 입술이 타들어가는 전투를 개시했다. 그리고 학기 중간에 치른 첫 번째 시험에서 100점을 맞았다. 그것도 영어 선생이 100점짜리 4명을 일일이 호명한 것이다. '재는 누구지?' 자리에서 내가 일어나자 모두들 고개를 갸우뚱하며 눈으로, 서로들 묻고 있었다. 나는 입학하고 나서 처음으로 반 전체를 개선장군 같은 표정으로 둘러보았다. '너희들, 이제 내가 누군지 알겠지?' 나는 버티고 서서 몇 번이나 둘러보며 눈으로 답했다. 그리고 이어서 음악이론 시험, 국어 시험…, 계속 나는 100점에 호명되었다. 반 애들에게 확실히 각인되기까지 걸린 시간은 6·25 때의 냉차와 참외 장사 기간 정도에 불과했다.

"너, 피아노 칠 줄 아니?"

학기 중간 시험발표가 끝난 무렵에 이수미라는 애가 내게 와서 물었다. 전교생 행사 때면 피아노를 반주하던 아주 귀엽게 생긴 애였다.

"물론이지. 초등학교 학생 전체에서 나만 쳤다. 교장실에서. 왜?"

나는 어깨를 쫙 펴고 웅변조로 대답했다.

"방과 후에 강당에서 피아노 연습을 하는데 너도 함께 있어 줄래?"

나와는 달리 수미는 사랑스럽게 말했다.

"글쎄…."

나는 여전히 교만하게 버티었다.

"연습 후엔 빵집에 가서 빵도 먹고…."

"빵 집가면 걸리잖니?"

"괜찮아. 나는 매일 가는데… 내가 빵도 사주고, 그리고 우리 집에 가서 놀자."

말하는 수미가 하도 귀여워서 나는 웅변조의 목소리 대신 고개를 끄덕였다. 너 정도면 내가 놀 수 있지. 속으로는 이런 생각을 했지만 겉으로는 그저 고개만 끄덕였다. 아마도 나보고 선택해라 해도 너였을 것이다. 나는 강당에서 만나기로 하고 교실을 나왔다.

"너, 정혜성이지?"

나를 가다리고 있었다는 듯이 복도에서 한 애가 또 내게 다가왔다.

"너에 대해서 이야기 많이 들었어. 나는 '선'반의 최은영이야. 나도 시골 음성에서 왔어. 방과 후에 나의 자취방에 가서 저녁도 먹으며 함께 공부하지 않을래?"

실은 나도 최은영에 대해서 알고 있었다. 내가 '진'반에서 100점으로 호명되듯이 은영이는 '선'에서 계속 호명되었다. 그러니까 나와 은영이는 100점의 호명으로 인해 비로소 알려진 인물들이었다. 때문에 청주에 비해서 훨씬 시골인 예산에서 온 나와 음성에서 온 은영의 이야기는 양쪽 반 애들의 화젯거리였다. 누구 집의 자식인 것까지도 밝혀졌다. 은영이는 음성 갑부의 딸로 아버지가 의사라는 것, 그리고 얌전하고 단아한 애라는 칭찬도 돌았다. 호감 가는 은영의 이야기와 달리 나는 튀기같이 생긴 게 보통이 아닌 계집애라는 말들이 퍼져 있었다. 어쨌거나 은영이 역시 내가 선택할 애인 것은 분명했다.

"나도, 너 만나보고 싶었다. 함께 공부하자. 그런데 오늘은 강당으로 가서 이수미의 피아노 치는 것 듣다가 빵집에 가기로 했다. 너도 그럴

래?"

"빵집은 못 가게 되어 있는데…, 너도 가지 마. 그리고 수미는 놀기만
하는 애잖니? 난 그 애하고는 친구 안 해."

"그래, 그러면 너하고는 공부만 하자."

23

소문에 의하면 수미의 책가방에는 피아노책만 들어 있다고 했다. 교
과서나 노트를 가져본 적이 없는 애라고. 오직 시험 때만 공부 잘하는
애들에게 돌아가며 예상문제 몇 개씩 물어 시험을 보는데, 언제나 80
점 이상은 맞는다는 것이었다. 뿐만 아니라 예습과 복습은 물론이고 숙
제까지도 해본 적이 없는데도 모든 선생들이 묵인해줄 정도로 넘어가
는 묘한 매력을 가진 애였다. 피아노 실력과 영어회화 실력이 한몫을 거
들기도 했지만 귀여운 제스처가 누구도 거부할 수 없는 특이한 애이기
도 했다. 반면에 은영은 누구와 말하는 것도 보기 힘들고 쉬는 시간에도
제 자리에 앉아 삼위일체 같은 두꺼운 책을 놓고 공부만 하는 애로 알려
졌다. 화학과 물리 과목으로 인해 평균 점수가 떨어진 나에 비해 은영은
체육 한 과목이었기에 98점을 유지해 전교 수석을 3년 내내 지켰다. 따
라서 은영은 책벌레라는 별명을 가진 철저한 모범생이었다. 피아노와
노는 것밖에 모르는 수미, 공부밖에 모르는 은영이와 나는 졸업 때까지
가장 친한 친구로 지냈다. 수미와 은영 사이에는 친구 될 기질이 하나도

없었지만 나는 수미 기질과 은영의 기질, 양쪽 다 철저히 갖고 있어 수미와는 놀고 은영과는 공부만 했다.

강당의 문을 여니 수미는 벌써 피아노에 열중해 있었다. 손가락의 움직임을 잡을 수 없을 만큼 건반 위를 날듯이 쳐대는 음은 경쾌하면서도 고혹적이었다.

"너, 지금 치고 있는 곡이 뭐니?"

나는 뛰는 가슴으로 물었다.

"베버의 〈무도회의 권유(유혹)〉야. 너, 이 곡 모르는구나."

"응, 처음 들어. 작곡가와 그 곡에 대해서 설명 좀 해줘."

"독일 작곡가야. 멘델스존이 '낭만주의 관현악의 무기창고'라고 말할 정도의 음악가야. 이 곡은 1814년에 아내 생일 선물로 만든 피아노곡인데 몇 년 뒤에 베를리오즈에 의해 관현악곡으로 편곡되고 다시 바인가르트너에 의해 근대 관현악곡으로 개곡되었어. 그리고 첼로의 서주로 시작해."

"첼로로?"

외삼촌의 첼로로부터 음악에 빠졌던 나, 이제 수미가 있었다. 멘델스존, 베를리오즈, 바인가르트너 등을 베버의 〈무도회의 권유〉를 통해 알게 되었고 그 후로 수미가 새로운 곡을 칠 때마다 그 작곡가로부터 주변 인물과의 관계, 그리고 작곡의 동기나 유래를 캐어나갔다. 외삼촌을 감동시킬 음악 실력을 수미를 통해서 차곡차곡 쌓아나갔다. 독서의 삼매경에도 빠지는 한편 학교 문예지에는 콩트를 써냈다. 전쟁이 끝나고 외삼촌을 만나면 음악과 문학에 1 대 1로 대화를 나눌 수 있다고 확신에 찼다. 음악과 문학뿐이 아니라 예술 전반에 걸쳐 실력과 안목을 넓혔다. 그리고 명화 탐방에서 퇴학을 당할 뻔한 사건과 부딪쳤다. 우리 집이 아버지의 직장 환도와 함께 서울로 올라간 후의 일이있다. 나는 도서관을 완수해야 한다는 대명제 아래 청주에 남았었다. 문예 반장에서 도서 반장으로 임명되었을 때 도서관도 없는 도서 반장의 무의미를 내세우고 방을 하나 얻어 시작된 도서관 설립이었다. 방도 방이지만 예산이 없다는 교장에게 기어코 창고방을 얻은 것이다.

"방만 주시면 제가 할 수 있습니다. 조회 시간 때 저를 단상에 세워만 주시면 됩니다."

"단상엔 왜?"

교장의 물음이었다.

"돈을 모으고 책을 모으려면 제가 전교생이 모여 있는 자리에서 그 필요성을 설파해야 하니까요."

교장의 허락을 받은 후 나는 우선 후배 중에 소설가 지망생인 유자경과 시인 지망생인 강선자를 불렀다. 문예 반장으로 있을 때 글도 쓰고 편집도 도우며 나를 보좌한 애들이었다. 우리는 창고를 깨끗이 정리한 후에 USIS로 갔다. 그리고 한국 직원에게 도서관 설립의 계획을 설명하고, 사전 등 중요한 참고 서적을 넣을 유리장 한 개와 일반 책장 등을 도와 달라고 했다. USIS는 전에 학교의 교실마다 난로를 설치해준 적이 있었다. 그 역할은 수미가 했었다. 수미는 책임자를 직접 만나 영어로 눈물겨운 제스처를 써서 얻어냈다. 영문학 교수인 아버지와 피아니스트인 어머니로부터 일찍이 영어와 피아노를 시작한 수미였다. 그러니까 은영이가 공부로 전교 수석을 지켰다면 수미는 영어회화와 피아노의 전교 수석인 셈이었다.

책장이 해결되자 나는 조회 시간마다 단상에 올라가 일장 연설을 했다. 요지는 집에서 소설책, 시집, 잡지 등을 세 권씩 가져 오든지 돈을 30원씩 내라는 것이었지만 책과 도서관의 필요성에 관한 훈계조의 강연이었다. 그렇지 않아도 조회 시간을 제일 싫어하던 전교생들은, 특히 3학년인 나의 동급생들은 참을 수 없는 조회 시간이 되어갔다. '다들 서울로 되돌아가는데, 쟤는 왜 안가고 우리를 괴롭히는 거니?' 원성의 눈길이 교정을 휩쓸었다. 하지만 어김없는 나의 단상 등단에 결국은 학생들은 빠짐없이 책이나 돈을 가져왔다.

"3학년 언니들의 대부분은 조회 시간이 길어지는 게 견딜 수 없어서 가져왔대요."

"그래도 1, 2학년 학생들은 감동받았다고 언니를 흠모까지 해요."

"한 명이라도 남아 있으면 단상 등단이 계속된다니까 모두들 두 손 들고…, 덕분에 빨리 끝이 났어요."

"놀라운 건 교장선생님 이하 모든 선생님들이에요. 언니가 단에 오를 때 미소까지 얼굴에 감돌았어요. 그러니 학생들이 더 어쩔 수 없게 된 거죠."

24

돈과 책의 접수를 맡은 유자경과 강선자가 말했다. 자경과 선자는 문예지를 만들 때도 실력 있고 성실한 나의 든든한 후배들로 도서실 설립에도 전력을 다해 나를 도왔다. 우리는 주기적으로 기차를 타고 서울로 올라가서 책을 사오며 목록을 만들어나갔다. 책 대여 카드도 이 둘의 손에 의해 이루어졌고 따지고 보면 내가 한 일은 단상에 올라가 연설을 한 것에 불과했다. 훗날 둘 다 대학생일 때 문단에 데뷔하여 문단에서는 나의 선배가 되었으나 나에 대한 예우는 변화가 없었다. 내가 학교를 일찍 입학했기 때문에 오히려 이들보다 내가 어린 것을, 내가 문단에 나왔을 때 알게 되었는데도 깍듯이 학교의 선배 대접을 했다. 이것을 타고 난 나의 인복이라고 해야 할지, 제대로 된 인물을 볼 줄 아는 나의 안목 때문인지 나의 일생은 이렇게, 어디에서건 삶의 맛을 만끽하게 해주는 사람들이 있었다.

퇴학 직전까지 간 사건은 도서관을 개관하고 3주 만의 일이었다. 변장을 하고 수미와 영화관을 드나든 건 꽤나 많았지만 결국 〈애수〉를 보다가 걸리고 말았다. 청주 장학관이 총출동한 자리에서 붙들린 것이다. 빵집은 물론이고 극장에서 교묘히 잘도 통과 되었는데, 〈애수〉의 비비언 리에게 취해 있는 사이에 극장 안에 불이 환하게 밝혀지면서 영화는 중단되었다. 그 자리에는 우리 학교 훈육주임과 담임선생도 있었다. 훈육주임은 말할 때마다 입술 양 끝으로 하얀 약 같은 것이 끼어나와 '다이아찡'이라는 별명을 가진 물리 선생이었다. 담임선생은 화학 선생으로

개구리같이 튀어나온 눈을 두리번거리며 하도 바닥을 봐서 '동전 한 푼'
이란 별명을 갖고 있었다.

마치 동전 한 푼이 떨어져 찾는 모습이었기 때문이었다. 이 두 별명뿐
아니라 선생마다 별명이 있었는데 대부분 내가 붙여주었다. 이 두 선생
은 자신들 별명의 작명자를 알고 난 이후 나를 껄끄럽게 대하고 있던 중
이었다.

"현장만 보지 못했지 너희 둘이 극장에 드나드는 것을 이미 들어서
알고 있었다. 이번으로 너희는 끝이다."

"빵집도 마찬가지다. 그러면서 너희들은 강당의 피아노를 독점하고
조회 시간에 단상에 올라 훈계했냐? 이제 모든 것이 끝났다."

다이아찡 선생과 동전 한 푼 선생이 번갈아 한마디씩 했다.

"장학관 총출동이다. 너희는 내일이면 퇴학이다."

"내일부터는 이 옷차림으로 마음 놓고 활개 쳐도 된다는 말이다."

다이아찡과 동전 한 푼이란 별명에 분풀이라도 하겠다는 듯이 두 선
생은 오히려 통쾌해하는 것 같았다. 물리와 화학을 워낙에 싫어한 데다
두 선생 모두 인상조차 못마땅해서 지은 별명의 대가를 극장에서 받은
것이었다. 그것도 비비언 리의 아름다운 모습에 취해 있었던 순간에.

"영화가 학생들을 타락시킬 수도 있다는 것도 압니다. 하지만 소설
가가 될 저나 대 피아니스트가 될 수미의 경우는 오히려 공부가 됩니다.
그러니까 의식 수준에 따라 벌을 줄 수 있으나 저희 둘은 해당이 안 됩
니다."

나는 수미와 함께 아침 일찍 교장실에 가서 이렇게 말했다.

"나는…, 명단을 보고 믿어지지가 않았다. 너희 둘이, 특히 혜성이, 너 같은 모범생이 학교의 규칙을 어기다니 놀라울 뿐이다. 규칙은 규칙이다. 징계 수위 결정만 남았을 뿐이다. 공부 순위와 인기 순위로 벌이 크니 너희는 퇴학을 면할 길이 없다."

교장의 표정은 근엄했고 단호했다.

"교실마다 난로를 놓는데 결정적인 역할을 한 수미나 가족과도 떨어져 학교에 도서관을 설립한 저의 공로는 참작하실 수 없나요?"

"그 점은 기억해줄 것이다. 처벌은 별개의 문제다."

"교장선생님께서 장학관들을 설득하셔야 합니다. 저희들의 모든 공적과 학교 내에서의 저희들의 생활 등을 논의하셔서 면죄해주셔야 합니다. 약속드리겠습니다. 졸업 때까지 절대로 영화를 보지 않겠습니다."

"내가 해볼 수 있는 길은 하나뿐이다. 너희들이 서울의 어느 학교에 갈 수 있도록 힘이나 써보겠다는 것이다. 더 이상 할 말이 없다."

이 말과 함께 교장은 자리에서 일어나 교장실을 나갔다.

"수미야, 너, 수위실에 가서 망치 좀 가지고 도서관으로 와."

울상으로 나를 바라보고 있는 수미에게 이 말을 남기며 나도 교장실을 나왔다.

"망치는 왜?"

말 한마디 못하고 겁에 질려 있던 수미가 울먹이며 물었다.

"도서관을 쓰레기장으로 원상 복구해놓고 서울로 가자."

"도서관을?"

"내가 만든 거니까 내가 없앨 거야."

수미는 부동의 자세로 떨기만 했다. 나는 수미를 남겨놓은 채 수위실에 가서 망치를 들고 도서관으로 들어갔다. 그리고 유리창도 깨고 손에 잡히는 대로 책을 찢어나갔다.

"혜성아, 그만해. 교장선생님께서 너를 찾으셔."

얼마 후 수미가 달려와 나를 붙들었다.

"다이아찡 선생님과 동전 한 푼 선생님이 네가 도서관을 부수는 것을 보고 가셨는데 교장선생님께 말씀 드렸나봐."

나는 수미를 따라 다시 교장 앞에 섰다.

"네가…, 네가…."

교장은 나를 보자 파랗게 질린 얼굴로 말을 잇지 못했다.

25

그토록 상냥하고 다정한 네가…, 이런 면이 있었다니…."

교장은 한숨으로 말을 이었다.

"네가 만든 도서관이라고…, 네가 부수어도 된다는 거니? 조회 시간부터 학교 전체가 너를 도왔는데…, 이런 행동을 네가 할 수 있는 거니?"

교장의 한숨으로 눈물까지 머금었다.

"그래, 말 좀 해보거라. 잘하는 행동이라고 생각되는 거냐?"

"죄송합니다. 잘못하고 있습니다. 하지만 세계의 명화를 감상한 것이 무조건적인 퇴학을 당하는 것에 동의를 못합니다. 더구나 빵집도 못 가게 하고 머리까지 마음대로 할 수 없는 이런 규율들 평소에도 이해할 수가 없었습니다."

머리의 규칙은 이랬다. 1학년은 단발, 2학년은 고무줄로 묶은 짧은 포니테일, 그리고 3학년은 머리를 몇 개로 땋아야 했다. 그러니까 머리만 보아도 1, 2, 3학년이 멀리서도 구별되었다. 뿐인가, 학교 정문에는 규율 부장들이 서서 등교하는 학생들의 옷차림 등을 검열했다. 두고두고 비참했던 일은 비를 맞으며 항일 데모를 할 때의 기억이다. 학도 호국단 간부들은 솔선수범으로 혈서를 써야 자격에 합당한 듯한 분위기. 아파서 손가락을 깨물 수 없었던 소대장인 나는 주위의 눈치를 보며 곤혹을 치렀다. 중대장이었던 은영은 그 얌전한 애가 마구 손가락을 깨물어 한동안은 그 애가 징그럽고 무서워서 피해다니기도 했다.

말을 하고 나니 왠지 가슴이 후련했다. 동시에 도서관은 다시금 원상복구를 해야 한다는 생각이 들면서 부수고 있었던 나를 스스로도 알 수가 없었다. 규칙을 어긴 건 바로 나였으니까.

"교장선생님께서 베풀어주신 사랑과 배려는 감사합니다. 그리고 도서관을 파괴하려던 것 다시금 사과를 드립니다. 고쳐놓고 떠나겠습니다. 죄송합니다."

나는 인사를 하고 돌아섰다.

"정혜성! 어딜 떠난다는 거냐?"

나는 다시금 몸을 돌려 교장을 바라보았다. 이제 슬픔에 잠긴 얼굴이 되어 나를 향해 있었다.

"서울로 가서 미국 갈 준비를 해야지요."

슬픈 교장의 얼굴을 마주 대하기가 나도 슬펐지만 내친김에 또 한마디 했다.

"미국?"

"네. 미국 가서 공부도 하고, 보다가 만 〈애수〉도 보고…, 영화 좀 실컷 보았으면 해서요."

"앉거라!"

끝내 한마디도 못한 수미가 나를 앉혔다.

"너는 내가 누구보다 인정하고 사랑했다. 앞으로 오늘의 네 모습은 기억하지 않겠다. 오늘 이전의 너만을 생각하겠다. 그리고 네 마음에 들건 안 들건 학교의 규율은 지켜야 한다. 졸업 때까지 영화를 보지 않겠다는 약속 또한 지킬 것을 믿는다."

그게 무슨 뜻이냐고 수미와 내가 눈으로 물었다.

"충분히 혼났을 거라는, 이번만 넘어가자는 나의 간곡한 건의가 받아들여졌다. 그러니 이 학교를 졸업하라는 말이다. 퇴학이 취소되었다는 뜻이다. 이 잘난 애들아!"

퇴학이라는 너무도 생소한 말에 사실 실감이 나지도 않았지만, 〈애수〉를 끝까지 못 본 오기로 대항하고 애꿎은 도서관만 망가뜨리던 나는 비로소 정신이 들었다. 그리고 내가 퇴학당할 뻔했다는 끔찍한 사실에 비로소 전율이 왔다.

"감사합니다. 절대로 영화는 보지 않겠습니다. 감사합니다."

내가 전율하고 있는 사이에 수미가 벌떡 일어나 수없이 절을 하며 말했다.

다이아찡 선생과 동전 한 푼 선생이 퇴학 소리를 할 때부터 이 순간까지 말 한마디 못하고 겁에 질려 떨기만 했던 수미였다.

"영화 보러 미국까지 간다는 혜성이도 졸업까지만 보류해도 되겠지?"

비로소 교장의 얼굴에 퍼졌던 슬픔의 자리에 미소가 스며들었다.

"너희가 본 명화들이 어떤 소설가로 만들었는지 어떤 연주가가 되어 있는지 졸업 후에도 계속 지켜볼 것이다."

나는 일어나 고개를 숙였다. 도서관을 부수는 제자에게 미소를 보낼 수 있다니…, 규율을 어기고도 도서관까지 부수는 제자에게. 청주에서 보낸 3년의 고등학교에서 제일 큰 선물은 바로 이날, 교장이 내게 보낸 미소였다. 그리고 〈애수〉 사건으로 인한 선물은 또 있었다. 도서관 파괴 행위로 인한 화살의 눈총 대신 오히려 동정론이 주류를 이루었다는 것이다. 얼마나 속상하면 그토록 아끼던 도서관을. 맞아, 학교의 규율이란 게 지나쳐. 다정다감한 정혜성에게 그런 면이 있었다니, 역시 보통은 아냐. 그래, 소설가가 되건 무엇이 되고 말 거야.

운이 좋았다고 한마디로 말하기에는 설명이 안 되는…, 또 운명이라고 결론지어야 할 선물이었던 것이다. 물론 조회 시간의 단상 설교는 모두에게 고통이었지만, 도서관이 완성되고 전교생에게 도서 대여가 발표된 후로 모두들 나에게 감탄하고 있었던 터이기도 했다.

"네 덕에 우리 학교뿐이 아니고 청주의 모든 학교 학생들이 구제되었다. 하지만 자랑할 일은 아니다."

이제 교장은 웃고 있었다. '진심으로 죄송합니다, 진심으로 잘못했습니다, 그리고 진심으로 감사합니다.' 나는 웃음이 피어 있기까지 한 교장의 얼굴에 전했다.

"교장실도 어떻게 할까 봐 겁나니 이제 나가거라."

26

목소리에까지 웃음을 실으며 교장이 말했다. 오기와 대항의 성깔이 나에게 있기나 했었냐는 듯이 나는 온화하게 교장의 웃음을 바라보았다. 전시에, 피난 온 청주에서 이토록 멋진 교장을 만나다니. 도서관을 부수는 학생을 이렇게 웃음으로 품을 수 있다니. 근엄한 표정 뒤에 감추어 있던 슬픔도 보았고…, 이제는 아무 일도 없었다는 저 편안한 웃음. 이 웃음 역시 지금까지 내 앞에 있다.

〈애수〉의 사건은 이렇게 한바탕 드라마를 연출하고 끝이 났다. 〈애수〉의 그 후반부는 졸업과 함께 보았고 비비언 리의 아름다움과 연기는 교장의 선물에 화려한 포장지로 나를 사로잡고 있다. 내가 지금까지 망토를 즐겨 걸치는 것, 리본 달린 큰 챙의 모자가 내 젊음의 트레이드 마크였던 것이다, 〈애수〉의 비비언 리 덕이다. 로런스 올리비에와 결혼했을 때 축전을 마음으로 보냈고, 그와 헤어졌을 때 나도 아팠다. 그녀가 지상을 떠났을 때는 천국으로 애도의 전문을 띄웠다. 하지만 〈애수〉와 〈바람과 함께 사라지다〉를 보며 발레하던 장면 등과 클라크 게이블이 떠나면서 던진 마지막 대사에는 내 가슴이 저린 채 그 음악, 그 의상, 그 연기, 그리고 그 성깔까지 함께한다.

나의 고등학교 시절에 드라마를 창출해준 비비언 리. 퇴학의 문턱까지 갔지만 비비언 리로 인해 퇴학을 당했다 해도 상관이 없을 만큼 비비언 리는 요정같이 신비했고 애절한 아름다운 연기로 나를 사로잡은 명화의 주인공이었다.

허구의 세계가 소설이라고들 흔히 말한다. 영화 역시 소설이 원작인 경우가 대부분이기 때문에 관중들은 그 속에 빠져 꿈의 세계에 젖는다. 그러나 삶의 실체는 소설이 따라가지 못한다. 소설가의 직·간접 체험과 상상력의 한계가 실제의 삶을 다 쓰지 못하고 있다. 긴긴 세월을 그 많은 소설가들이 쓰고 또 써도 끝없이 소설이 나오는 이유가 바로 이 때문이다. 끝이 없는 삶의 이야기. 때문에 소설가의 수명 또한 끝이 없다. 다만 소설이 허구의 세계라고 말하는 것은 엮어가는 작가의 능력에 의해 '만나' 같은 맛의 묘미가 있기 때문이다. 이런 저런 맛을 내기 때문이다. 그리고 참뜻을 파헤쳐 보고자 소설가의 고뇌는 계속될 뿐이다. 써도 써도 채워지지 않아 또 쓰고 또 써내려간다.

플로베르가 3페이지를 쓰는 데 꼬박 1주일간을 작업했을 때 편집자도, 독자도, 비평가들도 요청하고 있지 않았다고 했다. 다만, 플로베르가 자기 자신에게 요구한 것이었다. 자기 자신을 위해서, 예술을 위해서였다. 독자들은 그러한 엄밀성이 없어도 만족할 수가 있었다고. 하지만 소설가들은 하나의 세계를 소설에서 창조하는 데 혼신을 쏟는다. 물론 소설가들이 추구하는 세계는 각자 색과 향기가 다를 수 있다. 나는 비비언 리가 출연한 영화들같이 삶의 아름다운 음악에 아름다운 의상을 입혀 아름다운 연기를 하게 하고 싶다. 비록 〈애수〉나 〈안나 카레니나〉 같이 비극적 종말이 온다 해도 〈바람과 함께 사라지다〉의 내일을 향한 희망을 남기고 싶은. 파스칼이 우리에게 내기를 건 것과 같이 나도 소설 속에 내기를 걸고 싶은 거다. '당신은 하나님의 존재를 부정하는가? 그렇다면 내기를 걸어라. 만일 하나님이 존재한다는 편에 내기를 걸고 당신이 이긴다면, 당신은 무한한 행복을 누리게 된다. 설령 하나님이 존재하지 않아 당신이 진다 해도 손해 볼 것은 전혀 없다. 그러므로 주저하지 말고 하나님이 존재한다는 편에 내기를 걸어라.'

이렇게 파스칼이 내기를 걸었듯이 나도 내기를 걸고 글을 쓴다. 내일 지구의 종말이 온다 해도 오늘 사과나무를 심듯이. 내일 어떤 고난이나 슬픔이 온다 해도 견딜 수 있고 이겨낼 수 있다는, 곧 오늘은 희망을. 못 가진 것보다는 가진 것을, 이루지 못한 것보다는 이룬 것들의 여유로움을…, 오늘은. 미운 사람이 있다면 가엾다고 생각을 돌리는, 싫은 사람은 '나는 저러지 말아야지' 하는 삶의 선생으로 여기는. 언제나 우리 앞에 전개되어 있는 자연의 아름다움에 마음을 풍요로이 빛에 담고, 이 자연보다 더 아름다운 인간과의 관계에 의미를 갖고 영위하는 삶. 이런 것을 삶에 걸고 내기를 계속하는 나의 소설 작업. 파스칼의 말대로 손해 볼 것이 전혀 없다. 우선 내가 치유받고 있으니까. 인간의 진실과 거짓이 눈에 보이고 상처를 받아도 그 아픔이 초속도로 치유된다. 비록 단어 하나를 찾아 머리와 가슴속을 3만 리를 헤매도, 문장을 엮기 위해 수백, 수천 장의 종이를 버리며 밤을 새워도 이 내기에 건 기대는 우선 나 스스로를 치유한다. 한국의 드라마 〈황진이〉에서도 보여준다. 완벽한 학무의 춤을 위해 30년을 바친 행수 백무가 삶의 마지막을 학무를 추며 끝낸다. 학이 날개를 펴듯이 학무 의상을 활짝 펴고 언덕 위에서 학같이 날며 추락해 생을 마감한다. 그러고도 그의 영혼은 시내의 물살을 따라 그녀 죽음의 잔재까지도 춤을 추며 가는 길을 주문같이 말했었다. 제자 황진이 또한 선생이 끝내 마무리하지 못했던 춤을 마지막 가는 길에 바친다. 춤꾼도, 음악가도, 화가도… 모두가 이렇게 내기를 걸듯이 자신의 일에 헌신한다. 얻은 것이 있건, 없건… 삶은 과정이기 때문일 것이다. 완성도 없고 끝도 없다. 이 과정 속에서, 이 인생 여정에서 생존을 위해 잠잠할 수 없는 우리 인간의 삶. 창조주는, 신은, 하나님은 우리를 자유롭게 풀어놓았다. 그리고 자유롭게 해놓은 대신 절대자는 각자 모두에게 재능을 부여해주었다. 그것을 땅에 묻건 몇 배로 늘리건 우리가 선택할 몫이다. 내가 건 내기는 각자가 날개를 펴고, 각자의 삶에 내기를 걸고 인생을 훨훨 나는 모습이다. 날면서 함께 물가에 앉기도 해보고, 둥지에도 앉아 우리의 내기에 꿈을 품는 거다. 전쟁에 전소된 집터를 바라보던 칠흑의 어둠 속에서 무수한 별들이 쏟아져내려와 망토를 둘러싸던 그 꿈을.

27

"이 추운 밤에 산타나 로까지 와서 커피를 즐기게 되었으니…, 삶의 일상이 계속 너에게 세뇌되어가는구나."

연희는 긴 목도리를 한 바퀴 더 목에 두르며 말했다. 보라색 캐시미어 목도리의 환상적인 색감 위에서 연희의 얼굴은 아직도 발레리나의 모습이었다.

"친구끼리는 함께 보낸 시간만큼 익숙해져서 서로 닮아가는 것 아니겠니?"

예쁜 모자이크 테이블 위에 올려진 예술작품 같은 망고 케이크도 연희의 모습과 같았다.

"익숙해진 것이 아니다. 꼬마 때부터 네가 외치던 그 '운명'이란 말에 만사가 세뇌되어간 거야."

우리는 사랑스러운 케이크를 커피와 함께 먹으며 어제와 오늘과 내일을 모자이크하듯 이야기를 나누었다.

"나는 함께한 시간들이 고맙고, 만사를 아름답게 풀어가는 너와의 인연이 고맙다."

혀에서 녹아가는 망고 케이크의 부드러움으로 내가 말했다.

"혜성아, 제발 푸근해지지 말아. 삐치고 토라져야 네가 아니냐? 지난번에 지수, 재훈, 정민도 그러더라. 네가 자꾸만 푸근해지니까 오히려 이상하대. 네가 어디 아픈 게 아니냐고 걱정까지 했다. 그러니 너는 그대로 있거라."

"너희들은 내가 삐치고 토라져야 재미있지? 내가 푸근하게 굴면 심심한 것 아니니?"

커피는 누가 최초로 발견했을까. 나는 커피 없는 삶이 상상이 되지 않는다. 커피 없이 일과가 시작되기나 할 수 있는지. 커피 없이도 대화가 오고 갈 수 있는 것인지.

"그래, 원정 생일잔치는 어땠니? 신년이 되면 맨 먼저 떠오르는 것이 금년엔 또 어떤 생일잔치를 할 건가. 이번엔 한 떼가 아예 이곳을 떠나버렸으니 남은 사람들이 얼마나 궁금했겠니? 그래도 나름대로 연례행사는 챙기고들 있겠지만."

"유난히 눈이 보고 싶다고 했더니 즉흥적으로 결정하고 떠난 건데, 뭘. 눈을 보면서 문화적인 여행도 하며 케이크 촛불을 밝히는 것도 낭만적이라는 거지."

"눈이 내리면 너의 결혼식이 생각나서 슬프다며 왜 항상 눈타령이냐?"

"그러게. 시간이 흐르면서 슬픈 기억과 관련된 것들이 애틋하게 자꾸만 손짓을 해."

"너를 보면 정말로 사람은 성격대로 삶을 영위한다는 것이 거듭거듭 실감이 난다. 신앙도 성격대로 믿는다고 하지 않니? 딱, 너야."

밤공기는 점점 더 내려갔다. 하지만 상쾌한 추위였다. 머리 위에서는 히터의 빨간 열기가 내려오고 볼을 스치는 차가운 기온을 느끼며 마시는 프렌치 로스트 커피. 젊음의 과시인지, 삶의 예찬인지 반소매 티셔츠에 반바지를 입고 우리 앞을 지나는 남녀들. 산타나 로는 활기 넘치는 모습들의 전시장이기도 했다. 명품 가게들이 눈을 즐겁게 하는 것도 한몫을 차지하고 있지만 나는 산타나 로에서 마시는 커피를 즐긴다.

"레이크 타호는 무척 추웠을 텐데, 그리고 네가 가 있는 며칠간은 눈이 온 것 같지도 않고. 하긴 아무리 눈이 내려도 네 결혼식날 밤의 눈 같기야 하겠니? 하버드 대학 교정에 쌓이는 눈이 허리까지 올라왔었잖니? 참으로 장관이었는데…."

그랬다. 그해 1월 30일의 깊은 겨울 밤, 하버드뿐 아니라 케임브리지와 보스턴 일대가 동화 속에 나오는 설국이었다. 솜송이 같은 푸짐한 백설이 천지를 덮어가며 계속 내렸다. 얼마나 탐스럽고 얼마나 포근하게 눈이 내렸는지 봄날 같은 따뜻함으로 축하객들은 예식장에 들어왔다. 동부 6개주를 합친 뉴잉글랜드 한인 학생회의 부회장이었던 나의 결혼식에는 그 당시의 유학생들 대부분이 참석했다. 모두는 나와 정 박사의 결혼을 부러워하며 아낌없이 축하를 해주었다. 하지만 신부인 나는 전날 밤에 들은 하버드 대학 교목인 프라이스 박사의 말이 귓전에 맴돌아 마음이 춥기만 했다.

"정 박사와의 이 결혼, 자신 있습니까?"

결혼식 예행연습이 끝난 후 주례를 맡은 프라이스 박사가 조심스럽게, 근심어린 표정으로 내게 물었었다. 그런 분들은 한눈에 모든 것을 볼 수 있는 예리와 혜안이 있었던 것일까? 우리는 신랑과 신부의 모습을 하고 시키는 대로 순종하며 연습을 치렀는데도 그는 무엇인가를 예감하며 느꼈던 것이었다. 흠 잡을 데가 없는 정 박사의 겉모습이었는데도. 학벌로도 스탠포드 대학을 졸업하고 하버드에서 임상심리학 박사 과정을 끝내고 있었다. 이 분야에서 권위자인 스키너 교수의 애제자로 그야말로 미래가 보장된 인물이었다. 물론 그 당시의 한국 유학생들은 대부분 학벌에다 가정이 만만치 않았지만 외모까지 포함해서 정 박사는 단연코 빛났다.

그 빛남의 선택에 의문을 던진 프라이스 박사였다. 예행연습이 끝나고 정 박사는 연구실로 갔고 프라이스 박사는 나를 남으라고 한 후 그렇게 물었었다. '네'라고 자신 있는 표정으로 내가 대답을 했지만 한동안 프라이스 박사는 나를 말없이 바라보기만 했다. 물론 나는 그의 시선에 의문을 갖지 않았다. 나도, 나에게 물었을지 모를 질문이었기 때문이다. 아니, 이미 나는 대답을 알고 있었지만 스스로 부정하고 있었다. 빛남의 선택에 대한 나의 자존심이었다. 결과적으로 그 선택은 아픈 10개월의 결혼 생활로 마감했으니까. 연희 말대로 성격대로 삶을 운전하는 나의, 선택의 결과였다.

28

품위 있고 견고한 교회에서 하늘도 축복하는 듯한 그 밤의 장관. 교회 안은 더 따뜻한 촛불들이 축복의 불길을 사방에 내뿜던 그 밤의 결혼식. 그토록 아름다운 밤에 출발한 결혼식이었다. 거기에다 20대의 젊은 유학생들로 교회 안의 식장을 가득 메운 분위기는 완전한 축제의 밤이었다. 외롭고 힘든 학업에 열중한 채 오직 금의환향만의 길만 있었던 유학생들의 일상에서 이 밤은 정녕 축제의 밤이었다. 3·1절에 모여 비장한 3·1절 노래나 불렀고, 6·25날은 전쟁을 회고하며 가난한 제3국의 국민으로서 비애에 젖었었다. 뉴잉글랜드에서의 유학 생활을 달랠 수 있는 날은 주일뿐이었다. 기독교인이고 아니고 간에 교회에 모여 일주일간의 힘든 생활에 위안을 받는 날이었다. 이러한 우리들의 생활 속에서 자연마저 크게 일조한 이 밤의 행사는 참으로 축제일 수밖에 없었다.

결혼식이 시작될 7시 정각에 양복에 묻은 비둘기 털을 털며 입장하는 신랑의 모습까지 자랑스러웠던 유학생들이었다. 정 박사는 결혼식날도 실험실에서 연구를 하고 있었던 것이다. 시계보다도 더 정확한 그였기에 그날의 연구는 밤 7시에 맞추어 했을 그였다. 또한 그의 연구실은 바로 교정 내 교회의 옆이었다.

"정 박사는 지금도 영국의 왕립원에서 연구만 하며 혼자 살고 있는 거지?"

"그 사람의 삶이 연구실이잖니? 나의 삶이 소설이듯이….."

"결혼 생활 10개월을 끝으로 둘 다 아직까지 혼자들 있는 것도 우리들은 이해되지가 않아."

"나도 이해를 못하는데 누가 할 수 있겠니?"

"네가 그때 차라리 MIT의 이 박사와 결혼할걸 그랬나봐."

연희가 종종 가상해보는 말이다.

"이 박사야말로 내가 감당하기에 벅찬 남자였어."

"하지만 이 박사와의 데이트 기간 너는 황홀했잖니?"

"그랬지. 학교에서 직장까지 가는 길에서 핫도그로 식사를 대신할 만큼 쫓기는 힘든 생활 속에서, 주말이면 내 기숙사 앞에 나타날 리무진을 생각하며 견뎠으니까."

커먼웰스 애비뉴의 기숙사 문 앞에 리무진이 정차하고 그가 응접실에 들어서면 모두가 선망의 눈으로 나를 바라보았다. 나는 그 순간부터 주중에 쌓인 고달픔이 풀리기 시작했었다. 리츠칼튼 호텔에서 저녁을 먹은 후 음악회의 로얄 박스에 앉아 귀족 놀음은 이어지고, 그리고 찰스 강을 드라이브한 다음 비콘 스트리트에 있는 그의 아파트에서 차를 마셨다. 그의 아파트와 나의 기숙사까지는 두 블럭밖에 되지 않아서 귀갓길은 둘이서 산책으로 기숙사에 돌아왔다. 그해의 음악회 시즌 티켓을 다 사용하고 나면, 커먼웰스 애비뉴의 넓고도 긴 길을 걸어 보스턴 커먼의 호수로 가서 벤치에 앉아, 오리 떼를 바라보며 한가로이 주말을 보내기도 했다. 때로는 보스턴 파인 아트 뮤지엄에 들러 하루를 보내기도 했다. 가끔은 월든 폰드며 근교를 드라이브하기도 했고, 브라운대, 예일대 등을 가기도 했고, 뉴욕까지 가서 음악회나 미술관을 둘러보기도 했다.

"네 취향에 맞는 그만 한 남자도 드물었잖니?"

"하지만 그 사람의 집착에는 숨이 막혔다. 정 박사가 나를 내버려두어서 허전해 휘청될 만큼 둘은 극과 극의 남자들이었다. 둘 다 힘들기는 마찬가지였다."

"살면서 점점 더 신기해지는 것이 어쩌면 65억이라는 인구가 다 제각각인가 하는 거다. 용모는 말할 것도 없고 목소리며 생각하는 것, 성격까지 65억 가지냐 말이다. 정말로 불가사의다."

"맞아, 덕분에 다양한 분야에서 다양한 인물이 나와 세상을 풍요롭게는 하지만."

"아무튼 네가 잘 쓰는 용어인 신묘막심한 인간사인 것은 틀림없다."

활기 넘치는 산타나 로에도 밤이 깊어지자 사람들이 빠져나간 자리에 적막이 깔렸다. 우리도 자리에서 일어났다. 280프리웨이를 타고 울프에서 빠져 엘 카미노 리얼까지 오는 동안 길이 있는 대로 열려 있었다. 끝내 버리지 못하는 나의 환상 속 인생길과 같이.

"등대도 늘었고 허밍버드도 점점 늘어만 가는구나."

내 아파트에 들어오면서 연희가 말했다. 우리는 만나면 언제나 내 아파트에서 커피를 한 잔 더하고 헤어졌다.

"내가 워낙 좋아하니까 친구들이 갖다줘서 그래. 한국 방문에서도, 외국 여행 중에 사다주거든."

"박물관 같기도 하고, 소꿉장난 같기도 한 수집품 모집 역시 변하지 않는구나."

"이 즐거움, 너도 알잖니. 나이가 들면서 사람들은 정리만 한다는데 나는 아냐. 살아서 미리 정리할 것 뭐 있니. 살아서 즐기는 거야. 더구나 하나하나가 이야기를 담은 물건들인데. 이야기뿐이냐, 시와 음악까지 흐르는데…."

"시 이야기가 나오니까 말인데, 지난번 양로병원 건립을 위한 음악회 때 네가 쓴 시, 나 가끔 혼자 낭송한다. 아름답게 편곡된 찬송가 연주 사이에 시 낭송이 흐르니까 색다른 감흥이 오더라. 나뿐 아니라 장내가 숙연해지더라니까."

"기도를 하고 쓴 시라서 그럴 거야. 나는 펜대만 들고 있을 테니 이 시를 아름답게 써주십사고 기도했거든. 그래서인지 쓰고 나서 읽어보니 마음에도 들더라."

29

"네게 고마운 것 중에 하나가 바로, 네가 주님을 알게 된 거다."
"나도 고마워. 너희들이 몇십 년간 기도해준 덕분이야."
"그런 뜻에서 그 시, 네 앞에서 낭송해볼까? 외우고 있거든…."

사랑의 씨앗이
옥토의 가슴에 뿌려져,
은총 받은 손길을 타고 흐르는
신비한 연주,
물이 되고 거름이 되어 꽃을 피운다.

사랑의 꽃이라 이름짓는 우리에게,
천상의 미소는
꽃을 만진다.
삶의 나그네 길 황혼에,
우리의 부모
그리고,
우리와 후손 대대로 머물게 될,
자유와 평화의 둥지를 위한
마법의 손길로.

하여, 오늘 밤

우리를 적시는 이 신비한 화음은,

주님께 향한 효심어린

순종의 자태,

천상까지 전달된 향연의 향기다.

이제

들려오는 소리,

백만 큐빗의 내부에다

자색 융단을 깔아라.

금색으로 벽을 칠해라,

아, 천상의 소리…

우리는 기쁨의 날개, 감사의 날개를 편다.

무지갯빛의 날개는

꿈과 희망을 싣고 비상을 준비한다.

이 아름다운 밤,

천상의 입김이 따스한 밤에.

　　나의 시를 낭송하고 있는 연희를 바라보며 발레리나가 되라고 부추
겼던 나, 그리고 나로 인해 발목을 삐어 포기해야 했던 연희, 나는 내 마
음의 십자가를 어루만졌다.

　　"연희야, 너, 발레의 미련은 정말로 없는 거지?"

"그때의 사고가 다행이었다고 몇십만 번을 말해야 되겠니? 그리고
왜 너의 책임이라는 거냐고. 그리고 나는 이사도라 덩킨이 아니라니까.
어머니 배 속에서부터 춤을 추지 않았다니까. 네가 뱅글뱅글 도는 내 모
습이 예쁘다고 해서 꿈꾸어본 것뿐이라니까."

연희의 수없이 반복되는 열변의 해명에도 내 마음의 십자가는 아프
고 무거웠다.

"생각해봐라. 커튼이 오르고 내리며 무대 위에서 박수와 갈채를 혹
받았을지 모르지만, 그에 비례해서 육신이 얼마나 고달팠겠는가를. 박
수와 갈채를 받을 만한 위치에 오른다는 것이 얼마나 외로운지, 얼마나
힘든지 네가 알지 않니? 덕분에 편안하게 살았단 말이다. 때때로 옛 생
각이 나서 발레를 보지만 너의 소설과 시, 재훈의 그림, 정민의 사진들
얼마나 나를 행복하게 하는지…, 그 자리에 서지 않고 즐길 수 있는 것,
행운이란 말이다."

하지만 나는 연희와 발레를 떼서 생각할 수가 없다.

"피아니스트가 되겠다던 재훈은 화가로 전향시키고 네가 고등학교
때 놀던 피아니스트 말이야. 〈애수〉 때 함께 걸렸다는 그 친구는 지금도
피아노 연주하니?"

"피아노 치는 것하고 돌아다니며 노는 것이 그 애의 삶이니까. 수미
덕분에 내가 뉴욕에서 기자 생활을 할 때 고등학교 시절을 되풀이하는
것 같았다. 퇴학의 염려도 없겠다 영화는 말할 것도 없고 그리니치빌리
지, 핍스 애비뉴, 센트럴 파크, 링컨 센터 등 누비고 다녔다. 교장선생님
께서 생존해 계셨다면 한 말씀 하셨을 거다."

30

우리의 식사는 주로 워싱턴 광장 아니면 센트럴 파크, 링컨 센터 앞이었다. 커피와 샌드위치를 사들고 그날의 기분대로 갔다. 그리고 오늘밤은 영화냐, 브로드웨이냐, 링컨 센터냐, 아니면 그냥 티파니나 버그도프 굿맨으로 돌아다닐까였다. 고등학교 때 못 다한 것을 뉴욕에서 넘치도록 즐긴 셈이다. 우리 반에서 미국에 유학 온 것도 우리 둘뿐이었다. 교장선생은 우리가 인사차 방문했을 때 드디어 영화 보러 미국에 가느냐 하면서도 대견해했다. 나는 보스턴으로, 수미는 뉴욕으로 갔지만 결국은 다시 뉴욕에서 5년을 함께 보냈다. 우리는 〈애수〉 이야기를 하며 즐겼다. 나는 비비언 리에 빠져 있었지만 수미는 〈바람과 함께 사라지다〉의 클라크 게이블에게 빠져 있었다. 너무 유들유들하지 않니? 내가 말하면 자유자재로 여자를 휘어잡는 남자가 매력 있다고 했다. 나는 윌리엄 홀덴 같이 포근한 남자가 좋다고 했다. 또 수미는 에바 가드너를 좋아했다. 그 여자는 끈적끈적해. 미끈미끈한 그 여자가 싫었다. 나는 비비언 리 다음으로는 진 시먼스나 오드리 헵번 같이 사랑스러운 여자를 좋아했다. 아니면 완벽한 아름다움의 엘리자베스 테일러 등이었다. 영화를 봐도 나는 전반적인 것을 다 미리 공부하고 가서 배우들의 대사, 연기, 그리고 음악과 배경에 쏠리는 데 비해 수미는 이야기만 쫓아다녔다. 우리는 이렇게 좋아하는 배우도 다르고 인생관도 달랐지만 돌아다니며 노는 데는 일치를 했다.

뉴욕에서의 5년간은 참으로 맨해튼을 누비고 다녔던 기간이었다. 힘들었던 보스턴에서의 유학 생활 5년을 충분히 보상해준 도시였다. 수미는 지금도 뉴욕에 있고 내가 북가주로 동생을 따라온 지는 30년이 넘어갔다.

"그래, 금년 생일엔 몇 번이나 케이크에 촛불을 켰니? 원정 생일 잔치를 한다고 설마 케이크까지 들고들 간 건 아니겠지?"

커피의 향기 탓일까? 커피의 맛 때문일까? 연희와 내가 만나면 이렇게 어제와 오늘과 때로는 내일이 실타래를 풀 듯 복잡하게 이어졌다. 얽히고 설킨 실타래 같은 일생을 푸는 즐거움 또한 우리의 관계이기도 했다. 연희는 다시금 나의 생일로 돌아왔다.

"문화 여행이었다니까. 버지니아 시티의 마크 트웨인 앞에서 케이크를 먹었다."

나도, 아직도 계속되는 생일로 돌아왔다.

"버지니아 시티까지 갔다고?"

"레이크 타호, 리노 근교는 다 돌았어. 그뿐이냐. 돌아오는 길에 새크라멘토에서 갈비와 소주를 진탕 먹고 마시고 나니 아쉬워서 그 밤으로 오로빌의 동생 포도원까지 다녀왔다."

"이 겨울, 그 밤에 포도원은 왜?"

"포도원도 둘러보고, 무엇보다 문화적으로만 놀다 돌아오니까, 도박의 자리를 그냥 떠난 것이 아쉬워서 한번 당겨보자는 거였지. 포도원을 들어가는 입구에 인디언 카지노가 있잖니?"

"당기니까 돈이 떨어지든?"

"우리 일행이 만지는 기계마다 마구마구 돈이 떨어져서 그길로 비행기 타고 여행을 계속하려다가 돌아왔다."

"그런데 가면 서로들 잃었다고 한다는데 너희들은 다 땄다고? 어쨌거나 그렇게들 다녔으면 모두 지쳤겠구나."

"출발부터 도착까지 너무 웃어서 몸이 아프긴 했다. 아무튼 결론은 연중행사로 만장일치였다."

나의 생일은 나의 잔치가 아닌 친구들의 행사다. 요란했던 연말이 지나고 신년이 밝으면 누구나 달력을 바꾸는 감회에 젖는다. 다행이 새 달력을 만지던 손길의 감회가 가라앉을 정도의 시간이 흐르면 내 생일이 있다. 이날을 계기로 친구들은 새로운 한 해에 대한 힘찬 출발의 기회를 만든다. 연휴니까 더욱 시간이 넉넉했다. 10년, 20년, 30년을 함께한 북가주의 친구들. 65억의 인구 가운데 우리는 이곳에서 함께 삶을 영위하는 귀한 관계들이다. 잠시의 소풍이 아닌 우리 인생의 종착지. 여기서 우리는 각양각색의 아름다운 모자이크로 동포 사회를 이루고 있다. 소중하지 않을 수 없는 삶의 동반자들이다. 이번의 원정 생일잔치도 우리는 경비나 운전에 아무도 신경을 쓰지 않았다. 모두가 기쁨조가 되어 네 것 내 것 없이 묵계적인 일사천리였다. 웃고, 떠들고, 모든 장르의 음악도 들으며 며칠을, 몇백 마일을 함께 했다.

"그런 것도 또 운명이라고 말하겠지? 삐치고 토라지기 잘하는 너를 받아주며 사랑하는 것…, 우리들 일곱 살 때 예산 장터에서 네가 본 점쟁이 할아버지의 그림책이 가끔 생각난다."

그림책은 일생을 한눈에 보여준다고 점쟁이는 말했다.

"아름다운 정자에 네가 앉아 있고 무수한 도령들이 너를 겹겹이 싸고 있던 그림 말이다. 그리고 그 점쟁이가 한 말까지도 생생해."

나의 일생은 있는 곳이 고향이라고 했다. 언제나 주위에 사람이 끓는다고 했다. 인복을 천운으로 타고났다고 했다. 그 외에도 천문 등 천자가 많이도 있었다. 하늘의 뜻, 어린 나이에도 기분이 좋아서 나는 그 점괘를 믿기 시작했다. 점괘든, 생각이든, 마음이든 자신이 믿는 대로 된다고 했던가.

"네가 운명이다, 하는 말도 그때의 점을 보고 나서부터인 것 같다. 우리도 너와 함께 점을 봤더라면 어떤 그림이 펼쳐졌을까를 종종 말하곤했다. 유학 생활이 더욱 그랬다. 한 번도 점을 본 적은 없지만 너는 그후에도 꽤나 봤지?"

31

내가 점을 본 것은 수도 없이 많다. 잠시 쉬고 오겠다고 보스턴의 정박사를 떠나 한국에 있는 동안에도 점쟁이를 찾아갔다. 내가 살아 있는것을 보니 남편과 헤어졌구나 하고 점쟁이가 말할 때 소름이 돋아날 정도로 놀랐다. 그리고 정 박사와 살면 내가 죽을 운명인가 보다고 생각했다. 물론 헤어질 생각이 추호도 없을 때였다. 결정적으로 점을 믿게 된동기는 소설 때문이었다. 보스턴을 떠날 때 가지고 온 영어로 쓴 단편소설이 하나 있었다. 혹시 한국에 있는 동안 기회가 닿으면 장편으로 늘려볼까 하고 지니고 있었다. 그리고 〈사랑의 초상〉이라는 가제가 붙은 그 소설을 기초로 나는 한글로 장편소설을 쓰고 있었다. 책상 위에 일거리를 산더미같이 쌓아놓고 왜 끝을 안내느냐, 하고 점쟁이가 말할 때 나는 입이 딱 벌어지고 말았다. 이 해가 가기 전에 제주도 끝까지 이름을 휘날리게 할 일거리인데, 점쟁이가 이어서 한 말이었다. 그 점쟁이는 장님이었고 내가 누구의 소개로 찾아간 것도 아니었다. 그저 그 앞을 지나다가 간판을 보고 들른 것이었다. 쓰고 있던 소설은 끝이 풀리지 않고 정 박사와는 어떻게 해야 할지 답답한 상황에서 그저 들렀던 것뿐이었다. 하지만 점집을 나오는 즉시 나는 집으로 가서 두 주일 만에 소설의 끝을 완성했다. 그해 크리스마스에 소설은 출판되었고 신문마다 내 소설의 평과 광고로 장식이 되었다. 점에 더욱 재미를 붙인 나는 그 후에도, 하다못해 스웨덴에서 핀란드로 가는 배 안에서도 점을 보았고 프라하에서도 집시 점쟁이까지 만났었다. 정 박사에게 각자의 길을 가자는 편지를 띄운 것도 돌이켜보면 점의 작용이 한몫을 한 것 같다. 무슨 원한이 있는지 절대로 한국은 방문도 하지 않겠다는 정 박사와, 드디어 소설가로 데뷔해 한국에 정착하고 싶은 나의 바람이 맞지 않는 것도 큰 이유이기는 했지만, 나의 잠재의식 속에는 정 박사와의 결혼 생활은 곧 나의 죽음일 거라는 점괘가 내재해 있었음을 부인할 수가 없다.

편지 한 통으로 짧은 10개월의 결혼은 끝이 났다. 아무런 회답이 없던 정 박사는 내가 보스턴을 떠난 뒤 파리로 가서 소르본에 6개월쯤 있다가 북가주로 와 공부를 하던 동생에게 나의 짐들을 부쳤다. 그리고 몇 년간 하버드와 MIT에서 연구를 계속하다가 미국을 떠나 영국의 왕립원으로 연구실을 옮겼다. 그곳에서 써낸 연구 발표는 수천 편이 되고 인간의 신경생리학 계통에 많은 공헌을 했다. 사람보다 그가 실험하고 있는 비둘기나 쥐가 다치는 것을 더 염려했던 그가 비둘기나 쥐를 통해 인간에게 공헌하고 있다는 것 또한 아이러니하다. 내가 그의 아내로 있을 때 여학생 하나가 나를 찾아와서 울며 사정한 적이 있었다. 정 박사의 실험실에서 아르바이트를 하던 그 여학생이 잘못하여, 장 속의 비둘기 한 마리가 날아간 적이 있었다. 남편은 그 자리에서 그 여학생을 내보냈다.

"비둘기를 날려 보낸 걸 절대로 용서할 수 없습니다."

나의 간곡한 부탁을 그는 한마디로 잘랐다. 그의 책상에는 커다란 유리병 안에 인간의 뇌가 담겨 있었고 그는 주로 인간의 뇌신경에 관심이 많았다. 나는 이 연구실에서 그에게 매혹당했고 또한 질리기도 했다. 한 가지의 현상에 매혹되기도 하고 질리게도 한다는 사실을 나는 체험했다. 예술에만 심취해 살아온 나에게 그가 연구하는 모습은 나를 황홀하게 했다. 얼마나 위대하고 얼마나 자랑스러운 한국의 남자였던지 나는 넋을 잃었다. 그의 잘생긴 외모는 더욱 눈이 부시도록 빛이 났다. 나는 추호의 망설임 없이 그와의 데이트를 계속했고 약혼으로, 결혼으로 이어졌다.

"언젠가는 부인을 만나보고 싶었습니다. 정 박사와 결혼할 수 있었던 여인을 꼭 만나보고 싶었습니다."

내가 미국으로 다시 와서 MIT로 자리를 옮긴 그의 연구실을 들렀을 때, 그의 옛날 지도 교수 한 사람이 내게 한 말이었다. 결혼식 전날의 프라이스 박사와 비슷한 색을 내포하고 있었다.

"그의 동료들은 항상 말했지요. 하루에도 몇 번씩 정 박사와 결별하고 싶었지만 머리 때문에 결코 떠날 수가 없었다고요. 그들도 정 박사와 결혼했던 부인에 대한 궁금증이 많습니다."

내가 왔다는 소식이 연구실 주변에 알려졌고 그의 동료들이 몰려왔던 것으로 충분히 설명이 되었다.

"뉴욕 숙소의 주소와 전화번호를 남겨놓고 가시지요. 정 박사와 연락이 되는 대로 전하겠습니다."

내가 쓸쓸히 돌아서 연구실을 나올 때 그 지도 교수가 부탁을 했다.

"영국에서 종종 연락이 옵니다. 내가 연락을 취할 수도 있구요."

나는 뉴욕의 주소와 전화번호를 적어놓고 연구실을 떠났다.

그레이하운드에 몸을 던지고 뉴욕으로 돌아가면서 나는 왜 그를 만나러 보스턴까지 왔는지를 생각해보았다. 아무것도 분명하지가 않았다. 그 사람과 결혼한 것도, 헤어진 것도, 다시 찾아온 것도 명쾌한 답을 얻지 못했다. 몸보다 마음이, 이상하게 지쳐가고 있었다. 뉴욕에 도착하여 숙소로 가는 택시 안에서는 영국으로부터 걸려오는 전화소리까지 들렸다. 숙소의 문을 열고 들어서니 놀랍게도 전화벨이 울리고 있었다. 정 박사였다. 마침 결혼기념일이 며칠 남지 않았으니 그 날짜에 맞추어 뉴욕으로 오겠다는 전화였다. 이 남자에게 결혼기념일을 기억할 수 있는 면이 있었단 말인가. 나는 그 밤을 뜬눈으로 보냈고 그가 도착할 며칠간을 어떻게 보냈는지 모른다.

"나를 만나서 아팠던 것을 사과합니다. 당신의 진가를 함께할 수 있는 남자를 만나 결혼하세요."

32

우리의 결혼 기념일에 그는 내 숙소에 도착하여 차를 마시며 이렇게 말을 꺼냈다. 그리고 봉투 한 장과 만년필을 내게 내밀었다.

"늦었지만 지금이라도 이 돈으로 세계를 돌며 마음을 달래세요. 이 만년필은 내가 갖고 있는 책 말고는 유일한 재산입니다. 1954년도부터 갖고 있던 형들이 사준 선물입니다. 한국에서 갖고 온 것도 이것밖에 없습니다. 잉크 담는 고무통이 낡아서 몇 번 갈아 끼우기는 했지만 이걸로 소설을 썼으면 합니다."

가슴이 아파오며 내용을 알 수 없는 눈물이 나의 눈에서 흐르기 시작했다.

"당신의 편지를 받은 이후 언젠가 이런 날이 올 것을 믿으며 돈을 모았습니다. 실생활의 운영비만을 빼고 나머지를 고스란히 은행에 넣어 두었지요. 이렇게 줄 수 있어서 고맙습니다."

고맙다는 말을 하면서 얼굴에 슬픈 미소가 스치며 그도 눈에 눈물이 고여갔다. 나는 꿈을 꾸고 있는 것 같았다. 고맙다는 말에 왜 나는 꿈이라고 생각했을까. 슬퍼할 수 있는 사람이란 것에 왜 나는 이토록 놀라야 했을까. 그가 배려를 하다니? 나는 이 사람에 대해 도대체 무엇을 알고 있는 것일까.

'누나의 낭만적인 사고와 인생관이 누나의 삶을 윤택하게 하는지는 모르지만 나는 누나가 때때로 한심하기도 해.'

내가 서울에 있는 동안 외삼촌의 아들인 기정이에게 정 박사와의 결혼 생활을 말했을 때 기정이가 한 말이다. 기정이는 외삼촌을 닮아 일찍이 인간을 수용하는 머리와 가슴이 커서 나를 오히려 동생같이 나의 삶을 안쓰러워하기도 했다.

'연구하는 모습 때문에 결혼까지 했다면서 그 연구에 매달려 있는 것에 휘청대었다니 말이 안 되는 거 아냐!'

기정이의 말은 맞다. 하지만 나는 휘청대었다. 도무지 남편이라는 사람과는 대화를 나눌 시간이 없었다. 잠자는 시간 이외 아침과 저녁식사 중 만나는 시간에도 그는 책을 들고 있었다. 그가 왜 결혼을 했는지 이해되지 않았다. 물론 나에게는 무한한 자유가 부여되어 있었으나 그 자유는 부인으로서가 아닌, 혼자의 몸으로 누리는 것이 낫다는 생각이었다.

'누나 말대로 자랑스러운 그 정 박사의 아내 자리를 유지하면서 누나 하고 싶은 것하며 결혼 생활을 할 수는 없었어? 굳이 헤어져야 했어?'

기정의 질문엔 반박의 여지가 없었다.

'식탁에 촛불이 타는지, 꽃이 있는지, 음악이 맴도는지에 반응이 없는 사람을 위해 하루같이 일 년여를 계속했으니 마음은 상했겠지. 그렇다 해도 몸을 못 쓸 정도로 마음에 중병이 들었다니…, 나도 마음은 아프지만 누나의 결혼에 대한 환상도 상대를 보고 펼쳐야 했다고 생각돼.'

기정의 말은 구구절절 맞았다.

'커피향으로 잠을 깨우고 목욕탕에 재스민 버블을 넣고 그리고 피아노를 쳤다니…, 정 박사와 어울리기나 한 낭만이냐구. 정 박사가 원하지도, 느끼지도 않는데 왜 스스로 일을 만들며 아파했냐구?'

물론 맞는 말이다. 그러나 외로웠고, 슬펐고, 그리고 아팠음을 어쩌랴.

'그뿐야, 비가 내리니까, 눈이 휘날리니까, 꽃이 피었으니까, 낙엽이 떨어지니까, 이런 자연의 현상들이 연구실에서 연구에만 몰두해 있는 사람에게 무슨 감명이라고, 누나 혼자서 외치다가 쓰러졌냐 말야.'

남에게 말이 안 되는 것들이 나에게는 너무나 절실한 말이 되어 있었다. 때문에 적어도 기정이에게는 그 말이 되는 원죄를 외삼촌에게 돌리기도 했다.

'나의 이 모든 모습은 다 너의 아버지의 첼로로부터 시작된 거야'라고.

'아버지의 첼로는 아버지 나름대로 삶의 윤활유였지 첼로 속에서의 삶이 아니었잖아. 하지만 누나는 아버지나 고모들의 윤활유였던 예술의 세계를 누나의 삶으로 받아들였다는 거지. 물론 그 자체로도 의미가 있고 값진 것이기도 하지만 정 박사 같은 사람과의 결혼 생활에 접목시켰으니 누나가 다칠 수밖에 없었지. 그리고 부언하자면 아버지는 첼로 속에서 그 따뜻하고 차분하며 슬프고도 기쁜, 세상 모든 허물을 감싸안아주는 깊은 음색을 통해 삶의 폭을 오히려 높였다는 것이 중요해.'

그리고 기정이는 언제나 덧붙였다. 지구 상에는 얼마나 많은 인간들이 기아와 질병으로 고통받고 있는가를 생각해보라고. 그러면 누나의 아픔이 얼마나 큰 사치인가, 죄송한가를 알게 될 거라고. 예술 지상주의 속에서 살아온 누나의 삶이 얼마나 행운이었는가를 알면 아플 게 아니라 감사해야 할 것이라고. 하지만 또 어쩌랴. 〈황제〉나 〈치고이너바이젠〉에 삶이 오르락내리락하는 나의 실체를. 한 폭의 그림과 한 줄의 시, 한 장의 사진이, 꽃 한 송이가, 별 하나가 나의 삶, 그 존재 유무까지 판

가름할 정도로 절대의 지배력을 갖고 있음을.

'누나의 삶은 나에게 오직 환상으로만 비치는데 지속되는 것이 신기하긴 해. 하지만 혼자서 자유롭게 즐겨. 동반하여 결혼 생활로 갈 생각은 하지 않는 게 누나가 편할 수 있는 길 같애.'

정 박사는 기정이와는 다른 각도로 말한 적이 있다. 뇌의 어떤 부분이 무슨 기능을 하는지 뇌와 인간의 마음을 연구하여 나에게 적용시킬 몇 가지가 있다고.

이미 뇌의 어떤 부분이 무슨 기능을 담당하는지는 밝혀지고 있었다. 정 박사뿐이 아닌 오늘날 신경과학자들은 인간의 마음을 신경현상의 산물로 받아들이고 있었다. 그리고 나아가서는 뇌의 작용만이 아닌 뇌와 신체가 모두 연결된 현상으로 봐야 한다고 호주의 생리학자인 베넷 교수와 영국의 인지철학자 해커 교수 등은 견해를 펴며 연구 중이기도 하다. 뇌와 연결된 중추 신경뿐만 아니라 전신에 퍼져 있는 호르몬 수용체들이 정신적 반응에 중요한 작용을 한다는 것이다. 어쨌거나 뇌신경 전문가가 무엇인가 나에게 적용해본다고 한 것은 정 박사도 나와의 결혼 생활에서, 나의 행위가 그에게는 연구 대상이었다면, 그도 편치 않았나 보다. 하지만 놀랍게도 뉴욕에서 다시 만난 정 박사는 엄밀히 표현하자면, 완전히 연구실을 떠난 그는 사람이었고 남자였다. 눈물도, 웃음도, 배려에 부탁까지 할 수 있는 평범한 인간임을 보여주었다.

33

'만일 내가 노벨상을 탄다면 시상식에 동반해 주실 수 있겠습니까!'
였다.

나는 감격하여 고개를 수없이 끄덕였다. 노벨 문학상 수상자들만 줄
줄이 외고 있던 나에게…, 그가 상을 탄다면 과학 부문, 생리의학의 상
이 될 것이다. 사실 게놈 프로젝트의 서두를 알리는 분자생물학이 출현
한 50, 60년대에는 생리의학 부문 수상자가 급증하고 있으니 가능성이
없는 것은 아니었다. 노벨 문학상 수상자들과 세계를 돌며 만나서 보낸
그 시간들의 추억을 큰 행운으로 여기고 있는 내가, 시상식에 동반을,
그것도 한국인, 더구나 한때 나의 남편이었던 수상자. 나의 환상은 그
순간 다시금 나래를 펴고 있었다.

파블로 네루다의 수상 만찬이 미국 펜P.E.N. 주최로 뉴욕에서 열렸을
때 칠레의 사진기자들이 대거 참석하여 나와 네루다를 찍었었다. 그가
딸 삼고 싶다고 나를 옆에 앉혀놓고 있었기 때문이었다. 36년간을 가보
처럼 간직하고 있는 사진이다. 하인리히 뵐Heinrich Böll은 국제 펜 대회의
아일랜드에서 만나 행사 기간을 함께 있었고, 그다음 해인 1972년에 수
상했을 때 축하의 카드를 보낸 나에게 아름다운 그림과 함께 답장을 보
내왔다. 이것 또한 가보로서 보관되어 있다. 솔 밸로Saul Bellow는 국제 펜
클럽 이스라엘에서 만나 멋진 사진도 찍으며, 폭동이 일고 있는 나라의
공포를 뒤로하고 행사를 치렀다. 2년 후인 1976년에 그가 수상하자 역
시 나는 축하의 전문과 함께 동생의 결혼 청첩장을 보냈더니 축전이 내

게 전달되기도 했다.

이 밖에도 귄터 그라스^{Günter Grass}는 그가 수상한 다음 해인 2000년에 러시아에서 만났고 남아프리카의 네이딘 고디머^{Nadine Gordimer}, 무엇보다 계속 후보에 오르고 있는 페루의 마리오 바르가스 요사^{Mario Vargas Uosa}는 오스트레일리아, 스웨덴 등에서 자주 만났다. 이들과의 만남만 가지고도 가슴이 터질 것 같은 기쁨을 40여 년간 간직하고 있는 나였다. 나는 작가의 생활을 즐기고 있지만 이들은 치열한 작가로 살아온 사람들이다. 이들이 노벨상을 탔다는 것은 당연한 귀결이고, 그 업적에 당연히 사랑과 존경을 받을 마땅한 인물들이다.

나는 해마다 문학상 발표가 있는 10월 초가 되면 혹시 내가 만난 작가가 노벨상을 수상하는가에 신경을 곤두세운다. 물론 마리오 바르가스 요사의 이름을 기대하고 있다. 내가 만난 외국의 작가 중 유일하게 나의 가슴을 뛰게 만든, 아니, 나의 숨을 잠시 멈추게 했던 인물이기도 했다. 국제 펜클럽의 역대 회장들이 노작가들이었는데, 파격적으로 그 전에도, 그 후에도 없는 41세의 젊은 소설가가 회장이 되었다. 나와 동갑이다. 그가 단상에 오르기 전부터, 국제 펜클럽에 참석한 세계의 여류 문인들은 술렁이고 있었다. 《컨버세이션 인 더 커시드럴^{Conversation in the Cathedral}》이라는 소설 말고도, 젊은 회장이라는 것 말고도, 이때까지 우리가 본 화면 속의 어떤 남자 배우도 따라갈 수 없는 잘생긴 용모 때문이었다. 우리는 이 국제 펜클럽의 역사를 깬 41세의 회장을, 그의 단상 등단을, 그의 취임사를 기다렸다. 국제 펜클럽 시드니에서의 일이었다. 우리는 훌리오 이글레시아스에게 열광하는 여성 팬들같이 그의 단상 등단에 환호를 질렀다. 심장을 멈추게 할 만큼 그의 눈에서 쏟아져나오는 강렬한 빛, 그야말로 절대의 살인적인 미소 사이로, 또한 쏟아져나오는 불어, 스페인어, 영어의 언변⋯. 여류 작가들의 굳어가는 육신 사이로 한숨이 흐르고 있었다.

'이 대회가 끝나기 전에 요사 씨와 데이트하고 말 거예요.'

한숨을 타고 내가 뱉은 말이었다. 주위 사람들이 나를 바라보았다. '그럴 수 있다고?' 그들의 눈은 일제히 내게 물었다. 나는 고개를 떨구며 끄덕였다. 그날 나는 무역관장의 점심 초대가 있었기에 그들의 미묘한 눈초리를 피해 자신 없는 발걸음으로 행사장을 나왔다. 무역관장은 이미 행사 장소인 호텔 로비에 와서 나를 기다리고 있었다. 시드니에서 제일 높다는 식당에 앉아 시가를 바라보며 식사를 끝내고, 무역관장은 나를 그의 차에 태우며 드라이브를 했다. 2시까지는 시간이 있기에 그 안에 호텔로 돌아갈 수 있을 만큼의 시드니 관광이었다. 그때 길에서 택시를 잡기 위해 손을 흔들고 있는 요사 씨를 보았다. 나는 무역관장이 놀랄 만큼 소리를 지르며 차를 세우라고 했다. 그리고 창밖으로 마리오, 마리오, 하고 외쳤다. 요사가 우리의 차 앞으로 왔다. 그리고 내 가슴에 매달려 있는 국제 펜클럽 명패와 내 이름을 보고 또, 그 살인미소를 보냈다. 그는 우리의 차에 탔고 나는 시간이 30분이나 남았는데도 그의 스케줄에 맞추어 호텔로 차의 방향을 돌렸다. 무역관장은 떠났고 요사 씨와 내가 차에서 내려 함께 호텔로 들어오는 모습을 본 회원들은 넋을 잃고 나를 바라보았다. 발 디딜 틈도 없이 펜클럽 회원들로 가득 찬 로비, 일주일 안에 데이트를 하겠다고 선포한 내가 그와 함께 나란히 들어온 시간은 불과 3시간도 되지 않았었다. 내막을 모르는 그들의 눈에 분명히 나는 그와 데이트를 하고 돌아온 격이 되었다. 그리고 차를 태워준 계기로 요사 씨는 나를 친구같이 대했다. 오스트레일리아 한국 대사관 주최 만찬에도 그와 나는 나란히 대사 앞에 앉아 저녁을 먹었다. 그의 소설 사인회가 있을 때도 그는 나를 불러 줄서 있는 작가들의 이름을 알려달라고 했다. 그리고 스스로 그의 책을 사서 601쪽의 묵직한 《컨버세이션 인 더 커시드럴》에 글을 썼다. 끝에는 '사랑과 우정으로'였다. 시드니 대회가 끝나고 포스트 콘그레스Post Congress, 대회 후 일정이 이어진 멜버른에서는 함께 산책도 하며 밤마다 아름다운 작가들의 저택에서 벨루가 캐비어, 에스카고 등, 와인과 저녁을 함께 즐겼다. 멜버른까지 간 작가는 오스트레일리아 작가 이외는 국제 펜클럽 본부의 임원들과 나, 6명이었기 때문에 나는 더욱 요사 씨와 오붓한 시간을 가질 수 있었다. 꿈과 같은 며칠을 그와 보내고 시드니까지 오는 기차 안에서 나는 그의 책을 읽으며 편지를 썼다. '언젠가는 당신도 내 소설을 읽으며 이렇게, 혼자 기차를 탔으면 합니다'로부터 나의 편지는 단편소설만큼 이어졌다. 그리고 미국으로 돌아오자마자 넥타이곽 속에 편지를 동봉해서 옥스포드 대학에 가 있는 그에게 부쳤다. 반드시 그의 소설을 능가하는 작품을 써서 그가 내 소설을 들고 홀로 기차를 타는 날이 올 것을 믿었었다. 국제 펜클럽 스웨덴 대회에서 그를 다시 만났을 때, 수백 명의 작가들이 지켜보는 속에서 내게 달려와 나를 안고 이마와 볼에 키스를 퍼붓던 그, 나는 황홀한 상상의 나래를 펴느라 회의장에도 못 나가고 혼자 호텔방으로 돌아왔다. 시간이 지날수록, 위대한 착각에서 헤어나야 한다는 생각이 나를 지배해갔다. 그러자 눈물이 흘러나왔다. 멜버른에서 시드니로 가는 기차 안에서, 그에게 편지를 쓰며 흘린 눈물과는 다른 눈물. 나는 그로 인해 두 번 울었다. 나만이 아는 그 눈물의 의미를 가슴에 담고 해마다 10월 초가 되면 맨 먼저 라디오를 통해 발표되는 수상자, 그의 이름에 귀를 기울인다. 정 박사의 이름과 함께.

34

"너는 정 박사와의 결혼도 운명이고, 헤어진 것도 운명이라고 생각하는 거지?"

연희가 물었다.

"네가 그 운명이란 말만 하면 우리들은 꼼짝없이 따랐지만, 돌이켜보면 네 생각을 합리화시키려는 언어의 거창한 도구였던 것 같다."

연희가 '운명'을 들고나왔다.

"나야말로 돌이켜보면 운명이라는 단어는 귀엽고 인간적이었다. 삶 자체가 의문이고 미완인데…, 이 불가사의하고 신묘막측한 삶 속에서 그나마 뭔가 안다고, 자신 있다고 말하고 싶을 때 가장 적절한 단어다. 거창이 아니고 차라리 사랑스럽지 않니?"

나는 나의 단골 메뉴인 운명에 변명을 했다.

"불확실하고 불안정한 생각 속을 헤매다가 내린 결론이 기도의 응답이라고 하는 것보다 훨씬 인간적이라는 거다. 나야말로 '기도의 응답'이라는 말이 너무도 거창해서 쓸 수가 없다. 행여 자신의 생각을 끌고 가서 '기도의 응답'이었다고 착각할 수도 있으니까. 일이 잘 되어도, 안 되어도 기도의 응답이라고 말하는 것은 주님께 향한 너무나 안이한 모습이 아닐까? 때문에 나는 이 말 대신 운명이라고, 허약한 인간의 단어를 사용하는 거야. 결국 정 박사와의 결혼도 운명이었고 헤어진 것도 운명이라는 것, 이런 면에서 말 중의 말이 아니겠니?"

하늘의 뜻을 잘 헤아리지 못하는 나는 감히 '기도의 응답'이란 말을 사용할 수가 없다. 인기리에 방영 중인 한국의 드라마 〈주몽〉에서도 소서노가 예소야에게 말했다. '아무리 생각해도 부인과 나의 운명을 이토록 기구하게 만든 하늘의 뜻이 무엇인지 잘 모르겠다'고. '허나 하늘의 뜻이 무엇이든 지금 내 앞에 닥친 현실에 순응하려 한다'는. 운명을 말하다가 〈주몽〉의 소서노 이야기가 나왔으니 덧붙이자면 위대한 인물의 배후에는 위대한 여인들이 있었음을 또 한 번 확인했다. 역사적인 사실 유무를 떠나 드라마만 놓고 볼 때, 예소야의 회복은 곧 소서노의 슬픔, 그야말로 운명을 예고함에도 눈물을 흘리며 예소야가 일어나기를 부탁한다. 그리고 태황후 자리는 정실부인인 예소야의 것이라고. 아무리 신출귀몰한 주몽의 운명이었다 해도 소서노의 도움이 절대적이었음에도, 모든 것을 양보하는 모습. 뿐이랴, 짐이 되고 걸림돌이 되지 않겠다고 사양하는 예소야. 역사적인 인물 가운데는 악처로 인해 역으로 만들어진 경우도 있지만 대부분은 지혜로운 여인을 동반했던 삶 속에서 탄생되었다. 분명히 이 점은 기도의 응답이 아닌 운명임에 틀림없다.

"기도의 응답은 반드시 있다."

연희가 신념 가득한 목소리로 말했다.

"더 나아가 기적도 반드시 있다. 뿐만 아니라 하나님이 예비하신 것은 하나도 이룩되지 않은 것이 없다. 멀리서 찾을 것도 없다. 너도 곧 그 증거 중 하나이니까."

연희가 이렇게 말할 때마다 나는 하나님께 죄송하다. 아직도 나는, 내가 생각하는 성직자나 신앙인들의 진정한 모습에 액자를 갖고 있으며, 그게 맞지 않을 경우 의문 속에서 방황을 하기 때문이다. 하지만 연희는 나의 신앙관에 흔들림이 없었다. 꼬마 때부터 교회 출석을 그토록 원했던 연희와 친구들, 성인이 되어서는 집중적으로 기도하며 나를 전도하기 위해 보낸 세월에 대한 믿음 때문일까. 나를 하나님의 예비된 인물로, 기도의 응답으로 철저히도 확신하고 있었다. 이 친구들뿐이 아니었다. 잃어버린, 참으로 불쌍한 '양'이었던지, 아니면 집을 나간 탕자 중에 탕자였던지 동서남북에서 집중적인 기도와 전도로 나를 포획하고들 있었다. 그러던 중 국제문학제에 초청을 받아 한국엘 갔다. 하나님과의 투쟁은 그 방문에서부터 본격적으로 시작되었다. 미국으로 돌아오는 날, 짐을 부치고 탑승수속을 밟은 나의 어깨에 무거운 가방 하나가 얹혔다. 지금은 목사가 되었지만 그 당시에는 명동에서 의상실을 운영 하던 패션 디자이너이며, 유니 선교회를 이끌던 윤영지 전도사의 손에 의해서였다.

주기철 목사의 외손녀이기도 한 윤 전도사는 내가 미국 유학길에 오를 때부터 망토 등, 비비언 리나 오드리 헵번 스타일의 옷을 내게 보급해왔다. 정진우 감독에 의해 영화 주연의 요청을 받을 만큼 뛰어난 미모에, 눈앞에 나타나는 모두를 웃기며 즐겁게 대화를 끌고 가는 말솜씨며, 명동의 상쾌한 주인이었다. 때문에 유니 의상실은 문전성시를 이루었고 웃음소리가 끊이지 않았었다. 그러나 내가 한국을 갈 때마다 의상실은 서서히 전도용 책과 테이프로 채워져갔고 웃음소리보다는 기도소리가 더 많아지고 있었다. 그리고 그해, 나의 어깨에 한 보따리의 책가방을 걸어줄 무렵에는 전도사로서 유니 의상실 간판 밑에 유니 선교회란 간판이 또 하나 붙어 있을 때였다. 비행기가 이륙하자 나는 가방을 열고 책들을 꺼내보았다. 나를 사랑하니까, 나도 사랑으로 반드시, 반드시 읽어달라며 애원조의 호소를 했던 책들. 《감옥에서 찬송으로》부터 도무지 읽고 싶지 않은 책들만 있었다. 성경책도 있었는데 백여 개의 명함이 도처에 꽂혀 있었다. 깨알만 한 빨간 글씨로 가득 쓴 명함의 뒷장에는 그 페이지의 중요한 성경구절들이 적혀 있었다. 모두 13권의 책 속에 그나마, 한때 가까이 지냈던 오혜령의 신앙 간증집이 있었다. 하지만 《위대한 개츠비》나 《마담 보바리》 등을 즐겨 읽는 나와는 너무나 먼 책들이었다.

35

미국에 돌아온 후에도 그 책들만 보면 마음이 무겁고 답답했다. 사랑하니까, 사랑으로 읽어달라던 그 얼굴의 표정이 아른거리고 귀에서는 그 목소리가 울렸다. 나는 할 수 없이, 어쨌거나 책이니까 읽어보자로 결심을 했다. 얼마나 억지로, 억지로 읽었으면 6개월이나 걸렸을까.

얻은 게 있다면 '성경을 한 번도 안 읽은 작가'에서 벗어날 수 있었다는 것뿐이었다. 해마다 여름휴가에는 성경을 통독하는데, 그해 여름이 37 번째가 된다는 어느 미국 작가의 인터뷰 기사를 읽고 어처구니없어 했던 나였다. 거기다가 성경은 꿀맛이라고 찬양을 했다. 나의 첫 번째 성경 통독은 오직 쓴맛이었다. 〈전도서〉를 위시하여 〈잠언〉이나 〈시편〉은 문학작품 비슷한 맛이 있었지만 전체적으로는 쓰기만 했다. 하지만 나는, 성경만은 다시 읽어보기로 했다. 어찌해서 꿀맛인지, 무엇보다 내가 좋아하는 괴테나, 도스토옙스키 등 수많은 작가들이 하나님께 의존하게 된 이유를 찾고 싶었다.

두 번째 성경 통독은 한 권만으로도 6개월이 걸렸다. '역사책이라고 생각하고 읽어보아라', '소설이라고 생각하며 읽어라', 6개월간 쓴맛에 견딜 수 없었다고 말하자 주위가 이렇게 말해주었다. 그래서 역사책으로 한 번, 소설로 한 번, 모두 네 번을 읽었다. 맛이 조금은 완화되었으나 여전히 쓰다는 느낌으로 나는 하나님도 의식하지 말고 '야담과 실화'로 한 번 더 읽어보기로 했다. 그리고 다섯 번째의 성경 통독으로 들어간 사이사이에 신앙에 도움이 되는 책을 수백 권을 읽었다. 서점을 운영하던 전 장로는 한국 유명 목사들의 저서와 테이프를 끊임없이 내게 선물했다. 지금은 텍사스에서 목회를 훌륭히 하고 있지만 전도사였던 최 목사는 장시간의 내 질문에 곤혹을 치르기도 했다. 이 지역에 오는 유명 목사들도 하나같이 내게 붙들려 시달려야 했다. 사울이 따로 없었다. 내가 곧 현대판 사울이었다.

성경을 다섯 번이나 이어서 이어서 읽어도 꿀맛과는 거리가 멀었다.

'우리의 죄를 대신하여 피 흘리며 십자가에서 죽음을 당했다'는 것, 그리고 성령으로의 잉태며, 부활은 더더구나 가슴에도, 머리에도 닿지가 않았다. 받아들이고 싶은데, 이해가 되지 않는 고통의 기간이 계속되었다. 아무런 관심도 없었던 시절이 그리웠다. 윤 목사가 원망스럽고, 들쳐메고 온 가방 속 13권의 책이 원망스러웠다.

다시 한국에서 나를 초청했다. 이번에는 한국과 해외에 있는 한국 예술인들이 모이는 행사였다. 나는 한국에 하루 전에 도착해서 명동의 유니 의상실로, 그야말로 쳐들어갔다. 그리고 나의 고통을 늘어놓았다.

"괴로워하지 마세요. 이미 주님의 사랑 안에 있고 주님을 사랑하고 있으신 것을 나는 알아요. 때가 되면 언니도 알 거예요."

그리고 내가 한국에 있는 동안 틈틈이 주일 예배와 부흥회에 나를 데리고 갔다. 성경을 읽을 때보다도 더 쓴맛에 혀가 갈라질 지경이었다.

한국에서는 행사가 많았고 잊지 않은 문단 선배들은 나를 챙기며 초청했다. 이렇게 한국을 왕래하며 성경과의 전투가 휴전도 없이 10여 년이나 갔다.

"이 책을 한번 읽어보세요. 정 선생님이 좋아할 분이 쓴 거니까요."

전 장로가 서점으로 나를 불러서 준 책은 이재철 목사의 신앙고백서였다. 사진과 저자의 말 등 대략 훑어보니 매력이 있었다. 나는 그 책을 받아들고 집으로 들어오자마자 단숨에 읽었다. 그리고 해외 한국 문인들만 초청하는 행사가 있었기에 며칠 후에 한국에 갔다. 시인 구상 선생의 소개로 이 목사를 처음 만나던 날은 서로 자신의 저서만을 교환하고 다시 만나기로 했다. 다시 만나기로 한 날은 하늘이 몽땅 뚫렸는지 비가 펑펑 쏟아졌다. 차에서 내리는 순간에도 옷이 빗물에 젖어 물이 뚝뚝 떨어졌다. 빗물이 창을 요란하게 때리는데도 목사는 고요하게, 고고하게 목사실에 앉아 있었다. 그 모습에 잠시 긴장되었지만 휴전도 없이 계속되는 하나님과 성경, 그 싸움에서 이번에야말로 결론을 내고야 말겠다고 결심했다. 그리고 사울이 되어 언어의 폭력을 휘둘렀다. 1초의 흔들림 없이 고요히도, 고고히도 침묵 일관으로 장시간이 지난 후 이 목사로부터 의외의 말이 흘러나왔다.

"지난번에 주신 단편소설 〈광화문 이야기〉를 장편으로 써주시겠습니까?"

이때까지 내가 던진 질문과 소설이 무슨 관계가 있느냐고, 나는 눈으로 물었다.

"긴 세월을 도스토옙스키 같은 한국인 기독교 소설가를 기다려 왔습니다."

나는 말을 할 수가 없었다. 기독교 소설가라니, 도스토옙스키라니, 이 목사의 출판사는 오직 '믿음의 글'만을 발간했다.

"기독교 소설은 쓰고 싶지도 않고 쓸 능력도 없습니다. 혹시, 훗날, 70이 넘어 한가해지면, 쓸 수 없는 것은 아니겠지만…"

얼마 후에 내가 말했다.

"〈광화문 이야기〉를 그대로, 장편으로 확대하면 됩니다. 단, 끝 장면만 주인공들이 주님 안에서 승화되는 것으로 쓰면 됩니다."

"그건 간단해요."

내가 즉각 대답했다.

"집필로 들어가기 전에 부탁이 하나 더 있습니다."

이 목사는 엔도 슈사쿠의 《침묵》을 위시하여 버니언, 루이스 등의 책 이름과 성경을 적어 쪽지를 내밀었다.

"이걸 먼저 읽고 시작하셨으면 합니다."

내가 아직 읽지 못한 책들이었다. 그중에 오직 성경만, 그것도 다섯 번이나 읽지 않았던가.

36

"성경은 다섯 번이나 읽었는데요."

내가 거부조로, 항의조로 말했다. 그러나 나의 말에는 대답을 하지 않은 채 또, 다른 이야기를 했다.

"기도 가운데 선생님의 성경구절을 얻었습니다. 미국으로 돌아가실 때 성경책을 들고 비행기를 타주세요. 그리고 비행기 안에서 외우시기를 부탁합니다. 시편 139편을요."

사랑하는 사람, 존경하는 사람은 있었지만 나는 어려운 사람이 없었다. 그러나 이 목사 앞에서는 어떤 신비한 힘에 위압당했다. 그가 하라는 대로 해야만 될 것 같은…, 나는 비행기 안에서 시편 139편을 펴놓고 읽고 또 읽었다. 이미 성경 통독 중에 다섯 번이나 지나간 페이지이지만 그래도 읽어댔다. 집에 돌아와서는 《침묵》으로 시작하여 읽으라는 책들을 모범생같이 열심히 읽었다. 쓴맛의 성경도 여섯 번째 읽었다. 임무를 완수하고 〈광화문 이야기〉를 장편으로 풀어나가는 집필 준비를 했다. 그런데 웬일인지 집필 전에 시편 139편을 읽고, 기도도 해야만 될 것 같은 마음이었다. 나는 생애에 최초로 책상 앞에서 눈을 감고, 손을 마주잡고 기도라는 것을 했다.

'전지전능하시다는 하나님, 주님을 믿지는 않지만 순종을 제일 좋아하신다기에, 그 뜻으로 기도를 하려고 합니다. 무엇보다 저의 소설이 기독교 소설 분야로 출판될 모양이니, 기도를 하면 소설이 더 잘 써질지도 모른다는 바람 때문이기도 합니다.'

주님을 믿지 않는다는 기도를 했다는 사람을 만나본 적이 없다. 하지만 적어도 정직해야겠기에 이렇게 기도를 시작했다. 그리고 그간 읽은 수십 권의 신앙 간증 대부분이 암이나, 교통사고, 죽음 앞에서 기독교인이 되었다는 글들이 나를 두렵게 만들었기에, 내친김에 이런 기도도 했다.

'청이 두 가지 있습니다. 언젠가 주님을 믿을 때는 기쁨과 감사로만 만나게 해주세요. 그리고 한 발 더 나아가 주님의 일을 하게 된다면 세계 대도시의 별 다섯 개짜리 호텔 커피숍에서 선교하게 해주세요. 간증집에 의하면 모두가 오지로만 갑니다. 저는 오지가 무섭기도 하지만 별 다섯 개짜리 호텔 투숙객인 상류층도 전도해야 되지 않습니까. 또한 오지의 어려운 사람들을 구제할려면 재력 있고 힘 있는 인물을 전도해야 되니까요. 그걸 맡겨주세요. 커피를 마시면서 음악을 들으면서 잘할 것 같습니다.'

예수 그리스도의 이름으로 기도를 마감하고 아멘으로, 순종했다.

믿지 않는다는 기도로부터 시작해서, 고통에 감사할 수는 없지만 순종하여, 감사하겠노라는 기도가 이어지는 가운데 서서히 내 가슴에 평온이 깃들기 시작했다. 그리고 기쁨과 감사가 자리를 잡으며 몸과 마음에 날개가 돋아난 듯 자유로워졌다. 그러자 이런 현상이 곧 주님과 함께하는 삶, 곧 기독교인의 삶이 아닐까를 생각했다. 무엇보다 내가 기쁨과 감사로 주님을 만났다고 느껴졌다. 연희에게 이 말을 했을 때 바로, 기도의 응답이라고 했다. 비록 믿지 않는다고 하면서도 기도했던 나의 간청, 윤 전도사와 이 목사를 위시하여 전 장로, 고향 친구들…, 그 이외에도 나를 둘러싸고 있던 많은 기독교인들의 기도 때문이라고.

"네 아파트에서 며칠간 있다가 간 윤 목사와의 관계도 그렇고….."

연희는 이 말도 강조했다.

윤 전도사는 결국 의상실을 접고 화려했던 명동 생활을 끝냈다. 그리고 신학대학에 들어갔고 이제는 목사로서 교회를 시무하며 선교 사역을 계속한다. 그간 필리핀에만도 2백여 개의 교회를 세워 마을과 마을의 회관이자 학교로 병행한다. 고아원에, 학교에, 인도로, 방글라데시로 영역을 넓히고 있다. 부르는 곳이면 어디고 가서 집회도 갖는다. 나의 아파트에 와서 있게 된 것도 터코마에 있는 대형 한인 교회의 초청으로 집회를 끝내고 들른 것이다. 이곳에는 나 말고도 유니 선교회를 돕는 교회와 목장이 있기에 감사 차원에서이기도 했다. 잠시 와 있는 동안에도 목장 합동 모임에, 몬터레이 한인 교회 집회며, 한국 TV 방송에도 출연했다.

하지만 나의 아파트 응접실 바닥에서 잠을 자는 윤 목사를 바라보며 나는 왠지 가슴이 아팠다. 소화제, 몸살약, 파스 등을 테이블에 올려놓고 지쳐서 자고 있는 모습. 전기요를 갖고 다니며 펴고 접는 모습도, 하나하나의 움직임마다 나는 아팠다. 화려했던 지난날의 모습은 간 곳이 없고, 이민 보따리 같은 커다란 가방 안엔 터코마에서 지어주었다는 한 묶음의 한약 봉지로 가득했다. 저 몸으로 또 매주 감옥을 방문하고, 매주 2천 통 이상의 편지를 보내고, 그것도 모자라 감옥에서 출소한 청소년들을 집에 데려다놓고 신학대학도 보내고….

'주님, 저 딸의 모습을 보고 계시죠? 주님의 뜻을 받들면서 저토록 지쳐 있는 연약한 딸, 주님께서는 행복하신건가요? 저는 대견하면서도 눈물이 납니다.'

나는 응접실의 문을 닫고 나의 침실이자 집필실인 내 방으로 들어왔다. 그리고 마음을 가라앉히기 위해 성경책을 폈다. 금년으로 16번째 통독으로 들어간 성경이다. 이제는 도처에서 꿀맛도 맛본다. 꿀맛뿐만 아니라 커피 맛도, 콜라 맛도 있다. 숭늉의 맛도 있고 보리차의 맛도 있다. 수정과의 맛도 있고 포도주의 맛도 있다. 가끔은 한약 맛도 있고 알카셀처같이 시큼, 쏴 하는 맛도 있지만, 어쨌거나 참으로 다양한 맛이다. 마치 남녀간의 사랑의 맛과도 비슷하다.

37

윤 목사가 떠난 후 나는 아팠다. 가슴만 아픈 것이 아닌 전신이 아팠다. 그 아픔의 의미를 분명히 설명할 수는 없으나 신앙과 관련된 회한의 아픔이었다. 하나님의 뜻대로 살며, 하나님의 뜻을 이루기 위해 이 지구

상에는 수도 없이 많은 사람들이 있었다. 고통까지 축복의 또 다른 형태로 믿으며 그 터널에도 감사하는 사람들. 나는 별 다섯 개짜리 호텔에서 음악을 들으며 커피를 마시며 선교하겠다고 했다. 명분은 그럴듯했지만 이런 사치스러운 하나님의 일도 있는 것일까.

이 목사가 읽으라던 엔도 슈사쿠의 《침묵》 속에 '하나님, 왜 당신은 계속 침묵만 지키고 계십니까?', 포교를 위해 멀리 일본에 건너왔던 한 포르투갈 신부는 이렇게 되묻고 있지만 바다조차 어둡게 침묵한 채 잠잠하기만 했다. 배교와 순교의 갈림길에서 그는 인간의 진실과 신앙의 진리 그 어느 것도 저버릴 수가 없었다. 그러나 하나님은 언제나 진실한 인간의 사랑 앞에 서 있었다. '밟아라, 성화를 밟아라. 나는 너희들에게 밟히기 위해 존재하느니라.' 시커먼 발가락의 흔적으로 패이고 닳은 성화를 보고 작가는 그 성화를 밟은 이들의 고통스러운 마음을 헤아려 이 글을 쓰지 않을 수 없다고 밝혔다. 따라서 믿음이란 단순한 맹종이 아니라 넓게 포용하고 받아들이는 따뜻한 인종忍從과 순응임을 확인시키려 했다고 이 책은 밝혔다.

하나님의 존재를 확인시키려 한 글은 수없이 나와 있다. 영화로도 제작되었다. 파스칼은 내기를 걸며 밑질 것이 없다고 단언했다. 루이스는 그 자신의 일생이 영화로도 만들어졌었다. 〈쉐도우랜드Shadowland〉라는 그 영화를 나는 몇 번이나 보았다. 생존한 배우 가운데, 연기력에 있어 내가 제 일번으로 뽑고 있는 앤서니 홉킨스가 주연이기도 했지만, 데보라 윙거와의 열연은 거듭 그 영화를 보게 만들었다. 루이스는 지난 20세기에, 기독교계에 가장 영향을 끼친 책들 100권 속에 1위로 꼽혔었다.

나도 《순전한 기독교》, 《고통의 문제》 등을 읽은 바 있었다.

무신론자였다가 기독교인이 된 루이스는 자신의 소명은 교회 밖의 사람들에게 기독교의 핵심 진리를, 현대인의 피부에 와닿을 수 있는 생생한 언어를 통해 표현해내는 것이라고 생각했고, 그러한 노력 덕분에 '회의자들에게 보냄 받은 사도'라는 영광스러운 별명을 얻기도 했다고, 루이스에 대한 글을 발표한 바 있는 이종태 목사의 표현을 읽었었다.

어떤 면으로도 루이스와 나란히 할 수 없는 나이지만, 그래도, 내가 할 수 있는 일이 별 다섯 개의 호텔에서만이 아니다라는 회심으로 아팠는지도 모른다. 돌이켜보면 나는 그 별 다섯 개짜리 호텔에 앉아, 성경은 천재 소설가가 쓴 소설임을 강조만 했다. 물론 주님을 만나기 전의 일이었지만 전 세계를 누비며, 국제 펜의 모임에서 강한 부정만을 했었다. 그 이후로는 하나님의 말씀이라고 설득하려니 신앙심도, 능력도 부족했다. 파스칼과 같이 내기도 걸었으나 모자라기에는 마찬가지였다. 결국 나는, 하나님의 손바닥 안에서 '아니오'와 '네'를 말하며 살아온 것이었다.

'네 형질이 이루어지기 전에 주의 눈이 보셨으며 나를 위하여 정한 날이 하루도 되기 전에 주의 책에 다 기록이 되었나이다', 나의 시편 139편 16절의 말씀이다. '내가 새벽 날개를 치며 바다 끝에 가서 거주할지라도 거기서도 주의 손이 나를 인도하시며 주의 오른손이 나를 붙드시리이다', 9절과 10절이다. 나의 앉고 일어섬을, 나의 생각을, 나의 길과 눕는 것을, 나의 모든 행위를, 내 혀의 말을…, 이제는 어디로 가며 어디로 피할 수 있을 건가. 내 장부를 짓고 나의 모태에서 나를 조직했는데 내가 어찌 아니라고 말할 수가 있겠는가.

버니언은 《천로역정》에서 말했다. 위대한 성경에 대해서 함부로 헐뜯으려 하지 말라고. 오히려 성경에 기록되어 있는 바늘과 둥근 고리, 송아지와 양, 암소와 숫양, 새와 풀, 어린양의 피 등등의 어휘가 어떤 의미를 내포하고 있는지 알아내기 위해 겸손하게 열심히 노력하라고. 그러한 비유의 말씀 속에 숨어 있는 진리의 빛과 은총을 발견하는 사람은 참으로 행복한 사람이라고 했다.

《그리스도를 본받아》에서 가드너 신부는 서론에 말했다. '기독교인의 삶은 두 가지 양면성을 지니고 있다. 즉 자기 자신을 믿지 못하고 자신의 힘만으로는 죄악을 벗어나 은총 속에서 자랄 수 없다고 하는 무능의 고백이 그 하나요, 하나님의 은총에 대한 확고한 믿음을 지니고 그로 인하여 우리에게 모든 것이 가능하다고 믿는 자신감이 다른 하나'라고. '영적인 장님 상태로부터 벗어날 수 있는 빛과 자유를 갈구하는 모든 사람이 가장 먼저 생각해야 하는 것이 바로 그리스도의 삶'이라고.

오직 진리를 사랑하는 마음으로 성경을 읽으라고 강조한 《그리스도를 본받아》는 내면적으로 믿음의 광채를 가진 사람은 자기 자신을 쉽게 조정할 수 있어서, 결코 외부적으로 쏟아져나오는 일들이나 다른 사람들의 그릇된 풍문으로 인하여 자신을 혼란시키지 않기 때문에, 자신의 날개로 날지 아니하고 주의 날개 안에서 의지하는 법을 배우라고 했다. 자기 자신의 온갖 죄의 무게와 무기력함으로 인하여 고독과 절망의 심연에 빠질 수밖에 없는 존재를 주가 일찍이 맛보지 못한 놀라운 은혜로써 감싸주고 부족한 자신을 높이는.

"너무 사책하시 마라. 너는 어차피 마르다가 될 수 없는 여자임을 내 일찍이 알고 있다. 그저 예수의 발 아래 앉아 그 말씀만 듣고 있는 마리아가 아니더냐. 비싼 향수를 갖다가 예수의 발에 붓는 마리아가 되어 별 다섯 개짜리 호텔에서 네 말대로 재력과 명예를 겸비한 상류층이나 마음껏 전도해라. 전도해서 그들의 돈과, 그들의 명예로 예수님을 위해 일하면 되는 거다."

내 아픔의 근원을 말하자 연희가 말했다.

38

"그리고, 하나님은, 너같이 회한에 젖어 아파하는 모습을 보기 원치 않으실 거다. 네 방식대로 기뻐하고 감사하며 살다보면 어떤 임무가 부여될 것이다."

연희는 또 강한 믿음으로 말했다.

"별 다섯 개짜리 호텔을, 40여 년이나 돌아다녔는데 아직, 부와 명예를 겸비한 인물을 전도하지 못한 것은 무능의 탓일까, 믿음이 부족해서일까?"

내가 신음하듯이 물었다.

"그건…, 성경은 천재 소설가가 쓴 작품이라고 외친 세월이 대부분이었잖니? 그걸 뒤집어 하나님 말씀이라고 하자니 시간이 필요한 것 아니겠니?"

연희가 반 농담으로 말했다.

"강한 부정은 긍정과도 같긴 하지만 지식인들, 가진 자들의 논리란 돌려놓기가 쉽지는 않다."

연희가 다시 덧붙였다.

"버니언이나 루이스 같은 글이라도 쓸 수 있으면 좋으련만…, 이것 또한 무능하긴 마찬가지다."

"자책하지 말래두. 주님을 위해 무엇을 할 건가는 네가 택해서 될 문제가 아닌, 주님이 때와 임무를 주실 거라니까. 네 날개로 날려고 버둥대지 말아라. 주의 날개 아래서 날라는 거다. 지금은, 그저 주의 날개 안에서 편안하게 자유하고 있으란 말이다. 기도하면서…."

"'기도의 응답'을 기다리라고?"

내가 물었다.

"네 말대로 하나의 생각에 집중하다 보면 나의 결론이었는지 '기도의 응답'이었는지 분간 못할 수도 있다. 그러나 시간이 지나면 알게 되어 있다. 너는 지금 그대로, 운명을 외치면서 기쁘게, 감사히 살라니까. 어서 털고 일어나서 전과 같이 살란 말이다."

연희는 일생일대의 과제를 완수한 사람의 여유로움으로 나를 달랬다.

"실은 너에게는 특이한 그 운명이 있긴 있는 것 같다는 생각을 참으로 많이도 해온 나다. 너를 보면 대저택이나 좋은 차를 소유하려고 허덕이는 인간들이 안쓰럽기도 했다. 너는 그런 걸 소유함으로 해서 져야 하는 짐도 없이 즐기고 있으니 말이다. 고급 식당이든, 무엇이든 아무런 부담 없이 그저 즐기면 되는 너의 운명 말이다. 너같이 절대의 신념으로 믿으면 나에게도 그런 운명이 올까?"

반은 진지하게 연희가 내게 물었다.

"행운이란 우연을 가장한 당연한 선물이라고 하더라. 스스로 노력하는 도중 '준비된' 나에게 행운은 우연이란 옷을 입고 나타나 가볍게 날아오르게 한다는. 그간 나는 운명만 외친 게 아니다. 그렇게 되고 싶다는 신념을 갖고, 그렇게 되고자 항상 준비해왔다는 말이다. 그 저변에는 나 나름대로의 인생철학이 깔려 있었고. 때문에, 당연한 선물인 것 같다."

"셸리가 쓴 시가 생각나는구나. '살아 있는 자들이 인생이라 부르는 채색한 베일을 걷어내지 말라. 비록 비현실적 형상들이 거기에 그려져 있더라도'라는 시 말이다. 너의 비현실적인 형상들, 그 채색한 베일을 아무도 걷어내려 들지 않으니 그것도 너의 운명이겠지?"

연희는 소위 나의 인생관이 비현실적인 것투성이라고 자주 말했었다.

"글쎄다. 내 운명이 신기하단 것은 이미 자타가 공인한 것이다만…, 아마도 절대자에게 무릎을 꿇는 것도 내 운명의 행운에 감사해서인 것 같다. 많이도 감사해왔다. 그리고 감사로만 생각할 것이 아닌, 그 이상의 것으로 보답해야 마땅하다는 결론이다. 다만 문제는, 누릴 때에는 하자가 없었는데 보답할 대상이 하나님이고 보니 내 날개로는 어찌해야 좋을지, 그저 아프다는 거다."

그랬다. 누릴 때는 즐겁기만 했다. 허밍버드를 볼 때마다, 갖가지 꽃의 모양에 알맞은 주둥이를 박고 바람 같은 날갯짓으로 달콤한 꿀을 즐기는 것을 주시했다. 모든 보석의 빛깔로 치장을 한 그 앙증맞은 새들은, 꽃과 같은 아름다운 삶 속을 날고 있었다. 분명히, 생긴 대로, 그 구조대로 삶을 영위한다는 말이 이 새에게도 적용되어 있었다. 나의 경우는 환상 속에서 살건, 꿈속에서 살건, 비극조차 실감 못 하는 연구 대상인 나의 뇌기능 때문이라는, 나의 해석 하나가 더 첨부된다.

　이 점을 해명해줄 정 박사의 연구는 아직도 진행 중이다. 국제 펜 행사가 유럽에서 개최되면 나는 런던에 들러 그에게 연락을 했다. 우리는 식사도 하고, 드라이브도 하며 런던에서의 만남을 이어가고 있다. 그는 언제나 책과 털 스웨터를 선물로 주었다. 동생 것도 챙겼다. 동생에게도 미안하다는 말과 함께. 무엇이 고마운지 그는 고맙다는 말도 빠트리지 않았다. 내가 계속 혼자 사는 이유가 정 박사와의 결혼 탓이라고 그는 믿고 있었다. 나는 오히려 그가 혼자 있는 이유가 결혼이 그에게 안겼던 부담감에서가 아닐까 하고 미안할 때가 있다. 때문에 내가 미안하다는 말을 하고 싶고, 그토록 아름다운 겨울밤에, 그토록 아름다운 교회에서, 그토록 아름다운 예식을 가질 수 있었음에 감사하고 싶다. 그와 헤어져 돌아오는 비행기 안에서 나는 언제나 가슴을 쳤다. 미안하다는 말과 고맙다는 말을 하지 못한 것에. '당신도 시를 좋아하는 군요', 그가 사준 시집에 이런 말을 못한 것에. '유진 오닐도 좋아하는군요, 털 스웨터를 챙기는 따뜻한 마음을 가진 분인데…' 했어야 할 이 말들을 한마디도 못한 것에. 아직도 나는 정 박사와 마주하고 있으면 그의 실체를 모른다고, 무겁게 뒤뚱거린다. 그와 헤어져야만 나의, 모든 연구 대상인 꿈과 환상이 허밍버드의 날개같이, 바람같이 가볍게 살아난다.

39

"인생은 사람과 사람이 만나는 과정이라고 했다. 사람을 어떤 식으로 만나느냐도 중요하다고 했다. 그리고 상대에게 동질감을 느끼는 것보다 다른 이질감을 이해하는 게 훨씬 관계가 깊어진다고도 했다. 사람은 절대로 같을 수가 없기 때문에 우정도 사랑도 마찬가지라고. 맞는 말이다. 하지만 반드시 그렇지만은 않다는 것이 나와 외삼촌의 관계에서 이루어졌다. 외삼촌에게서는 추호도 이질감을 느낄 수 없었기 때문이다. 너무나 동질감이 짙어 나는 외삼촌에게 동화되어버렸다. 뿐만 아니라 외삼촌은 내 삶, 내 미래의 멘토였고 내 행운의 운명, 그 시초였다. 다만 이 모든 동질감을 느꼈던 것이 외삼촌에게는 삶의 윤활유로 작용했지만, 나에게는 곧 삶이 되어버렸다는 것이다. 더하여, 상상의 날개 위에 온갖 보석을 달고 색을 칠하며 환상의 세계로 빠져들었다는 것이다. 현실과 비현실조차 구분 못 하는 지경에까지.

외삼촌의 타계 후에도 보내지 않고 있는 나는, 지금도 외삼촌이 보고 싶으면 요요마의 시디나 디브이디를 튼다. 그중에도 내가 즐겨보는 것은 카네기 홀 오프닝나이트 2004년의 그 화려한 무대다. 홀 내부는 인간 별들로 눈이 부시게 빛을 발했고, 필라델피아 오케스트라 멤버들은 요요마를 맞이했다. 피터 제닝스의 안내로, 오페라의 골든 걸이라는 르네 플레밍이 앙코르 노래까지 부르고 화려하게 퇴장한 다음의 순서였다. 리하르트 슈트라우스의 교향시 돈키호테, 그 주제가 연주되고 요요마는 표정으로, 제스처로 작중의 돈키호테로 들어가기 시작했다. 나는 외삼촌을 보듯이 요요마를 바라보았다. 요요마가 무슨 곡을 연주하던 그 첼로에서는 〈트로이메라이〉도 들렸기 때문이었다. 물론 1737년에 베니스에서 만들었다는 요요마의 첼로와 외삼촌의 것은 멀고도 멀었다. 그리고 피터 제닝스의 생일 축하를 받으며 박수와 갈채 속에 등장하는 요요마와의 실력과는 비교할 수도 없었지만, 요요마는 나의 외삼촌이고 그의 첼로에서는 〈트로이메라이〉가 흘러 나왔다. 요요마는 무대 뒤에서 피터 제닝스에게 말했다. 자기는 돈키호테를 사랑한다고. 또한 우리 모두는 돈키호테라고. 우리는 언젠가 죽겠지만 꿈을 버리지 않는다고.

나는 외삼촌의 트로이메라이를 들으며 꿈을 키웠다. 이 순간 눈앞에 펼쳐진 카네기 홀도, 내가 실제로 현장에 가보기 훨씬 이전에 외삼촌의 서재에서 답사한 곳이었다. 외삼촌과의 서재 속 여행은 훗날 내가 두루두루 실제로 발을 들여놓았지만, 나는 일찍이 탐방을 하며 상상의 나래에 보석을 박으며 색을 칠해 나갔던 것이다. 톨스토이의 집, 괴테의 집, 단테의 집, 그리고 로댕의 집 등을 미리 보았다. 그들이 얼마나 흠모 받을 만한 인물인지를 제대로 알기도 전부터, 나는 그 이름과 장소를 먼저 만났다. 외삼촌의 서재에는 문인과 예술가들, 그리고 과학자와 운동선수까지 모두가 아름답게 공존해 있었다. 미국 국민들을 열광시킨. 프로야구 월드 시리즈가 벌어진 보스턴의 펜웨이 파크, 그 자리도 내가 보스턴으로 유학 가기 훨씬 전에 외삼촌의 서재에서 답사한 곳이다. 요요마의 연주를 생방송 중계로 들으며 외삼촌을 회상했던 그 시각은, 100년 숙적인 뉴욕 양키스를 누르고 아메리칸 리그 챔피언이 된 보스턴 레드삭스가, 내셔널리그 챔피언의 세인트 루이스 카디널스를 격파한 순간이었다. 보스턴 펜웨이 파크에 이어 세인트 루이스 부시 스타디움에서의 일이었다. 월드 챔피언이 된 보스턴 레드 삭스의 팬들과 미국의 스포츠계는 흥분의 도가니 속에 끓고 있는 순간, 나는 TV 앞에서 요요마의 연주를 들으며 외삼촌을 그리워하고 있었다.

서재에 놓여 있던 첼로와 〈트로이메라이〉를 들려주던 나의 둘째 외삼촌. 나는 그 서재 안에서 꿈을 키워나간 것이다. 그리고 슈만의 의도대로 〈트로이메라이〉는 나에게 있어 회상이었다. 어린 시절을 회상한다는 설정 아래 작곡했다는 〈어린이의 정경〉 중 7번째 곡인 〈트로이메라이〉. 그 짧은 곡 속에서 나의 원대한 꿈은 부풀고 있었다. 〈트로이메라이〉를 연주하는 외삼촌은 지금의 눈과 귀에는 그렇게 보였고 들렸다. 그 음악 속에 용해되어 무한대한 꿈의 세계를 날아다녔으니까. 그리고 그것이 나의 삶, 그 자화상이기도 했다.

요요마의 표정은 고요했으나 아팠다. 땀이 얼굴 전체에 배어 있고, 간간이 눈물방울같이 솟아 있다. 돈키호테가 죽어가는 장면 같았다. 요요마가 무대를 떠날 때가 다가오고 있다. 하지만 요요마는 또 볼 것이다. 나에게 행복을 약속해준 외삼촌. 별 하나에 추억 하나를, 별 둘에 추억 둘을… 외삼촌과의 추억들을 헤아려보던 수많은 밤들. 인생을 하나의 긴 항해라 한다면, 나에게 등대로 서서 아직도 불을 밝히고 있는 외삼촌. 나의 삶이 전적으로 윤택했던 것은 이렇게, 확인이 필요 없는 관계, 외삼촌이 있었다. 내가 운명에 행복해 있었던 것도 외삼촌이 나의 외삼촌이라는 그, 행운의 운명 때문임을 확신한다. 나의 모든 운명이 행운의 것임을 믿게 된 것도 외삼촌으로부터 시작되었다.

나는 아픔을 털고 일어났다.

장미의 정원은 누가 만들어주는 것이 아니다. 나는 장미의 정원에 더 많은 빛깔의 장미를 심기로 했다. 그리고 그 장미의 향기 속에서, 주님의 날개 밑으로 들어갈 것이다.

40

"몸이 나아졌다니 다행이다. 곧 한국에도 가야 하지 않니? 더구나 금년부터는 국제문학제로 개최된다며?"

연희는 4월말에 열리는 '이병주 하동 국제문학제'에 관해서 물었다.

"금년이 선생의 타계 15주년이거든. 금년은 일본 등 아시아의 대표 소설가들만 초청한다나봐. 그리고 내년부터는 미국을 중심으로 남미, 유럽, 아프리카 등 아시아 이외의 작가들을 부르기로 했대."

"행사가 끝나면 제주도로, 예산으로 다녀올 거니?"

"아냐. 며칠만 서울에 있다가 돌아올려구."

"네가 행사 때 발표하기로 한 원고는 부쳤니? 영어와 한글로 책자를 만들게 되었다면서? 네가 무슨 말을 할지 궁금하다. 작년같이 또 사람들 울먹거리게 쓰진 않았니?"

울먹거린 건 일차적으로 나 자신이었다. 모두가 살아 있는데 선생만 떠난 것 같았다. 선생의 타계가 너무도 실감이 났다. 지난날의 함께한 시간들이 구비구비 가슴에서 물결을 이루고 있었다. 그러나 잠시였다. 외삼촌과 같이 선생도 떠나 있지 않음을 알게 되었다. 외삼촌과 같이 이승을 떠나도 함께 있는 관계임을 체험했다.

"여전히 감상적이긴 했지만…, 그래도 울먹이는 대신 역사를 이루고 신화를 이룰 희망적인 글이다. 읽어줄게."

저는 1년 전에 '살아 있는 자의 서글픈 특권'이란 말을 했습니다. 나림 이병주 선생을 추모하는 모든 분들과 한자리에 있으니 더욱더 선생이 그리워서였습니다. 이 자리에 계셨다면 함께 행복해하셨을 것을, 왜 타계 후에야 이런 행사가 개최되었나 하는 서글픔 때문이었습니다. 하지만 그 마음은 육신만을 생각했던 순간의 생각이었습니다. 정신에는 이승과 저승의 경계가 없었습니다. 좌와 우, 보수와 진보, 나아가서는 도덕과 부도덕에까지 경계가 없었던 자유인인 선생과는 더욱 그렇다는 생각이었습니다.

'행복에 기여하지 않는 이념이 무슨 쓸모인가', 선생의 생각은 맞습니다. 이승과 저승까지 모든 경계를 허물고 선생은 우리에게 행복을 안겨주셨습니다. 특히 저는 선생의 존재만으로도 행복했습니다. 문단에 이런 거인이 존재한다는 것만으로도 외롭지 않았습니다. 《소설·알렉산드리아》의 대작가는 제가, 소설 《에뜨랑제여 그대의 고향은》을 들고나온 1966년부터 든든한 존재였습니다. 그러나 이 모든 것은 선생의 타계 전까지로만 알았습니다. 하지만 1년 전에 하동 땅을 밟은 후 그 경계가 허물어짐을, 아니, 애당초 없었음을 알았습니다.

지리산 자락, 섬진강 변, 흰 눈같이 날리는 벚꽃을 보며 확인했습니다. 배

꽃으로 인한 환상이 아니었습니다. 선생을 추모하러 모인 것이 아닌, 선생이 우리를 불러, 삶이 허망한 게 아니라 아름다운 것임을 확인시켜주었습니다. 벚꽃이 되어, 배꽃이 되어, 눈으로 보게 하고 귀로 듣게 했습니다. 아름다운 고장에서 출생하여 아름다운 계절에 타계하신 것 또한 입증하고 있습니다. 역사를 만들기 위해 태양은 금물결을 이루고, 신화를 만들기 위해 달빛은 은물결을 이루는 섬진강 위를, 벚꽃이 되어 완전한 자유로 날고 있는 것 같았습니다. 우리 모두를 불러 배꽃 같은 미소를 짓고 계셨습니다.

저를 단숨에 날아오게 한 태평양보다 넓은 가슴에, 지구촌의 모든 지식을 컴퓨터의 칩같이 머릿속에 삽입한 채 부드러운 미소 사이로 흘려 내보내던 마법의 화술. 단어 하나라도 놓칠세라 자리를 못 뜨게 만든 선생은 이 자리에 불러놓고도 변함이 없음도 입증했습니다. 밤이 깊도록 술을 마시며, 밤이 깊도록 이야기를 해도 끝이 없었듯이 육신의 타계 후에도 결코 끝이 없었습니다. 영화에도, 독서에도, 여행에도 끝이 없었듯이 선생에게는 끝이란 없습니다.

파리의 카페 '듬'에서 커피를 마시며 발자크의 동상을 바라보시던 선생, 그 선생을 바라보던 저, 이 거인과의 만남과 인연은 제 인생에 행운이었습니다. 생전에 거인이 떨군 열매들로 저의 삶 또한 풍요로웠고, 타계 후에도 이 아름다운 곳으로 초대하고 계십니다. 추억 속의 그리운 얼굴들도 만나라, 4월의 아름다운 하동을 보라고. 선생의 모습이 바로 4월의 하동임을 느낍니다. 넉넉하고, 따뜻하고, 이 인정 저 인정에 인간사에도 경계를 허물던 완전한 자유인의 모습.

이 4월에 선생의 삶과 문학이 재조명되고 있습니다. 타계 15주기인 금년을 기해서는 국제적으로 열리고 있습니다. 선생이 존재했기에 가능해신 국제 행사입니다. 풍미했던 선생의 삶과 문학이 거대한 액자에 담겨 국제 문학계에 걸려지도록 박차를 가하고 있습니다. 선생에게 걸맞은 국제적인 작가들이 해마다 이곳에 초대될 것입니다. 선생으로 인해 한국의 문학도 그 지평이 보다 더 국제화될 것입니다. 선생을 추모하는 사랑하는 친지들이 이 작업을 하고 있습니다. 하면서, 삶에는 끝이 없고, 허망하지도 않고, 이토록 아름다운 그림을 그릴 수 있음에 감사하고 있습니다.

41

'왜 지금 여기서 다시 이병주인가', '참으로 인간적인, 그러기에 더욱 문학적인 이병주의 이야기 문학', '이병주를 읽어라', 열풍이 일고 있습니다. 이 열풍이 세계 속으로 불기 시작합니다. 이 작업을 위해 일선에서, 국내외적으로 뛰고 있는 김종회 사무총장도, 이병주 문학 전집을 발간한 한길사의 김언호 운영위원도 선생으로 인해 행복해 보입니다. 선생으로 인해 보람과 사명감을 갖고 작업에 열중한, 사랑하는 친지들을 바라보는 선생도 참으로 행복하실 겁니다. 지상 최대의 행복이 '나'로 인해 행복해 하는 '너'를 볼 때의 행복일진대, 나림 이병주 선생은 문단 최고의 행복한 분이라고 생각됩니다.

"그래도 눈물 난다."

내가 글을 다 읽자 연희가 젖은 눈으로 말했다.

"그건 네가, 선생에게 향한 내 마음을 생각해서일 거야. 결코 슬픈 글이 아니지 않니? 행복한 글이다. 그분의 작품 세계 등은 나름 연구 전문가들의 몫이니까 내가 쓸 수 있는 색깔은 이런 것이었어."

"아무튼 네 글은 슬퍼. 아름다운 것을 써도 가슴이 찡해. 그런데 웬 4박 5일씩이나 행사를 하니?"

"초청된 외국 작가들이 한국에 도착하는 날 투숙 호텔인 롯데에서의 만찬, 그리고 하동의 행사를 끝내고 돌아와서 다시 갖는 송별연 같은 것까지 포함해서야."

"하동의 행사는 주로 어떤 것들인데?"

친구끼리는 서로 닮아간다. 내가 연희로 인해 발레에 빠지듯이 연희 또한 작가들, 특히 나와 가까운 작가들에게 함께 빠져 있었다.

"우선 섬진강변 오룡정 추모비 앞에서 추모식을 거행해. 그러고는 전국 학생 백일장, 논술 대회, 해외 작가 초청강연, 각국 언어별 문학 낭독회, 문학 심포지엄과 워크숍 등이 이어져. 또한 이병주 국제문학상 수여 및 이병주 문학의 밤과 기념 공연 등이 펼쳐져. 특별 행사로는 이병주 문학 작품 전시회와 3만여 권에 달하는 이병주 소장 도서 특별전도 있고. 《지리산》, 《남부군》 등 이병주 소설의 배경이 된 지리산 등 다큐멘터리 상영도 있고, 쌍계사, 화개장터, 최 참판 댁, 평사리 공원 관람 등 관광도 많아."

"대단하구나. 어디 이병주 선생님을 그리워할 시간이 있겠니?"

"그리움에도 시간이 필요하니? 그곳에 있는 내내 생각나는데…. 그곳에서 출생하여 그곳에서 쉬고 계셔서 그런지 더욱더 실감나게 그립더라."

나는 1년 전을 떠올렸다. 하동 땅에 발이 닿는 순간부터 떠날 때까지 오직 선생의 모습뿐이었다. 바람에 흰 눈같이 날리는 벚꽃도, 배꽃도, 섬진강 물결도, 지리산도…. 재첩국도, 돼지 오겹살도, 소주도…. 눈에 보이는 모든 것, 들리는 모든 것, 입에 들어가는 모든 것이 다 그랬다. 오죽하면 제주도로 마음 달래기 여행을 했을까. 하지만 금년의 국제행사 제1회를 계기로 나는 슬픔을 접었다. 기쁘고 행복했다. 어차피 육신은, 언젠가 헤어지게 되어 있다. 나와 남아 있는 사람들도 떠나게 되어 있다. 언제인가를 모르고 순서만 모를 뿐이다. 내가 이번 행사에 행복할 수 있음은, 흩어진 모두가 선생을 중심으로 모여 이제는 국제 행사로까지 확장되어 가고 있는 기쁨 때문이다. 선생의 문학상을 제정했고 기념관 건립도 완공되어가고 있다. 무엇보다 기쁘고도 행복한 것은 문인만의 행사가 아니라는 것이다. 재계, 정계, 신문·방송계, 법조계, 교육계, 연예계, 향우회, 동창회 등 그야말로 전 분야가 총망라해서 이병주 기념사업회를 이끌고 있다는 것이다.

나의 기억 속 어떤 문인도 이토록 거창한 모임이 없었다. 그만큼 이병주 생전의 인간관계와 독자층이 거대했다는 것이다. 쭈그리고 앉아 글만 쓴 것이 아닌, 모든 면에서 거인이었다는 것이다. 이 또한 가히 운명이라고 단언할 수밖에 없다. 태어날 때부터 금숟가락을 입에 물고 나왔고, 일생 또한 파란만장했음에도 총천연색의 삶이었다. 완전한 자유인으로 도무지 경계도 끝도 없었다. 어떤 문인이 이토록 세상을, 삶을 자유자재로 누릴 수 있을까. 선생의 타고난 행운의 운명일 수밖에.

"네가 쓴 글대로 참으로 행복하신 분이다."

연희도 결론을 내렸다.

"너의 지론대로, 선생의 타고난 운명이겠지?"

나의 생각을 알고 있노라고 연희가 다시 말했다.

"다른 답이 없지."

나야말로 확신에 확신을 가지고 대답했다.

"다른 답이 없지. 나도 선생에 대해서는 알 만큼은 알지만, 또 그분의 책도 꽤나 읽었지만, 문단 역사상 그 누구도 흉내 내기 힘든 분이었다."

"아무도 흉내 낼 수가 없었지."

나는 단호히 말했다.

"너도 아니냐?"

연희가 물었다.

"어림도 없다."

집필의 분량부터, 지식의 깊이와 넓이부터, 하늘을 가로지르며 떠 있는 쌍무지개 같은 화술의 신비함도, 나는, 단 한 가지도 선생을 흉내 낼 수가 없다.

42

"안경환이란 분이 쓴 글이 생각난다. 백 개의 칼날을 세워도 중용은 어려운 법, 이병주의 체험과 지성 그리고 눅진눅진한 사랑의 질탕한 방담이 그립다. 언젠가는 그의 말대로 '낙엽이 다시 생명을 얻어 꽃잎으로 화하는' 기적이 일어날지도 모른다고 한 말이….'"

나는 독백같이 말을 흘렸다.

"넌, 타계했지만 타계하지 않았다고 말하면서도 선생님이 그리운 거지?"

연희가 나의 어깨를 토닥이며 물었다.

"그립다기보다는 가슴이 아파. 생전에 좀 더 잘해드릴 것을…, 종종 심통을 부렸거든. 내 심통을 받아줄 대상으로 살아 계시라고 하면서 많이도 떼를 썼어. 조국을 떠나야 했던 이유, 그 분풀이를 선생님께 다 퍼부었단 말야. 매년 나를 찾아 미국에 오실 때마다 겪으셔야 했고 그럴 때마다 함께 귀국하자고 하셨지."

회한에 젖은 나의 목소리에 연희는 애처로운 눈으로 나를 바라보았다.

"함께 귀국하지 그랬니? 너는 유난히 네가 놀던 한국의 문단을 그리워하지 않았니?"

연희는 이제 나를 감싸안았다.

"애증의 관계였지…."

나는 연희의 어깨에 기대어 소근대듯이 말을 이었다.

"정말로 낙엽이 다시 생명을 얻어 꽃잎으로 화하듯 다시 살아나실 수

176

는 없을까?"

타계하고도 타계하지 않았다고, 특히 지난 일 년간 나는 외쳤다. 이 병주 기념 사업회로 인해 선생의 고장으로 가게 되었고, 호텔 발코니에서 바라보는 지리산 자락과 섬진강 물결은 분명 선생이 초대한 장관이었다. 정교하고 한 치의 오차도 없이 내가 움직이는 곳마다 펼쳐진 모든 것 또한 선생이 짜놓은 청사진이었다. 도처에 배치된 인물 또한 모두가 나를 위해 그 자리에 있는 것 같았다. 심통을 부릴 대상이 떠나면서 심통을 부릴 수 없게 평화와 즐거움을 배치해놓은 것 같았다.

"하지만 나는, 너의 그 그리움들이 부럽다. 사랑했던 그 많은 사람들, 그 많은 것들, 너는 그 추억만 반추해도 풍요롭지 않니? 뿐이냐, 너의 삶은 매일 매일이 연속극을 보는 것 같애. 이번에도 한국에 가면 또 적어도 16부작 미니 시리즈가 방영되겠지? 이래저래 부럽다."

연희의 말에 나도 고개를 끄덕였다. 작년에도 그랬지만 금년은 내 몫이 더 드라마일 것 같았다. 외국 작가들의 학술적인 강연과 통역이 줄줄이 이어지는 순서의 마지막에 내가 등장하게 되어 있다. 시를 낭송하듯이 선생을 그리는 나의 말은 선생을 사랑하던 모든 청중을 숙연하게 하기에 충분했다. 하동 종합사회복지관을 나오는 수백 명의 청중은, 칠흑의 어둠이 펼쳐진 가운데 빛나는 섬진강 물결을 바라보며 1년 전과 같이 눈물을 흘릴 것이다. 나의 손을 마주 잡으며, 시 같은 나의 강연, 자신들의 마음이었노라고. 16부작 미니 시리즈는 여기서부터 시작되게 되어 있다. 그리고 그다음은 나도 모른다. 선생이 또 어떤 각본을 짜놓고 있는가는.

"이번에 초청된 작가 중에 네가 아는 사람도 있니?"

연희가 물었다.

"시오닐 호세라는 해마다 국제 펜에서 만난 필리핀 작가가 있어. 그리고 시마다 마사히코라고 《천국이 내려오다》, 《꿈의 메신저》 등 한국어로도 작품이 많이 번역되어 있는 일본 작가도 있고….

"너에게 '이사벨라'라는 이름을 붙여주었다는 그 젊은 작가 말이니?"

"맞아. 이사벨라라는 이름으로 나를 부를 때 얼마나 놀랐는지 몰라. 그 이름은 내가 오래전에 영어 이름으로 가져볼까 하고 잠시 생각했었거든. 그런데 그가 그 이름을 내게 주지 않겠니?"

"네 말대로 소설가들은 신끼가 있는 것 같다. 어떻게 알았을까?"

"나를 보는 순간 그 이름이 떠올랐다는 거야."

"마리오 바르가스 요사가 너에게 그 이름을 붙여주었다면 16부작이 더 연장될 뻔했겠구나."

연희는 나의 인생 드라마를 언제나 즐겼다.

"내년에 초대되는가 봐."

나도 드라마를 엮어나갔다.

"벌써부터 내가 떨린다. 이병주 국제문학제에서 그를 만나는 너, 정말로 기대되는구나."

외국 작가 중에 유일하게 나의 호흡을 잠시 멈추게 했던 남자다. 스웨덴 펜에서 그를 마지막으로 본 지도 20여 년이 지났다. 최근의 신문에서 본 그의 모습은 여전한 흡인력에 세월에서 얻은 중후함마저 있었다.

"이병주 선생이 그를 한국에 못 오게 만들지 않을까?"

이제 연희는 짓궂게 물었다.

"그렇지 않을 거야. 그와 나를 하동에서 만나게 해줄 거야. '내 대신 정혜성을 행복하게 해주시오' 말하며 오히려 멋진 드라마를 써놓을 거야."

"그래, 네 말대로 그 분의 가슴이 얼마나 넓은데…, 너를 위해 멋진 각본을 구상하고 계실 거다."

그럴 것이다. 선생은 지난 1년간 더욱 생생히, 더욱 구체적으로, 타계하고도 타계하지 않았음을 보여주었다. 기억속 가슴속에서만 생존해 있는 줄 알았는데 지난 1년간은 선명히도 함께 움직였다. 결코 떠나지 않았다는 것을 증명이라도 하듯이 '행복 여행'의 안내자로 나를 동반해주었다. 생전에 아름다웠던 관계는 결코 유한하지 않음을 타계 후에 계속 보여주었다. 나는 선생의 즐거운 안내를 받으며 사랑하는 나의 후배들을 생각했다. 나도 언젠가 지상을 떠나면 내 후배들에게 아름다운 안내자가 되어 생전에 못다한 것들을 보여주며 베풀며, 떠나도 떠나지 않겠다고 다짐을 했다.

사랑하는 사람들의 관계는 결코, 결코, 유한하지 않다. 나림 이병주가 거듭거듭 내게 확인시켜준 결론이다.

43

"그런데 말이다, 새삼스러운 것은 아니다마는, 너, 정말로 놀랍다."

별안간 연희는 몸을 곧바로 세우며 말했다.

"월드컵인지 무언지 때문에 이병주 선집까지 미루던 네가 어쩜, 일 년이 되도록 단 한마디도 월드컵 이야기가 없니?"

연희는 정색을 하고 있었다.

"왜 갑자기 월드컵은?"

나야말로 의아해서 되물었다.

"사랑에 빠져도 그럴 수 없을 만큼, 너는 월드컵에 온통 혼을 빼앗겼었잖니?"

"그랬지, 그런데?"

도대체, 이병주 국제문학제와 하동 이야기를 하다 말고 왜 월드컵이 난 말이다.

"피구가 닥터 지바고로 보인다, 앙리와 호날두가 서로 끌어안고 등을 어루만질 때 명화의 명장면이었다는 둥 얼굴이 눈물로 범벅이 되던 네가, 발레였고 예산역 잔디가 떠올랐고…, 이 모든 것을 그렇게 단칼에 잘라버리듯 말야."

"너는 내가 그 월드컵을 끌어안고 계속 살기를 바랬니?"

나야말로 네가 이상하다고 물었다.

"너무나 엄청나게 열광한 것에 비해 너무나 놀랍게, 기억조차 못하듯이 잊고 있는 것 같아서 말이다."

"연희야, 월드컵은 그야말로 월드 웨이브였다. 동시대에 함께 열광했을 뿐이다. 그리고 기록으로 남을 것이다. 따라서 다음의 월드컵에는 또다른 피구, 앙리, 호날두가 또 다른 기록을 남길 거구. 하지만 이병주는 내 생의 이병주인데…, 그게 어떤 차이인지 넌 모르니?"

"그걸 모르는 것은 아니다마는…."

표정이 조금은 완화되어가는 상태에서 연희는 말을 이었다.

"가끔 네가 놀랍다 못해 두려울 때가 있다. 우리들의 우정도 그렇게 단숨에 버리면 어쩌나 하고…."

나의 의아함은 슬픔으로 빠져들어가는 것 같았다.

"악연까지도 인연이라고, 아니 필연으로 받아들이는 운명론자인 내가, 그 악연마저도 어떤 거역할 수 없는 섭리로 맺어진 것이라고 믿는 내가, 인간관계를 그것도 너희들과의 우정을, 너, 참으로 나를 슬프게 만드는구나. 나의 삶에서 가장 소중히 생각하는 사람과의 관계를, 하물며 너희들? 이 세상을 떠나도 너희들과는 떠나지 못할 나를, 이 긴 세월 후에 네가 물을 수 있는 거니?"

슬픔이 나의 목소리를 타고 흘러나왔다.

"다 알면서도, 워낙 우리는 너와 인생 자체가 밀착되다보니 말야. 너의 다양한 사랑의 모습을 지켜보면서 때때로 우리의 자리가 없어진 건 아닌지 하고, 가끔은 불안했었다."

"나는, 누구를 사랑하면 그것으로 사랑인데, 왜 모두는 사랑에 의문을 던지는 건지 알 수가 없다."

나는 슬픔을 뱉듯이 말했다.

"아마도, 대부분의 사람들은 외롭고 또한 너만큼 자신감이 없어서 그럴 거야. 너의 자신감은 너를 이루고 있는 뼈대인 것 같은데 우리는 그렇지가 않거든."

연희의 목소리에 힘이 빠져가고 있었다.

"다들 타인에 의해 자신들의 삶을 영위하는 데 문제가 있는 것 같다. 홀로 설 줄을 모르는 거야. 한 명의 예외 없이 인간은 혼자 울고 태어나서 혼자 떠난다는 그 진리를 잊고 있는 거야."

"그걸 누가 모르겠니?"

정색을 하고 월드컵에 질문을 던졌던 연희의 목소리에도 슬픔이 스며들어 있었다.

"부모, 형제, 자식 그리고 친구들은 일생을 살아가는 데 힘이 되고 삶을 윤택하게 하는 것에는 틀림이 없다. 하지만 자신만의 확고한 삶의 토대 없이는 이런 관계조차 주위를 고달프게 할 수 있다는 것, 너, 모르고 있지는 않겠지. 떠나면 어떻게 하냐고? 다 떠나게 되어 있다. 그럼에도 남은 자의 삶은 계속되는 서글픈 진리를 인정해야지. 가슴에 묻고, 기억 속에 묻고, 혼자 꺼내 추억을 반추하며 아름다운 인연에 감사하면서…, 이게 우리의 인생행로다. 그래서 살아 있을 때 인생 화보를 멋지게 그리며, 좋아하는 색으로 칠해가는 거 아니겠니?"

"나도 너같이 강인한 면이 있었으면 좋겠다."

연희가 한숨을 쉬듯이 말했다.

"너는, 내가 강인해 보이니? 나는 아직까지 나보다 연약한 사람을 만난 적이 없는데…."

그래. 어찌 한 인간이 다른 인간을 완전히 안다고 말할 수 있을까. 나도 나를 모를 때가 있는데. 더구나 나같이 슬픔을 감추고, 약해질 때의 모습을 감추고 사는 사람을 어찌 연희인들 알 수가 있을까.

그리고 모두는, 인간의 행과 불행이 얼마나 공평하게 분배되어 있는
지를 모르고 있다. 나는 종종 재키 케네디를 생각하며 가슴 아픈 적이
있었다. 미와 지성과 명예와 돈과, 거기에다 그 남편과 그 자식들까지
여자가 소유할 수 있는 최상의 것들만 지닌 여인이 아니던가. 겉으로는
사망 직전까지 그랬다. 하지만 그녀에게 쏟아지는 지구촌의 온갖 시선
과 그녀만이 겪었어야 할 온갖 고통을 상상하며 연민을 가졌었다. 소유
한 만큼 치렀을 그녀의 대가. 소유로 인한 대가에 있어서는 남자보다 여
자가 훨씬 무거워 보였다. 로댕의 카미유 클로델, 쇼팽과 뮈세의 조르주
상드, 피카소의 여인들…, 얼마나 많은 여인들이 큰 것을 소유함으로 해
서 엄청난 대가를 치러야 했냐 말이다. 물론 이들의 특이한 성격이 특별
한 사람과의 관계를 형성하는 고통을 받았고, 그 특이함이 역설적으로
그 특별한 삶을 누리는 대가를 치르게 되기도 했다. 인생 드라마는 자신
의 성격과 자신의 선택에 의해 엮어지게 되어 있으니까. 운명의 장난이
란 있을 수 없다. 그때, 그 자리에 내가 선택해서 있었던 것뿐이다. 운명
은 운명일 뿐 장난은 아니다. 왜 그때, 그 자리에 내가 가야 했던가, 그
것은 나의 선택이다.

44

"아무튼 월드컵에 빠지고, 이병주 국제문학제의 연이은 한국행으로
우리들의 만남이 계속 지연되었던 것 미안하다."

나는 연희에게 사과했다.

"하지만 네가 결코 잊어서는 안 될 것은, 나의 다양한 사랑의 모습들이 너희들을 중심으로 한 우리들 삶에 공동의 목걸이라는 것이다. 그것도 무지개 색으로 장식된 보석 중의 보석이다. 햇볕에 빛나고 달빛에 빛나는 우리의 역사요 신화인 것이다. 결코, 결코 없어지지 않는다."

'태양에 바래지면 역사가 되고 월광에 물들면 신화가 된다', 이것은 이병주의 소설 《산하》의 명구일 뿐이다.

"아냐, 내가 실수했다. 아무리 가까워도 아니, 가깝기 때문에 더욱 말이 중요한 건데…, 너를 슬프게 했다니 내가 미안하다."

연희도 사과를 했다.

"어쨌거나 네가 나에 대해 그런 느낌이 들었다면 다른 사람들은 더 그랬을 것이다. 나에게도 책임이 있을 것이다. 네 말대로 사랑의 대상들이 자연과 그 현상들, 물건들에게까지 넘치니 말이다. 만일 꽃들이, 새들이, 무지개가, 별들이 그리고 나의 물건들이 인간의 언어를 사용할 수 있다면 나에게 꽤나 항의했을 거다."

"그랬을 거다. 꽃들끼리, 새들끼리, 네 방의 물건들끼리…."

연희가 웃었다.

"맞아. 무엇보다 장미꽃이 온몸의 가시를 곤두세우며 '내가 장미인데, 나무도 아니고 꽃도 아닌 키에 하늘거리는 코스모스에 취하다니' 하며 심통을 부릴 거다. 넓은 하늘에서 마음껏 자태를 자랑하던 무지개는 '나보다 신비하게 영혼을 적시는 것이 또 있단 말이냐?' 하면서 자취를 감추어버릴지도 모른다."

나도 맞장구를 쳤다.

"하여간에 사랑하는 사람들끼리 상처를 입는 것은 슬프다. 남과 여의 사랑이야 화학 작용이 있으니 그렇다 치고, 부모와 형제나 자식 그리고 친구들 사이에는 말이다."

내가 덧붙여 말했다.

"그냥, 무조건, 네 말대로 '네가 존재하는 것만으로 나는 행복하다'로 마침표를 찍으면 좋을 텐데…, 사랑하기 때문에 그게 더 어려운 것 같다."

연희도 다시 말을 이었다.

"네가 언젠가 말했듯이 태평양을 바라보며 '감당하기 벅찬 여인을 사랑하는 것같이 가슴이 막힌다'고 한 그 교수의 말이 생각날 때가 있다. 탁 트인, 끝이 없을 것 같이 펼쳐 있는 태평양을 보며 가슴이 막힌다고 했으니 말이다. 물론 그분은 네 표현대로 화학 작용이 있는 남녀의 사랑을 두고 한 말이겠지만, 그런 사랑이 아니고도 감당 못할 사랑이 있는 것 같다."

웃음 사이를 헤치며 나는 연희를 바라보았다.

"나를 두고 하는 말이냐?"

내가 물었다.

"어떤 단어를 써야 가장 적합할지는 모르겠는데, 쉽게 말하자면 너를 소유할 사람은 없는 것 같다는 거지. 도대체 너의 사랑의 대상이 하도 많아서…."

연희의 웃음이 또다시 흩어지며 사라졌다.

"한 사람만 사랑한다는 것과 많은 사람을 사랑한다는 것이 숫자와 비례된다고 보는구나. 하나도 제대로 사랑 못하는 사람이 있고 수많은 것을 사랑해도 가슴에 방이 무수히 있는 사람이 있는 거야. 그리고 소유? 누구도 누구를 완전히 소유할 수 없고 소유해서도 안 된다고 본다. 놔주며 사랑하는 거지. 사랑하면 떨어져 있어도 함께 있는 거야. 타계 후에도 그런데 하물며 지상에서 공존하고 있는 데야 더욱 그렇지 않겠니?"

나의 물음에 잠시 머뭇거리던 연희가 입을 열었다.

"그러나 사랑하면 함께 있고 싶은 것이 일반적이다. 하물며 이 사람, 저 사람과 이곳저곳에 사랑을 퍼주며 다니는 너 때문에 목이 좀 마르다는 거다. 막상 너는 우리를 약수터에 앉혀놓고 숲 속의 아름다운 공기와 물을 마시라고 하는데, 정작 너는 다른 곳에 있거든. 누군가와, 아니면 새나 꽃과, 그것도 아니면 달과 별과 사랑을 속삭이며 다른 곳에 있단 말이다."

"연희야, 사랑 타령만 하는 것이 내 삶으로 보이니? 모두가 잠든, 태평양같이 숨 막히는 칠흑의 적막 속에서, 하얀 종이를 펜으로 메꾸며 절규하는 나는 보이지 않는 거니? 메꾸어지지가 않아서 절규, 메꾸어 본들 독자들에게 즐거움이나 위안이 될까하고 절규, 모두가 편안히 잠든 시간에 혼자서 절규하고 있는 내 모습을 생각해보았니?"

말을 하다 보니 또다시 아픔이 몰려오고 있었다.

"물론 나의 선택이었다. 그리고 소설은 나의 인생길이다. 어두운 골목이건, 프리웨이이건 내가 택한 나의 운명이긴 하지만."

"혜성아, 내 말이 또다시 너를 속상하게 하고 있구나. 그래, 놓아줄게, 놓아주며 사랑할게."

나는 다급한 연희의 말을 들으며 창조주를 생각했다. 창조주가 만들
어놓은 뇌의 기능에 대해서. 나의 정 박사도 뇌 연구에 평생을 보내고
있지만 1,000억 개의 뇌신경세포가 얽히고 설켜 작동을 하니 우리 인간
의 생각을 어찌할 것인가. 뇌의 연구가 앞으로 '나는 누구인가' 하는 철
학적인 물음에 답도 줄 수 있다고 한다. 21세기를 '뇌의 세계'로 명명하
고 연구에 박차를 가하고 있다고. 물론 뇌의 연구는 질병의 극복과 생명
의 연장에 우선하겠지만 너와 내가 누구인가도 밝혀진다는 이야기다.

하지만 밝혀진 후의 인간관계, 나는 또한 상상이 되지 않는다. 그 분
명함과 건조함을 어떻게 견딜 것인가. 차라리 끝내 서로가 알쏭달쏭한
속에서 시행착오와 실수를 거듭하며, 여기저기 빈 가슴을 부둥켜안고
너는 누구냐? 인생이란 무엇이냐? 하는 가운데 빈 종이를 메우는 소설
가의 존재 이유도 있지 않을까.

"연희야, 접자. '사랑은 미안하다고 말하지 않는다'고 하지 않든? 우
리, 서로 미안하다는 말 하지 말자. 그리고 재훈의 그림 전시장에서 가
질 우리의 단합 대회에 출정할 준비나 하자. 재훈도 나같이 하얀 캔버스
를 놓고 하얗게 밤을 새웠을 거 아니냐. 재훈을 생각할 때마다 잭슨 폴
록이 떠오른다. 물론 성격이 그를 닮지 않아서 다행이지만."

"그러자."

연희도 우리들의 끝없는 사랑의 티격태격을 접고 답했다.

"참으로 우리들 멀리 와 있지? 고향으로부터도, 삶에서도….."

45

이 말의 저의를 연희는 짐작할 수 있을까. 나의 뇌리에서 사라지지 않고 맴도는 것을. 나의 꼬마 친구들, 여기까지 오는 동안 진정으로 행복했는가 하는 나의 의문. 고향을 떠나 겪어야 했던 힘든 미국 유학 생활과 내가 선택해준 운명이라는 그들의 길. 그들의 선택이 아닌, 나의 선택에 의해 걸어온 삶. 그들이 진실로 행복하지 않았다면 그 책임은 내가 져야 할 짐인 것을. 그들은 어쩜 그렇게도 내가 가라는 길들을 갔던 것일까. 연희의 노래에 반주를 해주겠다고, 피아니스트를 꿈꾸던 김재훈은 화가가 되었다. '너는 게으르고 너무 잘생겨서 안 된다'는 나의 말에 '잘생겼기 때문에 무대 위에 서면 더 멋있다'던 친구들, 하지만 결국 재훈은 화가가 되었다. 박정민은 집안의 수순대로 변호사가 되었지만 내가 가라는 사진작가의 길을 병행했다. 역시 의사의 길이 예정되어 있던 윤지수는, 우리들의 눈을 보살펴야 한다는 나의 말 한마디에 안과를 택했다. 다만 연희만 인대를 다쳐 발레리나의 길을 가지 못하고 오직 발레를 즐기는 삶으로 살고 있을 뿐이었다. 때문에 특히 연희는 더욱더 나의 뇌리 속에 깊이 박혀 있었다. 안무가 무언지도 몰랐던 나의 어설픈 안무에 발레를 하다가 다친 것은 물론이고, 짧은 결혼 생활에 남편과 사별한 채 내 옆을 평생 지키고 있다는 것은, 나에게는 형벌일 때가 종종 있었다. 발레로 인해 치러야 했을, 육신의 고달픔과 그 시간들을 생각하면 참으로 다행이라고 아무리 연희가 말해도, 그리고 내 옆에 함께 있을 수 있으니 오히려 행복하다고, 연희가 거듭거듭 말해도 나는 행복하지 않을 때가 더 많았다. 연희가 침묵한 채 먼 곳을 바라보고 있으면, 무대 위에 있는 발레리나 연희 자신을 그리고 있는 것만 같았다.

연희 입장에서는 나에게 사랑의 의문을 던질 만도 했다. 나에게 너무나 밀착된 삶이었으니까. 내가 동서남북으로, 사방팔방으로 사랑을 흘리며 쏟고 살아온 것과는 달리, 특히 연희에게는 나만이 있었다. 연희를 중심으로 다른 꼬마 친구들, 이들의 삶에서 나를 만난 것은 어떤 의미일까. 언제나 군림하여 갖가지 명명을 해댔던 나에게, 언제나 착하게, 순하게 따라주던 나의 친구들. 나의 뇌리 저변에 맴돌고 맴도는 나의, 의문은 짐작하지 못했을 것이다.

뉴욕은 또다시 나를 사로잡았다. 내가 사랑하지 않은 도시가 있을까마는, 뉴욕은 언제나 나를 부른다. 센트럴 파크가, 5번가가, 워싱턴 광장이, 그리고 그리니치빌리지의 카페 레지오.

"못 들었냐? 이 낡은 책상과 의자는 그냥 낡은 게 아니라잖니? 무수한 시인, 작가, 작곡가들이 이 책상 위에서 작품을 탄생시켰고, 무수한 예술가들이 작품의 구상을 하면서 앉았던 의자란다. 이 낡음은 문학과 예술을 탄생시키기 위한 인고의 세월들을 보여주는 증거래. 이 낡음에도 감사하라는 거야. 그야말로 범사에 감사다. 주님의 말씀이 따로 없지."

카페 레지오에 모두 모이자 지수가 입을 열었다.

"혜성이는 만사에 의미를 붙이는 데는 명수이니까 그러려니 하자."

재훈이 받았다.

"내버려두어라. 별이 빛나기를 멈추지 않는 한 혜성이 성격의 빛도 그대로 있을 거다."

징민이도 거들었다.

"너희들 행복한 거지?"

친구들의 대화 속으로 내가 들어갔다.

"뚱딴지같게 그게 무슨 말이냐? 당연히 행복하지. 누가 선택해준 삶인데. 나, 화가된 것 정말로 잘했다. 피아니스트? 야, 그 연습? 네 말대로 나는 못 했을 거다. 무엇보다 너희들과 이렇게 모여 전시 때마다 개막 테이프를 자를 때 얼마나 화가가 된 것이 행복한지 아니?"

재훈이 즉각 대답했다.

"하지만 오늘의 네가 될 때까지 그 화가의 길 역시 만만치 않았지? 하얀 캔버스 앞에서 막막할 때, 절규할 때도 많았겠지?"

"야, 너도 알잖냐. 그러다가 봇물처럼 터져나와 작업에 빠져들 때의 희열 말이다. 미국에 유학 오고 나름대로 추상표현주의 화가로서 이 정도면 나의 행복지수는 알 거 아니냐. 만일 화가로 고향에만 있었다면 아마도 작은 스튜디오에서 인물 초상화나 그렸을 거다. 추상표현주의 그 매력을 어찌 맛보았으며, 인상주의풍의 세계도 알지 못했을 거다. 그저 정물화, 들판과 냇물 등을 그리는 것 밖에는 다른 화풍을 어찌 알았겠니. 오늘의 세대라면 몰라도 그 시대, 그 시골에서 무엇과 접할 수가 있었겠니. 화가라는 전문직을 결정한 것만도 대혁명이었잖니. 이 기막힌 추상화의 세계에 빠져 있던 세월들, 아주 행복했고 네가 아주 고맙기만 하다."

재훈은 이런 질문을 기다리고 있었다는 듯이 줄줄이 말했다.

"그건 나도 마찬가지다. 아버지 뜻대로 변호사가 되었지만 네 덕분에 사진작가의 생활은 살맛 나는 기쁨이었다. 더구나 고향에 그대로 있었다면 박정민 법률사무소라는 간판 밑에 '예산 사진관'이라는 것 하나 더 붙여놓고, 발가벗은 어린 아기의 백일 사진이나 찍고 있었을 거다. 광활한 세계의 그 많은 대상에 어찌 렌즈를 들이댈 수가 있었겠니? 렌즈를 통해 접한 눈부신 세계는 다 네 덕분이다."

정민이가 맞장구를 쳤다.

46

나는 산부인과 의사인 남편을 보며 시도 때도 없이 병원에 불려나갈 때마다 네가 고마웠다. 병원집 딸로 어차피 의사가 되었겠지만 네가 안과를 택해준 덕분에 내 적성에 맞기도 했고 편했다."

지수도 한마디 했다.

"나는 어떻고? 기껏 학예회 때 머리에 리본 달고, 두 손 머리 위로 올리며 무릎이나 굽혔다 폈다 하는 동작이 전부인 줄 알았던 나다. 너로 인해 발레의 세계를 알아서 윤택한 정신 생활을 누릴 수가 있었다. 우리들 모두의 주변머리로는 엄두도 낼 수 없었던 세계 속으로 네가 끌어준 거다. 꿈에도 그런 생각하지 말아라. 우리끼리 너에게 얼마나 고마워하고 있는지, 우리들 생애에 원천적인 행운은 너에게 뽑히고, 친구가 되어함께 가고 있다는 거다. 그 운명이라는 마침표는 어디로 가고 너의 선택에 의문을 던지는 거니?"

연희가 결론을 내리듯 말했다.

아름다운 협화음으로 이어지는 친구들의 말을 들으며 나는 계속 허밍으로 대답을 했다. '고맙다, 친구들아. 예산에서 함께 태어나서 고맙고, 나의 친구로 함께 있어 고맙다.'

고맙다는 말을 거듭거듭 하다 보니 이 고마움의 원천은 나도 친구도 아니라는 생각이 번개같이 내 머리를 스쳐갔다. '주님', 우리들 삶의 주인이 있었다.

"그래서 말인데 우리도, 너를 위해 결정한 것이 있다."

나의 생각 안으로 지수의 목소리가 들려왔다.

"재훈, 정민이와 이미 끝낸 결정이다. 우리들 보스턴을 떠나기로 했다. 고향에서보다도 더 오래 살았고 익숙해진 곳이지만, 너와 연희가 있는 샌프란시스코 쪽으로 가기로 했다."

연희의 눈도 내 안으로 들어왔다.

"애들도 다 떠났고 우리 세 부부들이 너희들 있는 곳으로 가서 함께 살기로 했다. 네 동생 현성이에게도 이미 부탁했다. 현성이 포도원 근처에 비슷한 규모의 집 네 채가 있는 포도원을 구입해달라고. 우리 셋이 한 채씩 쓰고 한 채는 연희와 네가 살면 된다."

번개가 스친 것이 아닌, 무엇으로 한 대 맞은 기분으로 나는 지수와 재훈과 정민을 번갈아 보았다. 연희의 눈도 함께 움직였다.

"지역 사회에 무료 의료 봉사, 무료 법률 상담도 해주고, 재훈과 정민의 작품 판매금으로는 자선 기관도 만들고. 삶에서 우리가 누린 혜택을 갚으며 살기로 했다. 카네기의 말을 빌리지 않더라도 많은 것을 언제까지고 누리기만 하는 것은 부끄러운 일이라고 생각되었다. 무엇보다 삶에서 받은 사랑의 빚, 그 빚을 갚고 싶다. 너희들과 합치는 사랑의 길을 가면서…."

"그렇게 함께 살자. 우리에게 재능과 윤택한 삶을 허락해주신 하나님께 감사하며, 이웃을 위해 가진 것을 나누며 그렇게 살자. 고향이 따로 있겠니. 이제는, 우리가 함께 있는 곳에서 고향을 만드는 거지."

"맞다. 첫째는 하나님께, 둘째는 우리들 삶의 길을 선택해준 혜성 여왕에게 충성하기로 했다. 이게 우리의 운명인 것 같다."

지수와 재훈의 설명에 이어 정민이 웃으며 말했다.

"혜성이와 나는 그냥 살라고?"

나보다 연희가 먼저 입을 열었다.

"자식들이 있고 없고가 우리들 사이에 상관은 없지만, 우선 너희 둘보다 우리가 여유가 있잖니. 현성이 말에 의하면 너희들 사는 곳과 포도원의 거리가 불과 두어 시간이라니까 너희 둘은 언제고 옮기면 된다. 포도원과 집들의 이름은 혜성이가 생각해봐라. 네가 선택한 이름을 사용하기로 했다."

지수가 이렇게 결단 있는 말, 그리고 이토록 길게 말한 적이 있었던가. 언제나 말이 없고 조용한 지수였다. 물론 가장 속이 깊고 넓으며 가장 지혜로운 지수이긴 했다. 무엇보다 나를 놀라게 한 것은 조금 전에 나의 뇌리에 스쳐간 번갯불의 텔레파시였다.

'우리는 포도원 구입에 투자하지 않아도 되는 거니?' 연희가 눈으로 내게 묻고 있었다. '쟤들 부자잖니. 그리고 그 밑천은 내가 준 것이다. '운명적인 선택' 말이다' 나도 눈으로 대답했다. '나, 책방과 집을 정리하면 돈이 있는데…' 연희가 또 눈으로 물었다. '쟤들은 든든한 남편에 부인들 그리고 자식들이 있으니까, 너와 나는 그냥 살아도 된다. 우린 그런 관계잖니. 운명적인…' 내가 눈으로 다시 대답했다.

"그럼, 내일의 전시회 개막 전야제와 서부행 단합을 위하여, 오랜만에 플라자 호텔에 가서 저녁도 먹고 축배도 들자."

나는 연희의 계속되는 눈의 질문을 더 이상 받지 않고 자리에서 일어났다. 우리는 카페 레지오를 나와서 플라자 호텔까지 30여 블럭을 걷기로 했다. 휘황찬란한 5번가의 거리는 평온한 밤공기에 더욱 눈이 부셨다. 5년이란 세월을 활개 치며 걷던 5번가. 이 뉴욕을, 나는 일찍이 동생 현성이가 있는 샌프란시스코를 향해 떠났었다. 고향의 친구들도 이제, 보스턴을 떠난다고 했다. 연희와 내가 사는 고장을 향해.

47

누군가를 속절없이 기다려본 사람들은, 시간이란 결코 물리적인 성격만 가진 것이 아닌, 그 안에 여러 골짜기와 능선과, 실개천과, 낭떠러지를 품고 있는, 다분히 심정적인 성격이 지배하는 영토라는 것을 알 것이다, 라고 작가 이기호는 글에 썼다. 누군가를 속절없이 기다려본 사람의 시간만이 그럴 것인가. 어떤 시간 속에도 물리적인 성격만 지닌 것이 아니다. 여러 골짜기도, 능선도, 실개천도, 낭떠러지를 품고 있는 심정적인 성격이 지배하는 영토다. 우리도 이 영토를 지나왔다. 그 영토 위에서 나는 유토피아를 주문하듯이 살아왔다. 친구들도 비록 유토피아에 대한 주문을 외우지는 않았다 해도 그 영토 위를 걸으면서 우리들 모두가 함께 살 수 있는 날을 꿈꾸어왔을 것이다.

"아카시아와 라일락이 피고 지며, 그 향기로 중앙공원을 덮고 있을 텐데, 차라리 한국식품점에 들러 고향의 음식을 사들고 가서 소주나 마실까?"

내가 티파니 앞에서 기웃거리는 사이에 재훈이가 말했다.

"플라자에 다 왔는데….”

"중앙공원도 다 왔잖니."

내 말에 재훈이 받았다.

"플라자로 가자. 포도원에 투자를 못하게 된 내가 저녁을 사고 싶다."

연희는 계속 포도원이 마음에 걸려 있는 듯이 말했다.

"그래, 앞으로 투자 금액만큼 계속 저녁을 사라. 네 종잣돈도 내가 댄 거니까."

재훈, 정민, 지수는 연희와 나 사이에 오고 간 눈의 대화를 눈치채지 못한 채 우리 둘을 번갈아 바라보았다.

"우리들이 가진 것, 이룬 것 모두가 혜성의 선택, 그 운명의 선택으로 인한 것이라는 거지. 삶의 종자."

"왜 아니겠니."

연희의 말에 친구들은 합창을 하며 플라자 호텔로 들어갔다. 예약을 하지 않았지만 다행히 센트럴 파크를 바라볼 수 있는 창가에 자리도 있었다.

"캐비어건 에스카르고건 혜성이 네 마음대로 시켜봐라. 나도 네 종잣돈의 이익을 분배해 나가겠다."

연희의 말에 나는 메뉴판도 보지 않고 캐비어를 먼저 주문했다. 얼마 후에 플라자 호텔의 카펫색 커버에 덮인 카트를 끌고 웨이터가 우리 앞으로 왔다. 모든 것에는 값이 있고 또 그 값만큼의 대접을 받게 되어 있다. 벨루가 캐비어가 그 커다란 카트의 한복판에 놓인 아름다운 접시에 떠받들린 채, 다섯 잔의 보드카에 둘러싸여 우리의 시선을 붙들었다. 우리는 보드카로 축배를 들며 앙증맞은 양의 캐비어로 혀를 적셨다.

"어려서는 멸치 눈알을 즐기더니 요즘은 철갑상어 알만 찾고 있으니…, 너의 정 박사는 아직도 뇌의 연구가 끝나지 않았니? 우리가 아무리 생각해봐도 너의 뇌신경에는 무언가 더 있는 것 같은데…."

"뇌뿐이 아니라 혀에도, 눈에도 신경이 더 있는 것 같다."

"그러게 말야."

"술은 또 잭 다니엘스에 커피나 콜라겠지?"

친구들은 또 돌아가며 한마디씩 했다.

"알짜배기 알만 먹어서 저렇게 펄펄 나는 걸까?"

"그러게 말이다. 커피에 담배에 밤샘에…, 그러고도 도무지 정력이 넘쳐흐르니 말야."

"건강까지도 타고 난 운명이라고 하지 않든?"

"그럴지도 모른다. 건강에 유난한 사람들, 이것 빼고 저것 빼며 건강,

건강하는 사람들이 더 먼저 쓰러지기도 하더라. 아무튼 멸치 눈알이건, 벨루가 캐비어건, 달팽이건 무엇이나 먹고 싶은 대로 먹으며 그대로 날 아다녀라."

언제나 모일 때마다 반복되는 이야기였다. 나의 먹는 것, 말하는 것, 삶의 스타일, 고개를 좌우로 아래위로 흔들며 친구들은 입을 모았다. 그 러면서도 친구들의 눈에는 연민 같은 것이 깔려 있었다.

'너, 괜찮은 거지?', 고개를 강하게 흔들면 눈물이 떨어질 것같이 눈 이 젖어 있기도 했다. 친구들의 그런 눈을 보고 있노라면 '사랑'은 '아픔' 인 것 같기도 했다. 아름다움을 보면 왠지 눈물이 나듯이, 사랑도 눈물 인 것 같기도 했다. 아무리 부정해도 눈물과 아픔을 내재하고 있는 것이 분명했다. 정말로 잘 살고 있을까, 떠나면 어쩌나, 사랑하는 사람에게 갖고 있는 공동의 연민일지 모른다.

'마음의 십자가는 누구나 지고 있다고 하지 않니? 나, 괜찮아.' 나는 친구들이 보내는 눈의 질문에 언제고 이렇게 눈으로 대답했다. 마음의 십자가를 지고 골고다의 언덕을 오르는 길이 인생길임. 하지만 그냥 땀만 흘리며 오르는 사람이 있고 나같이 길 양쪽에 늘어선 형형색색의 예쁜 물건들을 바라보며 즐기는 사람의 차이가 있을 뿐임. 고개도 들 지 않고 길만 바라보며 힘겹게 올라가는 사람이 있는가 하면, 잠시 잠시 하늘을 바라보며 자연의 신비를 찾아 숨을 돌릴 수 있는 사람과의 차이 임. 올라가는 것에 급급해 혼자 가는 사람이 있는가 하면, 마음에 닿 는 사람을 선택해 함께 그 길을 오르는 차이가 있을 뿐이다.

'나 괜찮아. 어차피 가고 있는 길인걸. 하지만 그냥 가고 있는 게 아니잖니? 즐겁게, 씩씩하게 가고 있다. 뇌 연구의 전문가들이 뇌신경을 파헤치기 전까지 이렇게, 알쏭달쏭 오르고 있다. 친구들아, 나, 괜찮다.'

48

에덴동산은 창세기에만 존재하는 것이 아니었다. 에덴동산은 나의 상상 속 도처에 있었다. 그리고 이 한 곳의 에덴동산에서 캠프가 열렸다. 문학이라는 이름으로 모인 캠퍼들이었지만, 삶을 음미하는 사람들의 모임이었다.

교통체증을 피해서 잘 짜여진 스케줄로 인해 차들은 일렬로, 나란히 오로빌의 포도원으로 향해 달렸다. 1호차는 2호차를, 2호차는 3호차를 …, 이어지는 차의 행렬에 각각 다음 차를 이끌며 이탈 없는 질서 속을 달렸다. 다른 차량들이 끼어들지 않고, 우리만이 달리는 인생행로인 듯, 길고 긴 차량은 프리웨이를 잘도 달렸다. 그냥 달리기만 하지 않았다. 프리웨이 주변에 전개된 나무, 유채화, 들풀 들을 감상하며 달렸다. 하루의 역할을 마무리하며 지는 태양이, 작별인사를 하는 노을의 아름다움에 취하기도 했다. 따라서 자연 앞에 한없이 작아지는 인간임을 확인하면서도, 이 황홀한 순간들을 놓치지 않으며 음미했다. 그리고 노을의 찬란한 그림과 어둠이 만나는 순간 우리는 캠프장인 동생 현성이의 포도원에 도착했다.

20대에서 80대까지 한자리에 둘러앉아 서로를 바라보는 눈길들, 동시대에 함께 살고 있다는 사실 앞에서 또 다른 확인이 있었다. 20대나 80대나 한 생이란 짧지도 길지도 않다는 것을. 또한 '문학의 숲에서 잃어버린 길찾기'란 주제로 열리고 있지만, 실은 삶의 숲에서 보다 나은 길찾기이기도 했다. 시란, 수필이란, 소설이란 무엇인가, 또한 어떻게 글쓰기를 잘 할 것인가였지만, 삶이란 무엇인가, 어떻게 삶을 보다 잘 살 것인가에 다름 아니었다.

'신이 내린 최고의 선물이 와인이라고 합니다. 포도 송이송이마다 신의 물방울이 채워지듯 우리의 가슴에도 문학이 익어가는 2박 3일이 되기를 바랍니다.' 프로그램에 인쇄된 문장, 그 '문학'이란 곧 '삶'이었다. 프로그램 밑에 '샌프란시스코 문학인 협회만이 가능한, 우리는 아름다운 문학의 가족입니다. 신의 선물 같은 이 전통이 계속 이어질 것에 감사하기만 합니다'라고 역시 인쇄되었듯이, 북가주의 동포가 한자리에서, 4대에 걸친 가족과 같이 앉아 사랑의 마음들을 교환했다. 그중에는 처음으로 만나는 얼굴도 있었지만 그 또한 세월의 시간을 초월하며 다정한 교류를 했다.

"군대 같은 엄격한 질서 속에 저토록 행복하게, 한 명의 예외도 없이 움직이는 모습, 참으로 감탄스럽습니다."

이번의 참가자 중에 가장 어른격인 오 박사와 현 교수 부부가 입을 열었다.

"총사령관 밑에 대대장, 중대장, 소대장들이 한 치의 오차도 없이 행사를 진행하는 모습 아름답습니다."

두 분은 행사 10주년을 기리는 축하금을 내게 전달하며 말을 이었다.

"아름다움의 저변은 바로 저의 단점 때문입니다. 철없는 사령관으로 인해 각자 정신을 차려야 한다는 뜻이 있고, 저의 단점을 감싸주는 따뜻한 머리와 가슴이 한 몫을 하기 때문입니다."

축하금을 손에 들고, 그야말로 철없이 좋아하며 내가 대답했다.

인간의 마음이란 참으로 묘해서, 관계에 따라서는 단점이 사랑스러워 보일 때도 있고 장점이 오히려 얄미울 수도 있었다. 때문에 단점이 민들레같이 천지사방으로 휠휠 나는 나의 경우, 땅에 떨어지며 장점으로 씨가 되기도 했다. 여기에 인간인식의 정의, 곧 모순과 역설과 이율배반이 형성되기도 한다.

"프로그램 뒷장에 인쇄된 시가 참으로 좋죠?"

샌프란시스코 최고의 미인으로 일찍이 내가 명명한, 첫째 날의 첫 사회자 에스더 독서분과위원장이 말했다. 그와 동시에 포도원의 고요 속으로 박수가 터져나오고, 그 적막을 뚫으며 시가 흘러나왔다.

기억하라. 함께 지낸 행복했던 나날을.

그때 태양은 훨씬 더 뜨거웠고

인생은 보다 더 아름답기만 했었지.

마른 잎을 갈퀴로 긁어모으고 있다.

나는 그 나날들을 잊을 수 없어⋯

마른 잎을 갈퀴로 긁어모으고 있다.

온갖 추억도 또 온갖 뉘우침도 함께.

북풍은 그 모든 것을 싣고 가나니

망각의 춥고 추운 밤 저편으로

그 모든 것을 나는 잊을 수 없었다.

네가 부른 그 노랫소리

그건 우리 마음 그대로의 노래였고

넌 나를 사랑했고 난 너를 사랑했고

우리 둘은 항상 함께 살았다.

그러나 인생은 남몰래 소리도 없이

사랑하는 사람들을 떼어놓는다.

그리고 헤어지는 연인들이 모래에 남긴

발자취를 물결은 지운다.

《마담 보바리》로 우리를 매료시킨 플로베르의 〈마른 잎〉이었다.

우리는 지금 20대에서 80대까지 한 자리에 있지만 앞으로 20년 후 80년 후면 이 지상에 존재하지 않는다. 우리는 만났고 사랑했지만 헤어진다. 이 자리에 함께 있지만 혼자서, 하나씩 하나씩 떠난다. 하지만 떠날 날에 매달려 미리 슬퍼하기에는, 오늘의 삶이 너무나 엄격한 지상명령으로, 흡인력으로 이끌고 있다. 그리하여 우리로 하여금, 오늘은, 이 에덴동산에서, 4대에 걸친 북가주의 한국인 동포 가족이 한데 어울려 시를 낭송하는 것이다. 홀리스터에서 참가한 임 수필가의 손에 들려온 딸기의 예쁘고 달콤한 마음으로….

신 요리팀장의 지휘하에 밤참이 준비되고, 정 음악팀장의 기타 연주에 노래는 퍼지고, 칠흑의 어둠 속 별들마저 혹은 행사장 안으로 들어올 듯이, 혹은 우리를 밖으로 유혹하는 몸짓같이 쏟아지는 동산. 금단의 열매는 어느 곳에도 없었다.

49

협회가 특별히 제공해준 호텔에서 잠을 자고 포도원으로 돌아오니, 일행은 별이야기로 향연을 벌이고 있었다.

"별들의 유혹에 밖으로 끌려다니다가 호텔의 카지노까지 갔었어요."

일생에 그렇게 많은 별들을 본 적이 없었다고 모두는 이구동성으로 한마디씩 했다.

"바로 머리 위에서 어쩜 그토록 투명하고 영롱하게 빛을 발하던지요."

"은하를 이룬 수많은 천체의 집단에 취해버렸다니까요. 거기에 제임스는 그 집단의 크고 작은 별들을 설명까지 해주었어요."

"선생님 말씀대로 창세기의 에덴동산에 우리는 아담과 이브 같았다니까요."

"정말로 우주 안에 이 포도원만 있는 것 같았어요."

"동산에서 별들을 따라가다 보니 선생님께서 주무시는 호텔의 카지노에 도착하기도 했지만…"

별들로 향연을 이룬 만찬 테이블에 앉아 있던 내가 입을 열었다.

"일행이 다 카지노에 왔었단 말야?"

나의 질문에 '아뇨', 이구동성으로 또 합창이 흘러나왔다.

"금단의 열매라도 있을까 하는 문제아들만 갔죠. 대부분은 모여 감사 기도를 했고, 각자의 지난 삶을 고해하기도 했고, 말없이 별을 바라보며 무아지경에 빠지기도 했고….."

"금단의 열매는 이곳에 없다고 했잖아. 그래, 카지노에서는 돈 좀 땄어?"

카지노에 들렀을 법한 몇 명을 돌아보며 내가 물었다.

"물론이죠. 1전짜리 기계에서도 돈이 별똥과 같이 꼬리를 이으며 떨어지던데요."

6개월 전 내 생일 때도 그랬다. 나와 함께 카지노에 들른 일행 모두가 땄다고 했다. 1년에 한두 번 근교 여행 중에 들러 겪는 일이지만 누구도 잃었다는 말을 하지 않았다. 땄으니 서로 저녁을 사겠다고 했다. 마음이 있는 곳에 돈도 언제나 함께 있었다. 금단의 열매는 아무데도 없었고, 대신 돈만 땄다는 이들 역시 귀갓길에 저녁을 사겠다고 했다.

초여름의 포도원은 햇볕도 바람도 우리를 포근히 안고 있었다. 그 안에서 영글어 가는 포도송이들 같이 문학 캠프도 익어갔다. 최 화백을 선두로 현·윤·정 시인의 작품 이야기가 익어갔고, 김·임·김 수필가, 정·장 시인들의 작품 낭독 등 문학의 풍성한 시간들이 이어졌다. 서로가 서로의 작품을 칭송하고 격려하는, 박수와 갈채가 교향곡같이 울려 퍼지는 사이로 네 대의 차가 또 도착했다. KTVN의 성 회장과 장 시인, 이 변호사를 위시한 두 대의 차와 언론계에서 도착한 두 대의 차였다. 장 시인의 손에는 한 보따리의 빵과 과자가 들려 있었고, 이 변호사는 도착한 지 10분도 되지 않아 옆집에서 제공한, 살구와 호박 등을 한 상자 따들고 왔다. 한국의 내표적인 김 꽃꽂이 전문가가 만든, 역시 질서 정연한 아름다운 꽃을 중심으로, 또한 캠프를 위해 이희원이 담근 오이지까지 등장된 음식들과 함께, 캠프의 진행은 숲을 이루고 있었다.

문학캠프 창설자 중 나머지 두 명인 문학 평론가 권영민 서울대 교수와 나에게 10주년 기념감사패 증정이 있었고, 3년 연속 명강의로 문학캠프의 가족이 된 김종회 교수에게 감사패를 끝으로, 공식적인 둘째 날의 행사도 마무리 지었다. 하지만 연극이 있었고 노래가 있었고, 그리고, 캠프파이어로 여흥은 계속되고 있었다.

나는 일행들의 웃음소리를 뒤로하고 혼자서 포도원을 거닐었다. 별들의 유혹에 카지노까지 걷기도 했고, 별들에 취해 밤을 지새다시피 했다는 말대로, 이 밤도 별들이 포도원에 쏟아졌다. 쏟아지며 별들이 속삭였다. 헨리 데이비드 소로의 말로.

'자신을 들여다보라. 마음속에는 아직도 알려지지 않은 별이 천 개나 더 있다. 그곳으로 여행을 떠나라. 그리고 그 우주의 주인이 되라'

포도원에서는 또 이런 말도 들려왔다. 자신이 진정으로 원하는 것은 무엇인가? 자신은 앞으로 무엇을 할 것인가? 이 두 가지 물음에 망설임 없이 대답할 수만 있어도 자신에게 당당해질 수 있다고.

최고의 날들은 아직 살지 않은 날들…
가장 넓은 바다는 아직 항해하지 않았고
가장 먼 여행은 아직 끝나지 않았다.

불멸의 춤은 아직 추어대지 않았으며

가장 빛나는 별은 아직 발견되지 않은 별

......

......

......

나짐 히크메트가 내 안의 별이 되어 속삭이기도 했다. 나는 생각했다. 아직 살지 않은 최고의 날들을 어떻게 살 것인가를. 불멸의 춤은 무엇을 위해 출 것인가를. 내가 평생을 받아온 은총과 행운을 어떻게, 무엇으로 보답할 것인가를. 오직 아름다운 꽃과 꽃 속을 날며 살아온 일생, 찬란한 보석의 색을 휘감고 화려한 심포니를 타며 살아온 지난날, 이제, 무엇을 위해 어떻게 연주해야 할 것인가를. 아직 항해하지 않은 가장 넓은 바다를, 아직 끝나지 않은 가장 먼 여행을, 아직 살지 않은 최고의 날들을 무엇을 위해 어떻게 살 것인가를.

은하가 천구 위에 구름띠 모양의 수많은 천체의 무리로, 길게 분포되어 있는, 포도원을 덮은 밤하늘. 눈이 부시고 가슴과 머리를 신비에 출렁이게 하는 은하계. 나는 그 위에 아직 알려지지 않은 내 마음속 천 개의 별을 하나하나 꺼내어 올려놓기 시작했다.

'바람이 분다. 살아야겠다'는 폴 발레리의 시가 은하계에서도 낭송되는 밤,

나는, 앞으로의 삶, 그 길 찾기를, 별을 꺼내며 시작했다.

50

내 마음속의 알려지지 않은 별을 꺼내고 있는 귓전에, 은하계로부터 〈잠언〉 9장이 심포니를 타듯이 연주되었다.

무릇 네 손이 일을 당하는 대로
힘을 다하여 할찌어다 네가
장차 들어갈 음부에는 일도 없고
계획도 없고 지식도 없고 지혜도
없음이니라
내가 돌이켜 해 아래서 보니
빠른 경주자라고 선착하는 것이
아니며 유력자라고 전쟁에
승리하는 것이 아니며 지혜자라고
식물을 얻는 것이 아니며 명철자라고
재물을 얻는 것이 아니며
기능자라고 은총을 입는 것이
아니니 이는 시기와 우연이 이
모든 자에게 임함이라

고향의 친구들이 포도원에 정착하기로 결정한 시기는 우연이었을까. 우리들의 출생 시기와 친구 되어 함께한 세월들도 우연이었을까. 이들의 실체가 선량하고 지혜로웠던 것, 그리하여 이들이 받은 축복을 주위에게 갚으며 살기로 결정한 것 또한 우연이었을까. 무엇보다 이들로부터 포도원 동참의 초대를 받은 나, 선택과 선택의 연속으로 함께한 모든 것이, 적절한 시기의 우연이었을까. 나는 '운명'이라고 이름 짓고 이들과 오늘에 이르렀음을.

사랑도 한때라고 했지만 끝나지 않고 이어지는 우리의 사랑, 그 우정. 우리는 이 사랑이라는 이름으로 삶의 후반부, 그 출발점을 이곳으로 정했다. 나의 선택에 의해 각자의 길을 충실히 걸어온 고향의 꼬마들, 돋아난 흰머리 아래 성실한 주름이 삶의 나이와 품격을 보여주고 있는 시점에서, 사랑이라는 이름의 심포니를 연주하자고 했다. 몇 악장까지 이어질지 모를 우리 삶의 끝까지, 이웃을 위한 사랑의 곡을. 출생에서 정착까지 멀리도 와 있건만, 이곳에 고향을 이룩하며 이웃에게 마음과 시간, 몸과 돈 그리고 우리에게 부여된 재능을 다 바치자고 했다.

......

......

모든 산 자 중에 참예한 자가
소망이 있음은 산 개가 죽은
사자보다 나음이니라.
무릇 산 자는 죽을 줄을 알 되 죽은
자는 아무것도 모르며
......

......

살아 있기에 소망이 있다. 살아 있기에 아직 알려지지 않은 가슴속의 별을 꺼낼 수 있다. 살아 있기에 아직 항해하지 않은 가장 넓은 바다, 아직 끝나지 않은 가장 먼 여행, 아직 살지 않은 최고의 날들, 아직 추지 않은 최고의 춤, 그 꿈이 있다. 사랑이라는 이름의 심포니, 고향을 이루며 이웃에게 연주할 꿈. 은하계를 바라보며 산 자들의 특권으로 포도주를 마시면서, 예찬하는 삶의 꿈. 이 먼 타국에서, 삶의 종착지에서, 참예한 소망으로 연주해보는 삶의 교향곡.

햇볕에 바래고 달빛에 물든 신화와 전설같이, 문학캠프도 계속될 것이다. 삶의 숲에서 길을 잘 찾아라, 선택은 너의 몫이다. 또한 시기와 우연은 모두에게 임한다. 그리하여, 이어질 향연, 산 자들의 아름다운 특권이다.

지상의 갤럭시 구장이 아닌, 하늘의, 천구의 갤럭시로부터 수시로 별똥이 떨어졌다. 나는 사라지는 꼬리를 보며, 살아 있기에 죽음을 느낄 수 있는 예찬을 들었다. '썼노라, 살았노라, 사랑했노라', 스탕달은 비문을 남기며 자신의 무덤을 방문하는 사람들이 기억해주기를 바랐다. 발자크는 글을 쓰며 죽겠다고 했고, 프로이드는 '문학 속에서라면 죽는 법을 아는 사람들을 만날 수 있다'고 했다. 살아 있기에 그려볼 수 있는 죽음의 꿈이다. 살아 있다는 것만으로 무한한 가능성이 갤럭시의 별들같이 빛났다.

갤럭시 안으로 허밍버드가 날며 삶의 심포니를 지휘하는 것이 보였다.

"축구 때문에 미국에 왔다."

데이비드 베컴이 LA 갤럭시 구장 홈 디포 센터에 등장했다. 100여 대가 넘는 TV 카메라, 300대가 넘는 미디어 카메라가 몰려든 취재 열 기는, 월드컵 경기보다 더 많은 기자들이 세계 각처에서 몰려왔다고 했 다. '2억 5천만 달러의 슈퍼, 슈퍼 스타'는 은빛 정장을 입고, 700여 명 의 취재진과 5천여 팬들의 환호 속 오색 종이가 하늘을 수놓는 가운데 입단식을 가졌다. 한 사람의 영웅이 미국에서 축구 역사를 어떻게 바꿀 지, 그 기대의 열광이 오색 종이만큼 지상도 수놓았다.

나는 1년 전만 해도 이 영웅, 데이비드 베컴이라는 존재를 몰랐다. 물 론 한국일보 정태수 기자의 월드컵 성찬 기사를 맛보기 전까지는 모든 스포츠 자체에 관심이 없었다.

그런 내가, 나의 신작을, 스포츠로 문을 열었다. 연재를 위해 미리 준 비했던 전반부의 원고 몇백 장을 찢고, 월드컵에 취해서, 열광하며 글을 써나갔다. 이렇게 100여 장 가까이 월드컵을 끌다보니 애당초의 계획은 묘하게 이리저리 꼬리만 보였다. 거기에 더하여 이병주 국제문학제의 연이은 초대와 여행 등이 삽입되면서 방향은 더욱 멀어져만 갔다. 북가 주 동포들의 사랑에 보답할 마음으로, 나와 인연을 맺고 사랑했던 친구 들을 신작에 아름답게 배치하려던 계획들은, 이렇게 점점 희미해져버렸다. 그것뿐만이 아니다. 이병주 국제문학제 관련 대형 출판사로부터 청탁받은, 그 지속적인 원고의 유혹이 나를 흔들어댔다. 하여, 1천여 매의 글을 연재와 별도로 써야 하는 중압감이 결국은 《심포니를 타는 허밍버드》를 만 1년 만인 50회로 끝내게 만들었다. 연말까지 끌고 가면 애당초의 계획들을 살려놓을 수도 있었지만, 결국은 월드컵으로 시작된 글을 월드컵 슈퍼스타의 화려한 미국 입단식에 즈음하여, 나는, 오색 종이로 뒤덮인 갤럭시 구장보다는 그래도, 천구의 찬란한 갤럭시를 가슴에 품으며 끝내기로 했다.

사랑의 보답으로 쓰려고 했던 신작이 미안한 마음으로 막을 내려 죄송할 뿐이다. 하지만 언제나 다음 작품이 있기에 그때를 기약하며 애독자들에게 감사를 드린다. 무엇보다 심포니를 연주할 수 있도록 넓고 아름다운 무대를 제공해준 한국일보 강승태 사장님, 홍남 전 편집국장님께 감사한다. 그리고 어찌 빼놓을 수 있으랴, 소설의 방향까지 뒤흔든 기사로 나에게 월드컵, 그 스포츠의 묘미를 맛보게 해준 정태수 국장님을. 그 때문일까, 아니면 그의 소설가로서의 꿈 때문일까, 작가인 나보다 더 애착을 갖고 지면의 무대와 장치에 신경을 써주었다. 또, 공혜리와 김연희 양, 나의 후려갈긴 원고를 컴퓨터에 정리해준 고마움을, 무엇보다 아름다운 삽화로 글에 색과 향기를 삽입해준 데이비드 최 화백에게 어찌 고마움을 다 말할 수 있으랴.

2006년 8월 4일에 시작해서 2007년 7월 25일까지, 즐거운 교류를 했던 독자들에게는 미리 이 지면을 통해 초청장을 대신한다. 소설이 한 권으로 묶여 출판되어 나오는 2008년, 함께 교향곡을 연주하며 한판의 흥겨운 잔치를 갖자고, 어차피 삶이란 한판의 잔치, 비록 삶이 그대를 속일지라도 서러워하거나 노하지 마라. 지나간 것은 값진 것이고 기쁨의 날은 계속 오리라.

다시 한번, 아름다운 눈과 가슴으로 나를 보살펴주고 사랑해준 모든 친구들, 모든 애독자에게 사랑과 믿음과 감사를 보낸다.

베컴이 말했다.

"22살 때처럼 몸이 건강하며 열정은 14살 소년 때 그대로다"라고.

바로, 내가 그렇다.

무반주 발라드

《무반주 발라드》를 집필하면서 나의 실체를 보았다. 그 실체가 너무도 한심해서 울음을 터뜨렸지만 이 울음은 곧 새로운 내일을 위한 탄생의 소리였음을 알게 되었다. 이마에 주홍 글씨 'A'를 달고 살아온 한 여인의 이야기, 사랑의 노예로 평생을 보내면서 자신이 가해자임을 인정하기까지를 담은 세월의 흐름 이야기다. 소설가인 김인환을 사랑한 이유로 한국을 떠나고 사랑하는 화단의 선배인 손지숙 교수의 임종 시에서야 비로소 조국 땅을 밟는다. 샌프란시스코에서 죽은 아들의 무덤 위에 댄싱레이디 꽃을 뿌리며 살아온 긴 세월 후에.

삶의 노래에 반주해주기를 바라는 연인은 서울에 있고 민경의는 샌프란시스코에서 홀로 애절한 발라드를 부른다. 강풍을 동반한 폭우 속에서 무지개를 찾아 하늘을 보며 보이지도 않는 그 선상에 조국의 그리운 얼굴들을 구슬로 꿰며. 자유의 날개를 달고 창공을 높이 날아오르고 싶으면서도 사랑의 족쇄를 찬 채. '사랑이라는 이름'의, 그 미명의 발라드를 홀로 애절하게 부르는 여인의 이야기이다.

《무반주 발라드》가 태어날 때까지 보이게, 보이지 않게 힘이 되어준 서울대학의 평론가 권영민 교수에게 감사한다. 이 반주도 없는 발라드가 많은 사람들의 사랑을 받을 수 있도록 책을 장식해준 시인 구상 선생님, 소설가 이호철 선생님과 박범신 님에게 감사한다. 이 소설의 모체로 몇 년 전에《월간문학》에 발표했던 단편 〈광화문 이야기〉의 집필을 권유했던 시인 김남조 선생님과 장편소설로의 길을 제시한 '주님의교회'의 전 이재철 목사님께도 그리고 이 지면에 기록하지 않아도 이미 알고들 있을 나의 삶의 원동력인 소중한 분들, 그분들의 존재에 감사의 기도를 한다.

고 최태웅 선생님의《문학전집》을 출간하여 선생의 남은 생을 쓸쓸하지 않게 해준 태학사의 지현구 사장,《신예선 문학 30년 대표선집》을 선물해준 지사장과 직원들에게《무반주 발라드》의 소설로 고마움을 대신한다.

한국에서 오랜만에 내놓는 전작장편인 이 소설이 사랑을 받는다면 나의 기나긴 미국생활은 헛된 것이 아니다. 그리고 비로소 평온과 자유를 얻을 것이다. 날개를 펼 것이다.

1999. 10. 27.

서울 YMCA 호텔에서 신예선

1

TV 화면으로 운구 행렬이 보였다. 웨스트민스터 대성당으로 가고 있는 영국의 다이애나 왕세자비. 다이애나의 유해는 왕실 기마 포병대 소속의 대포운반용 마차에 실려 운구됐다. 6필의 흑마가 이끄는 마차 주변에는 12명의 왕실 기마 포병대가 도보행진하며 호위하고 운구 대위간 주위로 8명의 경찰이 시위했다. 연도에는 6백여만 명의 추모객이 몰려나와 마지막 가는 길을 눈물로 배웅하고 있다고 CNN이 보도했다.

큰 눈망울을 신문지상과 TV 화면에 수시로 보이며 너무나 외롭다고 한 다이애나. 아름다운 용모에 아름다운 의상에 그토록 빛나는 보석을 감아 말하는 입까지도 빛나던 여인. 그토록 큰 모자로 얼굴을 가려도 지구촌 전체가 알아보며 환호하던 눈부신 여인. 일찍이 쏟아져들어와 있는 엄청난 재산과 명성 속에서 그래도 외롭다던 다이애나 왕세자비. 그녀는 애인과 함께 리츠칼튼 호텔에서 사랑의 식사를 나누고 사랑의 별장으로 가는 길에 생을 마감했다.

나는 다시금 애도를 했다.

대영국의 왕세자비로, 왕자들의 어머니로, 명성과 부와 미모까지 한 몸에 지닌 채 외롭다고 방황한 다이애나의 '젊음'에 대하여. 젊음은 모른다. 치러야 하는 대가를. 하늘의 별보다 많은 인간들이 하늘의 별보다 많은 사연 속에서 하늘의 별보다 많은 고뇌를 겪으며 슬퍼하고, 그러면서 감사하며 순종하는 삶의 아픈 '멋'을. 비록 모순과 역설과 이율배반 속의 삶 같지만 그 안에 존립하는 삶의 진정한 의미를. 젊은 사고와 가슴으로는 알 수가 없다

"인생의 실패자들에게 신의 따사로움을 느끼게 했다. 신에 대한 사랑이 어떻게 인류에 대한 사랑으로 구현될 수 있는지를 보여주었다"고 교황 바오로 2세가 강론을 통해 대변한 여인, 테레사 수녀는 이 '세기의 장례식' 하루 전에 세상을 떠났다. 젊음도 미모도 재산도 그 아무것도 지니지 않은 테레사 수녀는 지구촌의 무수한 인간들에게 경건함을 안기고 떠났다. 테레사 수녀는 다이애나로 인해 지구촌에 일고 있는 광란의 물결을 잠재우려는 듯이 떠났다. 진실로 아름답고 진실로 모든 것을 지닌 테레사 수녀의 고요한 사망은 더욱더 진정한 삶을 생각하게 만들었고 다이애나의 장례식 녹음 테이프는 나를 젊은 날로 이끌고 갔다.

다이애나의 장례식 비디오 테이프를 성혜주로부터 받은 것은 2년 전이었다. 1997년 9월 6일의 새벽 생방송으로 미국의 TV에 중계되던 것을 녹화한 이유는 웨스트민스터 대성당에서 장례식이 치러진다는 뉴스 때문이었다고 말했다. 무형의 장례 차에 실려 내가 한국을 떠나던 그해,

217

1971년에 나는 런던에 있었고 웨스트민스터 대성당 앞에서의 사건을 친구는 기억하고 있었다. 그 테이프를 나는 이제서야 틀어보고 있는 것이다, 만사를 간직하고 기다리는 데 익숙해진 탓이 아니었다. 새로운 천년을 앞두고 이십 세기를 되돌아보는 작업의 모습, 지구촌 곳곳에서 점검하는 소리가 협주곡같이 들려오고 다이애나는 그 많던 스캔들이 묻힌 채 1백 명의 영웅 속에, 1백 명의 여성 인물 속에 포함되었다는 사실 앞에 나는 경이로웠다. 물론 그 안에는 테레사 수녀도 함께했다. 나는 친구가 준 두 개의 테이프 속에 다이애나의 장례식과 그녀의 일생이 담겨 있음을 알고 비로소 이 테이프를 틀어보며 그녀의 지난날도 점검해보았다.

TV 화면은 주기적으로 웨스트민스터 대성당을 보여주었다. 마치 나의 지난날을 강하게 상기시키려는 듯이. 내가 무형의 장례 차에 실려 한국을 떠날 때는 켄싱턴 궁과 연도에 줄지은, 다이애나의 장례식과 같은 조문객은 없었지만, 흰 백합으로 관이 덮이지는 않았지만, 관 위에 'MAMMI'라는 자식의 쪽지는 올려 있지 않았지만, 나는 임신 중이었다. 다이애나의 삶을 1961~1997이라고 분명히 못을 박았지만, 나에게 생의 마지막 연도가 1971이라고 기록될 위기를 넘긴 것은 그해에 내가 한국을 떠났다는 어처구니없는 이유에서였다. 그러나 김인환을 사랑한 것이, 사랑하고 임신한 것이 남은 생에 치러야 할 무거운 형량이었던 것은 세월이 알려주었다.

새로운 밀레니엄 시대에는 여자의 운명이 진정으로 자유하게 열려질 것일까.

이십일 세기에는 여성의 삶이 드디어 차별대우 없는, 그리하여 다양한 본령에서 어떠한 행복의 전통적 정의에 희생됨이 없이 그들의 재능을 전부 발휘할 수 있기를 바란다는 글을 읽었다. 이십 세기의 여성인물 1백 명을 선정하여 발표하는 지면에 이 글이 실려 있다는 것은 설명이 필요 없다. 사회의 인습으로 인하여 재능을 발휘하지 못한 무수한 여인들을 나는 기억하고 있다. 남자들의 묘한 속성을 알면서도 그들을 사랑했기 때문에 재능도 사장되고 삶 자체가 산산조각이 난 경우도 알고 있다. 생생히 기억하고 있다. 하물며 나의 지난날을 점검하는 일은 지금 눈앞에 펼쳐지고 있는 다이애나 영국 왕세자비의 장례식 화면만큼 선명하게, 그리고 망각도 없이 재연할 수가 있다. 그 장소도, 대사도, 표정까지도 다이애나의 화려했던 영광과 방황과 스캔들이 TV를 통해 재현되듯이. 켄싱턴 궁과 연도에 줄지은 조문객과 같이, 광화문과 그 거리의 주변 인물들을 오늘로 끌어들여 재연할 수가 있다.

살아서 죽은 내가 한국을 떠나던 모습이 화면에 보였다. 삶을 음악이라고 생각하는 나이기에 음악으로도 들려왔다. 환희와 슬픔, 장엄함과 좌절, 그리고 희망과 극복, 인간의 모습과 감정들이 담겨 있는 교향곡이며 교향시인 삶. 나는 2년 전에 타계한 다이애나의 장례식 테이프를 보며, 지구촌이 이십 세기를 점검하는 지금, 나도 이 틈바구니에서 이십 세기를 살아온 나의 지난날을 피아노 협주곡으로, 바이올린 협주곡으로 연주해보고 싶은 강렬한 충돌을 느꼈다. 파괴될 때까지 헤어날 수 없는 사랑에 삶을 던졌던 내가 아직도 이 자리에 있다는 것, 더구나 이십일 세기를 맞이할 준비를 하고 있다는 것을 연주하고 싶은 나의 이야기들.

사랑의 속박으로부터 자유하고 싶은 절대의 바람이, 존재하는 모든 새들의 날개를 그리게 하면서도 차라리 김인환의 노예, 사랑의 노예로 남기를 열망하며 살아왔던 기나긴 세월의 이야기들. 이십 세기의 언저리를 방황했던 한국 여인인 나의 삶을 음악으로 연주하며 되돌아보고 싶다. 1971년을 현 시점으로 갖다놓고 대화까지도 지금 하고 있듯이 시제마저 뛰어넘어 엮어나가려고 한다.

60초마다 울리는 종소리와 연도의 인파 속에서 다이애나의 관은 계속 움직였다. TV 화면으로 다시금 1961과 1997이라는 자막이 다이애나의 출생과 사망의 연도를 알려주었다. 36세의 젊음이었다. 나의 젊음도 사랑으로 절망하고 방황했다. 스캔들로 점쳐 있었다. 미풍에 싸리문이 살짝 닫힌 것이었음에도 그때마다 삶에 고성의 문이 닫힌 듯이 울부짖던 나의 젊음. 인간들의 눈초리 하나에도 삶에서 팽개쳐진 듯이 몸부림쳤다. 이국의 보석처럼 빛나고 아름다울 것이라고 믿어왔던 나의 젊음이었기에, 빗나가고 있는 상황에 헛되이 연소시킨 젊음이었다. 이 모든 것들이 얼마나 허망한 삶의 낭비였는가를 알았을 때는 젊음이 지나간 후였다. 연륜이 가져다준 평온과 자유함 속에서 뒤늦게 느낄 수 있었다.

웨스트민스터 대성당이 TV 화면으로 보였다. 나는 1971이라는 연도를 잡고 그 앞으로 갔다. 1971년 9월 12일과 조금도 달라지지 않은 그 자리로. 짧지 않은 세월 같기도 하고 영겁이 지난 것 같기도 한 그 길이를 감회어린 가슴으로 그날의 그 자리에 섰다. 나를 증명할 여권마저 잃어버리고 울부짖던 나의 모습이 TV 화면으로 클로즈업되며 나타났다. 삶으로부터 또 한 번 내팽개쳐진 듯했던 그 절망의 날, 일기는 너무도 화창하고 맑기만 했다. 내 가슴속에서는 먹구름이 가득한 채 천둥과 번개마저 동반한 빗물이 쏟아지고 있었는데, 비참했던 내 마음과는 전혀 상관없이 참으로 아름다운 초가을이었다. 다이애나의 장례식이 치러지고 있는 2년 전의 9월과 같이. 그토록 투명하고 아름다운 날인 주일에 웨스트민스터 대성당으로 가고 있는 젊은 여인의 모든 것을 빼앗아도 되는 것인지. 전지전능하다는, 여호와라는 이름을 가진 하나님은 그날 무엇을 하고 있었는지, 내가 매달려 구원을 청한 사람은 경찰관이었다. 나를 도와줄 수 있을 거라고 믿은 대상은 오직 경찰관뿐이었다. 애원하며 울부짖는 내 앞으로 성경책을 손에 든 무수한 인간들이 지나갔다. 이웃의 고난은 그들과는 아무런 관계가 없었다. 사랑의 눈길은 더욱더 기대할 수 없었다. 성당으로 가던 날 아침, 호텔 식당 안에 있던 사람들이 오히려 사랑의 눈길을 서로에게 끊임없이 보냈었다. 식탁마다에 올려 있는 아프리칸 바이올렛까지도 손님들을 향해 사랑스러운 미소를 머금고 피어 있었다. 나는 그 사랑의 식탁에서 손지숙 교수와 여행의 마지막 아침을 했다.

아침이 끝나면 손 교수는 한국으로, 그리고 나는 다음 날 미국으로 가게 되어 있었다. 하루를 호텔에서 푹 쉬라는 손 교수에게 나는 웨스트민스터 대성당으로 가겠다고 했다. 왜 그곳을 또 가느냐는 질문엔 대답을 하지 않았다. 손 교수는 다짐을 받으려는 듯이 나를 타일렀다. 사람들은 인간에 의해서만 삶의 행복과 불행이 좌우된다고 느끼고 있지만 그것은

근본적으로도 영구적으로도 의지할 것이 못된다고. 그때뿐이라는. 이
번의 여행을 통해서도 내 마음이 밀리 가 있음을 수시로 보았다고 했다.
손 교수는 신앙을 가져라, 그림에 매달려라, 김인환을 잊어라, 주문을
외우듯이 연거푸 말했다. 그날의 대화, 그때의 여행을 나는 일일이 기억
하고 있다. 반추하며 반추하며 이 지점까지 온 삶이기 때문만이 아니다.
나의 의식과 무의식 속에서 항상 돌아가고 있는 지난날의 영사기, 다이
애나의 테이프를 지금 보듯이 그렇게 돌려주었다.

"이번 여행에서 우리 둘이 스케치한 것을 함께 정리하여 2인전을 갖
는 것도 명심하고 있어."

그날 아침에 손 교수는 이 말도 했다.

"경의와 여행을 하니까 눈에 보이는 것마다 그림이 되더구먼. 그리고
새삼 느낀 건데 같은 방향을 바라보며 스케치한 것이 어쩜 그렇게도 다
르게 나오지? 경의 것은 마치 소설을 읽는 느낌이 들더라니까. 소설가
를 사랑한 탓일까? 그림 속에 이야기가 많이 담겨 있었어."

"교수님의 스케치는 음악을 듣는 것 같았어요. 음악 중에도 오페라
같은 거였어요."

"재미있을 거다. 우리 둘의 전시회가, 그러니까 미국에 너무 오래 있
지 말고 빨리 돌아와야 돼."

나는 미국으로 가야만 하는 그 슬픈 이유를 밝힐 수가 없었다.

"빨리 늙고 싶어요."

대신 나는 이렇게 토하듯이 말했다.

"늙는다고 그 열정이 사그라질 것 같애? 조절할 수 있는 지혜가 생길

뿐이지. 하긴 젊은이가 지혜로 가득하면 오히려 얄밉지. 실수하며 방황하며 젊음의 홍역을 치러야지. 삶의 자연스러운 과정이 그런 거야."

나는 지금도 본다. 커피 잔만 만지던 나의 손과 그 손을 토닥이며 애처로운 눈으로 나를 지켜보던 손 교수의 모습을.

"그때까지 나는 인환 씨로부터 자유로울 수가 없겠죠?"

"그 홍역도 치러야겠지. 그러나 예술가에게는 오히려 보약이 될 수가 있어. 그런 고통을 겪으면서 오히려 예술은 살아나거든. 뤽상부르 공원에서 조르주 상드의 동상을 보며 우리가 말했지만 알프레드 드 뮈세 말야. 상드와 사랑의 아픔을 겪기 전까지는 그저 사랑스러운 시인에 불과했다니까."

"저는 예술로 승화시킬 힘도 다 빠져버렸어요."

"이번에 보니까 벌써 그림이 달라졌던데."

"교수님께로 향한 감사의 마음 때문에 혼신을 쏟았거든요."

"인환이를 잊으려고 혼신을 다한 것은 아니고? 아무튼 많이도 노력하드만. 가엽고 귀엽기까지 했어."

내가 공항까지 모셔다드린다는 것을 손 교수는 한마디로 거절했다. 공항에서 울고 짜고 하는 나의 몰골을 볼 수가 없다고 했다. 손 교수를 따라서 함께 귀국하고 싶은 마음을 억제하며 손지숙 교수와 함께한 유럽 여행은 이날 아침에 끝났다. 광화문 한복판에서 울부짖는 나를 달래기 위해 시작한 여행이었다. 폭풍우 속에서라도 인환이가 있는 서울, 광화문에 있겠다고 버티는 나를. 훗날 돌이켜보면 남자 하나로 인해 고통받던 시간들을 생각하며 옛이야기같이 느긋하게 말할 수 있을 거라는 손 교수. 손 교수도 나와 같은 젊음을 겪었었다. 나와 함께 여행을 해야 겠다고 내린 결심의 하나는 손 교수 자신의 것이었다. 자신의 젊음을 회고해보고 싶은, 친구가 누구인지 분간할 수 없을 만큼 외롭고 서러웠던 젊은 날의 상처들을 나를 달래면서 어루만져보려는 것이었다. 사랑하던 사람과 결혼을 한 후에도 손 교수에게 향한 주위의 시선은 오랫동안 계속되었다. 유부남과 유부녀의 사랑은 인환이가 유부남이고 내가 독신이라는 것보다 더 반향을 일으켰고 시대 역시 그랬다. 손 교수는 그 모든 화살을 다 맞았었다. 그러한 손 교수였기 때문에 나를 지켜줄 수가 있었을 것이다.

2

우리의 첫 도착지는 파리였고 노르망디 호텔에 짐을 풀었다. 그리고 뤽상부르 공원을 산책하는 것으로 파리에서의 여행을 시작했다. 공원 근처에서 산 맥도날드의 햄버거와 코카콜라, 그리고 프렌치 프라이 봉지를 손에 손에 들고서. 손 교수는 스탕달의 기념비 앞 벤치에 앉으며 나에게 상드의 기념비를 손으로 지적했다. '너는 저 여인을 좋아하잖아?'였다.

"종종 경험한 건데 여행을 하다 보면 화가보다는 문인들의 현장에 더 끌린단 말야. 경의야 김인환 때문에 더욱 그렇겠지만."

비둘기들이 우르르 몰려와서 천진하고 순한 눈망울로 우리를 올려다보았다. 손 교수는 빵 한쪽을 뜯어 그들에게 주었다.

"작품의 대부분이 작가 자신들의 이야기로 생각되어서 그런지도 모르지만 스탕달만 해도 그래. 《적과 흑》의 쥘리앵 소렐도 마리앙리 벨(스탕달의 본명)의 이야기가 아닐까 하는 생각이 들거든. 문인들이 써내는 다양한 이야기들이 직접 혹은 간접적인 그들의 모습 같아. 닮은 데가 많아. 거기에다 많은 이야기를 쓰다 보면 인간들 누구에게나 해당되는 내용들이 있게 되고, 그러니 독자들과의 공감대가 형성되며 사랑을 받는 것이 아닐까. 문인들에 비하면 우리 화가들은 외로운 분야야."

"소설이나 시를 읽고 그 저자를 사랑한 경우도 많죠."

"당장 내 눈앞에도 있는데…, 나도 문인들의 시집이나 소설에 그림깨나 그렸지만 말야, 어떻게 경의는 김인환 씨의 소설 원고를 읽으며 사랑이 시작되었을까? 출판사의 부탁을 받았으면 표지나 잘 그려주면 되었지…, 첫 페이지도 넘기기 전부터라고 했지?"

묵직했던 그 원고의 무게, 그 필체와 내용, 그것들이 감당할 수 없는 떨림으로 다가온 것은 훗날 그의 가슴에 안길 운명의 예고였었다.

"그런데 경의 뒤에 서 있는 저 여인, 상드 말야, 어디가 마음에 들어? 지독한 면이 있는 사람은 싫더구만."

"저는 그 면이 오히려 마음에 들어요. 부럽기까지 해요."

이야기는 쇼팽으로, 리스트로, 플로베르로 이어졌다.

"조르주 상드가 대단한 인물임에는 틀림없어. 당대의 빛나는 음악가와 작가들의 마스터였으니까. 어때? 기왕에 문인들로부터 만나기 시작했으니 내친김에 저 건너편 소르본 대학의 위고 씨에게도 안부나 묻고 발자크도 찾아볼까?"

우리는 공원을 나와 《레 미제라블》의 작가를 보러 소르본으로 발길을 옮겼다. 손 교수는 대학의 앞뜰에 세워진 빅토르 위고의 느긋한 모습을 바라보며 자베르 형사와 코제트의 이야기를 했다. 손 교수와 함께 있으면 고전소설의 강의를 듣는 것 같았다. 문학을 그토록 사랑하면서 왜 그림을 그리게 되었느냐는 나의 물음에, 문학을 마음껏 즐기기 위해서라는 대답이었다. 손 교수의 머릿속에는 세계의 명작들이 차곡차곡 저장되어 있는 듯, 작가의 이름만 대면 작품과 내용이 줄줄이 흘러나왔다. 발자크의 《인간 희극》 중 〈골짜기의 백합〉도 내가 읽었을 때보다, 손 교수의 가슴에서 양념을 쳐 입으로 설명될 때 그 작품은 더욱 빛났다. '피맺힌 마음의 상처를 달래려거든 어느 늦가을 날 다시 한번 이곳으로 와보시라'라는 문장도 손 교수를 통해서 들었을 때 한 자 한 자가 모두 살아서 심장을 치며 율동했던 것이다.

"오늘밤은 말야, 멋진 몸단장을 하고 센 강변에서 저녁을 먹자고. 경의가 좋아하는 에스카르고를 즐기며, 오늘 만난 작가들을 추모하잔 말야."

그러나 몸단장을 시작하기도 전에 호텔의 방안은 잡동사니의 전시장으로 변하는 현상이 벌어졌다. 손 교수의 여행가방 안에서 쏟아져나와 뒤엉킨 옷, 장식, 화장품 그리고 갖가지 약병들이 나에게 현기증마저 일으킬 정도였다. 나는 정신을 수습하고 물건들을 정리하기 시작했다. 하지만 정돈되어 있으면 아무것도 찾지를 못한다는 손 교수의 너무나도 태연한 답만 들었을 뿐이다. 옷만이라도 걸어야겠다는 내 생각을 알아차린 손 교수는 구겨지지 않는 옷만 가지고 다닌다고 미리 못을 박아버렸다. 그날 이후, 여행 내내, 방안은 언제나 그렇게, 손 교수의 소유물들이 전시회를 시도 때도 없이 열었다. 양말을 꺼낼 때도, 약병 하나를 집을 때도, 여행가방은 뒤집어져야 했고, 다시금 일제히 몰려들어갔다. 어수선하고 골이 지끈지끈 아팠던 그 현상 위에 외출 때마다 손 교수의 볼과 발을 살펴야 하는 직책마저 생겼다. 립스틱으로 양쪽 볼을 긋고는 펴서 문지르지 않은 채 방을 나갈 때가 허다했던 얼굴. 집시같이 총천연색의 화려하고 너풀거리는 옷에, 온갖 장식을 칭칭 감고 구두를 신지 않은 상태로 나가는 발. 한쪽의 귀걸이만 달고 있는 이유는 이미 알고 있다.

한 개를 잃어버릴 경우에 다른 한 개가 남아 있어서 안심이기 때문이라는. 어쩌다가 기분을 내자고 양쪽에 귀걸이를 다는 날은 오히려 내가 불안한 경지에 빠져버렸다. 하지만, 이렇게 함께 여행을 하면서 익숙해지기 시작한 관계는, 지난날의 세월들을 다 묶어도 비교될 수 없을 만큼 더욱 가까워졌다. 하루가 지나면 그만큼 사랑이 익었다. 정리정돈에 유난한 나의 체질도 손 교수의 모든 어지러운 현상에까지 정이 들었다. 손 교수가 젊은 날에 겪은 아픈 이야기들을 들려줄 때는 저수지의 둑이 무너진 듯 나는 눈물을 쏟으며 엉엉 울었다.

"남의 이야기라고 그렇게 잔인하게 말들을 해도 된다는 건지…."

손 교수는 사랑으로 인한 아픔보다 나쁘게 나쁘게만 전파되어가는 말들로 인한 상처가 얼마나 큰 것인지 그 흉터가 보여주었다고 했다. 나도 모르는, 나에 관한 아름답지 못한 이야기들. 그 분함과 억울함을 내가 왜 모르랴. 우리는 밤마다 포도주를 나누며 서로를 어루만졌다. 매일매일의 문화산책이 끝나면 우리는 다정한 친구같이, 혹은 어머니와 딸같이 웃기도 하고 울기도 했다. 손 교수의 옷만큼 찬란한 문화산책과 밤마다 함께한 포도주와 이야기들. 몽파르나스의 모파상의 무덤, 팡테옹의 루소, 졸라의 무덤, 그리고 지드의 기념관, 미라보 다리를 걸으며 아폴리네르를.

"사람은 물론이고 물건, 그리고 불행했던 장소까지도 아쉬움 없이 헤어질 수 없다고 말한 아폴리네르인데 마리 로랑생과 헤어지면서 시가 나온 것은 너무나 당연해."

손에 손을 잡고, 얼굴과 얼굴을 마주하며 미라보 다리를 건널 때 손 교수가 한 말이다. 손 교수의 맛있는 설명들은 현장에서는 물론이고 카페 오 되 마고나 드 플로르를 번갈아 들어가 커피를 마시며 끝이 없었다. 크고 작은 기념관, 미술관, 박물관, 예술가들이 함께 잠들어 있는 무덤에서도 이어졌다. 몽마르트르의 언덕에 나란히 앉아 스케치를 하면서도 계속되었다.

"세상이 얼마나 멋지고 살맛 나는지, 경의야, 실컷 음미해 보자꾸나. 김인환이가 문제냐 이 말이지. 가십들? 그래, 광화문 뒷골목의 막걸리집에 쭈그리고 앉아 마음대로 해보라지."

날마다 커 보이는 손 교수의 가슴을 느끼면서 나는 그 현란한 짐 속 물건들의 곡예가 즐거움으로 다가왔다. 손 교수의 기도로 시작되는 일과는 또한 기도로 마무리 지어졌고 그 기도하는 습관까지도 바라보는 데 익숙해지기도 했다. 예외 없이 불을 끄고 자리에 누운 후에 다시 불을 켜고 하는 일과의 마무리 기도. 불을 끄기 전에 '기도하셔야죠' 하고 물은 적이 있다 '오늘은 그냥 잘 거야 피곤해', 그러나 불을 끄자마자 다시 켜라고 기도는 하고 자야겠노라고 불을 켜는 이유는 하나님이 우리 경의를 보게 하시려고였다.

"하나님에게는 흑암과 빛이 일반이라면서요. 전깃불 한 개 켜고 끄는 것이 무슨 의미가 있겠어요?"

"그분께야 의미가 없지. '우리의 앉고 일어섬'을, '우리의 길'과 '우리 혀의 말'을, 그리고 '우리의 장부를 지었고 우리의 모태에서 우리를 조직'했으니까."

"그런데요?"

"경의가 사랑하는 새와 꽃, 눈과 안개…, 왜 경의는 그것들을 만든 하나님께 감사의 기도가 나오지 않을까."

결국 전깃불의 의미는 나의 기도에 있었다. 손 교수는 내가 기도하는 모습을 보고 싶었던 거다. 전깃불만은 묘한 습관이 아니었다. 아니, 어쩌면 그 모든 현란하다고 느끼는 습관 하나하나까지도 그럴지 모른다. 이 거인의 참모습과 진가는 세월이 흐르면서 점점 분명해졌다.

"감사의 기도, 범사에 감사하는 것은 하나님께서 좋아하시는 것 중하나야. 고통에까지 감사해야 하는 것 말야."

"고통에 감사할 수 있을까요?"

"감사의 기도를 하다 보면 그 고통이 사랑의 매요, 삶의 영양소였음을 알게 돼."

손 교수는, 나도 기도를 해보지 않겠느냐고 물은 적이 있다. 나의 대답은, 손 교수의 말을 빌려 '때가 되면요'였다. 하나님의 이야기로 하루가 마감되는 날도 나는 기도가 나오지 않았다. 손 교수의 뜻에 모든 것을 따라가는 내가 유일하게 할 수 없는 것이 기도였다.

파리에서 다음 행선지를 놓고 우리는 스페인으로 갈까, 독일로 갈까를 망설이다가 문인을 찾아 괴테 쪽으로 정했다.

괴테―.

《젊은 베르테르의 슬픔》―.

우리는 프랑크푸르트, 괴테의 집을 들러 문안 인사를 하고 그길로 베츨라어의 로테의 집으로 갔다. 우리가 사랑하는 괴테, 괴테가 사랑했던 로테, 자연히 괴테를 생각하며 로테에게로 갈 수밖에. 누구를 좋아하면 그 상대가 좋아하는 전부를 사랑하게 됨을. 그날의 우리들의 자연스러운 발길을 통해 또 한 번 깨달았다. 그렇다면, 손 교수가 사랑하는 하나님만은 왜 내가 사랑할 수가 없을까. 나에게 의문을 안기며 괴롭히기 시작했다. 2백여 년 전에 태어나서 죽은 괴테가 그 방을 드나들 때마다 로테의 실루엣에 인사를 했다 하여 그것까지 존중하며 그대로 머리를 숙인 내가, 어째서 하나님에게 엎드릴 수가 없는 것일까.

프랑크푸르트에서 우리는 또 망설였다. 칼프의 헤세냐, 더 남쪽 베로나의 줄리엣의 발코니, 아니면 피렌체의 아르노 강, 단테, 베키오의 다리 위인가를. 애당초에 여행의 코스를 정하고 출발한 것도 아니고 북으로 방향을 돌려도 남쪽에 있는 문인과 예술가의 이야기는 함께했고, 동으로 가도 서쪽의 이야기로 꽃을 피웠다. 두 장의 유레일 패스는 1등석으로 우리를 어디로건 실어다줄 테니까. 마음이 이끌리는 대로 기차를 타기만 하면 되는 것이다. 다니면서, 작가들이 작중인물들의 입을 빌려 쓴 구절이나 묘비명을 되새기면서, '그래, 그렇지, 그런 거야'를 연발하며 만끽하는 감격을 즐기면 되는 것이었다. 화가들의 그림도, 음악가들의 음악도, 그들의 사랑과 고뇌의 이야기도.

나는 몰다우 강으로 가고 싶었다. 〈신세계〉의 드보르자크도 있지만 카프카를 찾아가고 싶었다. 카프카의 눈, 코, 입, 귀, 그리고 눈썹, 그 위에 동양적인 살집을 붙인다면 김인환과 같지 않겠느냐고 내가 말했을 때 손 교수는 그 큰 몸집을 아래위로 흔들며 웃었다. 김인환의 눈두덩이를 제거하고 얼굴을 축소시켜 잘 생각해보시라고 거듭 말하자 손 교수의 몸은 이제 좌우로까지 흔들렸다.

"순하게 생긴 인환과 도대체 어디가 닮았다는 거야. 카프카의 눈과 눈썹은 이글이글 타고 조각가에 의해 날카롭게 다듬어진 듯한 이목구비, 그리고 균형 잡힌 깔끔한 모습이 어떻게 하얗고 넉넉한 인환이냐구."

손 교수는 눈물까지 흘리며 웃었다.

"하긴, 카프카만 닮았을까. 지금의 경의의 마음으로는 도스토옙스키도 인환 같겠지. 어쨌거나 이 두 사람 다 지금은 보러 갈 수가 없어 유감이다."

우리는 기다려보자고, 언젠가 갈 수 있는 날이 올 것을 믿었다.

그때도 반드시 둘이 함께 갈 것을 새끼손가락을 걸며 약속했다.

"프라하에 가면 나는 집시들부터 만날 거야. 건축양식도 다양하고, 몰다우 강이 흐르는 프라하의 아름다움은 대단하다고 들었지만, 그 고딕식 건물과 바로크식 건물, 그리고 로마네스크식 건물들의 어느 한곳에 앉아 감자 팬케이크를 먹으며 집시들과 이야기를 하고 싶어. 그리고 찰스 다리에 앉아 그들을 그려보고 싶어. 하지만 말야, 그때는 카프카가 카프카로만 보여져야 해."

그럴 수가 있을까. 그때가 언제일지는 몰라도 내가 인환을 생각하지 않을 수 있는 날이 과연 오긴 올 것인가. 와서는 안 된다. 인환을 내 삶에서 떼어낸다면 나는 살아야 할 의미를 잃는 것과 같다. 인환은 어떤 형상으로든지 내 안에 있어야 했다. 그래, 분명히 나와 함께 있어야 해. 나는 힘 있게 결론을, 다시금 내렸다.

우리는 포도주 속에서만 카프카와 몰다우 강을 산책했다. 그리고 포도주 빛깔의 바나라는 에세 해로 가기로 했다. 호메로스가 〈오디세이〉에

서 묘사한 에게 해로. 〈오디세이〉를 생각하니 이타카 섬이 떠오르고 그
와 함께 재키 케네디가 좋아했다는 〈이타카의 시〉가 떠올랐다.

나는 포도주를 마시며 〈이타카의 시〉를 영어로 낭송하기 시작했다.

As you set out for Ithaka

hope the voyage is a long one,

full of adventure, full of discovery.

Laistrygonians and Cyclops,

angry Poseidon–don't be afraid of them :

you'll never find things like that on your way

as long as you keep your thoughts raised high,

as long as a rare excitement

stirs your spirit and your body.

Laistrygonians and Cyclops,

wild Poseidon–you won't encounter them

unless you bring them along inside your soul,

unless your soul sets them up in front of you.

Hope the voyage is a long one.

May there be many a summer morning when,

with what pleasure, what joy,

you come into harbors seen for the first time :

may you stop at Phoenician trading stations

to buy tine things,

mother of pearl and coral, amber and ebony,

sensual perfumes as you can;

and may you visit many Egyptian cities

to gather stores of knowledgc from their scholars.

Keep Ithaka always in your mind.

Arriving there is what you are destined for.

But do not hurry the journey at all.

Better if it lasts for years,

so you are old by the time you reach the island,

wealthy with all you have gained on the way,

not expecting Ithaka to make you rich.

Ithaka gave you the marvelous journey.

Without her you would not have set out.

She has nothing left to give you now.

And if you find her poor, Ithaka won't fooled you.

Wise as you will have become, so full of experience,

you will have understood by then what these Ithaka mean.

"이상해, 경의가 좋아하는 조르주 상드니, 재키 케네디니, 엘리자베스 여왕 1세니… 하는 여인들 말야."

붉다 못해 자줏빛 아네모네꽃과 같은 포도주잔 너머로 나의 시 낭송을 듣고 있던 손 교수가 말했다.

"그들의 용기나 능력 등이, 그 강인성이 부럽다고 경의는 말했지만 말야. 나는 경의가 그런 것들을 다 지니고 있다면 사랑할 수 없었을 거야. 아니 사랑하지 않았을 거야."

"제가 그렇다면 교수님께서도 훨씬 편하실 텐데요."

손 교수는 고개를 흔들었다.

"그 반대야. 경의의 연약함이 결국은 경의가 사람을 끄는 강점인 거야. 보호본능을 자극하거든. 멀쩡한 여자가 이상하게도 그 연약함으로 사람을 끈다니까."

에게 해의 일몰 같다는 그 밤의 포도주 빛깔, 그 포도주를 우리는 계속 마셨다.

"박미연이가 말했지. 페르시아 왕가의 고양이같이 고급 양탄자에 도사리고 앉아서, 보라색 눈빛으로 꿈을 키우며 광화문에 버티고 있던 경의가, 노예로라도, 제물로라도 인환의 사랑을 지키겠다고 했다니 이런 한심하고 가련한 여자를 어떻게 했으면 좋겠냐고. 미연이는 젊고 또한 친구이니까 분노까지 터뜨리며 팔딱였지만, 나는 말야, 그 한심하고 가련한 경의가 오히려 사랑스럽다는 거지."

인환의 이야기가 이어지면서 밤이 온통 빛으로 변했다. 하나님은 빛을 낮이라고 했고 어둠을 밤이라고 했다는데 인환은 밤에도 빛이 넘치고 넘쳤다. 〈시편〉 139편에는 '밤이 낮과 같이 비춰나니 흑암과 빛이 일 반이라'고. 그렇다. 인환을 생각할 때면 밤도 낮과 같이 빛으로 가득했 다. 나는 그 낮과 같은 밤을 마음껏 인환을 그리워하며 포도주를 즐겼 다. 하지만 손 교수가 그 밤 따라 유난히 인환의 이야기를 많이 한 것도 포도주 빛깔을 비유한 것도, 에게 해에 도착한 후에 알았다. '고린도 전 서, 후서' 하면서 손 교수가 말하던 고린도가 눈앞에, 에베소는 코앞에, 그리고 손끝에는 이스라엘, 발끝으로는 이집트 등 성지에 와 있음을.

"사도 바울, 요한, 그리고 베드로의 행적을 밟아보는 것도 문화산책 과는 또 다른 깊은 생각이 들어서."

손 교수가 내 눈치를 살피며 조심스럽게 말했다. 나는 순종하기로 했 다. 갈릴리나 홍해에 잠길 수도 있다고, 여행은 계속되어야 하지 않겠느 냐고 말했다.

"모세가 이스라엘 백성을 이집트에서 가나안으로 인도할 때."

내 말이 끝나자마자 손 교수는 벌써 성지순례로 들어갔다.

"외로운 모세가 의지할 데는 오직 하나님 한 분뿐이었어. 절대적인 사랑과 신뢰로 '내가 정녕 너와 함께 하리라'라는, 하나님의 한마디에 80 노구의 모세는 꺾이지 않고 위대한 지도자로의 임무를 완수했던 거야. 야곱이 집을 떠나 타향으로 옮길 때 허허벌판, 붙들 것도 기댈 것도 없 었지만 '내가 너와 함께 있어 네가 어디로 가든지 너를 지키며 너를 이 끌어 이 땅으로 돌아오게 할지니라. 내가 허락한 것을 다 이루기까지 너 를 떠나지 아니하리라'라는 하나님의 말씀을 붙들고 20여 년을 참고 견 딘 거야. 성경에는 구구절절이 기막힌 글들뿐인데, 특히 나에게 힘이 되는 구절의 하나는 〈이사야〉 41장 10절의 '두려워 말라. 내가 너와 함께 함이니라. 놀라지 말라. 나는 네 하나님이 됨이니라. 내가 너를 굳세게 하리라. 참으로 너를 도와주리라. 참으로 나의 의로운 오른손으로 너를 붙들리라'라는 말씀이야."

나는 손 교수를 바라만 보고 있었다. 종교에 관해서만은 나를 내버려 달라는 간곡한 부탁을 많이도 해왔었다.

"우리가 괴테의 글에 심취하고 아폴리네르의 시를 낭송하며 미라보 다리를 걷고, 빅토르 위고를 찾고 하는 것, 다 아름답지. 그리고 자코메티나 드가의 조각을 보고 또 고흐나 마티스의 작품에 감탄하지만 위대한 조각도, 그림도, 음악도, 그리고 문학도 하나님의 작품 세계에 비하면 미세하기 그지없어. 베토벤이나 미켈란젤로도 예외일 수가 없지."

손 교수는 나의 두 손을 어루만지며 어느 때보다도 따뜻하고, 어느 때보다도 진지한 표정으로 말을 이었다

"그리고 사랑도 좋지. 그 사랑이 아니면 살 수가 없다고 우리는 불치라고 믿어지는 중병에 시달리지. 지금은 경의에게 무슨 말을 해도 인환을 잊지 못할 거야. 그래, 잊지 않아도 돼. 하지만 경의의 삶 전체를 걸만 할까? 주님이 경의를 기다리고 계신데, 경의가 인환을 기다리던 그 시간들의 질리언Zillion에 질리언을 기다리고 계신데. 성지순례를 위해서 내가 이러는 것이 아냐. 아니지, 성지순례를 위해서지, 경의가 문화산책에 빠져 있듯이 성지를 다니면서 예수님의 실체를 느꼈으면 해서야."

손 교수의 눈으로, 손 교수의 가슴으로 함께했던 문화산책이었다. 손 교수와 나 사이에 사랑의 탯줄 같은 것이 이어져 있으니 나는 가만히

있기만 하면 될 것이다. 무엇이 필요하랴, 조용히 숨만 쉬고 있으면 될
것을.

"성경의 현장, 예수의 탄생으로부터 부활까지의 현장, 가보자구. 요
나가 하나님의 명을 거역하고 스페인으로 도망가려고 배를 탄 욥바, 후
에 베드로가 다비타라는 여신도를 믿게 한 항구도시며, 가브리엘 천사
가 동정녀 마리아에게 예수를 잉태할 것을 알려준 선택된 나사렛, 헤롯
왕이 죽었다는 소식을 듣고 이집트에 피신했던 요셉이 이스라엘로 돌
아왔을 때, 결국은 그 왕의 아들 아르켈라오가 유다 왕이 되었다는 말에
피해간 나사렛, 예수께서 어린 시절을 보내고 목수 일을 하면서 30년 동
안이나 숨어살던 곳, 마리아의 우물도 있는 곳, 예수께서 최초의 기적을
보여주신 혼인잔치, 그 가나도 그 이웃에 있고 다볼 산, 야고보 요한 베
드로가 '이는 내 사랑하는 아들, 내 마음에 드는 아들이라'라는 하나님
의 음성을 예수와 함께 들었다는 다볼 산 등."

성지순례는 끝나고 있었다. 나를 전도하는 것이 손 교수의 절대 임무
라는 듯이 열정적으로 순례를 이끌고 있었다. 나는 문화산책 때보다 더
감탄을 하며 따라갔다. 요나라는 구약 속의 인물이, 고기의 배 속에서 3
일간인가 있다가 살아났다는 정도는 알고 있었지만 도망가려고 한 곳
이 스페인이었는지, 또는 욥바라는 텔아비브의 도시였었는지는 알지 못
했다. 아무튼 한 폭의 그림과 같이 펼쳐지는 역사의 현장을 나는 이 밤
으로 많이도 보았다. 그리고 본격적인 답사가 시작된 다음 날부터의 성
지순례는 〈창세기〉의 에덴동산까지 다녀온 느낌이었다. 성경 66권을 한
편의 영화같이 보았다. 성경 속의 인물들을 그릴 수 있을 만큼 손 교수

의 해설은 섬세했다. 성서적인 것은 물론이고 역사적인 정확한 연도와 장소, 인물 그리고 회화적이며 음악적이고 문학적인 이야기들. 나는 스케치를 했다. 땅이 혼돈하고 공허하며, 흑암이 깊음 위에 있고 하나님의 신이 수면에 운행하는 그림부터. 여섯째 날까지의 과정을. 에덴동산을. 아담과 하와를. 가인과 아벨을. 노아와 방주를. 바벨탑을. 아브라함을. 이삭을. 야곱을. 모세와 여호수아를. 다윗과 솔로몬을. 예수와 그 제자들, 전도와 기적의 현장들을 스케치했다. 뿐이랴, 베다니 마을의 마르다와 마리아를. 그리고 요나가 배 속에서 튀어나오는 모습부터 사도 바울과 요한, 베드로의 전도 여행과 초대 교회 시절에 이르기까지 고린도, 에베소 등 성경책만큼의 두께로 스케치를 했다. 그중에는 갈릴리 호수에서 물 위를 걷는 예수의 모습도, 예수와 함께 다볼 산에서 하나님의 말씀을 듣고 황홀해하는 베드로, 야고보, 요한의 모습도, 빵 다섯 개와 물고기 두 마리로 5천 명을 먹이는 또 다른 예수의 모습, 겟세마네 동산에서 예수를 넘기는 유다의 모습까지 있었다.

"예수를 믿지 않는 사람이 이런 스케치를 하다니. 놀라운 일이야."

놀란 것은 나도 마찬가지였다. 역사의 현장일 뿐이라고, 그저 손 교수의 설명을 들으며 스케치하는 동안에 살아나는 인물들에.

"2천 년 전에 경의가 태어났더라면 말야, 바울과 결혼해서 함께 전도 여행을 했더라면, 한 사람은 글로, 한 사람은 그림으로 기가 막혔겠어. 경의의 운명에도 바울이 어울렸을 거야. 막강한 인물과 맺어지는."

"그랬다면 신약의 기록이 달라졌겠죠?"

"그럴지도 모르지. 하지만 언젠가는 경의가 주님께 큰 효도를 할 것을 믿어. 경의가 특별히 창조된 딸인 것을 나는 알고 있으니까."

내가 특별하다고 생각하며 살아온 것은 사실이다. 하나님의 창조와
는 관계없이, 인환으로 인한 고통이 있기 전까지는 특별한 꿈을 가지
고 살아왔다. 어린 시절에 소꿉놀이를 해도, 연극놀이를 해도 나는 여왕
이 아니면 왕비가 되어 있었다. 소박하고 착하고 순하디순한 애들만 있
던 시골에서 나는 유독 세계를 꿈꾸고 있었다. 민경의 기념관도 궁전의
여주인공도 그 꿈속에 들어 있었다. B-29 전투기가 지나면 방공호 속으
로 들어가 숨으려는 사람들 속에서, 어린아이였던 나는 그 전투기를 타
고 세계를 나는 꿈을 가졌었다. 이유의 하나는 알고 있다. 나의 아버지.
밤하늘의 어느 별보다 예쁘고 빛나는 눈이라고, 자나깨나 나의 눈에, 나
의 모든 것에 절대의 자신감을 심어준 아버지. 나는 특별한 인물로 태어
났다는. 정말로 그 시대의 그 시골 학교에서는 내 눈이 얼마나 컸던지.
나는 아버지를 믿었다. 그리고 어떤 일이 있어도 보통 애들과는 다른 행
동을 해야 한다고 결심을 했다. 내가 보통 애들과 다르다고 현실적으로
믿게 된 것은 또 있었다. 멋진 비로드 원피스에 가죽 가방과 구두 그리
고 리본 달린 커다란 모자를 쓰고 학교에 나타나는 어린이도 나뿐이었
다. 점심시간에 바나나와 체리를 먹는 애도 나밖에 없었다. 남녀공학의
급장으로부터 인생의 첫출발을 시작한 내가 이러한 절대의 믿음 속에서
자라게 되었다는 것은 행운이기도 했지만 인환을 만난 이후에는 불운으
로 작용되고 있었다. 남보다 일찍이 출발한 미국 유학도, 민경의 기념관
을 위해 끝없이 모아온 아름다운 물건들도 다 무위한 것이 되고 말았다.
이제 세계는 없고 오직 한반도의 작은 땅덩어리만, 광화문만 있을 뿐이

다. 인환이가 있는 광화문만.

"하나님은 일개의 목동을 가장 위대한 왕으로 삼을 수도 있고, 다윗의 꿈인 성전을 짓는 것을 솔로몬에게 이루도록 하기도 해. 술람미 여인이 솔로몬의 왕후가 될 수도 있고, 계달의 장막이 솔로몬의 휘장이 될 수도 있는 것, 그러니까 하나님은 전지전능하신 분이지. 그저 귀여운 한 마디, '회개', 그리고 예수님의 부활과 십자가의 의미를 믿기만 하면 그때부터 주님의 본격적인 손길이 우리를 인도하고 붙들어주시지. 경의가 좋아하는 무수한 작가, 화가, 그리고 음악가들도 하나님을 위하여 자신의 재능을 바치며 감사한 생을 마감한 것 알고 있잖아. 또 얼마나 많은 위대한 인물들이 순교를 하면서까지 하나님께 의지했냐구. 우리 삶의 중심에는 주님이 계셔야 하는 거야."

실은 나도, 스케치할 때 말고도 몇 번이나 숙연해진 적이 있다. 예수가 십자가를 지고 갈보리 산까지 오르던 골고다의 길에서도 그랬다. 아랍인들의 잡화상이 즐비한 그 좁은 길을, 손 교수의 해설을 들으며 걸어 올라갈 때도 '인류의 구원', '원죄' 등의 심각한 생각을 해보지 못한 나도, 예수의 고난과 흘린 피에는 경건해하지 않을 수가 없었다. "이제 다 이루었다"고 남긴 마지막 말, 괴테의 마지막 말과 비교하며 예수와의 엄청난 차이점을 느끼고 머리를 숙였었다. 괴테가 빛을 요구하며 무기력하게 생을 마감할 때, 예수는 완결의 "이루었다"라는 말을 사용했다는. 혹시 이런 점이 인간과 신의 차이가 아닐까 하고 잠시 걸음을 멈추고 생각에 잠기기도 했었다. 하지만, "너희는 모두 이 잔을 받아 마셔라. 이것은 나의 피다. 죄를 용서해주려고 많은 사람을 위하여 내가 흘린 피다"

제자들과의 마지막 만찬에서의 그 말에도, 더구나 하나님과 '피', '죄'의 관계를 이해할 수가 없었다. 방대한 구약의 기록이 이 '예수'의 탄생을 예언한 예언서라고 했다. "두려워 말라. 나는 너희에게 기쁜 소식을 전하러 왔다. 모든 백성들에게 큰 기쁨이 될 소식이다. 오늘 밤 너희의 구세주께서 다윗의 고을에 나셨다. 그분은 바로 주님이신 그리스도다. 너희는 한 갓난아이가 포대기에 싸여 구유에 누워 있는 것을 보게 될 터인데 그것이 바로 그분을 보는 표다"라고 천사가 떨고 있는 목자들에게 말했고, 드디어 신약인 예수의 생애가 시작되는 드라마. 만일 한 편의 소설이라면 성경을 능가할 작품은 없을 것이다. 방대한 등장인물, 방대한 사건의 연속, 기막힌 로맨스, 아브라함을 모리아 산으로 불러올려 믿음을 시험하고, 마음에 들어 대대적인 축복을 내리고, 이삭 때에 와서는 먹고 놀게 하는 재벌의 2세들과 같은, 그리고 야곱으로 이어지며 요셉을 이집트로 팔려 보내는 형제들, 그 요셉을 통해서 전개되는 모든 드라마는 셰익스피어도 쓸 수가 없었을 것이다. 다윗이나 솔로몬의 여성 편력 역시 어느 남성이 근처에라도 갈 수 있겠는가. 최고의 아름다운 연가가 있고, 최저의 불륜이 도처에 깔려 있다. 약하디약한 인간은 통곡의 벽에 와서 기도한다. "헛되고 헛되며 헛되니…"를 연발하는 허무의 메시지는 또 인간에게 무엇을 알리려는 것일까. "해 아래서 행하는 모든 일을 본즉 다 헛되어 바람을 잡으려는 것이로다." 나는 성경을 소설이라고 믿어야 했다. 전능자가 엿새에 걸쳐 만들었다는 이 세상을, 그렇게 헛되고 바람잡는 일에 소비하고 떠나라는 것은 아니었을 테니까. 그리고 인간 창조의 의도가 '헛된 바람'에 있었다면 이것이야말로 모순과 역설과 이율배반적인 대표적 논리다. 새, 물고기, 동물들도 자식을 위하여 헌신하는데, 하물며 "너희 중에 아비 된 자 누가 이들이 생선을 달라하면 생선 대신 뱀을 주며 알을 달라하면 전갈을 주겠느냐. 너희가 악할지라도 좋은 것을 자식에게 줄줄 알거든 하물며 너의 천부께서 구하는 자에게 성령을 주지 않겠느냐"고 한 전능자, 여호와 하나님이라는 아버지가 '헛된 바람'의 세계에 내동댕이칠 이유는 결코 없을 것이다. 성경은 소설일 것이다.

우리들의 순례는 나의 생각과 관계없이 아름답게 진행되었다. 성지를 따라가는 손 교수나, 역사의 현장을 답사하는 나나 감격의 순례였다.

"마리아가 아무것도 하지 않고 예수님 앞에 앉아 있는 것을 보고 마르다가 불평을 했지만 말야."

베다니를 순례할 때 손 교수는 마리아와 마르다에 관한 이야기를 했다.

"'네가 많은 일로 염려하고 근심하나 몇 가지만 하든지 혹 한 가지만이라도 족하니라. 마리아는 이 좋은 편을 택하였으니 빼앗기지 아니하리라'고 예수님은 마르다에게 말씀하셨어. 그런데 말야, 경의가 내 말에 귀를 기울이며 스케치하는 모습이 딱 마리아 같아. '나중 된 자로서 먼저 될 자가 있다'고 했는데 아마, 경의가 그렇게 될 것 같다니까."

나의 머릿속으로는 별도의 생각들이 흐르고 있었건만 손 교수는 수시로 나를 성경에 등장되는 인물들과 비교를 했다.

나사로 마을이라고 불리는 베다니에서는 마르다와 마리아의 오빠인 나사로의 무덤도 들렀다.

"경의의 인환에게 향한 사랑의 모습을 보면, 주님께 향유를 붓고 머

243

리털로 주님의 발을 닦아드리는 마리아만큼이나 주님께 헌신할 날이 올 거야."

나는 열심히 스케치를 했다.

"'나는 부활이요 생명이니 나를 믿는 사람은 죽더라도 살겠고 살아서 믿는 사람은 영원히 죽지 않을 것이다. 너는 이것을 믿느냐', 나사로를 살려내시며 예수께서 그 동생에게 하신 말씀이야. 하긴, 현장에서 이 장면을 본 많은 사람들도 예수의 실체를 의심했으니…, 보지도 못한 후세 사람들이 듣고 읽기만 한 채 예수님을 믿는다는 것이 쉬운 일은 아니야."

손 교수는 나에 대한 아쉬움과 이해가 교차되는 음성으로 말했다. 나는 나의 혼선에 가끔씩 정전이 됨을 밝히지 않았다. 특히 '성경'이 압권임을 거듭 확인한 곳은 갈멜 산에서였다. 엘리야의 목소리가 들려오는 것 같았다. 그곳에서의 나의 스케치는 장작 위에 올려진 황소였다. "장작을 태워보지."

손 교수가 농담을 할 때 나는 불을 그리기까지 했다.

"사해에라도 나와 함께 빠지겠다고 했는데, 빠질 수 없는 것을 알고 한 이야기지?"

"홍해도 말씀드렸는데요."

"홍해의 갈라지는 기적을 바란 것은 아니고?"

사해를 지날 때는 가벼웠고 마사다에서는 심각했다. 이스라엘 국민의 정신을 상징하는 마사다. 로마의 군인들에게 승전가 대신 장송곡을 부르는 심정으로 몰아친 자리도 보았다.

'우리 모든 사람은 다 똑같이 죽게 마련이다. 똑같이 죽는다는 운명은 겁쟁이를 용기 있게 만든다. 우리가 노예로서의 모욕을 받을 생각을 할 수 있겠는가? 우리가 우리의 아내와 아이들을 노예가 되게 할 수 있겠는가? 자유의 용사들이여, 같이 죽자. 우리의 아내와 아이들에게 둘러싸여 영광스럽게 죽자. 영원불멸의 명성이 우리 것이 되게 하자. 적에게 승리를 안겨주지 말자'라는 이 유명한 글귀는 나도 알고 있었다. 이 엄청난 요새에는 또 얼마나 많은 피가 묻혀 있을까? 피의 역사 이스라엘. 성서적으로 거룩한 땅이고, 선택된 국민이라는 이들. 나는 이 자리가, 이 글귀가 분명한 역사적인 현장임에는 부정하지 않는다. 하지만 이곳도 성지순례 속에 있는 것은 아닌지? 단테로 인하여 피렌체의 아르노 강에 걸린, 폰테 베키오 위의 베아트리체를 믿는 나. 성 프란체스코는 대자연을 통해서 하나님에게 영광을 드려야 한다는 것을 발견했는데, 그리하여 부와 명성을 버리고 친아버지와도 결별하면서 삶의 의미를, 예수께 바쳤는데….

나를 당신의 도구로 써주소서

미움이 있는 곳에 사랑을

다툼이 있는 곳에 용서를

분열이 있는 곳에 일치를

의혹이 있는 곳에 신앙을

그릇됨이 있는 곳에 진리를

절망이 있는 곳에 희망을

어두움에 빛을

슬픔이 있는 곳에 기쁨을

가져오는 자 되게 하소서

위로받기보다는 위로하고

이해받기보다는 이해하며

사랑받기보다는

사랑하게 하여 주소서

우리는 줌으로써 받고

용서함으로써 용서받으며

자기를 버리고 죽음으로써

영생을 얻기 때문입니다.

이 얼마나, 얼마나 기막힌 프란시스코의 기도문인가. 하나님을 믿으면 이러한 기도문이 나오는 것일까.

성지순례의 여정이 끝나는 날, 손 교수는 런던으로 가기 전에 한 곳만 더 가자고 했다. 런던으로 가면 그곳에서 손 교수는 한국으로, 나는 미국으로 일단 헤어지게 되어 있었다.

"이번의 여행을 정리해보는 기분으로 말야."

팔마 섬의 발데모사로 가자는 나의 제의에 손 교수는 조르쥬 상드가 마음에 안 든다고, 쇼팽은 예쁜데 하며 그들의 휴양지였던 발데모사는 가지 않겠다고 했다. 대신 네루다가 머물던 카프리 섬으로 결정이 났다. 우리는 나폴리에서 배를 탔다. 타소의 자리 소렌토는 돌아오는 길에 들르기로 했다.

카프리 섬에서 손 교수와 보낸 며칠은 꿈과 같기만 했다. 꿈의 섬에서 꿈과 같이 보낸 시간들이었다. 파리에서의 여행, 그 첫출발 때와 마찬가지로 손 교수는 호텔에 짐을 풀자마자 거리로 나가자는 것으로 시작되었다. 오밀조밀한 돌바닥의 길을 밟으며 우리는 상점의 진열장을 둘러도 보고 걷기를 계속했다. 그리고 약속이나 한 듯이 나란히 한 상점으로 들어갔다. 에게 해의 일몰과 같은 바로 그 포도주 빛깔의 망토 두 개가 우리의 시선을 끌어들인 것이었다.

"값도 보지 말고…, 저 큰 것은 내 것이고 작은 것은 경의 거다."

정말로 값도 보지 않고 입어보지도 않고 손 교수가 두 개를 샀다.

"보는 순간 알았어. 엄마와 딸같이 둘이 나란히 있는 것을 보고 우리들 거라고 생각했어."

나도 그랬다. 큰 것은 '어머니 손 교수의 것', 작은 것은 '딸인 내 것'이라고 나는 눈으로 가슴으로 손 교수에게 말했다. '어머니 사랑해요'라고, '어머니, 오래오래 함께 사셔야 해요'라고.

우리는 망토를 걸치고 아나 카프리로 드라이브를 했다. 그리고 파피 같은 꽃들이 붉은색, 노랑색, 흰색으로 깔려 있는 꽃밭 위의 의자를 타고 몬테 솔라로로 올라갔다. 그리고 바에 앉아서, 우리의 망토색 같은 포도주를 마시며 장관의 카프리 섬을 굽어보기도 했다.

"파블로 네루다가 왜 여기에 머물렀는지를 알 것 같애. 노벨상을 탈 수 있는 작품이 나온 것도 다 이곳에 있는 동안 저장해놓은 것일 거야."

우리는 자연에 취하며 포도주에 취하며 네루다를 이야기했다. 인환이를 숨긴 채 손 교수와 모든 것을 함께했다.

"다시 오자. 와서 한 반년쯤 그림을 그리자. 반년 가지고 될까? 마리나 그란데만 그려도 반년은 지날 것 같다. 하나님께서 이곳을 창조하신 그 뜻까지 알아내려면 말야."

"하나님의 작품일까요?"

내가 물었다. 너무도 아름다워서, 인환이가 그리워서.

"그럼 누구의 작품이겠어? 믿어! 그분의 솜씨이니까."

호텔에 돌아와서 바라보는 밤의 카프리, 바다, 나는 그 밤에 다시금 확인했다. 아름다움의 극치에는 눈물이 흐르는 것을. 그리운 사람을 더 그립게 하는 아픔이 있는 것을. 그리고 또 느꼈다 '아름다움'의 진의는 더불어 함께하는데 있음을. 인환이가 옆에 있다면 나는, 하나님이 우주를 창조해놓은 후 너무나 아름다워서 이것을 공유할 인간을 만들었다고 믿을 수 있을 것 같았다. 하지만, 인환이는 이곳에 없다. 어떤 운명에 처해질지 모를 그의 아기만 내 안에 있다. 이 아기의 운명은 혜주의 손에 달려 있다. 하나님도 아니고 나도 아니다.

우리는 발코니에 앉아 밤바다를 바라보며 포도주를 또 마셨다. 여행 내내 우리와 함께한 포도주. 그것은 신비한 묘약으로 우리의 순례를 이끌어주었다. 손 교수도 나도 술을 잘하지도 못하면서 이 여행에서는 언제나 포도주가 있었다. 아픔을 달래자고, 기분을 내자고 마시기 시작한 포도주는 여행 내내 우리의 동반자가 되고 말았다.

"한국에 돌아가면 경의와 마시던 이 포도주 생각이 날 것 같애."

"샌프란시스코에서 포도주를 계속 공급해달라고 성혜주나 홍윤희에게 부탁할게요. 캘리포니아의 포도주가 얼마나 맛이 있는지 알고 계시죠. 나라마다 지방마다 자기네들의 포도주를 자랑하지만 캘리포니아산은 일품이에요. 귀국할 때 포도주를 우선 제가 가져갈게요."

"빨리 돌아오기나 해. 그런데 말야, 이 포도주, 예수님이 제일 먼저 기적을 보여주신 것 알지?"

나는 손 교수를 바라보았다. 이분을 사랑하고 있는데, 이분이 그토록 원하는 것을 언제까지 외면할 수 있을까. 나에게 허물까지도 사랑할 수 있는 능력을 길러준 분이다. 현란한 옷차림과 장식, 기막힌 기억력에 상반되는 엄청난 건망증, 어지러운 여행가방의 원무들. 누구를 사랑하면 허물마저 수용하며 사랑하게 되는 것을 나는 배웠다. 나는 자리에서 일어나 이 아름다운 거인의 옆으로 갔다. 한국에 돌아가면 예수의 실체를 믿을 수가 없어도 문화산책같이, 성지순례같이 일요일마다 손 교수와 함께 교회에 나갈 것을 다짐하며 그 품에 머리를 기댔다. 지중해만큼 넓은 가슴은 포근했다. 손 교수는 나의 머릿결을 쓰다듬으며 '샌프란시스코에 오래 있지 말고 빨리 돌아와' 하고 속삭였다.

에게 해의 일몰도 아득하고, 카프리 섬도 깊고 깊은 고요 속에 잠겨 있었다. 손 교수의 가슴에 있는 나도 평온한 잠으로 서서히 빠져들어갔다. 인환이의 얼굴이 가물가물 따라왔다.

3

TV 화면에 보이는 다이애나의 장례식. 대성당을 중심으로 펼쳐지는 런던의 시가에서는 나도 함께 움직이고 있었다. 경찰관을 따라 서에 들어가는 축 처진 나의 모습. 고도의 흥분상태로 가방 속의 잃어버린 물건들을 조목조목 밝히고 있는 모습. 후에 들은 이야기로는 그날 그들이 작성한 용지가 13장이었다는 것이다. 손수건이 어떤 모양으로 접혀 어떤 위치로 놓여 있다는 것까지 말했다고 한다. "그 와중에" 하며 그들은 경악을 금치 못했다고도 했다. 나를 서까지 데리고 간 순경은 조서를 끝내고 다시 호텔까지 바래다주었다. 나는 호텔 문 앞에서 그와 헤어지자마자 주인의 방으로 뛰듯이 달려갔다. 낸시라는 중년의 여인인데, 손 교수와 셋이서 포도주를 나눈 사이이기도 했다. 나는 가방을 도난당한 사건을 말했고, 내일 떠날 수 없음을 말했다. 하지만 호텔비는 반드시 갚겠노라고 며칠만 더 있게 해달라고 부탁을 했다. 낸시는 다급한 내 말을 들으며 미소짓고 있었다.

"민 양, 걱정 말아요. 이 호텔에 있고 싶으면 6개월이고 1년이고 그냥 있어요. 그러나 떠나야 한다면 내가 비행기표를 사줄게요."

예기치 못한 낸시의 말에 나는 온몸의 근육이 풀어짐을 느꼈다.

"내 비록 교육은 많이 받지 못했지만 사람을 볼 줄 알아요. 이 호텔에서 태어나 자랐고, 부모님이 돌아가신 후부터 나 혼자 이 호텔을 운영

해왔어요. 그간 많은 사람들을 만나면서 많은 일들을 겪었죠. 힘들 때도 많았지만 가끔은 손님들과의 깊은 정이 들어 떠나지 않기를 바란 적도 있었어요."

낸시는 나의 손을, 어깨를 따뜻하게 어루만지며 돈 걱정은 말고 마음 놓고 있으라고 말했다.

"민 양이 원하는 대로 해요. 나는 어느 쪽이 되든 기꺼이 도와드릴게요."

이럴 수가 있단 말인가. 불과 몇 시간 전에 누군가가 나의 모든 것을 가져갔다. 그런데 지금은, 누군가가 나에게 도움의 손길을 뻗고 있었다.

"결코 잊지 않겠습니다. 그리고 반드시 갚겠습니다."

잃어버린 가방으로 인한 울분과 절망이 풀어진 속에서 나는 간신히 말했다.

"호의를 그대로 받아요. 이미 민 양의 눈이 충분히 표현했어요. 나의 도시에서 그런 불행한 일이 생겨 오히려 내가 미안해요."

런던 전체가 밉고 싫어지던 감정, 성경책을 들고 성당으로 가던 사람들은 더욱 역겨웠던, 그리고 이제 나는 어떻게 해야 하나, 막막하기만 했던 몇 시간 전이다. 그런데 이 하루가 가기 전에 나는 낸시 앞에서 이 모든 감정이 사라지고 말았다.

"물론 놀라고 당황했겠지만, 한 생을 살다 보면 그보다 더한 일들이 얼마나 많이 일어나고 있는지 알아요? 하지만 한 문이 닫히면 다른 문이 열린다는 겁니다. 하나님은 인간에게 감당할 만한 시련 이상의 것은 주시지 않음을 나도 알고 있어요. 안심하고 있어요."

낸시는 오늘 같은 밤이야말로 포도주를 마셔야 할 것 같다며 자리에서 일어났다. 낸시의 삶은 어떤 것이었을까. 나는 방을 나가는 낸시의 뒷모습을 바라보며 생각했다. 이 호텔에서 태어나 이 호텔에서만 산 낸시의 일생은 과연 어떤 삶이었을까. 사랑의 상처도 있을까. 있겠지. 사랑의 아픔을 겪지 않은 인생은 존재할 것 같지가 않았다. 가디니어꽃과 같은 순백색의 고결한 사랑이었을까. 장미와 같은 고도의 아름다운 것이었을까. 아니면 채송화나 민들레꽃과 같은 것이었을까. 아니다, 낸시는 국화꽃과 같은 사랑을 했을 것이다. 걸어나가는 뒷모습에서 나는 국화를 보았다.

"교수님께도 이 포도주를 대접할걸 하는 생각이 이제야 났는데, 실은 함께 포도주를 마시던 시간이 즐거워서 그때는 대접을 하지 않았나 봐요. 이 포도주는 내가 직접 만든 것으로 슬프고 외로울 때만 마시거든요. 그렇다고 지금의 내 마음이 그렇다는 것은 아니고 오늘은 민 양을 위로한다는 데 의미가 있는 거죠."

낸시가 포도주병과 잔 두 개를 가지고 들어오며 말했다.

"마셔요. 인생을 위하여 마셔요. 삶이란 어떤 형태의 것이건 나름대로 의미가 있거든요. 내가 이 호텔에서 배운 인생철학의 산 경험에서죠."

나는 잔을 받았다.

"그런 슬픈 눈을 하지 말아요. 그 맑고 빛나는 눈에는 슬픔을 담아서는 안 돼요. 교수님과 함께 이 호텔에 들어오던 날, 미소짓는 민 양의 눈이 어찌나 예뻤던지…, 그런 눈을 가진 사람에게 고난이 머무를 수가 없지요. 즐겁게 마셔요."

낸시는 내 잔에 포도주를 따랐다

"모든 것이 담겨 있는 가방을 잃어버렸기 때문에 이런 시간을 우리가 갖게 된 것, 여기에도 뜻이 있을 거예요. 그 뜻이 무엇인지 지금은 모르지만 해답이 올 거예요. 나는 역경에 처할 때마다 주님의 뜻을 알려고 노력해요. 결국은 알게 되더군요. 더 큰일을 방지하기 위한 경고의 메시지였음을. 교수님과 함께 포도주를 마실 때 민 양에게 주님의 사랑에 관한 이야기를 하는 것을 들었어요. 그때 나도 함께 말하고 싶었지만 가만히 있었죠. 주님의 사랑에 관한 이야기라면 할 말이 너무 많아서죠."

예수의 이야기가 나오자 나는 왠지 죄송한 마음이 되어갔다.

"주님을 믿는 것도 때가 있는 것 같아요. 또 각자의 성격대로 믿는 것 같기도 하고요. 다만 내가 확신을 가지고 말할 수 있는 것은 오늘 일어난 사건은 주님의 어떤 계획에서 이루어진 것이라는 믿음이에요. 민 양에게 향한 주님의 사랑과 메시지 같거든요."

나는 이해할 수 없는 씁쓸한 기분으로 포도주만 마셨다.

"민 양은, 사랑의 메시지가 가방을 소매치기 당하게 하는 거냐고 할지 모르지만, 훗날에 답이 나올 거예요. 자, 이 슬픈 포도주는 오늘 하루면 될 거예요. 내일부터는 그 예쁜 눈으로 예쁜 사람들만 만날 거예요."

나는 듣고만 있었다.

"방금 내 방을 들어올 때 민 양의 눈이 어땠는지 알아요? '이 세상에 나는 혼자예요. 움직일 수도 없어요' 하는 애절한 거였어요. 눈이 먼저 내게 오늘의 사건을 말해주었어요. 이제 편히 자도록 해요. 주님께 기도

할게요. 주님께서는 민 양의 앞길을 밝게 인도하실 거예요."

하나님의 이야기만 나오면 나는 대화를 잃어버린다. 대화만 잃는 것이 아니고 묘한 거부반응까지 일어난다. 하지만 손 교수에게도 그랬듯이 낸시에게도 나는 공손히 귀를 기울여주었다. 낸시와 헤어져 호텔의 내 방으로 들어오니 깨끗이 정돈되어 있는 모든 것이 낯설고 쓸쓸했다. 손 교수의 가방들이 벌이는 곡예도 볼 수 없고, 손 교수의 볼연지와 구두도 챙겨드릴 수가 없다는 허전함. 나는 빈방에 우두커니 서 있다가 불을 껐다. 그리고 다시 켰다. 여행 내내 손 교수와의 일과 중에 마지막 순서대로 손 교수의 기도. 하나님께 나의 기도하는 모습을 보여주고 싶다는 손 교수의 끄고 켜는 등불의 순서였다. 나는 잠옷으로 갈아입지도 않은 채 불을 다시 끄고 침대에 누웠다. 손 교수와의 여행이 꿈이었던 것만 같았다. 광화문에서 울부짖다 지쳐 쓰러진 내가 꿈을 꾼 것만 같았다. 웨스트민스터 대성당 앞, 택시 운전사에게 빼앗긴 가방도 꿈속에서의 일인 것만 같다. 아니, 낸시와 슬픈 포도주를 마시고 이 방에 혼자 누워 있는 것도 꿈만 같다. 나는 침대에서 온 밤을 뒤척거렸다. 잠을 이루지 못하는 또 하나의 이유는 샌프란시스코에 가야만 하는, 혜주를 만나야 하는 것이었다. 손 교수의 뜻을 따라 여행길에 올랐지만, 나를 움직이게 한 절대적인 이유는 혜주를 만나는 데 있었다. 나는 거의 뜬눈으로 밤을 지새고 커피만을 연거푸 몇 잔 마신 후 호텔을 나왔다. 그리고 여행자 수표라도 환불받으려고 은행으로 갔다. 나는 은행 문이 열림과 동시에 안으로 들어갔다. 잃어버린 여행자 수표의 액수를 대며 돈을 달라고 텔러에게 말했다. 적어도 3주간이 소요된다며 신분증을 보자는 텔러에게 '나'는 '나'입니다, 증명할 서류는 없지만 나는 나입니다, 하고 말했다. 텔러는 입을 다문 채 아무 말도 못하고 있었다.

"여권도 잃어버린 가방 안에 있습니다. 나를 증명할 것은 내 자신뿐입니다."

한동안 나를 바라보던 텔러가 입을 열었다. 서류상의 절차를 밟기 위해서 신분증이 필요하다고, 미안하다고. 나는 서 있던 자리에서 그대로 주저앉았다. 얼마 후에 그 텔러가 내 앞으로 왔다. 지점장이 나를 보자고 한다고 했다. 나는 그를 따라 지점장 앞으로 갔다.

"이야기를 들었습니다마는, 행여나 도울 방법이 있을까 해서 만나자고 했습니다."

나는 여행자 수표의 금액이 정확한 것도, 그리고 '나'는 '나'라고 다시 말했다.

"믿고 있습니다."

내 말이 끝남과 동시에 지점장이 말했다

"은행에서 보낸 세월이 20여 년입니다. 당신의 눈이 보증하고 있습니다."

어젯밤에 낸시도 말했다. 내 눈에 대하여. 나는 그 순간 아버지를 떠올렸다. 아버지가 평생을 찬양하며 인정해주던 나의 눈. 아버지 때문에 낸시도 은행장도 나의 눈을 인정하는 것이다. 하나님의 사랑이 아닌, 나의 아버지의 사랑으로.

"화가라고 들었는데, 이번 여행과 그림과도 관련이 있습니까?"

지점장이 물었다. 존 핸콕이라는 이름표가 그 앞에 놓여 있었다. 존

핸콕이라는 이름은 보스턴에 갔을 때 가장 먼저 내 눈에 들어온 큰 건물에 붙어 있었던 낯익은 이름이었다. 나는 보스턴에서의 자랑스러웠던 전시회 기간을 생각하며 말했다. 생과 사의 기로에서 이곳까지 오게 되었노라고. 함께 여행하던 교수님은 어제 한국으로 떠났고 나는 오늘 샌프란시스코로 가게 되어 있었다고. 그곳에도 생과 사의 문제가 달려 있다고. 그런데요? 핸콕 씨는 눈으로 물었다.

"교수님과 헤어져 보내는 어제 하루를, 웨스트민스터 대성당을 스케치해서 귀국할 때 선물로 드리고 싶었습니다. 교수님은 기독교인이시기 때문에 제가 교수님을 생각하며 그렸다면 행복해하실 것 같았습니다."

"성당 앞에서 도난을 당했다고 들었는데, 그러면 스케치도 못하셨겠군요."

그가 물었다.

"택시에서 내리면서 가방과 스케치북을 잡으려는 순간에 택시가 떠나버렸습니다."

"미안합니다."

담배를 꺼내 입에 물며 그가 말했다.

"성전을 스케치하러 가는 아름다운 여인에게 그런 일이 생기다니요…, 그 택시 운전사는 영국 사람이 아닙니다."

그는 담배에 불을 붙였다,

"내 여동생도 화가입니다. 샌프란시스코로 가신다고 했는데 동생도 그곳에서 살고 있습니다."

그는 몇 모금의 담배를 빤 후 다시 입을 열었다. 웨스트민스터 대성당으로 가자고, 가서 그림을 그리라고. 그는 자리에서 일어났다. 그리고 나를 데리고 왔던 텔러 앞으로 가서 무슨 서류인가에 사인을 한 후 돈을 가지고 내게로 왔다.

"잃어버린 수표의 총 금액입니다. 먼저 돈을 드리겠으니 내일이라도 한국대사관에 가서 임시여권을 만들어 가지고 한 번 더 은행에 들러주십시오."

나는 그가 내미는 돈을 받지 못한 채 그 자리에 앉아 있었다. 낸시가 호텔비는 물론이고 샌프란시스코까지 가는 비행기표를 사주겠다고 했을 때보다 더욱 전신의 근육이 녹아나듯이 힘이 빠져버렸다.

"당신이 민경의 씨인 것도 수표의 금액도 믿고 있습니다. 받으십시오."

"만일에…."

나는 간신히 입을 열었다.

"제가 잃어버린 여행자 수표를 누가 썼다면 핸콕 씨는 어떻게 되는데요?"

"반년치의 월급이 없어지는 겁니다. 하지만 그런 일은 일어나지 않을 것입니다."

그는 자신 있게 대답했다. 나는 이 모든 것이 해결될 때까지 런던을 떠날 수 없다고 했다.

"그렇게 되면 도와드린 의미가 없습니다. 그리고 기다리는 동안에 그 돈을 다 써버리게 될지도 모릅니다."

나는 돈을 받으며 마음속으로 결정을 내렸다. 해결되었다는 전화를 받기 전에는, 그 돈을 다 쓰게 될지라도 런던에 머물러 있을 것을. 그리고 핸콕 씨를 따라 은행을 나왔다.

"웨스트민스터 대성당을 스케치하십시오."

그는 차에 타라고 했다. 차는 어느 미술용품을 파는 가게 앞에 섰고 핸콕 씨는 잠시 그 안으로 들어갔다 나왔다.

"샌프란시스코에 있는 내 동생은 요즈음 T셔츠에 그림을 그리는 것 외에는 작품 활동을 하지 않는다고 말했습니다. 남편과 사별한 후 아들 하나를 데리고 사는데…, 샌프란시스코에 가시면 동생을 만나보십시오."

낸시의 일만도 가슴이 벅찬 그 감격에서 아직도 헤어나지 못하고 있는데, 핸콕 씨가 보여준 모습은 더욱 설명할 길이 없었다. 6개월치의 봉급을 모험하다니. 증명서 한 장 없는, 처음 만난 사람에게 이런 일도 가능한 것일까. 그들의 나라에서 일어난 사건이라서? 동생이 나와 같은 화가이기 때문에? 내가 동생이 있는 샌프란시스코로 간다니까? 나는 고마움과 함께 이해되지 않는 깊은 심연에 빠져들기도 했다.

"퇴근하는 대로 데리러 오겠습니다. 오늘은 내가 직접 호텔까지 바래다드리겠습니다. 또 돈을 잃어버린다면 그때는 나에게도 방법이 없으니까요."

핸콕 씨는 나를 성당 앞에 내려놓았다.

"걸작의 그림이 나올 것 같습니다. 가방을 잃어버리기 전보다 더 좋은 그림이 그려질 것입니다."

핸콕 씨는 조금 전에 산 스케치용 일체를 내게 주며 내 앞을 떠났다.

나는 그가 시야 밖으로 나갈 때까지 그 자리에 서 있다가 성당 안으로 들어갔다. 고요히, 고요히 불을 밝히며 타고 있는 하얀 초들이, 정교하고 수려한 조각들에게 생명력을 불어넣어주고 있는 듯했다. 그 안에서 셰익스피어가, 워즈워스가…, 바이런, 키츠가…, 테니슨, 디킨슨, 브론테, 하디가 나에게 손짓을 하며 말하고 있었다.

내가 만일 두 날개를 가진 새였다면

그리운 사람아

너 있는 곳으로 날아가련만!

하지만 그런 생각 한들 무슨 소용 있으랴

나는 여기에 꼼짝 못하고 있다.

그렇지만 꿈에서라면 네게 날아갈 수 있고

세계는 모조리 내 생각대로 된다.

그런데 잠에서는 깨게 마련이고

내 몰골이란

외톨이가 되어 있다.

콜리지가 말하는 것이 선명히 내 가슴에 닿았다.

… … …

… … …

짝 잃은 새 한 마리 짝을 그린다.

……………

……………

셸리의 말소리도 들렸다. 나는 한동안 성당 안에 서서 역사의 한 획을 긋고 지나간, 지금도 우리를 감동시키며 빛나는, 그 이름과 글과 업적을 묘한 그리움으로 되새겨보았다. 나는 누구인가, 나는 무엇인가. 나는 이미 죽은 자들의 흔적 앞에서 살아 있는 나의 무기력함을 한탄하기도 했다. 살아 있다는 것은 무한한 가능성을 지니고 있는데 나는 모든 것을 상실한 것 같았다. 어린 시절부터 무한대로 펼쳐졌다고 확신했던 것들은 무너져 폐허가 된 것 같았다. 인환이를 사랑한 대가는 그 폐허 위에 힘없이 뒹구는 낙엽이었다. 이 비참한 몰골이, 그래도 나의 삶은 김인환이라고 뒹굴며 주문을 외우고 있다. 비참한 행복으로, 가녀린 불행으로. 확인하고 싶은 한마디, 나와 함께 있었던 그 시간들만은 진실했었냐는. 그 순간마저도 진실이 아니었다면, 사랑보다 더한 분노가 나를 짓밟고야 말 것이다. 나는 확인해야 했다. 그가 나를 진실로 진실로 사랑했었다는 것을. 하지만…, 나는 고요히 고요히 불을 밝히고 있는 촛불들을 바라보며 또 생각했다. 인환이가 존재하고 있는 것만으로도 행복했었음을. 존재 자체만으로도 고마웠음을. 진실이 아니었으면 어떠랴. 그러나…, 나는 생각하고 생각했다. 그럴 수는 없다. 사랑이 아니었으면 어떻게 내가 임신까지 할 수가 있으랴. 그러면…, 나는 왜 샌프란시스코를 가려는 것일까. 손 교수를 위해서? "경의야, 아무리 이슬을 먹고 사는 경의지만 이 땅에서 어떻게 그 애를 낳아서 기르겠다는 거야? 잔인한 말 같지만 지워야 해." 손 교수는 나를 설득하는 것을 일과로 삼았었다. 임신 사건은 태풍이 되어 광화문을 강타했고 유난한 입덧으로 나도 지칠 대로 지쳐 있었다. 그리고 손 교수의 손에 이끌려 병원에 도착했을 때 나는 죽음과도 같은 생의 종말을 느꼈다. 인환이와의 사랑에 종지부를 찍는, 사형의 집행과도 같은 낙태 수술. 나는 수술실에서 의사에게 매달렸다. 샌프란시스코의 친구에게 가게 해달라고. 그 친구에게서 수술을 받고 그 친구 옆에서 쉬게 해달라고. 자매와 같은 나의 친구, 성혜주는 산부인과 의사임을 밝히며 애원을 했다. 그리고 손 교수에게는 수술이 끝났다고 말해달라고 호소를 했다. 공포에 싸여 울고 있는 나를 한동안 바라보던 여의사는 약속을 했다. "빨리 해야 합니다. 시간이 너무 지나면 위험합니다." 의사의 말을 들으며 나는 집행유예로 풀린 사람같이 수술실을 나왔다. 병원에서 돌아와서도 손 교수는 내 옆을 떠나지 않았다. 한마디의 말도 없이, 폭풍이 지나간 후같이 그렇게 우리는 함께 있었다. 나는 형벌처럼 비밀을 지켰다. 혜주를 만날 때까지 형벌의 비밀은 지켜야만 했다.

"방해하려고 한 것은 아닙니다마는."

등 뒤에서 들리는 구두 소리에 내가 고개를 돌리자 핸콕 씨가 말했다. "늦지 않았나 하고 부랴부랴 달려왔습니다."

그가 또 말했다. 나는 자리에서 일어났다.

"기왕에 저녁식사 때가 되었으니 내가 저녁을 대접하고 싶습니다."

차에 시동을 걸며 핸콕 씨가 나를 바라보았다.

"괜찮으시다면 런던의 야경도 구경시켜드리고 싶습니다. 우리 나라에 온 귀한 손님을 나라도 잘 모셔야 되지 않겠습니까? 도난 사건은 불쾌하지만 잊도록 해야지요."

우리는 피카딜리 서커스에서 저녁을 하고 런던의 밤을 드라이브 했다.

"여기 트래펄가 광장으로 해서 차링 크로스 역을 지나면 워털루 다리가 있습니다. 로버트 테일러가 서 있던 자리, 비비언 리를 생각하면서 마스코트를 만지며 회상하던 영화 〈워털루 브리지〉 말입니다."

차는 템스 강을 향해 가고 있었다.

"비비언 리는 내가 좋아하는 배우입니다. 〈바람과 함께 사라지다〉에서의 스칼렛 오하라 역은 압권이지요. 그 영화를 네 번이나 보았습니다. 민경의 씨도 보셨겠죠. 그러고 보니 어딘가 닮은 것 같습니다. 아, '나'는 '나'다, 하면서 말할 때의 모습입니다. '나'는 '나'다, 하는 말은 하나님이나 하는 말로 알고 있었습니다. 인간이 그 말을 할 수 있다니요, 참으로 놀랐습니다. 증명서도 없이 은행에서…, 그런데 그 당당한 모습과 눈을 보며 도와야겠다는 결심이 섰단 말입니다. '나'는 '나'니까 돈을 달라, 하하하."

핸콕 씨는 큰소리로 웃었다. 나도 돌이켜보니 어처구니가 없었다. 예상했던 일은 아니었다.

"죄송합니다. 호텔의 주인이 고마워서 빨리 호텔비를 내고 싶어서 그랬던 것 같아요. 그리고 무엇보다 사실이었으니까요."

"그렇죠. 진실과 사실 앞에서는 꿀릴 것이 없습니다. 나는 비굴한 것

을 아주 싫어합니다. 비굴함 뒤에는 거짓이 있고 위선이 있고 배반마저
있습니다. 진실을 말할 때요? 물론 당당해지고 말고요."

핸콕 씨는 담배에 불을 붙이며 말을 이었다.

"그런데, 민경의 씨에게 의문이 가는 것이 있습니다. 생과 사를 운운
한 것, 아름답고 젊은 나이에 그런 문제가 과연 어떤 것일까입니다."

"담배 한 대 주시겠어요?"

핸콕 씨의 입에서 생과 사라는 말이 나오자 나도 담배를 피우고 싶어
졌다. 임신이 되었음을 알 때부터 중단했던 흡연이었다. "하긴 내 동생
도 담배를 피우는데…, 실례했습니다."

그는 내게 담배를 내밀었다. 그가 불을 붙여주자 오랜만에 담배 연기
를 길게 길게 뿜어댔다. 머릿속이, 가슴속이 후련해지는 것 같았다.

"샌프란시스코에 있는 동생도 남편이 죽었을 때 아들 때문에 살지도
죽지도 못한다는 이상한 말을 했었습니다. 시간이 지나면서 많이 회복
은 된 것 같은데 창작활동을 못하고 있는 것이 안타까울 뿐입니다. 생과
사를 말하면서도 웨스트민스터 대성당을 스케치하겠다는 민경의 씨를
보며 내 동생에게도 그런 힘을 넣어주셨으면 하는 바람이 있었습니다."

나는 핸콕 씨의 동생을 만나겠다고 말했다. 만나서 아름다운 오빠의
이야기를 하고 싶었다.

"돈을 드리기 잘했나 봅니다."

핸콕 씨는 유쾌하게 웃었다. 그리고 은행 문제는 염려 말고 떠나라고
했다.

"얼마 전까지만 해도 서로 존재하고 있는지도 모르는 사람끼리…, 이

렇게 아름다운 만남이 이루어졌는데, 그냥 떠나버릴 수가 없죠."

내가 말하자, "실은…," 핸콕 씨가 내 말을 이었다.

"어떤 인연으로든지 인간과 인간이 만난다는 것은 우연이 아닌 것 같습니다. 민경의 씨와의 만남은 특이한 경험입니다마는… 퇴근길에 아내에게 전화를 해서 민경의 씨 이야기를 했습니다. 저녁도 대접하고 런던의 야경을 구경시켜주고 들어가겠다고 하니까 아내는 놀라고 있었습니다. 돈의 대출 문제에 대해서는 대답을 못하더군요. 다만, 아름다우냐, 반했느냐 하면서 농담으로 대신 하더군요. 그렇다고, 샌프란시스코에 있는 동생 생각이 났다고 말했지요. 내 동생이 외국에서 모든 것을 다 잃어버렸으면 어땠을까 하고 가슴이 아팠다고 말했습니다."

"감사합니다."

내가 말했다 그리고 샌프란시스코에 가는 대로 동생을 만날 것을 다시금 약속했다.

"내가 무조건 돈을 대출해주더란 이야기는 하면 안 됩니다. 오빠가 굉장히 부자인 줄 오해하면 안 되니까요. 동생을 돕지 못해서 항상 가슴이 아픕니다."

대화가 계속되고, 시간이 지나면서 나는 점점 핸콕 씨에게 정이 쌓여갔다. 정말로 오빠 같은 느낌마저 들었다. 핸콕 씨는 서더크교, 런던교, 타워교, 그리고 런던탑 등을 보여주며 운전을 계속했다.

"웨스트민스터 대성당의 스케치가 끝나면 보고 싶습니다."

그가 말했다.

"한 점을 드리려고 해요."

내가 대답했다.

"호텔의 주인인 낸시에게도, 핸콕 씨에게도, 그리고 애당초 교수님에게 선물하려고 했던 것 모두 3점을 그리려고 해요. 완성되면 제일 마음에 드시는 것으로 가지세요."

샌프란시스코에 살고 있는 동생 때문일까, 내가 그림을 준다고 하니까 핸콕 씨는 좋아서 어쩔 줄을 모르는 표정을 지었다. 나도 기뻤다. 오늘의 감사에 대한 뜻을 조금은 전한 것 같았다. 그리고 낸시가 반갑게 맞이하는 호텔에서 나는 이들의 특별한 만남을 주선해주었다. 나는 한국대사관에서 임시여권을 만들어놓고 며칠을 웨스트민스터 대성당으로 갔다. 밤에는 호텔 근처의 하이드 파크도 걸었다. 검은 택시를 봐도 더 이상 울분이 솟아오르지 않았다. 이층으로 된 버스를 타고 빅토리아 역에도 갔고 그린 파크, 세인트 제임스 파크, 버킹엄 궁전, 그리고 런던 대학으로, 대영박물관으로 돌아다녔다. 바이런이 살던 세인트 제임스 거리도, 키츠와 울프의 태어난 집도 두루두루 다니며 뉴욕 은행의 본점으로부터 핸콕 씨의 은행에 연락이 오기를 기다렸다. 낸시와 핸콕 씨의 전송을 받으며 런던을 떠날 때는 수중에 돈이 몇 푼 남아 있지 않았다. 그래도 나는 런던에서, 현지에서 모든 것을 해결하고 떠날 수 있었던 것을 잘했다고 생각했다.

다이애나의 장례식 테이프를 보며 순간적으로 내게 다가온 것은 가방을 잃어버린 사건이었지만, 곧이어 낸시와 핸콕 씨를 생각할 수 있었던 것은 이런 아름다운 만남의 인연 때문이었다. 우리는 그 후에도 편지로, 전화로 이 고귀한 만남의 소중함을 아낌없이 서로 이어갔다. 나는 다이애나에게 애도와 함께 감사를 보냈다. 생생한 TV 화면을 통해서 세월이 많이도 흐른 지금, 나는 젊은 날의 나를 되돌아보며 완전한 자유인으로서의 평온을 가지고 생생히 그날들을 볼 수가 있었다. 런던을 잊을 수가 있으랴. 그날 런던을 떠날 때 나는 모든 것을 가슴에 꼭 품고 미국행 비행기를 탔다. 그리고 다짐했다. 만남은 우연히 이루어졌을지 모르지만 그 만남을 소중히 키우며 간직하는 것은 나의 몫이라고, 나는 남은 생을 이 몫에 철저하리라고 다짐을 했다. 낸시와 핸콕 씨, 이들과 런던 공항에서 헤어졌지만 나는 '만남'만을 생각하며 비행기 안에 있었다.

4

비행기는 착륙 준비를 하면서 지상으로 지상으로 내려갔다. 샌프란시스코의 야경도 점점 선명히 시야 안으로 들어왔다. 나는 샌프란시스코를 떠날 때를 생각하며 가슴이 뭉클해왔다. 한국의 화단에 혜성같이 나타나 상공에서 빛나리라던 그때의 나, 지하를 헤매는 비참한 마음으로 샌프란시스코에 오고 있는 것이다.

"고맙다, 무사히 도착해서."

혜주가 내 앞으로 다가왔다.

"무슨 전보가 또 날아올지 몰라 온종일 나는 병원에서, 윤희는 집에서 초긴장으로 기다렸다."

"윤희는?"

내가 눈으로 물었다.

"네 환영준비를 하고 있다. 프렌치 로스트 커피를 사다가 갈아놓고, 캐비어도 벨루가로 구했고, 꽃에, 초에, 케이크에 정신없이 바쁘다. 뉴욕의 전시회 일도 중단하고 어젯밤에 돌아왔다."

혜주를 보자 나는, 지치고 지친 나그네가 드디어 고향으로 돌아온 듯이 마음이 놓였다.

"갑자기 전보를 받고 윤희와 얼마나 놀랐는지 아니? 한동안 네게서 소식이 없어 반가워야 할 전보가 왠지 불안하더라. 유럽 여행을 끝내고 샌프란시스코에 도착이라는 앞도 뒤도 없는 전보도 그랬지만, 아름다운 사람들로 인해 몇 주간 더 런던 체류라는 두 번째 전보도 그랬다. 세 번째 날아 온 전보를 받고 또 어떤 전보가 올지, 전전긍긍했다."

"미안해."

나는 힘없이 말했다.

"미안하다는 말은 네게 어울리지도 않아. 아무튼 전보 대신 네가 와서 고맙다. 가자, 윤희도 준비를 하면서 마음이 놓이지 않을 거다."

우리는 짐을 끌고 혜주의 차가 있는 곳으로 갔다.

"경의야, 네가 나오는 순간 말이다. 정말이지 눈물겹게 반갑더라. 죽은 줄 알았던 사람이 살아서 오는 것 같은, 네가 너무나 고마웠다."

나는 눈물을 삼키고 있었다. 혜주를 부둥켜안고 통곡이라도 하고 싶은 마음을 짓누르며 참고 있었다.

"고맙다, 혜주야."

나는 의연하게, 조용히 말했다.

"아름다운 사람들 때문에 런던에 더 있어야겠다던 전보 말이다, 네 눈에 아름답지 않은 사람이 어디 있겠니. 그런 이유라면 너는 천년을 살아도 이 지상을 못 떠날 게다."

혜주가 차에 짐을 실으며 말했다.

"아냐, 서울의 광화문에서 미운 사람들 많이 만났어."

나는 차에 올라앉으며 외치듯이 말했다.

"미운 사람들을 만났다고? 그 말이 왜 이렇게 반갑게 들리니. 나는 말이다, 너나 윤희를 생각하면 파도 위에서 노는 어린애들 같아. 파도 위에서도 손뼉 치며 즐거워하는 것 같은 너희들 모습, 정말로 아직까지 내가 심장병이 안 걸린 게 신기할 정도다."

'이번에는 너도 심장이 편하지 않을 거야. 용서해다오.' 나는 입안에서 말했다.

차는 공항을 빠져나와 친숙한 프리웨이 280으로 들어섰다. 밤인데도 주변의 아름다움이 나의 시야에 전개되고 있었다. '한국에 있는 동안 이 길이 그리웠다.' 달리는 차 안에서 나는 다시금 입 안에서 말했다. 차에서는 베토벤의 〈황제〉가 흘러나오고 있었다.

"공항으로 막 나가려는데 윤희가 이 테이프를 주더라. 여왕님이 오시니까 황제님이 마중해야 된다는 거야. 너희들 참으로 웃겨."

나는 혜주와 윤희에게 내가 해야 할 이야기로 암담한 생각 속에 있었다. 나는 담배를 꺼냈다.

"네게 문제가 있는 모양인데, 공항에서 너를 볼 때부터 느낀 건데, 네 꼴도 말이 아니고, 그러고도 담배를 계속 피우다니…, 아서라. 언제 네가 제일 귀여운지 아니? 긴 주둥이로 예쁜 꽃 위를 맴돌면서 진수의 꽃을 빨아 먹으며 신나 하는 허밍버드 같은 모습으로 종알대는 거다. 좀 신나게 떠들어봐라."

'혜주야, 너는 상상도 할 수가 없다. 내가 입을 열면 네가 어떻게 될지를.' 나는 또 속으로 대답했다.

차가 윤희네 집 앞에 서자 자동문같이 문이 열리며 윤희가 나타났다.

"왔구나, 경의야. 정말로 왔구나."

윤희는 달려와서 나를 끌어안았다. 응접실에는 한 아름의 노랑장미와 가디니어가 꽃밭을 이루며 테이블 위에 놓여 있었다. 그 사이사이로 촛불이 춤을 추듯이 떨면서 타오르고 있었다. 프렌치 로스트의 커피 향기는 이들 위로 감돌고 있었다.

"너희들만 있으면 되는데…, 왜 이렇게들 신경을 썼니?"

나는 울먹이며 말했다.

"네가 행복해할 것을 생각만 해도 행복하더라."

윤희는 장미같이, 가디니어같이 그리고 촛불같이 피어오르는 얼굴로 대답하며 꽃밭 위에 커피포트를 올려놓았다.

"오랜만에 네 스타일대로 즐겨보자. 비싼 벨루가 캐비어를 먹으며…, 다, 네 덕분이다. 아무튼 자신의 주가를 너만큼 올려놓고 있는 애도 드물 거다. 그런데 그대로 해주고 싶으니 말야, 꼴불견이라고 무시하게 되지 않으니 네 말대로 팔자 한번 잘 타고났다."

"그러게 말이다. 우리는 어려서부터 경의에게 세뇌되었다고 치더라도 말야, 남들까지 모두 그러니 무슨 힘이 있긴 있는 거 아니니."

혜주가 윤희의 말을 거들었다.

"경의야, 샌프란시스코 도착을 미치도록 환영한다. 혜주야, 경의를 보니까 모든 것이 솟아나며 살아 움직이는 것 같지 않니?"

"살아나기는커녕, 모든 것이 죽어가는 느낌이다."

혜주가 말했다.

"경의가 죽어? 쟤는 불사조잖니?"

윤희의 즐거워하는 모습이 왜 이렇게 나를 괴롭게 하는 것일까. 차라리 혜주같이 무언가 있을 불안한 낌새를 느끼고 있다면 훨씬 가벼워질 것 같았다. 나는 사랑의 커피를 마시며 가슴 아프게 윤희와 혜주를 바라보았다. 경의야, 다 털어버려라, 장미들이 손짓을 하는 듯했다. 지금 말해야 한다, 이 밤이 지나면 안 된다, 가디니어도 속삭였다. 친구들의 사랑에 대한 예의이기도 하다, 김인환의 이야기, 임신의 이야기를 듣기 전에 고백해야 한다. 몸을 떨며 이곳저곳에서 촛불들도 재촉하고 있었다. '불행한 시대에…, 누군가가…, 행복해 보이면 미울까?' 나는 속삭이듯이, 아니, 한숨과 같이 이 말을 내보냈다.

"자기가 살고 있는 당대는 다 불행하다고들 생각해. 누군가는 즐겁게 살아야지 그것까지 미워하면 그들은 더 불행해진다."

윤희가 나의 한숨의 소리를 되받았다.

"짐작이 간다만 경의야, 서두는 그만두고 본론을 이야기해봐라."

혜주는 기다리고 있다는 표정으로 나를 지켜보며 말했다.

"내가 밉다는 거야. 귀족이 없는 시대에 귀족 취미를 향유하는 내가 밉고, 화려한 외모도, 나의 밝은 행동도 그리고 내 눈에 아픔이 들어 있지 않은 것까지 밉다는 거야."

짐작된다, 혜주는 눈으로 말했고, 윤희는 그래서? 하고 물었다.

"미국을 욕하며 한국의 현실에 울분을 함께 터뜨리고 막걸리 판에서 맞장구를 쳐야 하는데…, 나는 술안주로 전락되어버렸어. 광화문 주변에 골목의 술집마다 나를 뜯으며 술을 마시더라."

"너는 안주로 뜯기고만 있었다는 거냐?"

"맞섰겠지. 어떤 시대에도 어떤 상황에도 아름다움은 도처에 깔려 있다고, 아름다워라, 아름다워라 하며 불을 질렀겠지."

윤희의 분노에 혜주는 냉정히 받았다.

"그게 경의 책임이냐? 왜 경의를 술안주 삼느냐고?"

윤희가 혜주에게 대들었다.

"불행한 시대에 살고 있는 예술가요, 지성인들이라고. 싸구려 막걸리로 달래고 있는데 말이다. 경의의 하나하나가 그들의 불행을 더 구체화시켰나 보지. 내가 알고 싶은 것은, 그 일만이, 네가 이런 형상으로 우리를 찾아오지 않았을 거라는 거야. 다른 무슨 일이 또 있을 게다."

친구이면서 혜주가 어려웠던 것은 이러한 냉정함과 결코 이성을 잃지 않는 그의 침착성 때문이었다. 내가 무슨 짓을 해도 언제나 무조건 내 편에 서주는 윤희와는 너무도 달랐다. 이 밤 따라 나는 혜주가 더욱 어렵고 두렵기까지 했다.

"경의야, 내일은 종일 병원에 있어야 한다. 난소 수술을 해야 할 환자도 있고, 해산일이 된 산모가 둘이나 병원에 있다. 어쩌면 오늘 새벽이라도 가게 될지 모른다. 네 이야기를 듣지 않고는 어떻게 병원 일을 제대로 해내겠니?"

"그건 나도 마찬가지야. 다시 뉴욕에 가서 전시회 준비 마무리를 지어야 돼. 혜주 말대로 나도 이유를 알고 떠나야 한다."

나를 바라보고 있는 친구들의 눈, 우리가 있으니 걱정하지 말고 말해봐, 친구들의 눈은 말하고 있었다. 하지만, 어디서부터 이야기를 시작해야 하나, 나는 담배만 피워댔다. 그러고는…,

"한 남자를 사랑했어."

나는 담배연기에 김인환을 실으며 내보냈다.

"그 사랑이, 광화문의 막걸리 판 사람들에게 더 없는 가십이 된 거야. 기혼자였거든…."

나는 혜주를 바라보았다. 인내할 수 없는 표정으로 굳어 있었다.

"나, 임신 중이야. 도와줘."

나는 막다른 탈출구 앞에서 문을 부수듯이 말해버렸다.

"너희들에게로 와야 했다. 너희들 옆에 있고 싶었다. 도와줘."

나는 이어서 말을 차버렸다.

"사람의 입을 다물게 하는 데는 천재다."

혜주는 소파에 무너지듯이 주저앉았다.

"사랑했고, 임신했고, 너는 어떻게 하고 싶은데?"

내 앞으로 다가오는 윤희의 눈엔 벌써 눈물이 흥건히 고여 있었다. 방 안엔 무거운 기류가 맴돌았다.

"넌…."

혜주가 깊고 조용한 목소리로 입을 열었다.

"행여나, 내 손으로 낙태 수술을 하게 하려는 건 아니겠지?"

나는 대답을 못했다. 나 스스로도 수술에 관해서는 어떻게 해야 할 것 인가에 답이 없었다.

"경의야, 너, 한국으로 돌아가야만 할 이유는 없잖니?"

윤희가 물었다.

"꼭 가지 않아도 된다면, 미국에서 살아라. 네가 왜 술안주로 한국에 있어야 하니? 가지 말아. 나하고 함께 작품 활동도 하면서 애도 키우고 그러자. 잘됐다, 차라리 잘됐다."

"그 남자는 뭐라고 하든?"

혜주가 무겁게 물었다.

"미안하대."

나는 쓸쓸히 대답했다.

"미안하다고만? 너는 아직도 그 남자를 사랑하구?"

혜주의 거듭되는 질문에

"응."

하고 내가 말했다.

"사랑이 너를 이렇게 만들었구나, 결국은…."

윤희가 나의 어깨를 그녀의 품으로 안아갔다. 나는 윤희에게 안긴 채 꽃으로, 촛불로 눈길을 보냈다. 선전포고같이 임신을 알렸다니, 소중한 나의 친구들에게. 혈육보다 더 진한 사랑으로 평생을 함께한 우리들. 한 동네에서 태어나, 대학까지. 그리고 유학까지, 그것도 다 같이 샌프란시스코로 오며 일생을 옆에 있었던 친구들이다. 윤희와 나는 미술도 함께 전공했다. 혜주는 기도를 하고 있는 것 같았다. 교회를 나가자고만 하면, 펄펄 뛰는 윤희와 내게 기도하자는 소리도 못하고, 혼자서 무슨 기도를 하고 있을까? 윤희와 나는 어려서부터 혜주를 '십계명', '공자맹자'라고 불렀다. 이 십계명이 지금 어떤 기도를 하는 것일까? 처녀가 기혼자의 애를 갖고 있는 친구를 보면서.

"내일…."

기도가 끝났는지 십계명이 윤희와 나를 향해 입을 열었다.

"오후 늦게, 병원에 좀 와라."

274

그러고는 자리에서 일어났다.

"그런 몸으로…, 뭐가 그렇게 아름답다고 런던엔…, 죽치고 있었냐? 빨리나 올 것이지."

방을 나가며 혜주가 말했다.

"임신은 임신이고, 런던에 있어야 할 이유는 별개의 것이라고 받아줘라."

혜주를 따라 나가며 윤희가 말했다. 혜주의 차가 떠나는 소리, 나는 자동차의 바퀴마저 무겁게 돌고 있음을 느낄 수가 있었다.

"지금은 혜주가 기가 찰 거다. 하지만 막상 네가 애를 낳으면 달라질 거야. 그런데 경의야, 나는 이상하게도 기쁘다 그 남자는 웃기지만, 네가 애를 가진 것이 왜 이렇게 좋으니? 너와 살면서 그림도 그리고 애랑 놀러다니고, 생각만 해도 즐겁다."

혜주와 윤희는 아예 수술 문제는 거론도 하지 않았다. 다행이었다. 나도 가슴 밑바닥에는 수술을 원치 않고 있었다. 인환이의 아기를 없앤다는 것은 상상할 수가 없었다.

"결혼은 혜주 같은 애나 할 일이고, 너나 나는 이렇게 사는 거야. 권위에 가득 차 있는 한국 남자들, 무엇 때문에 우리가 그들의 뒷바라지나 하며 부자유스럽게 살아야 하니? 너나 나는 그림과 결혼해서 사는 거야. 경의야, 보드카에 캐비어나 먹자."

윤희는 술병이 들어 있는 큐리오에서 보드카 병을 꺼냈다.

"난, 이대로 포도주하고 먹을게. 손 교수님과 포도주 맛에 길들여졌어."

나는 혜주의 생각 속에서 고통을 안은 채 포도주 잔을 들었다.

"잘됐다. 포도주는 얼마든지 있으니까 네 취향대로 골라 마셔라. 그런데 네가 귀국을 하지 않으면 손 교수님은 뭐라고 하실까?"

나는 담배를 또 입에 물었다. 샌프란시스코에 있기로 했다는 것도, 더구나 낙태 수술을 그때 하지 않았다는 말을 나는 도저히 할 수가 없다.

"아무런 연락도 하지 않을 수는 없잖니? 그러게 내가 뭐랬니? 너, 귀국하지 않았어야 했어. 기를 쓰고 한국으로 가더니 결국은 이렇게 돌아올 것을. 조카 하나 얻어서 다행이기는 하다만."

손 교수는 결코 나를 용서하지 않을 것이다. 손 교수를 생각하니 혜주로 인한 것보다 더 큰 무게의 괴로움이 나를 짓누르기 시작했다.

"나도 모르겠다. 나중에 생각하자. 그런데 경의야, 나는 벌써부터 궁금해. 어떤 아이가 나올까? 그 남자 어떤 사람이니? 그 남자의 이야기 좀 해라. 어떻게 만났으며, 어떻게 사랑하게 되었니?"

나의 무거운 마음을 가라앉히려는 듯이 윤희가 호기심 가득한 눈으로 나를 졸랐다.

"그이가 사주던 부추잡채와 탕수육이, 이 벨루가 캐비어보다 맛있었어. 그 배갈도 이 포도주보다 맛있고⋯."

인환의 이야기, 나는 왜 그 남자만 생각하면 마음이 녹아날까. 이런 상황에서도⋯. 나는 임신을 선포할 때와는 달리 인환이의 이야기를 물위에 꽃잎을 띄워보내듯이 시작했다.

"광화문의 예총에 문인협회도 있었는데 인환이는 그곳에서 친구들과 화투 놀음을 했거든. 나는 지하 다방에서 그이를 기다리고 있는 거야.

그가 다방 안에 들어서면, 그 얼굴을 보는 순간 그가 딴 액수까지 알아맞혔어. 그 돈으로 사주니 얼마나 재미있고 맛이 있었겠니?"

"그래, 계속해."

윤희는 턱까지 괴고 앉아 소녀같이 재촉했다.

"돈을 따지 못한 날은 엽차만 마시거나 계란 반숙 한 개 먹고 골목길을 걷는 거야. 남자라고, 내가 사는 것을 받아들이지 않았거든. 나는 그의 가난까지 멋이 있었어."

그 골목길엔 개나리도 코스모스도 피어 있었다. 지저분하고 울퉁불퉁한 길이었는데도, 나의 눈엔 개나리가 보이고 코스모스가 보였다. 여름에도 겨울에도 피어 있었다. 그리고 그 골목의 한 여관에서 나는 임신을 했다.

눈이 내리는 밤이었다.

그냥 눈이 내린 것이 아닌, 차갑게 얼어붙은 대지를 폭신한 이불로 덮기라도 하려는 듯이 포근히, 소복소복 눈이 내리던 밤이었다. 광화문 뒷골목의 초라한 여관이었지만, 낡은 커튼이 줄에 널린 빨래같이 그나마 걸려 있어 벌어진 커튼 사이로 백설의 원무를 볼 수가 있었다. 그의 몸이 열정적으로 나를 원하며 내 안으로 들어올 때, 우리가 하나가 됨을 느꼈을 때, 나는 우리의 사랑이 완결되었다고 믿었다. 그 확인의 뒤에는 고요한 몸과 마음이 있었고 창밖으로 보이는 솜과 같이 낙하하는 흰 눈을 무아의 경지에서 볼 수가 있었다. 커튼이 없는 창이란 얼마나 삭막한 것인가를 그때 나는 알았다. 창은 커튼을 위해서 있는 것인가 보다고 생각한 것도 그날 밤, 낡은 커튼의 역할을 바라보며 느낀 것이다. 또한 그

창과 커튼을 보며 그 자체만으로는 몫을 다할 수 없는, 다른 것과의 조화 속에서 비로소 완성됨을 나는 느낄 수가 있었다. 인간과 인간도, 인환을 만나던 날 내 가슴에 안겨 있던 꽃들도 그랬다. 가디니어꽃이 그 자체로도 고귀한 아름다움을 갖고 있지만, 앤 여왕의 레이스라는 꽃과 조화를 이루면서 비로소 완벽한, 극치의 고고한 꽃으로서의 본분을 다할 수 있었던 것이다.

가디니어와 앤 여왕의 레이스에 주홍색 리본을 달아 가슴에 안고 광화문 지하도에서 그와의 인연에 첫 페이지가 열린 날은, 《구름, 비, 그리고 사랑》이라는 김인환의 신작 소설의 표지화를 출판사로부터 청탁받은 1개월 후였다. 청탁을 하던 날의 이세훈 사장은 전례 없이 흥분하고 있었다.

"대학의 동기동창으로 나와는 형제와 같은 사이입니다. 한번 읽어보시고 내용을 빛낼 수 있는 멋진 그림을 그려주십시오."

전화를 할 때부터 들떠 있던 목소리는 나를 만나서까지 이어졌었다.

"서평을 쓸 것도 아니고 더구나 나의 그림은 반半추상인데 이 많은 원고지를 언제 다 읽어요? 대략의 내용만 말해주세요."

그러나 그는 절대로 다 읽어달라고 했다. 미국에서 유학하고 돌아온 후, 나는 포스트출판사에서 나오는 시집의 표지화를 몇 번 그린 적이 있었다. 하지만 장편소설의 원고를 다 읽고 표지화를 그려달라는 청탁은 그때가 처음이었다.

"친구에 대한 애정도 애정이지만, 이 소설이 친구의 운명을 좌우할지도 모르겠다는 생각까지 들 정도입니다. 때문에 민경의 씨의 그림으로 우선 서점가의 눈길을 붙들자는 계산입니다. 이 소설에 특별히 신경을 써주십시오."

그리고는 원고를 내게 안겼다.

《구름, 비, 그리고 사랑》. 나는 제목을 굽어보았다. 필체에 정감이 있었다. 나는 이세훈 씨 앞에서 몇 줄을 훑어보았다.

"아내는 말한다, 나는 한 조각의 구름이라고. 그녀는 또 말한다, 구름을 쫓다가 비만 흠뻑 맞고 쓰러져버릴 운명이 그녀의 것일 거라고. 신혼 6개월도 안 된 아내와 나."

나는 이상하게도 찌~잉 하는 가슴의 통증을 느꼈다. 이세훈 씨가 의자를 당기며 내 앞으로 왔다.

"예감이 들지 않습니까? 결국은 인환이의 자전적 소설인데 주인공들이 하나같이 선량한 피해자들입니다. 사랑과 삶의 피해자들. 하지만 일단 읽기를 시작하면 독자를 빨려들어가게 하는 자석과 같은 힘이 있습니다. 특히 요즈음같이 정치, 경제, 사회의 부조리를 다룬 소설들이 유행병과 같이 퍼져나오는 시점에서, 이러한 주인공들의 이야기는 청량제가 될 수도 있습니다. 분노하는 현실 속에서 소설을 읽으며 다시 한번 폭발하는 것보다는 인환이의 이러한 소설에서 실컷 울어버리는 것도 괜찮습니다. 부탁합니다."

나는 자리에서 일어났다. 그리고 통증을 안은 채 원고 뭉치를 들고 출판사를 나왔다. 원고지의 무게가 통증을 달래듯이 평온하게 가슴에 와

닿았다. 훗날, 광화문의 초라한 여관에서 인환의 무게에 눌려 있을 때와 같은 그 평온함을 이미 그날 체험한 것이었다.

나는 그날 하루가 어떻게 지나갔는지 모른다. 원고지 한 장 한 장을 넘길 때마다 그 묘사, 그 문장의 신비로움에 몸이 부서지는 듯했다. 아픔까지도 조이 향수만큼 향기로웠다. 쓰라림과 간절함까지도 술로 치면 크리스털 잔에 담긴 코냑만큼 진묘함이 있었다. 이어지는 글마다 정원의 화초 위에 맺혀 있는 새벽의 이슬 같았고, 넓은 초원에 쏟아지는 가장 멀고도 가장 빛나는 별들과 같았다. 그러고는 마지막으로 바다 위에 불길 같은 색채를 깔아놓으며 잠기는 일몰의 모습으로 소설은 끝났다. 고전의 구미소설에 나오는 듯한 김인환의 작품은, 사랑과 삶의 멍에를 이렇게 바다 위에 신비롭게도 전개시켰고, 나의 가슴은 어둠 속에서 일고 있는 바다의 물결, 은빛 날개를 치며 출렁이는 물결 같았다.

나는 파도가 일고 있는 가슴으로 마지막 장을 덮고 혼자 말했다. 그래, 이런 거야, 사랑이란. A는 B를, B는 C를, 그리고 만난 D와 E는 결코 채워질 수 없는 가슴의 빈자리, 그 여백 안에서 한 조각의 구름이 되어 떠돌기도 하고, 비가 되어 내리기도 하고, 확인도 완성도 없는 사랑이라는 이름의 애절한 열차. 열차가 달리는 주변에는 평화로운 정거장도 있건만, 색이 마음에 안 든다고, 모양이, 위치가 마음에 안 든다고 내릴 줄을 모르는 어리석은 인간이라는 이름의 승객들. 앞자리의 승객과, 옆자리와, 때로는 뒷자리, 또는 복도를 지나는 승객과 눈으로, 입으로, 몸으로 보고 말하며 부딪치면서도 자신이 내릴 사랑이라는 이름의 정거장을 찾아 헛되고 헛된 이름이라는 칸 안에서 기다리며 달린다.

《구름, 비, 그리고 사랑》. 김인환 소설은 마지막 정거장에서의 마지막 하차까지를 승화시켜 놓았다. 나는 〈치고이너바이젠〉을 들으며 담배와 커피와 더불어 마지막 장을 넘겼고, 내 가슴속에서 출렁이는 현상은 김인환에게로 향한 애정의 싹이 트고 있는 것임을 알았다. 1인자에게 애정이 솟는 나, 당당한 1인자가 비어 있고 방황할 때 불길 같은 애정이 솟아오르는 나다. 1인자의 아픔과 쓸쓸함이 내 가슴에 전달되면 나는, 가을날의 은행잎같이, 눈이 부신 색채의 고고한 모습을 하고 있는 황금 잎의 아련한 종말의 비애 같은, 그러한 슬픔으로 사랑에 연소돼버린다.

그날, 그 광화문의 지하도에서 인환을 만나던 날, 나는 이세훈 씨와 함께 《구름, 비, 그리고 사랑》의 출판기념회장으로 가고 있었다. 그때 벌써 나는 그를 사랑하고 있었다. 그의 소설만을 읽고, 그의 사진만 보고도 충분히 그에 대한 사랑의 꽃이 활짝 피어 있었다. 나는 가디니어꽃 한 송이에 앤 여왕의 레이스 꽃으로 장식된 작은 꽃다발을 품에 안고 광화문의 지하도를 내려가고 있었다. 운명의 신호라도 있었던 양, 인환은 왼쪽의 층계에서 내려오고 있었고 우리는 지하도의 한복판에서 만났다. 넓은 대양 위에 항해하는 작은 조각배와도 같은 내 마음에 물길을 안내하는 등댓불이 되어 그는 이세훈 씨 옆에 있는 내 앞에 우뚝 섰다.

"이 꽃을 무어라고 부릅니까?"

그와 나의 만남, 신비스러운 그의 문장은 이렇게 흘러나왔고 나는 황홀한 현기증을 일으켰다.

"서로들 알고 있었냐?"

이세훈 씨가 그와 나를 번갈아 보며 그에게 물었다.

"몸에서 이 꽃들이 피어 있는 것 같습니다. 당신이라는 이름의 꽃입니까?"

시를 낭송하듯이 말하는 그의 두 번째 문장을 들으며 나는 그 자리에 굳은 듯이 꼼짝도 못한 채 그를 음미하며 보고만 있었다. 거대한 대공원 안에서, 떨어지는 마로니에의 낙엽을 몸으로 받으며 서 있는, 그러한 모습을. 그림 공부를 시작할 때 그리던 석고상같이 하얀 얼굴의 이마 위로 흩어져 내려온 머리카락을, 포근한 표정을, 그리고 무엇보다 떠도는 한 조각의 뜬구름 같은 연민을, 마로니에의 잎으로 덮인 듯한 어깨의 가련한 낭만을. 나는 음미하고 음미했다. 그는 미소 짓고 있었고, 미소는 소리를 내며 내 가슴의 건반을 두드려내고 있었다.

"너, 다음 소설을 쓰고 있는 거냐? 인사드려라. 민경의 씨다. 네 책이 독서계를 뒤흔들게 만든 바로 장본인이시다."

초면인 것을 눈치챈 이세훈 씨가 비로소 우리를 소개시켰다.

"꽃 이름이 민, 경의…."

그러면서 그는 자연스럽게, 너무도 자연스러운 부드러움으로 내게서 꽃을 가져갔다. 주홍색 리본에는 김인환이라는 이름과 민경의라는 이름이 양쪽에 하나씩 쓰여 있었다. 이렇게 우리의 만남은 광화문 지하도의 인간 물결 속에서 이루어졌고, 우리들의 아픈 헤어짐도 광화문에서 이루어졌다.

솜 같은 눈송이들이 지상 위에 이불을 만들고 있던 밤, 광화문 뒷골목의 여관을 찾던 밤은 나의 생일이었다. 여관방에는 몇십 년을 두고두고 폈다가 접었을지 모를 낡은 이불과 요, 그리고 베개가 나름대로 질서를 유지하며 포개져 있었다. 우리가 애써 찾으려는 오늘의 행위에 대한 변명의 질서와도 같이. 그는 눈으로 말했다. 사랑하고 있다는 사실만이 소중하다고, 오늘 이 순간 우리는 서로를 원하고 있지 않느냐고. 내일은 운명에 맡기고 오늘만을, 우리 둘만의 오늘에 충실하면 된다고. 누구도 생각하지 말자고, 비록 지금 우리가 바벨탑을 쌓는다 해도, 그것 역시 내일의 운명이 해답을 줄 거라고. 나도 그의 눈에, 맞아요, 내일, 우리의 종말이 온다 해도 오늘, 사랑해주세요 하고. 여관방 안의 한 모퉁이에는 낡은 양은쟁반에 주전자와 물잔이 역시 가지런히 놓여 있었다. 사랑이라는 미명으로 이루어지는 행위 뒤에는 조용한 갈증이 오는 것일까. 성냥도 재떨이도 있었다. 내일에의 상념을 잊기 위해서는 미리 가슴 안에 있는 모든 것을 길게 뿜어버려야 하는 것일까.

"너희들 예쁘다. 어쩜 그렇게 사랑스러우냐?"

인환이의 이야기를 듣고 있던 윤희의 얼굴이 촛불 너머로 피어오르고 있었다.

"헤어질 때도 그렇게 예쁘게, 사랑스럽게 헤어졌니? 기혼자라니까 말이다. 사랑하니까 헤어진다, 이런 것 있지 않니? 사랑했으므로 행복하였노라, 뭐, 이런 것 말이다."

예쁘게 헤어지기에는 나의 젊음이 너무나 강렬했다. 지혜도 없었다. 그리고 누구인들 어떻게 예쁘게 헤어질 수가 있을까. 헤어지는 상황에는 예쁘지 않은 이유가 있어서임을.

나의 임신 이야기가 술안주 중에도 최고의 맛을 돋구던 몇 개월. 더더

욱 비참했던 것은 인환이에 의해 임신이 공개되었다는 사실이다. 광화
문의 골목마다 불던 민경의라는 이름의 회오리바람이 태풍으로 몰아친
것도 이때부터였다.

"40대가 되어서 만나자고…, 그때까지만 내 앞에 나타나지 말아달라
고 했어. 모든 것이 젊음 때문인 것 같았어. 젊음만 지나면 저절로 해답
이 올 것 같았어."

"젊음의 특권 중에 하나가 바로 그런 것일지도 몰라. 하지만 젊기 때
문에 누릴 수 있는 특권이기도 한 거 아니니? 열정이 솟는 대로 누리는
거야. 그렇다고 이사도라 덩컨이나 카미유 클로델같이 되라는 건 아니
다. 너는 너답게 누리라는 거다. 너, 전에도 그랬듯이 누구를 좋아하면
아름답게 바라보고, 아끼고, 뼛속까지 깊이깊이 소중하게 간직하는 것,
그렇게 예쁘게 누리라는 거야. 혜주가 오늘밤에 슬퍼한 것은 기혼자와
의 관계로 임신까지 했다는 충격 때문이지 네가 어떻게 사랑했는가는
알 거다."

윤희는 또 말했다. 내일 병원에 오라는 십계명의 깊은 속을 너도 알
지? 그 애는 벌써부터 우리들 조카의 건강이 걱정이 된 거야. 그런데 그
남자 말이다. 김인환인지 하는 소설가라는 그 남자는 임신 이야기만 터
뜨려놓고 가만히 있었던 거냐? 어떻게 하자는 말이 없었던 거냐구?

나는 차마 윤희에게 그 말을 할 수가 없다. 내 자신조차 인정하고 싶
지 않은, 그 비극적인 실체를 어떻게 나 아닌 다른 사람에게 말할 수가
있겠는가. 사랑의 완결로, 확신으로 믿었던 임신은 인환의 태도로 인해
추락의 완결로 다가온 그 실상을. 그가 나를 사랑했다고 믿는 것은 나만

의 환상이었던 것 같은 비애. 나는 현실에서 꿈꾸는 인간의 비극을 보여준 〈욕망이라는 이름의 전차〉와 같이 현실을 예쁘게 꾸미려는 뒤부아와 같았다. 그 환상에는 도피처가 없었다. 그래도 나는 몽상의 세계로 끊임없이 날려고 했다. 정말이지 짐승으로 변할 것만 같은 상황에서, 그야말로 이러한 상상이 인간으로 남아 있게 만든 신비한 힘이었음에도 피난처는 없었다. 하지만 임신 후에 일어났었던 실상조차 윤회에게 아름답게 말하고 싶었다. 그때의 인환을 생각하면 절망과 비애로 버틸 힘을 상실해버리고 마는데도. 나는 그때의 상황만 접어두고 인환과의 임신까지의 이야기를, 신비스러움에 포화되어 있는 나의 모습을 낱낱이, 세기의 사랑을 담은 명작을, 손 교수가 양념을 쳐서 설명하듯이 그렇게, 더 말하고 싶었다. 그러나 임신 당시의 인환을 생각하면 이 모든 것이 나의 환상이 아니었을까 하는, 도저히 인정이 되지 않는, 인정이 된다면 내가 살 수가 없는 분노 같은 것이 나를 사망으로 향해 추락시켜버리는 것이었다. 그래, 내가 한국을 떠날 때 나의 마음은 시체 같은 장례였다. 지금 내가 바라보고 있는 다이애나의 장례식이 천국에서의 행사라면, 나의 것은 지옥이었다.

나는 윤회의 마지막 질문에 대답 대신 담배와 포도주만을 입에 담았다. 윤회도 가만히 나에게 동조했다. 포도주와 담배로. 우리는 먼동이 틀 때까지 그러고 있었다. 그리고 초가 자신의 몸을 다 태우며 꺼져버릴 때 우리도 그 소파에 쓰러졌다.

5

오후 늦게서야 윤희와 나는 병원을 찾았다. 윤희와 함께 혜주의 방으로 들어가며 사형장으로 끌려가는 것 같은 심정을 또 한 번 가졌다. 손 교수에게 끌려서 여의사에게 갈 때와는 또 다른, 친구들이 안고 있을 고통까지 생각하니 참으로 힘이 들었다. 혜주야 말할 것도 없고 언제나와 같이 무조건 나를 받아주는 윤희이기에 내가 겪었을 고통을 함께하고 있을 것이다.

"수술은 잘 끝냈니? 산모들은 아기를 낳았고?"

윤희가 혜주에게 물었다.

"경의의 복이지. 애들까지 일찍 나와주었다. 덕분에 오늘 저녁은 마음 놓고 경의가 좋아하는 빠삐옹에 가서 에스카르고와 사슴고기를 먹일 수 있게 되었다. 한동안은 열심히 먹여야 될 것 같다. 구약에 나오는 욥이 사탄으로부터 고난을 받을 때같이 잇꺼풀만 남게 되면 안 되지 않겠니?"

혜주는 나를 데리고 진찰실로 들어갔다. 하얀 가운을 입고 나를 진찰하는 혜주를 바라보며, 나는 친구들에게 무엇을 해줄 수 있을까를 생각했다. 친구들 말대로 평생을 나를 행복하게 해준 혜주와 윤희였다. 내가 행복해하는 모습을 바라볼 때 그들의 행복이 있다고 말하는 아름다운 나의 친구들이다. 우리가 해주고 우리가 행복해하니 알다가도 모르겠다고 혜주가 말한 적이 있다. 그때 윤희는, 스펀지에 물이 흠뻑 고이듯이 내가 그들의 사랑에 젖는 모습 때문이라고 했다.

"경의만큼 멋지고 세련되게 받는 사람도 없을 게다."

"그래, 그렇게 받을 수 있는 것도 능력이겠지?"

"나는, 누가 나에게 무엇을 주거나 베풀면 쑥스럽드만, 경의는 오히려 행복해하며 빠져버리니 말야."

"어디 그 정도로 끝나냐? 집안에 선물들을 박물관같이 전시해놓고는 그 물건을 받은 장소와 사람들의 이름을 나열하며 행복해, 행복해하는 것은 어떻고?"

"그러니 주고 또 주고 싶지. 그걸 능력이라고 해야 할지, 인복이라고 해야 할지…."

친구들은 함께 있으면 이렇게 주로 나의 이야기를 했다.

"나도 놀라며 이해가 안 갈 때가 많아. 어떻게 생겨먹은 애가 특이한 음식을 먹어도 생각나게 하고, 어디를 가다가 아름다운 풍경을 봐도 떠오르게 하고, 경의 때문에 쇼핑도 자유로이 할 수가 없단 말이다. 내 것보다는 경의가 좋아하는 물건들이 먼저 눈에 들어오니 말이다."

"나도 그래, 그런데 문제는 그게 우리만이 아니라는 거다. 처음 만나는 사람이 목에 걸고 있던 목걸이며 반지, 팔찌까지도 빼주는 것도 봤다. 저 눈으로 '예뻐요' 하며 쳐다만 봐도 그냥들 주는 거야. 그러니 어떻게 해석할 수 있겠니? 끝도 없는 그 이야기들을 말하면 무엇 하겠니? 타고난 대로 사랑받고 살아라 그거지."

"생각해보면 그런 것만이 아닌지도 몰라. 경의와 함께 있으면 낙엽까지 살아 움직이게 만드는 것 같은 그 힘 말이다. 고통스러워하는 사람들을 웃기며 살맛 나게 만드는 힘. 본인들도 모르고 있던 재능과 미를 발견해주곤 꿈을 심어주며 무엇을 하면, 누구를 만나면 도움이 되겠다고, 민경의라는 무지개 선상에 구슬을 꿰듯 하는 인간관계의 힘 말이다. 어디를 가든, 귀국해서도 마찬가지일 거다. 화단에 긴 무지개를 세워놓고, 구슬들을 발견하여 엮을 것이다. 그러고는 또 행복하다고 외치겠지."

많고 많은 나의 허물까지도 그들에게는 이미 허물이 아니었다. 손지숙 교수의 가방 속 곡예, 볼연지, 귀걸이 한 짝, 신발과 같은 어지러운 결함은 아니었다 해도, 나야말로 결함들을 연결하면 프리웨이 280 정도의 길이는 됐을 거다. 그러나 친구들의 눈에는, 아니, 나와 인연을 맺은 사람들의 눈에는, 나야말로 놀랍고 신기하게 미화되었던 것이다. 하지만, 또한 놀랍고도 신기하게도, 귀국 후에 광화문에서만은 나의 장점까지도 엄청난 결함과 미움으로 둔갑이 되었다는 것이다. 그 기이한 세계 속에서 6년을 지낼 수 있었던 것은 손 교수를 위시한 화단의 점잖은 어른들, 그분들의 보살핌과 사랑 때문이었다.

"다행이다, 얼마나 걱정을 했는데…, 잘 먹기만 하면 별일은 없겠다. 하지만 너희들, 기분 낸다고 늦게까지 잠 안 자며 술이다, 담배다 하는 것은 삼가야 한다. 편안하게 휴식을 취하며 그림을 그리든지, 음악을 듣든지, 책을 읽고…, 소설은 당분간 읽지 말아라. 그 남자가 소설가라며? 대신 말이다, 좋은 기독교 서적을 많이 읽도록 해."

진찰을 끝낸 혜주가 윤희와 내게 당부를 했다.

"알았어, 십계명 씨. 조카를 위해서 내가 경의를 감시할게."

윤희도 안심을 한 듯 나를 한 팔로 감싸안았다.

"어제 저녁은 경의 덕분에 굶었는데, 오늘은 잘 먹겠구나."

혜주에게서 어둠의 그림자가 조금은 가시고 있는 것 같았다.

"대신 오늘은 경의 덕분에 사슴고기를 몇 년 만에 먹는 것 아니겠
냐?"

병원을 나오며 윤희가 말했다.

"어쩌겠니? 쟤가 민경의인 것을."

혜주는 웃기까지 했다.

"십계명 선생님, 조카가 태어날 때까지는 경의와 내게 저녁값 좀 왕
창 쓰시지⋯."

윤희도 따라 웃었다.

"알았다. 저녁값이 문제냐. 건강만 해다오."

혜주의 눈은 이렇게 말하고 있었다.

윤희는 저녁을 먹으면서 몇 번이고 '술안주는 이제 안녕'을 고했다.
경의가 술안주 감이 되다니. 막걸릿집의 술안주. 기가 차서. 웃기는 사
람들이다. 절대로, 절대로 광화문 쪽의 하늘은 쳐다보지도 말아라. 그림
만 그리는 거다. 뉴욕에서 내 개인전이 끝나면 너도 열도록 하자. 너, 보
스턴에서 가졌던 전시회, 그 대단했던 전시회 기억하지? 또 한 번 해보
자. 혜주 때문에 포도주 한 방울도 입에 대지 못한 윤희가 냉수에 취한
듯이 쉬지 않고 말했다.

"경의야, 이번의 여행에서 스케치한 것 중에 우선 성지에서 그린 것

만 정리할 수 없겠니? 손 교수님과의 약속은 다음에 지키고, 우선 이곳에서 너 혼자 '성화전'을 가져보면 어떻겠니?"

윤희가 전시회 이야기를 꺼내자 혜주가 심각하게 말했다.

"그림은 좋더라만, 그런 것은 고리타분해."

"고리타분하다고?"

윤희의 말에 혜주가 되풀이했다.

"어젯밤에 잠도 안 오고 해서 가만히 생각해보니까, 손 교수님이 그냥 여행만을 위해서 너를 데리고 한국을 떠났던 것은 아닌 느낌이 왔어. 그리고 네가 아름다운 사람들 때문에 못 떠나겠다던 그 런던에서 만난 호텔 주인이며 은행 사람, 가방을 잃어버렸던 것까지도 무언가 의미가 있다고 봐."

"혜주야, 성경책을 들고 교회로 가는 사람들도 외면했다지 않니? 의미는 무슨 의미냐?"

윤희가 정색을 하며 혜주에게 반박했다.

"나는 말이다, 너희들이 그린 예수님의 초상화를 병원의 내 방과 우리 집 안에 한 점씩 거는 날을 기다리고 있다."

"혜주야, 그려줄게. 그런 거라면 진작 말하지."

너도 그렇지? 윤희는 나를 바라보며 혜주에게 즉각 대답했다.

"그냥 그린 예수님이 아냐. 너희들이 예수님을 사랑하면서 그린 그 예수님의 초상화를 말하는 거야."

혜주의 말에 "역사적인 위대한 인물로 인정하며 그린 것으로는 안 되겠니?" 윤희가 물었다.

"난, 지금도 그때를 생각하면 희망이 있어. 비록 놀러갔다고는 하지만, 초등학교 4학년 때, 너희들과 크리스마스에 교회를 갔을 때 말이다. 자유분방한 너희들인데…, 너희들이 기도하던 모습…. 다리를 가지런히 하고, 두 손을 꼭 잡고 눈을 감은, 크리스마스카드에 나오는 그림같이 예뻤다. 너희들의 그토록 양순하고 조용한 모습은 처음 보았다. 나는 오히려 몸을 비비꼬며 있었거든, 눈을 뜬 채 고개 숙인 사람들을 둘러보며 말이다. 의과대학 시절에 주님을 알게 된 이후, 나는 가끔씩 그때의 너희들 모습을 생각하며 기도를 한다."

"십계명 씨가 무슨 말을 하고 있냐?"

윤희가 다시 고개를 내게 돌렸다.

"너희들이 그린 예수님을 갖고 싶다는 것은 단순한 그림이 아니다."

혜주가 못을 박았다.

"너희들은 축복받은 너희들의 생애에 감사가 안 되니? 이 지구 상에는 얼마나 많은 불행한 사람들이 살고 있는지 알고나 있니? 나는 아침에 일어나서 편하게 대소변을 볼 수 있는 것부터 하루의 감사가 시작된다. 너희들은 웃겠지, 그러나 소변조차 보기 힘든 사람들이 얼마나 많은데. 보고, 듣고, 말하고 그리고 자유자재로 움직이는 육체의 기능, 정신의 기능, 너희들은 건강해서 모른다. 공부만 하고 학교를 졸업한 후에도 그림이나 그리며 전시회 계획만 하고 있는 너희들, 먹고 자는 문제는 상관도 없는 너희들은 하나님께 엎드려 감사해야 한다."

"그거야, 부모님 덕분이지. 안 그러니, 경의야?" 윤희가 묻자 나는 가만히 듣고만 있었다.

"너희들이 좋아하는 많은 인물들을 봐라. 그들도 다 주님의 사랑에 무릎을 꿇었다. 다시 한 번 그들의 전기 등을 읽어봐라, 진지하게. 득히 경의는 네가 겪은 귀국 생활 6년을 돌이켜보며 하나님이 너를 위해 계획하신 것이 무엇일가를 생각해봐라. 아마도 임신에까지 답이 나올지도 모른다."

"그래, 혜주야, 생각할게. 생각했어."

나는 엉겁결에 대답했다. 그리고 말을 이었다.

"손 교수님과 성지를 순례할 때도, 런던에서 3주일을 있는 기간에도 생각했었어. 그리고 이제는, 너를 위해서 할 일이 그런 문제라면 노력해 볼게. 네 우정에 보답으로 필생의 걸작을 그릴 수 있도록 많이 노력할게. 그분이 하나님이라는 믿음이 오도록 많이 노력할게."

나는 노력할 것을 몇 번이고 강조했다. 그리고 또 말했다. 성지순례 때 스케치한 것 중에 네 마음에 드는 것을 먼저 갖지 않겠느냐고, 그걸 다듬어 줄 테니 우선 갖지 않겠느냐고. 그 그림들을 스케치하는 동안 숙연했으니까 말이다, 하고.

"그건, 성화전을 연 후에, 그때 내가 몇 점을 살게. 사서 교회와 병원 사람들에게 선물하련다. 내 친구의 그림을."

웨이터가 디저트에 커피를 가지고 왔다. 나는 커피 잔을 들다 말고 혜주를 바라보았다.

"마셔도 되지?"

"네가 커피 없이 어떻게 살겠냐? 종일만 마시지는 말라는 거지."

"임신하는 것 생각해볼 문제다."

윤희가 커피를 마시며 웃었다.

"너희 둘은 성격이 좋아. 예수님 이야기를 하니까 시무룩하더니 금방. 풀어지고…, 고맙다."

혜주도 웃었다.

"누가 누구의 성격을 말하니? 십계명이면 끝난 것 아냐?"

윤희는 맛있게 커피를 들이켰다.

"경의야, 너 아까 혜주에게 말한 것, 정말로 예수 믿으려는 거니? 혜주에게 미안해서 괜히 해본 거지?"

혜주와 헤어져 윤희의 집에 발이 닿자마자 윤희가 내게 물었다.

"그런 것만은 아냐."

나는 대답하며 집 안으로 들어가 나를 기다려준 것 같은 꽃들 앞에 앉았다. 그리고 초에 불을 켰다.

"손 교수님의 간절한 권유도 계속되고 또 혜주가 얼마나 긴 세월을 우리에게 전도해 왔니? 그리고 성지순례에서 손 교수님의 설명을 들으며 스케치를 하는 동안, 성경 속의 인물이나 현장이 되살아나 보여질 때도 있었어. 내 그림들에게서 그런 것 느껴지지 않든?"

나는 불빛을 받아 마음껏 자신의 아름다운 모습을 드러내고 있는 장미와 가디니어를 바라보았다. '너의 상상력과 실력을 아니까, 그냥, 이런 그림도 생명력 있게 잘 그렸구나, 그렇게만 느꼈지.' 윤희는 오히려 서운한 얼굴을 하고 있었다. 절대로 예수쟁이는 되지 말자고 내게 항상 말해온 윤희였다. '혜주야 할 수 없지만 우리는 고리타분한 길에 아예 발도 들여놓지 말자'고. 나는 윤희에게 물었다.

"너는 내가 무엇을 해주었으면 하는 것 없니?"

"없다. 네가 너인 것, 그거면 돼. 그리고 네가 내 조카를 갖고 있지 않니? 혜주 옆에서 나까지 미혼모가 되어서야 되겠니? 혜주 말을 들어보니까 나는 임신에 자신도 없다. 네가 이미 가졌으니 됐다. 조개가 진주를 만들어내듯이 멋진 조카나 빨리 낳아라."

혜주의 말대로 윤희는 정말로 성격이 좋다. 밝음만으로 가득 찬 성격, 그 밝음은 너무도 강렬하여 때때로 일고 있는 나의 어두움까지도 덮어버린다.

"그런데 정상에서 20파운드나 미달이라니 보통 문제가 아니다. 무엇을 네게 먹여야 할지, 네가 좋아하는 것들은 몽땅 살찌는 것하고는 관계가 없으니 살을 빼는 것이 훨씬 쉬운 일이구나."

우리는 동시에 담배를 꺼내 물었다.

"혜주는 우리에게 한심할 때가 많을 거다. 해산할 때까지 혜주 앞에서의 흡연은 안녕이다. 네가 피우고 싶을까봐서 나도 당분간 피우지 말라고 하지 않던?"

윤희는 오랜만에 재스민 차나 마시자고 했다. 윤희가 차를 만드는 동안 나는 꽃과 촛불들을 바라보며 생각을 했다. 인환이의 아기를 낳게 된데 대하여. 병원에 갈 때까지만 해도 분명한 해답이 없었던. 혜주에게만 가면 어떤 결론이 내려질 것이라는 믿음 하나를 갖고 갔을 뿐이다. 그런데 이제 아기를 낳게 되었다. 친구들 옆에서, 광화문이 아닌 샌프란시스코에서. 인환이와의 거리는 너무도 멀었다. 촛불이 흐느끼고 꽃들은 떨기 시작했다. 나는 울컥 눈물을 쏟았다.

"울 수 있는 것도 살아 있는 자의 행복이라고 생각하자."

윤희가 차를 들고 오며 말했다.

"어디선가 들은 이야기인데, 여성은 말이다. 성적이고 영적이며, 육체적이고 예술적이며, 비참하고 야심적이며, 종교적이고 음악적이며, 열심히 일하는 마술적 피조물이라고 장황하게 설명했더라. 이토록 복잡하다는 거겠지. 지금의 네 마음도 이토록 복잡미묘한 것 아니겠니? 하지만 태교를 위해서도 단순화시키도록 해라. 당분간 그 소설가를 잊고, 손 교수님까지도 모질게 접어라. 〈황제〉 틀어줄게. 재스민을 마시며 〈황제〉나 듣자."

베토벤의 〈황제〉같이 힘차게 출발한 나의 인생. 아름다운 꽃잎끼리 속삭이듯이 꿈속에서 철없이 살아온 나의 인생. 태양빛을 받아 은빛, 금빛의 물결을 이루며 반짝이는 파도같이 넘실대며 살았다. 찬란한 잎들이 춤을 추듯 그렇게 너울거렸다.

"울고 싶겠지, 실컷 울어라."

윤희와 나는 또 담배와 포도주로 먼동이 틀 때까지 그렇게 있었다. 그리고 또다시 그 소파에 쓰러졌다. 촛불이 꺼지고 샌프란시스코에서의 셋째 날이 밝아오는 것을 보며.

6

전시회 관계로 윤희가 뉴욕으로 떠나자 나는 핸콕 씨의 여동생에게 전화를 했다. 이사벨이라는 동생은 나의 연락을 기다리고 있었노라며 반갑게 전화를 받았다. 그리고 오늘로, 퇴근길에 내게로 오겠다고 했다. 혜주는 윤희가 없다고 생각되어서인지 수시로 전화를 하며 괜찮으냐고 물었다. 윤희가 올 때까지는 혜주의 집으로 와 있는 것이 좋겠다고도 했다. 나를 진찰하고 난 후로 조금은 안심이 되어 보인 혜주이지만, 나의 음식이 마음에 걸린다고 했다. 임신한 상황에 우울한 혜주, 그러나 낙태 수술은 더욱더 할 수 없는 혜주의 마음을 나는 알고도 남는다. 다만 내가 씩씩하게 사는 모습밖에는 보여줄 길이 없다. 나는 윤희가 먹을 것을 다 준비해놓고 갔으니 안심하라고 말했다. 그리고 오늘 저녁에 핸콕 씨의 동생이 온다는 이야기를 했다.

"담배는 물론이고, 술이나 커피까지도 삼가라."

혜주는 약속하는 거지? 하면서 불안한 목소리로 전화를 끊었다.

이사벨이야말로 사랑스러운 여인이었다. 우리는 만나는 순간 서로에게 빠져버렸다. 핸콕 씨의 이야기로 시작된 우리들의 대화는 종횡무진하게 끊일 줄을 몰랐다. 반 고흐, 미로, 그리고 렘브란트까지 전 세계의 유명화가들의 그림과 생애를 이야기했다. 역대 문인과 화가 그리고 음악가들의 연인들 이야기도 했다. 연인의 이야기는 삼손과 들릴라 등 성경 속의 사랑 이야기, 사도 요한과 예수의 어머니와의 생애까지 이어나갔다. 그러다가 예수의 잉태로 옮겨지자 여성들의 임신과 관련된 남자들의 반응에 관해 말하기도 했다. 그리고 나는 김인환의 이야기, 나의 임신에 대하여 말하고 말았다. 임신의 이야기가 나왔기 때문만이 아니다. 이사벨이 외국인이기 때문에 쉽게 말한 것도 아니다. 이사벨이 비록 남편과 사별했지만 혼자서 애를 키우고 있기 때문만도 아니다. 왠지 이사벨에게 숨기고 싶지 않은 우정을, 만나는 순간, 아니, 핸콕 씨로부터 이사벨의 이야기를 들을 때부터 느낀 친근감과 신뢰 때문이었음을 나는 안다.

"만나자마자 한국으로 돌아가면 어쩌나 했어요. 참으로 다행이에요, 축하해요. 내 아들에게도 친구가 하나 더 생기겠네요."

나의 샌프란시스코 정착 소식은 이사벨을 무척이나 기쁘게 했다. 이사벨은 자신이 나가고 있는 직장도 함께 다니자고 했다. 만일을 대비해서 건강보험을 가지고 있는 것이 좋다고, 당장 일을 시작하라고 했다.

"웨스트민스터 대성당에서 모든 것을 잃어버렸듯이 사람의 일은 모르거든요. 보험을 갖기 위해서도 직장을 가지세요. 우리 회사는 건강보험도 좋고 일도 재미있어요. 돈도 많이 줘요. 예술가를 대접해야 한다는 사장님의 철학이거든요. 얼마나 사장님이 멋지다고요. 경의 씨를 보면 당장 나오라고 할 거예요. 그렇지 않아도 나 같은 화가 한두 명만 소개하라고 했어요. '나 같은' 하고 단서를 붙인 것은 나를 신임한다는 뜻이거든요. 어때요, 당장 전화해서 내일이라도 사장님을 만나도록 해요. 오늘밤 늦게까지 회사에 계신 것을 내가 알거든요."

이사벨은 숨도 쉬지 않고 말을 하더니 수화기를 들었다. 전화번호를
돌리는 이사벨의 손이 바이올린을 연주하는 것같이 감미롭기까지 했다.

"친구인데요."

"나보다 더 좋은 화가인데요."

이사벨은 경쾌하게 말했다.

"내가 뭐래요? OK예요. 나보고 오히려 고맙대요. 참, 일하실 거죠?"

이사벨은 나의 대답을 듣지 않은 것이 생각난 듯 나에게 물었다.

"남들은, 특히 런던의 오빠는. 내가 T셔츠 회사에서 그림 그리고 있
는 것을 속상해 해요. 그림과 관계없는 일을 하는 화가들이 얼마나 많은
지를 오빠도 알고 있으면서 그래요. 내가 그린 그림의 T셔츠를 입고 다
니는 사람을 길에서 만나면 보람까지 느껴요. 경의 씨도 일을 하다 보면
이런 기분을 느낄 거예요. 어때요? 사장님이 내일 만나자고 하는데…."

나는 고개를 끄덕이며 고맙다고 말했다.

"오빠에게 전화해야겠어요. 요즈음은 경의 씨 덕분에 오빠와 연락이
더 자주 있어요. 우리가 드디어 만났고, 같은 회사에까지 다니게 되었다
면 오빠가 반가워할 거예요."

이사벨의 파란 눈이 바다같이 시원하고 맑았다.

"핸콕 씨는 이사벨이 T셔츠에 그림만 그리지 말고 작품을 했으면 하
던데요. 뒷바라지를 할 능력이 없음을 괴로워하면서도, 이사벨이 화가
로서의 삶을 걸었으면 하는 것 같았어요."

나는 우연한 만남의 인연이 아름답게 이어짐을 보며, 사랑스러운 여

인을 바라보았다. 이토록 아름다운 세상에 이토록 아름다운 사람들이 많은데…, 나는 광화문의 사람들을 생각했다.

이사벨은 아침 일찍이 나를 데리러 왔다. 그리고 앞으로 나의 출퇴근도 시켜주겠다고 했다.

"해산 때가 되면 휴가를 줄 거예요. 그러니까 임신에 관해서는 걱정하지 않아도 돼요."

회사로 가면서 이사벨이 말했다. 이사벨은 윤희같이 상쾌했고, 혜주같이 배려가 깊었다.

"시작해 볼까요? 여기 견본들을 보고 마음에 드시는 것을 그리십시오."

사장은 나와 인사를 나눈 후 곧바로 작업실로 나를 안내했다. T셔츠의 견본에는 고양이, 물개, 야자수 나무 등 그야말로 온갖 그림들이 각양각색으로 그려져 있었다.

"사장님, 경의 씨 본인이 그리고 싶은 것이 있으면 그려보라고 하는게 어때요? 색다른 그림이 나올 수도 있지 않을까요?"

내가 T셔츠의 그림들을 보고 있는 사이에 이사벨이 사장에게 말했다.

"좋은 생각입니다. 그렇게 해보시죠. 어떤 그림이 나올지 보고 싶습니다."

사장은 어서요, 하는 얼굴로 나를 재촉했다. 이사벨의 눈에도 호기심이 가득 담겨 있었다. 나는 보라색 T셔츠 하나를 집어 테이블 위에 펴놓고 붓을 들었다. 그리고 무심코 새 한 마리를 그렸다. 사장과 이사벨이 동시에 미소를 띠며 나와 그림 사이를 번갈아 보았다.

"날아오르고 싶으신가 봅니다. 새는 허밍버드 같은데 날개는 독수리나 매 같습니다."

그랬다. 분명히 허밍버드에 독수리의 날개를 달아놓았다. 날아오르고 싶으냐고? 맞다. 나는 날아오르고 싶은 거다. 크고 넓은 날개를 펴며 자유하고 싶은 거다.

"날개를 허밍버드답게 하든지 새를 독수리나 매로 그리면 멋있겠죠?"

혜주 같고 윤희 같은 이사벨의 말이었다.

"작은 몸체의 날개를 그토록 크게 그리고 싶다면, 차라리 나비를 그려도 됩니다. 부비의 날개든지…."

사장의 말에 나는 속으로 대답했다. '나비는 높이 날지 않아요. 날 필요도 없고요. 부비도 그래요.'

"날개란 그냥 달려 있는 것이 아닙니다. 물론 날기 위해서인 것은 분명한데 잠자리 같은 것의 날개는 왜 망사같이 가볍게 되어 있는가입니다. 몸체에 비해서 날개가 너무 무거워도 또 커도 기능을 제대로 발휘할 수 없어서가 아닐까요?"

사장은 매에 대해서도 말했다. 애리조나 주에서 서식한다는 해리스 매에 대하여. 공중의 늑대라는 이 매는 어울려, 어울려 날며 함께 있는 사회적인 새들이라고. 혼자서 날아 어디로 가버리지 않는다는 것이었다. 또한 매는 날개만 큰 것이 아니고 다리 역시 그렇다고 했다. 따라서 모든 종류의 새들은 주둥이와 몸체와 다리, 그리고 꽁지 등과의 균형 속

에서 날개가 달려 있다고 했다. 무조건 날개만 크다고 그 새가 기능을
최대로 발휘하는 것이 아니라고. 그들의 주 생식 관계와 밀접한 구조로
완벽하게 이루어져 있는 것이라고 했다.

"혼자서, 날개만 있으면 그저 나는 것도 아니죠. 함께 어울려, 그들
나름의 공동체 안에서 한 일원으로 자신의 역할을 다할 때 자유로운 것
이라고 할까요."

사장은 이어서 꿀벌의 세계에 대해서 설명을 했다.

"그들은 동물세계에서 가장, 고도로 발달된 사회구조를 갖고 있답니
다. 8만 마리씩이나 되는 벌을 수용하는 벌집의 심장부에는 여왕이 있다
고 하더군요. 여왕벌이 없이는 그 집단의 장래란 없답니다. 그러나 이 8
만 마리의 벌들은 그냥 앉아 여왕벌만 쳐다보는 것이 아니고 각자가 해
야 할 특수한 임무를 갖고 있다는 거죠."

바깥 세계의 위험을 무릅쓰고 먹이를 모아오는 먹이 벌들, 침입자로
부터 벌집의 입구를 맡고 있는 보호 벌들, 죽은 벌들을 치우는 장의사
벌들, 습도를 조절하기 위해 수분을 운반하는 벌들, 벌집을 수선하기 위
해 시멘트 같은 물질을 만드는 미장이 벌들, 그리고 통풍장이 벌들은 벌
집 입구에 자리 잡고 냄새를 밖으로 내보냄으로 길을 잃거나 위치를 잃
은 벌들에게 벌집의 위치를 알려주고 벌집을 경계시킨다고 했다.

"이렇게, 한 마리 한 마리의 벌들이 특수성과 다양성이 대단하다고
했습니다. 하물며 인간 세계에서, 경의 양 같은 분을 혼자서 어디로 날
게 할까요?"

한 번도 그런 각도로 날개를 생각해본 적이 없었노라며 이사벨은 감

탄만 연발했다.

"우리 인간들에게, 날개란 자유를 상징하기도 하죠. 훨훨 자유롭게 어디론가 혼자서 날아보고 싶은. 문제는, 조물주가 인간에게 날개를 달아주지 않았다는 겁니다."

"대신, 인간에게는 비행기의 날개라든지, 날개를 만들 수 있는 능력을 주셨잖아요?"

이사벨은 호기심 가득한 눈으로 사장에게 물었다.

"비행기의 날개는 연료를 담고 있습니다. 그 연료에 의해 육중한 무게가 뜨고 날죠. 맞습니다. 인간이 만들어낸 날개입니다. 그러나 모든 자연의 날개는 스스로 기능을 발휘합니다."

"비유가 너무 멋있어요."

이사벨이 공감의 환성을 질렀다.

"날개 이야기가 길어졌습니다. 심각하게 생각하실 것은 없습니다. 나도 날고 싶은 때가 종종 있습니다. 그러니 경의 양 상상대로 그리십시오. 그것도 재미있을 겁니다. 매가 허밍버드의 날개를 달고 파드득거리는 모습도, 허밍버드가 큰 날개의 무게로 인해 주둥이를 잘 다루지 못하고 꽃 속을 헤매는 모습도 재미있을 것 같습니다."

그러면서 사장은 내게 미안하다고 몇 번이나 사과했다. 왠지 나에게서 날고 싶어하는 모습이 보여서 위로 삼아 한 말이라고 덧붙였다.

"날아오르고 싶은 심정을 온갖 새의 날개에 담아 그리십시오. 우리 회사에서 아직 아무도 새를 그린 적이 없었으니 오히려 잘되었습니다. 반응이 벌써부터 궁금해집니다."

"맞아요. 그야말로 날개 돋친 듯이 팔려나갈 거예요. 그렇게 되면 경의 씨에게 별도의 보너스를 주셔야겠네요."

이사벨의 말에 사장은 "좋습니다. 그럽시다." 하며 유쾌하게 웃었다. 나는 독수리의 날개를 단 허밍버드란 별명을 얻으며 일을 시작했다. 자꾸만 커지려는 날개를 좁히면서 쿠쿠까지 그렸다. 온갖 색으로, 온갖 깃털로 아름답게 그려넣었다. 금방이라도 T셔츠 위에서 날아가버릴 것 같은 새들, 나는 내 마음속의 간절한 욕구를 그곳에 그렸다. 힘 있는 날개, 아름다운 날개로.

나는 집에 돌아오자마자 혜주에게 전화를 했다. 그리고 오늘부터 출근을 했노라고. 이사벨과 회사의 이야기를 했다.

"정말이지, 너 천재인 것 안다, 사람을 놀라게 하는. 하지만 이건 또 뭐냐? 그 몸으로 온종일 직장에서 일했다는 거냐?"

혜주는 당장 그만두라고 했다.

"살이 빠져 그렇지 내가 어때서? 힘든 일도 아니고 앉아서 그림만 그리는데…."

"빠질 살이 없는 애가 빠졌으니, 어째서가 아니란 말이다. 안 된다, 윤희와 내가 너 하나 챙겨주지 못할 것 같아서 일을 하는 거냐? 일이 하고 싶으면 애나 낳은 다음에 해라. 그 안엔 안 돼."

혜주는 전화를 끊으며 내게로 오겠다고 했다. 나는 뉴욕의 윤희에게 전화를 했다.

"잘했다. 집에만 있으면 혜주 때문에 기독교 서적을 읽어야 할 판인데 아주 잘됐다. 그것뿐인 줄 아냐? 예수를 빨리 사랑해서 혜주를 안심시키려는 너의 노력을 내가 어떻게 보겠니? 너, 보나마나 혜주에게 그 초상화, 빨리 그려주고 싶어 벌써부터 신경을 쓸 거다. 사랑이 노력만 갖고 되는 게 아니지. 일을 핑계로 해방돼라. 일 그만두지 말어."

윤희는 또 내 편이었다. 나는 윤희에게 새를 그린 이야기를 했다.

"사장이 그렇게 말해? 이사벨이라는 여자도 마음에 든다. 샌프란시스코에 돌아가면 둘 다 만나야겠구나. 나도 작품이 잘 안 될 때는 너와 함께 새나 그릴까? 아냐, 새는 너 혼자 그리고, 나는 물고기쯤으로 하지."

윤희는 새를 많이 그리라고, 뉴욕에서 새들의 전집을 구해서 취직 선물로 사오겠다고 말했다.

자리에 눕자 여러 가지 상념이 나를 잠으로부터 멀리, 멀리 끌고 갔다. 본격적인 샌프란시스코의 생활이 다시 시작되고 있다는 사실. 정말로 광화문과는 끝난 것일까. 손 교수에게는 어떻게 해야 하는 것일까. 인환이의 아기는 지금 내 몸 안에서 자라고 있는데 그와도 끝났단 말인가. 나는 이대로 T셔츠에 새만 그리면 되는 것일까. 날고 싶은 자유에로의 갈구보다도 더 큰 무게로, 이 혼란한 생각들은 언제나 정리가 될 것인가.

다이애나의 장례 행렬은 질서가 있고 목적지가 있건만, 나의 사망과 다름없는 고뇌의 행렬은 계속 안개 속으로, 구름 속으로, 비바람 속으로만 이어지고 있는 것 같았다.

304

7

우기의 계절로 접어든 첫 번째 토요일이었다. 갑자기 하혈이 시작되며 아랫배에 심한 통증이 왔다. 윤희는 부랴부랴 혜주에게 연락하고 나를 차에 실었다. 그늘진 얼굴로 밖에서 우리를 기다리고 있던 혜주는, 소속되어 있는 스탠포드 대학병원으로 차를 몰았다. 병원 입구에는 이미 휠체어를 대기시킨 간호사가 우리를 맞이했다.

"경의, 괜찮겠지?"

검사실로 끌려가는 내 옆에서 윤희가 혜주에게 물었다. 절대로 안 된다, 나는 통증을 안은 채 속으로 외쳤다. 유산되면 안 된다, 절대로 아기는 살아야 한다. 몇몇의 의사가 혜주와 함께 증상을 논하고 진찰을 해나갔다.

"잠깐 나갔다 올게."

진찰을 끝낸 의사들을 따라 혜주도 나갔다.

"직장에 나간 것이 무리였을까? 혜주가 일하지 말라고 했는데…. 미안해 경의야."

나의 하혈이 윤희의 잘못이기라도 한 듯이 윤희의 얼굴엔 죄책감이 가득했다. 나는 고개를 저었다.

"입원실로 가자"

혜주가 들어오고 나를 다시금 휠체어에 앉혔다.

"괜찮은 거지? 다른 의사들도 괜찮다고 그러지?"

윤희가 다급하게 물었다.

"산모들에게 가끔 생기는 일이야. 지켜봐야지."

휠체어를 밀며 혜주가 말했다.

"무슨 일이 있으면 이 단추를 눌러서 간호사를 불러라. 내가 필요해도 그렇고…."

입원실에 나를 눕혀놓고 혜주가 설명했다. 이렇게 두고 나가도 되는 거냐고, 혜주를 쫓아가며 윤희가 물었다. 나는 친구들이 병실에서 나가자마자 단추를 눌렀다. 그리고 간호사에게 수면제를 부탁했다. 약의 힘을 빌리지 않고는 밀려오는 엄청난 상상들을 감당할 수가 없었다.

"정신없이 자더라. 자, 일어나 검사실로 가자."

혜주가 부르는 소리에 잠에서 깼다. 나는 수면제에 취해서 온 밤을, 거품을 일며 파도같이 밀려오는 온갖 상상으로부터 깊은 잠에 빠져 있었다. 나는 혜주에게 끌려다녔다. 모든 것을 내맡겼다.

"수시로 들를게. 누워서 쉬고 있어라. 쓸데없는 생각은 하지 말고."

입원실로 돌아온 후 혜주가 말했다. 윤희는 온종일 병실을 지키고 있었다. 저녁에는 댄싱레이디꽃을 한 아름 안고 이사벨이 방문했다.

"이 꽃이 꼭 민경의 씨를 닮았다고 사장님과 직원들이 준 거예요. 이 카드들도 보세요. 모두가 하루속히 완쾌하기를 기도하고 있어요."

이사벨은 한 묶음의 카드를 내 앞에 놓았다. 잎 한 개 없는 가지에 줄줄이 피어 있는 노랑꽃이, 자색의 허리띠를 두른 채 춤을 추는 듯한 댄싱레이디는, 병실 안의 가라앉은 분위기를 밝게 살려주고 있었다.

혜주에게 끌려 몇 번이나 병실을 나가고 들어오는 것을 반복한 하루였다. 하혈도 계속되고 통증도 차도가 없었다. 그리고 밤늦게 양수가 터졌다. 참기 힘든 고통이 주기적으로 엄습해왔다. 기진맥진해 있는 나를 또 어디론가 혜주가 끌고갔다.

나는 병실에 고요히 누워 있었다. 하룻밤 사이에 무슨 일이 일어났는지 기억이 없다. 나는 상상하지 않기로, 묻지도 않기로 한 결심을 붙들고 있었다.

"네 체력이 얼마나 딸리던지…, 회복실에서도 오랫동안 있었다. 병실로 옮겨와서도 너는 죽은 사람 같더라. 아들을 낳았다. 체중이 많이 미달이기는 하지만 조그마한 아이가 참으로 잘생겼더라. 당분간은 병원에 두어야 한다."

혜주가 수고했다고 말했다. 나는 기쁨인지, 슬픔인지 모를 상태에서 그저 허탈하게 누워서 듣기만 했다. 5개월 반 만에 나온 아기, 상상이 되지도 않고 묻기에는 두려움이 앞섰다. 저녁때 윤희와 이사벨이 병실로 들어오며 축하한다고 말했다. 아기는 안심해라, 좋은 병원에서 유능한 의사들이 지키고 있으니까 괜찮다, 몇 개월 후면 퇴원하게 된단다. 인큐베이터에서 자란 애들, 오히려 영리하고 건강한 것을 많이 봤어요. 윤희와 이사벨이 번갈아 가며 나를 위로했다.

"좀 걸어보자. 윤희와 이사벨도 잘생긴 우리 조카를 보러 가요."

혜주가 병실로 들어오며 말했다. 윤희와 이사벨이 나를 부축했다. 신생아 집중치료Neonatal Intensive Care라는 간판을 보며 들어간 곳에는 투명한 상자 속에 몇몇의 아기들이 각각 들어 있었다. 혜주는 우리 모두에게 가운을 입히고 한 상자 앞으로 갔다. 그와 동시에 나는 엄청난 충격으로 몸을 가눌 수가 없었다. 가슴은 갈가리 찢기는 아픔으로 숨조차 쉴 수가 없었다.

"1파운드 10온스? 729그램?"

상자 앞에 붙은 사인을 보며 윤희의 가늘고 희미한 비명이 새어나왔다. 한 줌밖에 되지 않는 아기의 발가벗은 몸 전체에는 전깃줄 같은 것이 연결되어 있었다. 무엇으로도, 어떤 것으로도 이해가 되지 않는 처참한 모습이 눈앞에 있었다. 저토록 가련한 형상으로 태어나다니…, 나의 몸은 조여들며 몸의 수분을 짜내듯이 눈으로, 눈으로 눈물이 흘렀다. 간호사가 들어와 펌프를 누르기 시작했다.

"심실 격벽 결함이야."

혜주가 설명하는 소리가 다른 세계로부터, 알아들을 수 없는 언어와 같이 들려왔다.

"태반은 내려앉고, 아기는 거꾸로 서 있었다. 제왕절개 수술로 무사히 태어났는데…, 지금 산소를 공급하고 있는 거다. 강심제와 이뇨제의 주사도 맞고 있다. 심장박동에 이상이 있어서 촬영을 한 후 발견되었다."

혜주는 제왕절개 수술을 왜 했는지, 간호사가 펌프는 왜 하고 있는지, 내가 묻지 않기로 한 것에 답을 하고 있었다.

"닥터 김준호라고, 한국인 의사가 담당이다. 나와 같은 교회를 나가는 장로이기도 한데 스탠포드 의과대학의 조교수까지 될 정도로 실력 있는 젊은 의사다. 특히 이 분야에서는 대단히 인정을 받고 있다."

그러니 안심하라는 혜주의 말이었다.

"저 옆방에는 더 많은 어린애들이 인큐베이터 안에 있다. 대개는 이 병동에서 치료받고 옮겨간 아기들이다. 선천적으로 약하게 태어나는 아기, 조산하는 아기들이 많다. 죽어서도 나오지 않니? 네 아들은 시간이 좀 필요한 것뿐이야."

1파운드 10온스, 729그램, 이러한 몸무게를 갖고도 사람으로 태어날 수가 있단 말인가. 자라서 사람 구실을 할 수가 있을까. 윤희도, 이사벨도 무엇보다 나, 우리는 아무 말도 할 수가 없었다.

이제는 수면제도 나의 절망에는 제대로 역할을 할 수가 없었던지 나는 밤새 악몽에 시달렸다. 이러한 고통은 살고 있는 자의 행복이라는 것과는 멀기만 했다. 살아서는 안 되는 불행한 절규였다. 아침상이 내 앞에 놓였으나 나는 커피만을 마셨다.

"아기는 걱정하지 마시고 기운이나 차리도록 하세요. 복도를 조금씩 걸으셔야겠어요."

나는 간호사가 시키는 대로, 죽음을 향해가듯이 조금씩 복도를 걸었다. 다이애나의 장례 행렬이 웨스트민스터 대성당을 향해 한 발, 한 발을 디디며 가듯이 그렇게 복도를 걸어나갔다. 병원 안의 교회가 나의 힘없는 다리를 붙들었다. 나는 열려진 문에 몸을 기대고 섰다. 십자가에 매달려 있는 예수, 끊임없는 의문이 나의 기진한 육체 안에서 꿈틀거렸다. 십자가에 못이 박힌 채 무기력하게 고개를 떨구고 있는 저 양반의 실체는 무엇일까. 저런 모습으로, 우리들의 무거운 삶의 짐을 맡기라고 했다니. 저렇게 한없이 무기력한 형상을 하고도 인큐베이터에 들어 있는 나의 아기보다도 힘이 없어 보이는 저 모습. 저 양반에게 무릎을 꿇는 길만이 모든 인간의 고통으로부터 자유할 수 있다고? 나는 불가사의한 눈길을 보낸 후 나의 아기를 찾아, 또다시 죽음과 같은 걸음을 옮겼다. 나의 아기는 피를 뽑히고 있었다. 바늘로 발바닥을 찔리며 피를. 아픔을 느낄 기력도 없는지 아기는 움직이지도 않았다. 얽혀 있는 전깃줄만이 아기가 살아 있음을 증명해주는 것 같았다. 인환을 사랑한 결과가 죽은 듯이 누워 있는 저 아기의 모습이라니. 죄는 사랑에 있었던가. 아니다, 사랑이 죄일 수가 있다니. 나의 정신과 육체도 피를 뽑히고 있었다. 나는 무기력하게 발걸음을 돌렸다. 나는 간호사를 불러 긴 실랑이를 벌인 끝에 수면제를 얻었다. 할 수만 있다면 전신마취를 하고 싶었다. 아기가 퇴원할 때, 그때 깨어날 수 있는.

"약한 몸에 연속으로 먹은 수면제 기운 때문인지 어제는 낮에도 밤에도 잠만 자더라. 덕분에 네게 수면제를 공급한 간호사는 경고까지 받았다."

눈을 뜨니 팔뚝에 주삿바늘이 꽂혀 있었다. 물병만 한 것이 거꾸로 매달려서 한 방울씩 줄을 타고 떨어지며 나의 몸속으로 들어가고 있었다. 혜주는 그 속도를 조절하며 내 옆에 앉아 있었다. 나는 상상지도, 묻지도 않는다는 결심의 끈을 움켜쥔 채 자리에 누워 있었다.

퇴원 후에도 3주가 지나서야 나는 일어날 수가 있었고, 비로소 아기

를 보러 병원엘 갔다. 전신이 마취가 되어 있는 사람같이 보낸 3주간이
었다. 아기의 모습은 첫날과 다를 바가 없었다. 그것은 절망이었다. 절
망은 끝내 견디어내면 완전히 원이 이루어져서 그것은 다시금 뜨겁고
보람 있는 희망으로 변한다고 칼라일은 말했다. 칼라일뿐 아니라 동양
의 루쉰도 말했다. 절망도 희망이라고.

　나는 매일 병원엘 갔다. 뛰는 가슴으로 아기를 보러 달려갔다. 그리고
비애를 안고 돌아오기를 1년 가까이 반복했다. 한없이 무기력하게만 보
이는 나의 아기는 그래도 생명줄에 매달려서, 의사와 간호사의 보호를
받으며 그 자리에 있어주었다. 어떤 검사를 해도 아픈 표정을 보여주지
않았다. 내가 대신 아파하고 있기 때문일까. 아니면 아픔이 너무도 심하
여 혼절의 상태에 놓여 있는 것일까. 아니다, 너무도 총명하고 지혜로워
서, 우리들 모두가 쏟는 사랑의 눈길에 보답하고 있는 걸 게다. 엄마같
이 사랑의 노예가 취해야 할 길을 알고 있기에, 그 심한 고통을 혼자서
감내하고 있는 것이다, 나의 아기는. 혜주에 의해 다윗이라는 이름을 갖
고 있는 나의 아기. 아빠가 문인이기 때문에 성경의 〈시편〉, 아름다운 시
편을 가장 많이 쓴 다윗이 떠올랐다고, 혜주는 작명의 동기를 말해주었
다. "너도 다윗이나 솔로몬 같은 왕을 좋아할 것 아니냐?" 혜주가 덧붙
였다.

　다윗이 퇴원할 때는 신기하리만치 모든 기능이 총동원되어 활발히도
움직였다. 퇴원이라는 것이 완쾌를 뜻한 것은 아니었는데도, 그리고 수
시로 병원을 들락거려야 했는데도, 다윗은 조금씩, 조금씩 자라주었다.
윤희와 함께 가족을 이루는 데 슬픔이 없도록 고맙게도 자라고 있었다.

다윗에게는 혜주와 이사벨이라는 이모가 둘이나 더 있었고, 이사벨의 아들인 형도, 삼촌인 김준호 박사도 있었다. 또 병원 안에는 간호사 친구들이 많이도 있었다. 다윗은 유아원을 가듯이 병원을 다니며 열심히 자라주었다. 다윗은 강인했고 자신의 삶을 밝게 누릴 줄 아는 묘기마저 가졌다. 내가 그랬듯이 다윗도 따라했다. 삶을 즐겁게 승화시킬 줄 아는 그 묘기. 얼마나, 얼마나 사랑스러운 나의 아기인가. 우리는 함께 묘기 놀이를 했다. 우리 둘이 펴보이는 묘기 놀이는 주위에도 아름답게 전염되어 모두는 더불어 슬픔을 뛰어넘고 있었다.

8

다윗이 눈을 감을 때 나도 감았다. 다윗의 심장이 정지되었을 때 나의 것도 멈추었다. 그리고…, 내가 의식이 들었을 때는 다윗과 나 사이에는 이승과 저승이 있었다. 나는 다윗을 부둥켜안고 짐승 같은 괴성을 지르며 뒹굴었다. 수많은 손이 나를 붙들었다.

"어린 다윗도 너의 이런 모습을 보고 싶지는 않을 게다."

"편하게 놓아주어라."

나는 다윗과 함께 죽었고, 깨어나서는 짐승이 되어 뒹굴었고 그러고는 넋 나간 사람이 되어 친구들의 부축을 받았다. 이렇게 떠나는 삶도 있는 것일까. 잘려 나간 탯줄의 입구에서, 발뒤꿈치에서 피만 뽑다 간 인생. 수분의 증발을 막기 위해, 온도를 조절하기 위해, 박테리아로부터의 보호를 위해, 정상적인 인큐베이터에도 못 들어가고 열을 쬐며 인생을 출발한 아이. 체온, 심장박동, 호흡관계, 혈압관계, 산소유지, 탄산가스…, 그것뿐이랴, 혈청전해질, 황달 등의 갖가지 검사와 공급으로 24시간을 지켜보아야 했던 아이의 인생. 포도당 주사, 호르몬 주사, 강심제, 이뇨제 등을 맞으며 삶을 영위했던 나의 아기. 퇴원 후에도 주기적으로 중환자실에 갇혀 있던 생애. 그리고…, 심장 수술 후에, 그, 중환자실에서 마감한 3년의 삶.

나는, 기어서 다윗에게로 다시 갔다. 잠자는 듯이 누워 있는 눈부시게 아름다운 머릿결을, 이마를, 얼굴을, 턱을, 손을 그리고 발가락 하나 하나를 쓰다듬으며 다윗을 굽어보았다. 얼마나 고통스러운 삶이었을까. 그 고통을 삼키느라고 어린 것이 얼마나 힘이 들었을까. 나는 다윗을 가슴에 안았다. 나의 괴성도 광기도 기력이 다한 것을 보고 친구들도 가만히 앉아 울고만 있었다. 싸늘한 시체는 3년의 삶에서 떠났음을 분명히 알려주었다. 이제는 다윗의 그림을 그리는 모습도, 아름답기 그지없는 미소도 볼 수가 없을 것이다. 다윗의 모든 것은 끝나 있었다.

"그토록 집중적인 사랑을 받은 삶도 흔하지 않아요. 다윗의 3년은 한 생을 충분히 산 것이나 다름없어요. 그리고 앞으로도 우리와 함께 있을 거구요. 다윗은 갔지만, 또한 다윗은 가지 않았어요."

이사벨의 흐느끼는 소리가 들려왔다. 그래, 다윗은 떠나지 않았다. 떠나다니? 그게 가능하단 말인가? 언제나 나와 함께, 우리와 함께 있을 것이다. 나는 다윗에게서 눈을 떼지 않았다.

"당신의 슬픔을 그리스도에게 맡기십시오."

하관의 절차를 밟으며 김성우 목사의 집례가 진행되었다.

"우리의 슬픔을 짊어지시는 그리스도께 우리의 비탄을 가져올 수 있습니다. 십자가에는 우리 마음속 가장 깊은 곳의 아픔을 위한 도움과 종결이 있습니다."

비가 내리고 있었다.

"우리의 어깨에서 슬픔의 무거운 짐을 벗겨주실 수 있는 분으로서의 주님을 알게 됩니다."

온통 재색으로 덮인 하늘에서, 새벽부터 내리던 비.

"우리의 질고를 지고 우리의 슬픔을 당하셨고…, 채찍에 맞음으로 우리가 나음을 입은…."

이사벨이 장식한 댄싱레이디꽃이 관 위에서 양손을 쭉쭉 펴고 있었다. 고통으로부터의 자유의 순간이 드디어 왔노라고, 당장이라도 높이 떠오르려는 듯이 뻗어 있었다.

목사의 집례는 빗속에서 진행되어 비를 맞으며 끝났다. 장례식에 참가한 조문객들은 돌아가며 작은 관 주변에 꽃을 놓았다. 찬송가를 부르며, 기도를 하며…. 모두의 눈에서도 빗물과 같은 눈물이 흘러내렸다. 다윗이라는 이름으로 3년간 불렸던 나의 아들, 김인환과 나의 아들은 이렇게 흙으로의 여정에 들어갔다. 태평양 너머 서울의 광화문 쪽으로 머리를 둔 채.

나는 다윗을 묻고도 떠날 수가 없었다. 그 많은 사랑과 보살핌 속에서의 생애를 보낸, 잠시도 홀로 있어 본 적이 없는 다윗을 어떻게 두고 떠날 수가 있단 말인가. 생소한 관과 생소한 땅속에서 어떻게 견딜 수가 있을 것인가. 나는 화환들로 다윗을 겹겹이 에워쌌다. 꽃에 둘러 있으면, 꽃들의 보살핌을 안다면 덜 외로울 것이다. 비를 맞으며 꽃들이 살아나고 살아나서 다윗의 친구가 되어 줄 것이다. 몇 번이나 나를 끌어당기던 친구들이 나의 몸을 떠메다시피 가져갔다. 나는 떠메어져 갔다. 하지만 절규하는 나의 마음은 그곳에서 움직이지를 않았다. 꼼짝도 하지 않은 채 다윗과 함께 비를 맞았다. 비를 맞으며 인환을 불렀다. 너는 알아야 한다. 비참하게 태어나서 의학에 의존한 3년의 삶, 그러면서 아름답게 견딘 다윗의 존재를. 너는 반드시 알고 있어야 한다, 인환아. 나는 심장이 터지도록 인환을 불렀다.

윤희는 조문객들을 모두 집으로 초청했다. 그리고 아기가 살던 방으로 들어가서 3년의 삶을 다시금 추모했다. 어린애의 방 같지 않게 장난감보다는 그림과 동화책으로 가득한 방으로. 나의 아기는 그림을 그리며 동화책을 즐기는 삶을 살았다. 순하디순하고, 착하디착했던 나의 아들. 병원에서도 집에서도 고통으로 인한 불평이 없었던 불가사의했던 어린이다. 쳐다만 보아도 차라리 내 몸이 아팠던, 끝없는 검사와 치료를 어떻게 감내해냈을까. 또한 그 어린것이 무슨 생각으로 그림을 그렸을까. 동화책을 읽어줄 때는 무엇을 생각하고 있었을까.

"참으로 기가 막혀서…, 경의의 아들이 아니랄까봐서, 가르치지도 않았는데 저 그림 좀 봐."

"동화책은 어떻게 설명하구? 아빠가 소설가인 것을 마치 입증하려는 것 같지 않니?"

"정말로 놀라운 일이에요. 이런 어린애는 처음 보았어요."

윤희, 혜주 그리고 이사벨은 매일이고 감탄을 했다. 나의 아들은 세 명의 이모 속에 둘러싸여 그림을 그렸고 동화책을 읽었다. 더 이상의 바랄 수 없을 만큼의, 넘치는 이모들의 사랑을 받으며 행복한 시간들도 가졌었다. 누군들 나의 아들을 사랑하지 않을 수가 있었으랴. 1년 가까운 무기력했던 세월을 보낸 후, 남은 2년을 그토록 사랑스럽게 행동한 나의 아들이다. 눈과 코와 입이, 아름답기 그지없는 얼굴에서 완전한 조화를 이루었던 나의 아들. 내가 아무리 강조하고 찬양해도 누구도 부정할 수 없이 나의 아들은 아름다웠다. 그리고, 나의 아기는 행복의 극치와 고통의 극치가 어떤 것인지를 분명히 보여주고 떠났다. 우리는 이 모든 것을 공유했었다.

우기의 계절이기도 한 1월의 샌프란시스코. 그러나 유난히도 비가 내리는 것은 이 아름다운 인간의 타계를 슬퍼하고 있는 것일 게다. 목동자리의 가장 빛나는 아르크투루스도, 나의 아기의 별이었던 아르크투루스도 눈물로 범벅이 되었는지 모습을 볼 수가 없었다. 아기의 방에 놓여 있는 노랑장미도, 가디니어도 울고 있었다. 촛불은 몸부림을 치며 흐느꼈고 우리들 모두의 가슴에도 빗물같이 눈물이 고여 있었다. 그러나 반드시 울어야 할 한 사람이 그냥 있었다. 김인환이었다. 그는 울 수가 없었겠지. 3년의 삶을 살다간 아들의 존재를 모르고 있었으니까. 나를 처음 만나던 날, 내 가슴에 안겨 있는 꽃의 이름을 물으며 우리의 인연이 시작된 그와 나의 관계. 하지만 그가 진실로, 진실로 알아야 할 아들의 이름, 그 존재 자체를 모르고 있다는 엄청난 희극적인 비극. 나는 결심했다. 반드시 만나서, 반드시 말해줄 것을. '김다윗'이라는 절대의 아름다운 존재를, 낱낱이 말할 것이다. 댄싱레이디꽃을 아름드리 덮고 이 세상을 떠난 날까지를, 김인환은 알아야 한다. 우리들의 사랑은, 아니, 나의 아픈 사랑은, 이렇게도 아프게 이어졌음을.

김다윗.

망각 없이는 인생을 살아갈 수 없다고 했지만 나는 아니다. 김다윗은 곧 나이기 때문이다. 불행도 잊고 행복도 잊으라 했다. 과거의 고통이나 슬픔만을 생각하고 있는 사람은 불행해지기 쉽다고 불행한 기억을 잊는 것은 행복을 얻는 열쇠라고도 했다. 나는 인환과의 불행한 기억도, 아름다운 다윗과의 행복한 기억과 함께 놓지 않을 것이다. 고통 속에서도 그 현실에 어떻게 맞서야 할 것인지 생각하지 않고 행복했던 기억에 연연하는 것은 옳지 않다고 앙드레 모루아는 말했다. 행복한 기억을 잊는 것도 또 다른 행복의 열쇠가 될 것이라고. 행복의 열쇠? 그 열쇠가 이제 와서, 나에게 있어야 하는 것일까. 내 아기가 가고 없는데, 그 열쇠를 사용할 데가 있다는 것일까. 나는 구름으로 살리라. 번개에 불을 켜기 위한 니체의 시구가 아닌, 그냥, 구름으로 살 것이다. 그런데, 구름으로라도 삶을 지속해야 하는 것일까. 아름답고 아름다운 다윗이 갔는데, 하늘의 아르크투루스 별마저 슬픔에 빛을 잃었는데 나는 계속 살아야 하는 것일까.

"우리 인간으로는 도저히 이해가 안 되는 일들을 수없이 봅니다. 3살짜리의 맑고 깨끗한 영혼의 죽음도 그렇습니다. 우리가 할 수 있을 거라고 믿는 것들도 미세할 뿐입니다. 속수무책이지요. 태어나는 것부터 떠날 때까지 말입니다. 오직 주님만이 답을 갖고 계십니다."

목사는 무슨 말로도 나를 위로할 수가 없다고 말했다.

"어린아이의 장례식은 정말로 힘이 듭니다. 다윗의 경우는 더욱 그랬습니다. 이 방에서, 이사벨의 아들과 기도할 때의 다윗의 모습은 참으로 아름다웠습니다. 그런 모습을 우리에게 보이기 위해서 잠시 지상에 내려온 것만 같습니다. 너무도 아름다워서, 하나님까지도 더 기다리실 수가 없었나 봅니다."

저녁이 되면서 비는 점점 세차게 뿌렸다. 다윗은 천국에서, 하나님의

무릎에 앉아, 엄마를 위해 기도하며 보살필 것이라고 목사는 또 말했다

"무엇보다도…, 다윗은 죽은 것이 아닙니다. 우리의 가슴속에 생생히 살아 있습니다."

그러니 슬퍼하지 말라는 말은 누구도 하지 않았다. 그 말을 과연 누가 할 수가 있으랴. 동물들도 죽은 자식을 위해 비명을 지르며 고통스러운 곡예를 하거늘. 사별의 아픔을 무엇으로 달랠 수 있을 것인가. 세월이 가면서, 슬픔의 기력이 다하면서 그때는 오직 그리움으로만 남아 있을. 살고 있는 자들은 그저, 그렇게, 살아가고 있을 뿐임을.

"다윗을 맡고 있던 의사로서 민경의 씨에게 죄송한 마음입니다. 그러나 다윗은 의학의 한계까지 뛰어넘어 3년이나 있어주었습니다. 2, 3개월을 못 넘길 것으로 의학의 능력이 예측했었거든요. 어디에 그런 강인한 힘이 있었는지. 아마도 육체적인 고통 속에서도 다윗에게 쏟아부어지는 듯한 사랑을 느꼈기 때문이 아닐까 생각한 적이 있습니다. 화초들도 사랑으로 큰다고 하지 않습니까? 아무튼 그만큼 버티어준, 즐겁게도 옆에 있어준 3년을 감사하고 싶습니다."

'있어준 3년에 감사.' 그래, 고통 속에서도 무아지경의 아름다움으로 나를 끌고가준 고마운 3년이다. 나는 생각했다. 그렇다면 고마운 3년의 세월을 어떻게 보답할 수 있을까. 사랑하는 다윗의 3년을 무엇으로 보답할 수 있을까. 다윗은 가고 없는데…, 다윗은 이제는 볼 수가 없는데. 나는 아기가 그린 그림들을 한 장 한 장 바라보았다. 내 아들이 누워 있던 병실 복도의 벽에는 많은 사진들이 걸려 있었다. 액자가 꽉 차도록 찍힌 화분마다에는, 화초 대신 건강한 아기들의 얼굴이 담겨 있는 모습에서

부터 아기들은 호박 위에도, 계란 안에도, 목욕탕에도, 배추 속에도, 그리고 갖가지 꽃송이 안에도 있었다. 나는 다윗이 그린 그림들을 보며, 신생아 집중치료실Neonatal Intensive Care Unit에서 뚜껑 없는 인큐베이터에 누워 빛을 쪼이던 아기로부터 인큐베이터에 제대로 들어가 있는 아이, 그리고 어린이 중환자실에 이르기까지, 또한 그 병동에서 죽은 어린이를 기리는 뜻으로 기증하기로 마음을 먹었다. 아니, 그곳의 아기들, 그리고 앞으로 들어올 무수한 아기들에게 3년을 살고 간 인생의 선배가 남기고 간 이정표로 2, 3개월을 못 넘길 생을 3년이나 연장해준 다윗을 생각하며 위안과 희망을 갖기를 바라면서 다윗의 그림을 기증하기로 했다. 나는 김준호 박사에게 이 말을 했다. 그리고, 이렇게 해도 '있어준 3년의 고마움'에 대한 표현이 되겠느냐고 물었다.

"그렇지 않아도…, 이 그림들이 몹시 탐이 났었습니다. 차마 부탁을 못하고 있었지만 나도 다윗이 살아 있을 때부터 그런 바람이 있었습니다. 병원 측은 물론이고 우리 병동 사람들에게는 의미가 큽니다. 모두가 다윗을 사랑했고 다윗의 죽음에 깊이들 슬퍼하고 있으니까요. 감사합니다."

"경의야, 참으로 결정을 잘했다. 나도 이 그림들에 대해서 네가 어떻게 할지 궁금했었다."

혜주도 반가워했다.

"하지만 말이다…, 이모들 것 한 점씩은 남기고 기증할 거지? 엄마와 아빠도 몇 점은 갖고 있어야 할 것 아니니?"

"그래요. 나도 우리 다윗의 그림을 간직하고 싶어요."

윤희의 말을 이어 이사벨이 덧붙였다.

"그 점은 저도 마찬가지입니다. 그림이 워낙 많으니까, 다윗을 사랑한 우리 모두가 한 점씩 갖고도 충분해 보입니다."

'3년을 있어준 고마움'의 그 첫발을 디디고 나니 슬픔의 강 위로 '고마운 꽃잎'들이 떠다니는 듯했다. 우리는 다윗의 이야기로, 3년의 삶을 추모하면서 밤이 늦어서야 조문객들은 집을 나갔다. 자신들의 슬픔을 서로 보이지 않으려던, 최대의 연기들을 하면서. 그 연기 속의 진짜 이유는 나의 슬픔을 어떻게 하면 무대 위로 끌어올려 잠시나마 가라앉힐수 있을까 하는 것에 있었음을 나는 안다. 갖가지 조명으로, 음악으로, 연기로, 나의 슬픔이 가라앉기를, 그들은 온 밤을 혼신을 다한 연극을 했다.

"다윗의 방으로 도로 들어갈까?"

현관문을 닫으며 윤희가 물었다.

"다윗의 방에서…, 우리, 밤을 새우며 다윗의 이야기를 할래?"

윤희가 나의 손을 잡으며 다시 물었다. 오늘밤뿐이랴, 나는 나의 남은 생을 다윗과 함께 있을 것이다.

"사랑이란 도대체 무엇일까?"

윤희가 혼자 말하듯이 했다

"사랑하는 사람들…, 사랑한다는 것…, 그리고 헤어지는…."

윤희는 잔에 포도주를 따르며 한숨을 쉬고 있었다.

"마시자, 사랑이 무언지, 이별이 무언지, 감각이 없을 때까지…. 너랑, 나랑 실컷 마셔보자."

나는 윤희가 주는 포도주 잔을 받았다. 다윗이 태어나고 난 이후로 처음 마시는 포도주였다. 3년이라는 세월을 초긴장 속에서 술도 담배도 잊고 살았다. 3년은 완전한 다윗의 것이었다.

"담배도 피워라."

윤희는 담배 한 대를 꺼내서 내 입술에 물리며 불을 붙였다.

"관 속으로 빗물이 고여들지 않을까?"

나는 빗소리를 들으며 윤희에게 말했다.

"이사벨의 꽃들이 보호할 거다."

윤희는 무대에서 내려와 있었다.

"고맙다, 경의야."

윤희가 나의 손을 어루만졌다.

"하관 때부터 더 걱정이 되더라. 오만 불길한 생각을 하며 너를 지켜보았다. 처음에는 네가 버텨주는 것까지 불길했었다. 그 정도로 네가 견디어낸 것 고맙고 기특하다. 그리고 집으로 돌아와서도 마음이 놓이지 않았는데…, 다윗의 그림을 병원에 기증한다고 말할 때 비로소 안심이 되었다. 경의는 괜찮다. 괜찮을 게다. 그게 바로 우리의 경의다, 하고 안도의 숨을 쉬었다. 장하다, 경의야."

윤희야, 그게 아니다. 나는 속으로 말했다. 다윗으로 인한 너희들의 슬픔을 아는데, 나 못지않게 다윗을 사랑해주었는데, 내가 정신이 들 때마다 떠오른 것은 이런 생각이었다. 나는 쓰러지지 않아야 했다. 내가 할 수 있는 오직 한 가지는 견디는 것이었다. 어차피 사랑의 노예가 아니냐? 노예가 감정대로 해서는 안 되는 거지? 주인을 생각해야지. 사랑이라는 나의 주인들을. 그래서 이 노예는 깨어나고, 깨어나고 했던 거다.

빗소리가 아픔일 수도 있다니. 왜, 나의 아기는 우기의 계절에 떠났을까. 햇볕도 따뜻하고 모든 화초도 피어나는 봄에 떠나지 않았을까. 젖어 내려앉는 흙의 무게를, 연약한 아기가 어떻게 감당하려고…, 이 우기의 계절에 떠났을까.

"경의야, 내일부터 재료들을 사다가 액자를 만들자. 색색의 예쁜 액자에 그림을 한 장 한 장 넣으며, 다윗의 이야기를 하면서…. 다윗을…."

윤희는 울고 있었다.

"앞으로는 너, 경의야, 혜주 말대로 소설가는 사랑하지 말아라. 소설가는 사랑해선 안 될 사람들이다."

윤희는 울면서 넋두리같이 말을 이었다.

"그들의 머릿속에는 오직 소설만이 있을 뿐이다. 허구의 창조자들이다. 허구의 창조자를 사랑했기 때문에 이런 결과가 온 거다. 소설가의 허상에 빠졌기 때문에 네가 지금 이렇게 된 거다."

주정과도 같은 윤희의 말소리는 빗소리와 함께 계속 나를 때렸다.

"소설가 예찬, 앞으로는, 절대로 내 앞에서는 금물이다. 뭐? 소설은 소설가의 자식이라고? 9개월이 아닌 9년이 걸려서도 자식을 낳는다고? 날마다 날마다 진통을 겪는다고? 창의력이라는 불가마 속에서 소설을 탄생시킨다고? 삶은 어떤 경우에도 가치가 있음을 보여주는 것이 소설가라고? 불공평한 삶에 살맛나게 해주는 것이 소설가라고? 아픔과 고통까지도 아름답게 인식시킬 수 있는 힘이 소설가에게 있다고? 그런 대단한 소설가가 네가 임신한 것을 알고 그토록 허약하고 못난 짓을 할 수가 있니?"

"윤희야, 그런 것만은 아니다."

나는 윤희의 넋두리 같은 주정을 들으며 속으로 말했다. 아무리 사랑이라는 이름으로 임신이 되었다 해도 용납될 수 없는 현실을 만났기 때문이다. 인환은 그 엄격한 현실 앞에서 두려웠던 거다.

"사랑이란, 이성이나 논리로 설명이 될 수 없는 것도 안다. 하지만 나를 괴롭히는 것은, 그 남자가 너를 사랑하지 않았을지도 모른다는 생각이 들 때다. 그때마다 나는 화가 나서 참을 수가 없단 말이다."

윤희야, 나를 사랑하지 않았다면 어떻게 다윗이 존재했겠니? 인환은 나를 사랑했다.

젖어 있을 흙의 무게가 점점 더 나를 힘겹게 만들어갔다. 비는 멈출 줄을 모르고 줄기차게 내리고 있었다.

윤희와 나도 멈출 줄을 모르고 포도주를 마셨다. 쓰러지고 일어나기를 반복한 나, 다윗의 죽음에 종지부가 찍힌 날이다. 나는 허탈감과 그리움을 어떻게 할 길이 없었다.

쓰러져 있는 윤희의 얼굴 위로 계속 눈물이 흐르고 있었다. 나는 밖으로 나갔다. 찬 냉기가 빗물을 타고 일제히 내게로 몰려왔다. 추위에 외롭게 떨고 있을 다윗, 나는 발코니에 주저앉아 목놓아 울었다. 왜 나의 다윗은 그렇게 태어나서 그렇게 떠나야 했을까. 나는 칠흑의 어둠 속에서 다윗을 불렀다.

9

신생아 집중치료Neonatal Intensive Care 병동에는 내 아기의 커다란 사진
이 걸려 있었다. 사진 밑에 붙은 설명서에는, 이 병동에 전시된 그림들
은 김다윗이 그린 것으로 사후에 기증되었다고, 또한 큰 글자로 적혀 있
었다. 그 방은 중환자실에서 퇴원하기 전에 옮기기도 하는 일반 병동 같
은 자리로, 어린이들이 비교적 자유로이 움직일 수 있게 된 곳이었다.
그 방에 크레용 등 미술용품과 동화책을 비치해놓고 어린이들이 그림도
그리며 동화책을 읽을 수 있도록 해놓았다. '삶과 강인하게 투쟁한, 그
리고 유난히도 아름답고 총명했던 김다윗을 기념한다'고 역시 적혀 있
는 방, 나의 아기는 떠난 것이 아니었다. 우리의 가슴에는 물론이고, 어
제도 있었고 오늘도 있고 내일에도 있을 무수한 어린이들과 영원히 함
께할 것이다. 나는, 나의 다윗이 있는 방을 토요일 오후마다 들렀다. 복
도에 있는 아기의 사진과 그림들도 보고, 그 방에 들어가 어린이들과도
놀아주었다. 나의 아기같이 아름답고 강인하게 살아달라고, 그들을 가
슴에 품기도 했다. 2, 3개월도 못 넘길 나의 아기가 3년을 살아주었듯이
너희는, 70년 80년을 살아달라고 그리고 육신의 고통스러운 현장이기
도 한 이 삶에서 왜 모두는 떠나고 싶지 않은지를, 총명하게 자라서 이
문제를 밝혀줄 수 없겠느냐고 어린이들을 가슴에 안고 혼자 말하기도
했다.

다윗은 직장에서도 나와 함께 있었고 밤에는 아르크투루스 자리에서 모습을 보여주었다. 유난히 밝은 그 별, 다윗이 세상을 떠나기 전까지 둘이서 바라보던 별이기도 했다. 나는 그 별을 한 번 보고, 다윗의 눈을 한 번 보고, 번갈아 보며, 다윗의 눈이 더 빛나는가 아르크투루스가 더 빛나는가를 수시로 비교했었다. 하지만, 그래도 그립고 보고 싶은 다윗에게 향한 나의 빈 가슴은 채워지지가 않았다. 엄청난 그리움이 엄청난 슬픔을 안고 몰려올 때는 손 교수가 또한 엄청난 고통으로 다가오는 것이었다. 존재조차 모르고 있는 다윗의 일생을 손 교수를 붙들고 털어버려야만 될 것 같은. 나는 혜주나, 윤희도 모르게 혼자서 울었다. 토요일이면 다윗의 자리로 찾아가 더욱 울었다. 무덤 위의 잔디를 어루만지며 댄싱레이디꽃을 그 위에 얹으며 울고 울었다. 그 눈물 속엔 손지숙 교수에 대한 그리움이 섞여 함께 흘렀다. 직장에서는 이 모든 감정을 삼키고 그림에 열중했다. 10년이 넘도록 새들만 그렸다. 윤희는 수시로 새들의 그림이 있는 책을 구해다주었다. 존재하고 있는 새들은 모두 그린 것 같은데 아직도 희귀한 새들을 책에서 만날 수가 있었다. 내가 그린 새의 T셔츠는 어떤 것보다 잘 팔려나갔다. 사장과 이사벨의 배려는 더욱 더 깊어만 갔다. 사장은 유급 휴가를 무한정 줄 테니 전시회 준비도 해보라고도 했다. 나의 작품에 관해서는 혜주도 마찬가지였다. 영영 그림을 못 그리면 어떻게 하냐고, 너무나 많은 세월이 지났다고 안타까워했다. '언젠가는 그렇게 되겠지.' 나는 살아 있기 때문에 그런 날이 올 수가 있을 거라고 대답했다. 내가 무슨 생각을 하며 살고 있는지 불안하기까지 하다고 했다. 파도 위에서 손뼉 치며 깔깔대는 모습보다 더 불안하다고도 했다.

"혜주야, 예술가들의 생태를 네가 몰라서 그렇지, 10년이 아니라 20년 이상이나 가만히 있다가도 작품을 쏟아낼 수가 있는 거야."

윤희가 언제나, 어떤 상황에서나 내 편에 있는 것은 운명과도 같았다. 하지만 혜주는, 새만 그리고 있는 것을 볼 수가 없다고도 했다.

"혜주야, 네가 10년이 넘도록 애만 받고 있는 거나, 경의가 새만 그리는 거나 똑같은 직업이야. 그리고…, 화가나 문인들이 가장 작품이 활발하게 나올 때가 가만히 있을 때라는 것 너 모르니? 오히려 나같이 쉬지 않고 작품만 하는 사람들이 매너리즘에 빠질 수가 있어. 나도 경의같이 T셔츠 회사에 나가서 물고기나 그릴까 할 때가 많아."

윤희는 한숨짓는 혜주에게 우리 같은 친구를 가진 것도 네 팔자소관임을 어쩌랴고 했다. 또 혜주 같은 친구를 갖고 있는 것은 윤희와 나의 복이 많은 팔자이기도 하다고. 혜주와 우리가 공감하는 것은 다윗뿐이었다. 다윗에 관한 이야기는 완전히 일치했다. 아름다움의 극치는 누구에게나 이렇게 공유되는가 보았다. 다윗의 눈이 아르크투루스 별보다 빛난다고 말했을 때도 조용한 우리의 십계명도 힘 있게 고개를 끄덕였다. 별과는 거리가 먼 혜주의 감성에도 다윗에 관한 한 열정이 넘쳐흘렀다. 하긴, 다윗을 바라본 적이 없는 사람들도 그랬다. 다윗의 그림을 보며, 이야기를 들으며 모두 공감을 했다. 다윗은 프리웨이 280이나 밤하늘의 자연계에서조차 그 아름다움을 인정받고 있었다. 나는 다윗만큼 아름다운 작품을 그려낼 수가 없다. 오직 새만 복사해 그릴 뿐이다. 불행도 행복도 포기한 나는 시간의 물결 위에 떠서 낙엽같이 흐르며 새만 그리면 되었다. 다윗을 가슴에 안고 새만 그리는 단순한 삶. 그저 혜주와 윤희가 드라이브를 하자고 하면 따라가고, 음악회나 연극이나 저녁이나…, 하자는 대로 하면서, 삶의 고통도 희망도 갖지 않은 채 새만 그리면 되는 것을. 혜주가 원하는 예수의 초상화를 그리지 못한 채. 다윗이 병원에서 받는 고통을 내가 감당할 힘이 없을 때 혜주는 더욱더 예수에게 매달리기를 바라고 있었다. 그러나 나는 혜주에게 말했다. 고통을 주면서까지 매달리게 하는 그런 예수라면 나야말로 더욱더, 예수를 믿고 사랑할 수가 없다고 전지전능하다는 분이 그런 방법으로 그를 사랑하게 만드는 거냐고. 혜주와 윤희를 나의 인생에서 최초로 만났을 때 넘치는 기쁨을 누렸듯이 누구를 만날 때는 기쁨으로 시작되어야 한다고 했다. 그 양반을 만난 사람들의 간증을 읽거나 들어보면 대부분이 고통으로 시작되었다. 나는 기쁨으로 만나고, 기쁨으로 관계를 시작하고 싶다. 슬픔은 남에게 의존하고, 기쁨은 혼자 가지려는 사람들을 많이 보았다. 인간은 의외로 타인의 슬픔에 너그러워 보였다. 아마도, 타인의 슬픔을 보면서 자신이 위안을 받고 있는 것이라고 나는 느꼈다. 타인의 기쁨에는 놀랍게도, 자신이 누리지 못하는 묘한 부러움 때문인지 진실로 나누기를 거부하는 것을 보았다. 진정으로 기쁨을 나눌 수 있는 관계가 진실로 사랑하는 사이라고 나는 믿는다. 슬픔은 TV의 뉴스 시간에 나오는 비운의 사람들의 모습에서도 함께할 수 있었으니까. 한 번도 만난 적이 없는 사람들의 비운 앞에서도 가슴이 아프고 때로는 눈물까지 흘릴 수 있기도 하니까. 세기의 장례식을 치른 다이애나의 죽음에 모두가 슬퍼해 보이는 것 역시 그렇다. 그녀를 통해서 지구촌의 많은 인간들이 즐거운 대리만족을 했고 그녀의 이혼과 외롭다고 호소하는 모습에서 자신들의 위안을 얻었다. 그러한 다이애나가 떠나자, 결국 자신들의 서러운 삶을 얹어서 대신 울어버린 것일 게다. 그렇지 않고서야 미와 부와, 명성을 그녀만큼 지니지 못한 사람들이 왜 슬퍼해야 하는가. 그 아름다움에, 대영제국의 왕자들을 낳은 세자비에…, 모든 영화를 누리고 간 삶을. 그녀의 죽음 앞에, 그렇게 갔구나, 그렇게 갈 것을, 너도 가는구나…, 죽음은 멀고 또한 타인의 것으로만 느끼던 사람들이 자신의 것이 될 수도 있다는 현실을 다시 보면서 그 실체에 울기도 했을 것이다. 아무리 서러운 삶일지라도 살고 싶은 모든 인간들, 사랑하는 사람을 잃고도 살기를 원하는 삶의 끈질긴 미련. 팔십 살이 돼도, 구십 살이 돼도 그리고 몸이 불편해도 할 수만 있다면 더 살기를 갈망하는 인간들의 실체. 천국의 아름다움을 외치며 천국을 갈망한다는 기독교인들도 이 고통스러운 세상을 떠나기를 원하지 않는 것을 많이도 보았다. 삶에 대한 자기애란 얼마나 대단한 것인지. 모두는 자신의 삶에 있어 슬픔도 기쁨도 대단히 확대하여, 자신의 존재에 대한 깊고 깊은 애정으로 그 분출 현상은 다양하게 나타나는 것을 나는 많이도 보았다. 나 또한 다윗을 보내고도 살고 있다. 새를 그리는 것을 계속하고 있다. 인환이 그립고 손 교수가 그리운 것도 마찬가지이다. 녹화된 다이애나의 장례식을 되돌려 보면서, 나의 생을 그 화면에 얹혀 아픔은 아픔대로, 즐거움은 즐거움대로 회상하며 대리의 카타르시스를 하고 있는 것이다. 이 통곡하고 싶도록 절묘한 삶에 관해 예수가 해답을 줄 수 있다면 나는 그의 노예라도 될 것이다. 하지만 그냥 굴러가고 있는 삶의 곡예, 나도 곡예사로 어울려 함께 굴러가고 있다. 새로운 천년의 문턱에서 지난 세기의 인물들을 돌이켜보며, 바이올린을 연주하듯이 반주하고 있는 것이다. 다이애나의 타계 2주기를 맞이하여 지구촌이 36년이라는 그녀의 삶을 회고해보듯이 나도 다윗의 3년과 더불어 나의 일생을 연주하고 있는 것이다.

다이애나의 장례 행렬은 계속되고 있었다. 60초마다 종은 울렸고 웨스트민스터 대성당으로 들어가는 세기의 인물들도 한 사람 한 사람씩 화면에 보였다.

10

뉴욕에 다니러 간 윤희로부터 새벽에 전화가 왔다. 손지숙 교수가 유
방암으로 서울대학병원에 입원해 있다는 슬픈 전화였다. 15년이 넘도록
나는 손 교수에게 편지 한 장도 쓰지를 못했다. 인편을 통해서 전달되
는 손 교수의 편지에도 답을 하지 못했다. 용서해주시라고, 그저 용서만
을 비는 말만을 전했을 뿐이었다. "너무 늦게 병원엘 가셨다나봐." 윤희
의 말에 나는 천근의 무게로 짓눌려갔다. "어떻게 하지? 경의야." 나는
대답을 못했다. 육체의 모든 기능이 마비되어 가는 것만 같았다. "경의
야, 너, 가 뵈어야 되지 않겠니?" 가야지. 55년이 넘은 침묵이었다 해도
지금은 가야지. 다시는 되돌아가고 싶지 않은 광화문을 가야지. 나는 간
신히 수화기를 놓고 밖으로 나갔다. 손 교수와 런던에서 헤어지던 때와
같은 가을이었다. 이런 아름다운 계절에 병원에 계시다니. 우기의 계절
에 떠난 다윗에게 아름다운 봄이나 가을에 떠나지 않은 것을 슬퍼했었
다. 한국의 가을, 코스모스가 떠오르고 바람에 흔들리는 갈대들이 떠올
랐다. 나는 새벽의 가을 하늘을 바라보았다. 그리고 아르크투루스를, 나
의 아기에게 말했다. 손지숙 교수가 암으로 병원에 계시단다. 나는 어쩌
면 좋지? 어떻게 용서를 빌어야 하지? 언제나 계실 것으로 믿고 이렇게
침묵했던 세월들을 어떻게 보상하지? 떠나신다면, 이 쓸쓸한 지구촌에
서 난, 어떻게 또 견디어야 하지? 아르크투루스는 빛을 잃었고 나는 계

속 물었다. 가야지, 한국으로. 서울로, 그 광화문으로.

나는 방으로 들어가 그길로 가방을 꺼냈다. 가방 속에 이것저것을 집어넣으며 손 교수의 가방의 곡예를 생각했다. 그리움이 복받쳐 올라왔다. 어지럽던 손 교수의 가방의 곡예들까지. 나는 아침을 기다리며 커피로 새벽을 보냈다. 마시면서 포도주 병을 꺼내 가방 속에 넣었다. 이 포도주를 손 교수와 마실 수 있겠지. 코스모스와 갈대가 우거진 한국의 어느 곳으로 여행을 하며 마실 수 있겠지. 전과 같이 손 교수의 볼연지와 구두를 챙겨드리면서 함께 마셔야지.

한국이 이토록 멀었던가. 샌프란시스코의 공항을 떠난 것이 하루 전인 것만 같았다. 아무리 가도 가도 비행기는 구름 위에 떠 있었다.

"아무것도 드시지를 않았는데, 우유라도 갖다드릴까요?"

승무원이 내게 와서 물었다. 몇 시간이나 넋 나간 사람같이 앉아 있는 내가 염려가 되었던지 벌써 몇 번째의 물음이다. 나는 포도주나 두 잔 갖다달라고 했다. 손 교수와 한국을 떠나던 그날과 같이.

"빈속에 두 잔씩이나…, 괜찮으시겠어요?"

승무원이 포도주 두 잔을 내 앞에 놓으며 근심스럽게 물었다. 나는 이 잔에서 한 모금, 저 잔에서 한 모금씩 손 교수와 함께하는 여행같이 마셨다. 속은 뒤집히고 있었다. 나는 신경안정제를 부탁하여 포도주와 함께 먹었다.

"주무시면서 몹시도 불편해하셨는데…."

승무원이 나를 깨우며 괜찮으냐고 다시 물었다.

"아침 식사라도 좀 드세요."

승무원이 음식을 놓으며 어서요, 하는 눈으로 지켜보았다. 포도주와 신경안정제로 인해 잠을 자면서 나는 계속 꿈을 꾸었다. 손 교수와 코스모스 길을, 갈대로 우거진 길을 걷고 있었다. 한국의 어느 시골길이었다. 한국의 남단, 섬이 보이는 곳이었다. 나는 손 교수를 놓칠까봐 집시의 옷과 같은 손 교수의 너풀거리는 치맛자락을 붙들며 힘겹게 걸었다. 손 교수는 아무 말이 없었다. 나는 왜 그러시느냐고, 나를 용서해달라고 했다. 그래도 손 교수는 코스모스와 갈대만을 바라보며 걷기만 했다. 무엇이든 손 교수의 눈에 닿기만 하면 온갖 양념을 쳐서 맛있게 설명해주던 손 교수가. 계속 입을 다물고 있었다. 사랑스러운 코스모스에 관해서도, 갈대에 관해서도 아무런 이야기가 없었다. 바다 위에 갈매기가 날고, 구름도 조각 작품같이 하늘에 진열되어 있는데. 바람의 느낌도 태양의 열기도 감미로운데 손 교수는 말이 없었다. 나는 손 교수가 침묵한 채 어디론가 증발해버릴 것만 같은 초조함에 집시의 치맛자락만 붙들고 종종걸음만을 계속했다.

비행기는 40분 후면 한국에 도착이라고 했다. 비행기의 날개에 실려 나는, 한국으로 가까이 다가가고 있었다. 2만여 종류의 부품을 넣어야만 기능이 가능한 비행기의 날개. 나는 아직도 내 스스로 날지를 못한 채, 이제는 비행기의 날개에 의존하고 한국으로 가고 있는 것이다. 다른 승객들은 왜 이 비행기를 탔을까. 다들 사연이 있겠지. 누구는 기쁨으로, 누구는 슬픔으로, 누구는 희망으로, 누구는 절망으로 이 비행기 안에 있겠지. 사연이 어디에 있던 승객들은 도착 준비에 분주했다. 나는 듯 마는 듯 떠 있던 비행기도 착륙을 위해 급속도로 내려갔다. 나의 몸도, 나의 마음을 안은 채 비행기의 날개에 의존하고 있었다.

광화문의 S호텔에 짐을 내동댕이치다시피 하고 나는 서울대학병원을 향해 택시를 잡았다. 12층 5동 15호실, 나는 병실로 뛰어들어가면서 손 교수의 가슴에 쓰러졌다. 예고도 없이 들이닥친 나를 보고 놀라는 손 교수에게 나는 인사도 하지 못한 채 그렇게 쓰러졌다. 모든 소리들이 터져나왔고 눈물은 피까지 뽑아내듯 쏟아져나왔다. 기나긴 세월의 침묵이 한꺼번에 이렇게 터져버렸다. 의사와 간호사들이 병실로 달려와 나를 일으켰다. 이러시면 안 됩니다, 이곳저곳에서 나를 부축했다. 나는 몸과 마음에서 모든 것이 다 빠져나와 내가 남아 있지 않을 때까지 그러고 있었다.

"얼마나 보고 싶었는지 짐작이나 해?"

손 교수의 목소리에는 놀랍게도 힘이 넘쳐 있었다.

"됐다, 왔으니까…, 퇴원하는 대로 2인전, 성화전을 갖자."

나는 침대에 몸을 의지하고 손 교수를 굽어보았다.

"괜찮아, 그런 눈으로 쳐다보지 말어. 내가 누구야? 내가 암에 질 것 같니? 어림도 없다."

머리카락이 빠졌는지 모자가 씌워 있었다. 아직도 나의 몸에서 빠져나갈 것이 있었던가, 또 눈물이 흘렀다.

"전시회도 갖고, 여행도 하고, 참, 카프리 섬에 같이 가기로 한 것 기억하고 있지? 캘리포니아 포도주는 갖고 온 거야?"

"교수님, 잘못했어요, 용서해주세요."

나는 겨우 한마디를 했다.

"무엇을 잘못하고, 무엇을 용서하라는 거야?"

나의 팔에 느껴지는 손 교수의 손에도 목소리 못지않은 힘이 있었다. 이 힘, 나는 안심했다. 손 교수는 암에게 지지 않는다.

"이제, 왔으니 됐어. 오랜만에 광화문에도 나가보고…, 친구들도 만나서 재미있게 놀도록 해. 모두 경의를 그리워하고들 있어."

교수님도 함께요, 퇴원하시면 함께요.

"얼마나 세월이 흘렀니? 경의가 말하던 40대야. 옛날이 그리운 시점에들 와 있지. 광화문으로 가봐. 도렴동에도, 인사동에도…."

교수님과 함께요, 퇴원하시면 함께요.

"이세훈 씨 말야. 부자 됐어. 출판사 건물도 샀고, 집도 샀고, 옛날의 이세훈이 아냐. 이세훈뿐 아니라 그때의 친구들, 막걸리 집에서 울분을 터뜨리던 인물들이 아냐. 막걸리는 그리움으로나 마신다나? 이제는 맥주도 아니고 양주라니까."

그들이 양주를 마시건 나와는 아무런 상관이 없어요. 손 교수님의, 암과의 투쟁만이 있을 뿐이에요.

"모두들 만나봐. 경의가 떠난 것이 그들의 책임이라고 괴로워하는 것도 봤어. 의식이 세련되었다는 거지. 외국 여행도 곧잘 하고, 우물 안에서 목이 휘어 있던 그 개구리들이 아니라니까."

다, 지나간 일입니다. 손 교수님만 암을 이기면 됩니다.

"180도로 삐다닥했던 사람들이 90도로, 45도로…, 아직도 15도 삐다닥은 몇 있지만, 살고 볼 일이라니까. 살고 있기 때문에 이게 다 가능한 것 아니겠어? 오래 살아야겠어."

오래 사세요. 오래오래 사서야 해요.

의사와 간호사가 들어왔다. 치료를 받으러 병실을 나가야 한다고, 치료를 받고 나면 쉬어야 한다고, 나는 그만 돌아가라고 했다.

"샌프란시스코에서 오늘 도착한 나의 제자입니다."

손 교수가 그들에게 비로소 나를 소개시켰다.

"그렇군요. 아까는 너무나 놀랐습니다. 병실에서, 환자 앞에서…."

나는 조용히 앉아 있겠다고, 병실에 있게 해달라고 했다.

"내일, 남은 이야기를 계속하자. 그리고 호텔에 혼자 있지 말고 친구를 만나."

손 교수도 나에게 나가라고 했다. 긴긴 세월 후의 만남은 이렇게, 병실에서 짧기만 했다. 나는, 내일은 아침부터 온종일을 손 교수의 옆에 있으리라 다짐하며 병실을 나왔다. 내일뿐이랴, 퇴원할 때까지, 완치될 때까지, 그리고 꿈에서 본 그 코스모스와 갈대가 우거진 한국의 남쪽을 함께 걸을 것이다. 카프리 섬까지 갈 것이다.

대학병원 앞에서 택시를 기다리는 사람들의 줄은 건물의 모퉁이까지 이어져 있었다. 나는 병원의 언덕을 걸어서 내려갔다. 그리고 비원 앞으로, 인사동으로, 청진동으로 걸어서 광화문의 S호텔까지 왔다. 전에는 이만큼 걷다 보면 낯익은 얼굴들을 도처에서 만났다. 그러나 단 한 명도 아는 얼굴과 부딪치지 않은 채 호텔까지 도착했다. 세월은 길에도 있었다. 다행이라는 안도감을 느끼며, 세월에 감사해야 하는 서글픔으로 호텔의 카운터 앞에 섰다.

"커피숍에서 손님이 기다리고 계십니다."

열쇠를 내게 주며 클릭이 말했다. 누굴까? 내가 한국에 온 것을 아는 사람이 없다. 오직 손 교수의 병실로 간 것밖에는 나를 본 사람도 없다.

"안녕하십니까? 참으로 오랜만입니다. 백태수입니다."

커피숍으로 들어서자 준수한 중년의 남자가 내 앞으로 다가오며 인사를 했다.

"민 선생님께서 미국에서 돌아와 귀국 전시회를 할 때 제가 평을 쓴 적이 있죠."

나는 비로소 그 이름과, 사진에서 본 얼굴, 그리고 몇 번인가 전화로만 이야기를 한 기억이 났다.

"아직도 그대로이십니다."

그가 말하며 자신이 앉았던 테이블로 나를 안내했다.

"이제야 뵙게 되다니요? 오랫동안 궁금했었습니다. 그림을 대할 수 없는 아쉬움도 컸구요."

우리는 자리에 앉았다.

고마웠던 사람, 나도 그를 만나보고 싶었었다. 평론가들이 다투어 나를 혹평했는데, 그만이 찬사를 아끼지 않았다. 그때로서는 위험한 모험이기도 했다. 내 편이 되어주면 더불어 술안주가 되어야 했던 시절이었다. 나는 그의 용기와 자신감에 감탄했었다. 나를 혹평하는 길이 편할 뿐 아니라 즐겁기도 했던 그 당시의 분위기였다. 아마도 그는 평을 쓰고 나서 술안주가 되었을 것이다. 그리고 보면, 용기 있는 자가 술안주가 되던 기이한 시절이었다.

"어떻게 알고 왔는지 궁금해하실 것 같습니다. 대단하신 우리의 손지숙 화백님께서, 치료를 받으러 가시면서 간호사에게 부탁을 했답니다. 민 선생님이 계신 곳을 제게 알리라고요. 호텔에 곧 도착할 테니 먼저 가서 기다리고 있으라고요."

그랬군요. 나는 반가웠다. 한국에 도착한 첫날, 내 편이었던 백태수가 기다려준 것이.

"2인전도 하실 계획이라는 말씀도 전해 들었습니다. 아예 신문사의 취재팀을 데리고 나올까 하다가, 오늘은 혼자 왔습니다. 손 교수님의 명령대로 기쁘게 나왔습니다. 반갑습니다."

백태수 씨가 내미는 명함에는 그가 J신문사의 여성잡지를 맡고 있음이 적혀 있었다. J신문은 백태수 씨가 미술평론가로 데뷔하고 처음으로 내 그림의 평을 게재한 일간지이기도 했다.

"'광화문의 태풍'이었다는, 그 당시의 광화문 이야기를, 아직도 오해가 남아 있는 것 같은, 그 실체를 밝혀야 되지 않을까요? 저의 경우는, 삼 겹, 사 겹 뒤에서 많은 이야기를 들으면서, '아니다, 그럴 리가 없다'라는 생각뿐이었습니다마는. 오히려 저는, 민 선생님 같은 여류화가가 몇몇만 더 있다면 우리나라 화단의 판도가 바뀔 만큼 희망적이었습니다. 덕분에, 민 선생님을 사랑한 남자가 되고 말았습니다마는…."

커피를 마시며 그가 깔끔하게 웃었다.

"하여간에 안타까웠습니다."

나는 그의 이야기를 들으며 생각했다. 그 이야기들을 지금에 와서 밝힌들 무얼 하겠는가를. 춥고 배고프고, 심심했던 시절의 '술안주 이야기'. 나를 아껴주며 보호했던 사람들도 많음을. 뿐이랴, 그 시대에, 그곳에 있지 않았던 오늘날의 젊은이들에게 광화문의 기성세대를 어떻게 밝힐 수 있으랴.

"신진의 미래가 밝은 여류화가를 떠나게 만든 사건, 한 여성의 일생이 뒤흔들린 사건은 장본인이 아니라도 누군가가 밝혀야 할 문제입니다. 그 비슷한 사건이 지금도 일어나고 있기 때문에 짚고 넘어가야 할, 의미 있는 일이기도 합니다."

그들에게는, 내가 화가로나 여자로나 술안주 이상의 의미가 없었어요, 내가 씁쓸히 대답했다.

"그런 자기비하는, 민 선생님답지 않습니다. 그리고 누구나 한 인간을 그렇게 만들어서는 안 됩니다. 윤리적인 문제를 떠나서도, 한 인간의 운명이 뒤바뀔 수 있는 비인간적인, 일종의 범죄행위와도 같습니다."

그때의 민경의, 죽었다고 생각하세요. 죽었습니다, 나는 말했다. 다윗도 죽었고, 나도 죽었다. 나는 그를 바라보며 혼자 말했다.

"아, 만나는 즉시 맛있는 것을 사드리라는 손 화백님의 명령이 있었는데…, 있는 힘을 다해 즐겁게 해드리라는 명령이었습니다. 나가실까요?"

손 교수님의 명령, 그 힘들다는 치료를 받으러 가시면서까지 내려진 명령이라니? 나는 따라 일어났다. 차는 호텔을 떠나 불과 10여 분 만에 섰다.

"미국에서 오랜만에 오신 분입니다. 한국의 맛을 최고로 한번 보여주십시오."

그는 친숙하게 맞이하는 주인에게 말하며 자리를 잡았다.

"미국 말이 나왔으니 말입니다만, 민 선생님의 생각은 어떻습니까?"

그가 앉으며 물었다.

"미국은 끝났다. 한국 교포들의 생활도 말이 아니다라고들 하거든요."

나는 그의 앞에 마주앉으며 미국도 한국 교포들도 건전하다고 대답했다.

"미국은 멜팅 포트이다, 잡탕이다, 이것도 저것도 아니다, 전락 일로에 있다. 한국 교포들도 그 안에서 돈의 노예로 고생만 한다 등 많은 부정적인 이야기가 들려옵니다."

순대와 소주, 그리고 몇 가지 음식을 준비하고 나서 그가 또 말했다.

민 선생님은 그렇게 보시지 않겠지요? 그가 눈으로 물었다. 물론 아니다. '샐러드 볼'이다. 온갖 영양가 좋은 신선한 야채가 보기 좋게 담긴, 각자의 맛에 맞는 드레싱을 쳐서 섭취하게 된. 모든 민족이 미국이라는 거대한 땅에 와서, 각 민족의 고유한 것을 지닌 채 새로운 문화를 일구어내는. 그런데 모두는 미국이 망하기를 바라고 있다. 그네들의 부모와 형제가 미국에 있는데도, 왜 그토록 미국을 미워하는 것일까. 뿐이랴, 떠났으면 조국을 잊어라, 왜 고개를 기웃거리며 조국을 쳐다보느냐고 반박을 한다. 조국을 사랑하는 것이 왜 기웃거리는 일이며, 내 국민들이 선택해서 충실하게 살고 있는 미국이 왜 망하기를 바라고 있을까.

백태수가 묻는 질문 앞에 나는 이러한 생각들을 하게 되었다. 편협하고 배타적인 이들의 모습이 아마도 나를 광화문 시절의 상처들을 떠올리게 했는지도 모른다. 내가 서울에 와 있다는 사실은 아무리 생각을 하지 않으려 해도 광화문이 나를 끌어당기고 있음을. 부정적이고 꼬여 있던 모습들.

"소주 맛 좀 보십시오. 민 선생님께서 주간지에 한참 오르고 내릴 때 술꾼으로 묘사가 되었었지요."

백태수 씨는 술병을 들어 내가 받기를 기다렸다. 주간지에 실렸던 무수한 나의 기사. 나도 모르는 나의 이야기들. 나는 소주잔을 받아 단숨에 들이켰다.

"저는 술꾼이라는 기사도 믿지 않았습니다. 왜냐하면 제가 '주촌', 민 선생님의 단골이라고 소문난 그곳에 간 적이 있었습니다. 멀리서 지켜보니 술을 한 잔도 끝내지 못하고 계신 것을 보았습니다. 그 후에도 몇번이나 보니까 주촌에는 자주 가시는 것 같은데 여전히 술은 못 하시더군요."

하지만, 밤마다 아무개들과 코가 비뚤어지게 술만 마시는 독신의 젊은 여류화가였다.

"손 화백님의 명령대로 따르고 있는 겁니다. 병실과는 먼 이야기만 하라고 했습니다. 모든 실력을 동원해서 광산의 이야기라도 좋으니, 병실로부터 민 선생님의 마음을 되도록 멀리 끌고가라는 것입니다."

그는 술을 권했고 나는 받아 마셨다. 이틀간이나 아무것도 먹지 못한 위 속으로 술은 급속히 흘러들어갔다.

"스님의 이야기…, 며칠 전에 기자들과 원효대사와 의상대사에 관한 이야기로 소주 꽤나 마셨습니다. 요석공주와 선묘가 술상에 올랐었지요. 하지만 술안주로는 아니었습니다. 곱게 모시고 술을 마셨습니다."

백태수의 원효대사 이야기는 그와 내가 비우는 술잔과 더불어 이어졌다. 원효대사가 어디, 보통의 인물로서 보통의 행동을 한 것입니까? 영의 세계까지 볼 수 있는 원효대사로, 신라에 위대한 인물이 태어날 것을 알고 의도적으로 '자루 빠진 도끼'를 은유하여 동네에 퍼뜨린 인물이 아닙니까?

그는 병실로부터만 나를 멀리 끌고가는 것이 아니었다. 멀리 끌고가면서 그는 무언가를 말하려는 것이었다. 나는 백태수를 바라보았다. 전에는 뒤에서, 그리고 지금은 내 앞에 앉아 있는 그를. 아름다운 심성으로 그때도 나를 지켜주었고 지금도 나를 달래주고 있는 남자. 고마운 사람을.

"인물은 역시 시대에 걸맞게 있기 마련이죠."

그는 계속했다. 무열왕이 요석공주를 생각하고 분위기를 조성하여, 각본대로 원효대사를 궁에까지 들어오게 하였고 설총이라는 인물이 탄생된 것이 아니냐고. 국가의 장래를 위하여 설총이라는 인물을 스스로 잉태시킨 원효대사였지만, 그럼에도 불구하고, 일단은 스님으로서의 직분을 지키지 않았음에 거사로 불리기를 고수했다는.

"그런데 다른 스님들은 겉으로 나타난 원효대사의 행동을, 적재적소에 자신들과 결부시키며 빙자하는 경우가 있습니다. 인간 내부의 밑바닥에는 자신의 행위를 어떻게든지 변호하고 싶은 속성이 있다는 거죠. 뿐만 아니라 나보다 나은 인간에게는 생긴 모습부터, 학벌, 환경, 돈 등으로 인한 열등감에서 오는 시기와 질투가 여러 가지 방법을 동원하여 나타나게 되더군요."

나는 별안간에 듣게 되는 원효대사의 이야기에 가만히 술만 마셨다.

"매력 있는 젊은 독신의 여류화가를 술꾼으로 만든 것도 우리나라에서는 충분히 치명적이었습니다. 한 인간을 끌어내리기 위한 일은 얼마든지 있지요. 그 인간의 높이가 높을수록 더 많지요. 그러니 생각해 보십시오. 끌어내릴 만한 높이에 있었다는 증거가 아닙니까?"

백태수 씨는 김인환과의 관계를 이해한다고 했다. 또한 사랑이란 소유만이 전부가 아니라고 했다. 소유하지 않고도 얼마든지 사랑은 존재한다고. 그러고는 의상대사의 말을 했다. 생명의 은인이자 부잣집의 아름다운 딸인 선묘가 그렇게 구애를 해도 스님의 몸으로 결혼할 수 없다고, 중국에서 신라로 돌아온 이야기를. 나도 물론 기억하고 있다. 선묘는 자살했다. 자살로만 끝내지 않았다. 용이 되어서까지 의상대사를 지켰다. 원망하고, 미워하고, 복수하고…, 그런 마음은 추호도 없이 사랑을 지속하여 승화시켰다. 사후에까지도.

"이제는 술꾼이 되셨나 봅니다."

내가 연거푸 술을 마시자 백태수 씨가 웃었다.

"술꾼의 기질이 있긴 있었나 봐요. 가끔씩은 꽤나 마실 수가 있어요."

나는 김인환을 생각하지 않으려고 더욱 술을 마셨다. 손 교수가 병실에 있는데, 내가 김인환을 생각한다는 것은 더욱 용서받을 수 없을 것 같았다.

"오늘도 꽤나 마셔 보시죠."

그가 술잔을 들자 나도 따라했다.

"원효대사 말입니다. 나는 원효대사를 참으로 좋아합니다. 원효대사를 골탕먹이려던 신라시대, 왜 천렵꾼들 있지 않습니까? 원효대사에게 고깃국을 먹인 이야기 말입니다. 고깃국을 먹은 원효대사가 '뒤'를 보았을 때 죽은 고기들이 살아서 나왔다는 이야기, '너희들은 죽여서 먹지만 내가 먹으면 죽은 것이 살아서 나온다'라고 유유히 말했다고 하지 않습니까? 멋있지 않습니까?"

손 교수의 부탁대로 광산의 이야기를 해도 좋았다. 서울에서의 첫날을 그가 내 앞에 앉아 있는 것이 고맙기만 했다. 손 교수의 병세로부터 버틸 수가 있고, 김인환에게 달려가야 하는 절박감에서 나를 지키며 시간을 죽일 수가 있었다.

"선덕여왕을 사랑했던 율사도…. 나는 불교적인 에피소드가 기독교적인 것보다 훨씬 매력이 있습니다. 기독교의 사도나 선지자보다 불교에 등장하는 스님의 이야기가 훨씬 기가 막힙니다."

테이블 위에 놓인 음식은 줄어들지가 않고 빈 소주병만 늘어났다.

"이야기가 스님 쪽으로 갔는데…, 아, 원효대사 때문이었나요? 그렇죠, 사랑의 이야기죠. 민 선생님께서 오랜만에 한국에 오시니까…, '사랑'이 생각이 나는군요. 술맛 참 좋습니다. 신라시대에는 원효대사가 있었고 문무왕 등 멋진 임금도 있었는데 말입니다. 태평성세란, 마치 남자와 여자가 사랑을 시작할, 그 짧은 기간밖에 없나 봅니다. 역사도 인간 개인도 '허니문'의 기간은 짧은 것 아닙니까?"

우리는 서로의 술잔을 채워주다가, 따로따로 술을 잔에 부었다가 하면서 마시고 마셨다.

"샌프란시스코에 이런 순대 있습니까? 고국의 맛을 마음껏 대접하라는 손 화백님의 명령이십니다. 샌프란시코로 돌아가지 마십시오. 손 화백님이 퇴원하시면 2인전도 갖고, 이제는 저희들과 함께 이 땅에 정착하십시오. 저같이 무조건적인 민 선생의 팬들을 위해서도 말입니다."

정말로 손 교수는 완치될 수 있을까. 우리는 손 교수의 병에 대해서는 말을 하지 않았다. 옛날 옛적의 야담과 실화 같은 원효대사의 이야기를 했을 뿐이다. 손 교수가 완치만 된다면 성화전이 문제랴. 손 교수 앞에서 기도하는 모습도 보여드리리라. 코스모스와 갈대가 우거진 조국의 남단 시골길을 걸으며, '손 교수님, 이 코스모스, 갈대도 하나님의 아름다운 작품입니다. 그분의 아름다운 솜씨에 감사를 드려야겠어요' 하면서 기도를 하리라.

음식점 안에는 그와 나, 둘만이 있었다. 다른 테이블은 깨끗이 정리가 되어 있었고, 주인은 돈을 계산하고 있었다. 우리도 자리에서 일어났다. 백태수는 나를 호텔까지 바래다주며 손 화백님의 명령을 완수했노라고, 이런 명령은 언제고 받고 싶다며 그의 깔끔한 웃음을 보여주었다.

호텔 카운터에는 국화 화분과 책이 두 권, 그리고 카드가 있었다. '샌프란시스코의 누님 심부름으로 놓고 갑니다. 노랑장미와 가디니어를 갖다놓으라고 했는데 구할 수가 없었습니다. 책은 마침 나의 서점에 있어서 누님이 부탁한 것을 가져올 수 있었습니다. 꽃은 계속 찾아보겠습니다.' 혜주의 동생이 갖다놓은 것이었다. 백태수는 꽃과 책을 방까지 올려주겠다고 했다.

"기독교 서적을 많이 읽으시나 봅니다."

엘리베이터를 타며 그가 물었다.

"주위에서 자꾸만 주니까, 예의로 읽어주는 거예요."

"내게도 누가 이런 책들을 갖다주어 그야말로 읽어주었던 적이 종종 있었습니다마는, 고통에 감사할 수가 있습니까?"

"실제로 고통에 감사하는 사람들을 주위에서 봤어요."

"그건 어떤 신앙으로 극복한다는 것이지 실제로 감사한 것은 아닐 겁니다. 그리고 신앙이 아니더라도 다들 극복하고 살아가지 않습니까?"

방 앞에서 우리의 대화는 끝났다. 백태수는 손 화백의 명령을 기다리고 있겠노라며 나와 헤어졌다.

다윗을 잉태하고 떠난 한국이다. 정신의 시체로 떠난 서울이다. 다윗은 갔고 세월도 많이 갔다. 감회가 깊다는 말로도 표현이 되지 않는 그리움인지, 분노인지 모를 복잡한 마음이 내내 나를 지배하고 있었던 하루였다. 백태수의 스님 이야기를 들으면서도 빈속을 소주로 채워나가도 밀려나지 않던 절묘한 감정들. 손 교수에게 용서를 받기 위해서라도 나는 이 땅에서 미움을 가져서는 안 되었다. 하지만 미움은, 알 수 없는 색깔과 냄새로 떠나지를 않았다. 그리움의 향기와 더불어. 나는 광산에 관한 책이라도 읽으면서 손 교수가 완쾌될 때까지는 시간을 죽여야 한다. 〈반야심경〉이든 성경이든 시간을 죽이기 위해서라면 무엇이나 읽어야 했다. 이러한 나의 상태를 혜주는 알고 있었나 보았다. 책을 보내다니. 나는 옷도 갈아입지 않은 채 소파에 앉아 책을 집었다. 《천로역정》이라는 것을. 책 표지의 접은 안쪽에 작가와 역자에 대한 간략한 소개가 있고 이어서 작가의 생애와 해설이 있었다. 나는 혜주의 우정과 사랑의 보답으로라도 혜주가 보낸 책을 읽어나갔다. 주문을 외우듯이 줄줄이 읽어내려갔다.

"이 세상의 광야를 걸어가다가, 나는 우연히 동굴이 있는 곳을 만났다. 나는 거기 누워 잠을 잤는데, 자면서 한 꿈을 꾸었다"로 해설은 시작되었다.

《천로역정》에 대한 미국의 관심은 종말적 사건으로서 신대륙에 새 예루살렘이 건설될 것으로 바라는 묵시적 견해가 편만해지면서 처음으로 일기 시작했고, 그러한 견해로 말미암아 계속 유지되어 갔다. 거칠고 절대적인 세상을 지나 산 위의 빛나는 도성으로 여행해가는 크리스천의 환상은 미국인들의 유토피아적 꿈과 천년왕국에 대한 소망과 잘 일치되어 대부분의 미국인들이 매료되었던 것이다.

그리고 밑으로 내려가서 이렇게 적혀 있었다.

어떻게 버니언의 꿈이 지속될 수 있었는지 생각해보기로 하자. 주된 이유는 그 책이 담고 있는 메시지의 성격과 이를 전달하는 전향적 상징 때문이다. 사람의 삶을 여행으로 표현하는 상징법은 실제로 그리스도교 이전부터 있어 왔는데, 이러한 상징은 아주 초기부터 그리스도교 사상에 있어서 가장 강력한 은유 중 하나가 되어 왔다.

천로역정의 비유적 구조는 전통과 개인적 재능의 상호작용에 기반을 두고 있다. 낭만과 모험이 이루어져 있는 그 책 안에는, 구원을 눈에 보이는 한 도시에서 다른 도시로 나아가는 여정으로, 또 뚜렷한 시작과 중간과 끝이 있는 여정으로 보는 칼뱅주의적 사고체계가 나타나 있다. 첫 번째 장면은 장거리 주자를 외로운 길로 불러들이는 장엄한 과정이다. 한 사람이 성경을 읽으면서 죄책감을 경험하는 모습이 회심의 첫 징후이다. '내가 어찌하여야 구원을 얻을 수 있을까?'라는 그의 격한 외로움은 개인적 책임에 관한 또 한 가지 직분과 더불어 이야기의 문을 연다. 그리고 이후에 나오는 여러 가지 일화들은 구원의 과정에 있어서 하나님의 주도권과 개입을 나타내기 위해 공교히 배열되고 있다.

해설의 끝부분으로 가서는 이렇게 적어놓았다.

버니언은 대화를 기록할 때 종종 소박한 구어체를 사용하고 있지만 풍부하고 광범위한 성경구절과 성서적 상징들(특히 〈요한계시록〉 속의 구절과 상징)을 도입하여 자기가 원하는 대로 우리의 관심을 끌어감으로써 우리를 사건에 몰입되게 만든다. 그리하여 우리는 자신이 의심의 성에 갇혀 있는 듯한 느낌을 갖기도 하고, 아볼루온과의 싸움 후에 휴식을 갖고 사망의 음침한 골짜기를 두렵고 떨리는 마음으로 나아가며 기쁨의 산에서 쉬는 체험을 실감 있게 하게 된다.

이 책을 읽으면 우리는 다른 어떤 고찰을 훨씬 초월하는 인간의 삶과 운명에 대한 안목을 체험하게 된다. 각 영혼의 가치에 대한 강조와, 이 세상 너머에 있는 삶에 대한 강력한 표현, 그리고 현재 그것이 주는 의미 등을 통해, 이 꿈은 핵 시대에 살고 있는 우리에게도 완전히 적용되는 메시지를 전달해줄 수 있다. 왜냐하면 아직도 이런 외침이 남아있기 때문이다. '내가 어찌하여야 구원을 얻을 수 있을까?

나는 저자의 변명으로 읽어내려갔다.

밝은 구름이 아무것도 주지 못할 때 어두운 구름이든 그들이 땅 위에 은 방울 같은 비를 뿌려줄 때, 땅은 곡식을 생산하여 그 두 가지 구름을 다 찬양하고 어느 한쪽에게도 불평을 말하지 않습니다. 두 가지 구름이 함께 합하여 땅으로 하여금 귀한 열매를 맺도록 해주기 때문에 그 열매만을 보고 어느 구름의 덕택인지 분간할 수는 없습니다. 땅이 굶주려 있을 때는 두 가지 구름이 다 소중하게 여겨지지만, 땅이 배부를 때에는 두 가지가 다 역겨워, 구름들이 내리는 은총을 무익하게 만들어버리고 맙니다.

어부가 물고기를 잡기 위해 사용하는 여러 가지 방법들을 살펴보십시오! 그가 자신이 지닌 모든 지혜를 어떻게 총동원하는지 관찰해보십시오! 그는 모든 지혜를 동원할 뿐 아니라 여러 가지 어롱과 밧줄, 낚시도구, 고리, 그물, 그 밖의 어떤 도구들을 사용한다 할지라도 고기가 저절로 잡혀지는 것은 아니지요. 부지런히 물고기 떼를 더듬고 찾고 직접 낚아올리지 않고는 아무래도 물고기를 잡을 수 없는 법이지요.

새를 잡으려는 포수는 또 어떤 방법으로 사냥감을 찾아야 합니까? 엽총, 새그물, 끈끈이를 칠한 나뭇가지들, 등불, 방울 등등 이루 다 헤아릴 수 없는 많은 방법을 동원하면서도 그는 기어다니거나 여기저기 돌아다니거나 한참 서 있기도 합니다. 새 한 마리를 잡기 위해 그가 취하는 온갖 자세를 누가 다 설명할 수 있겠습니까? 그러나 이러한 숱한 노력에도 불구하고 그가 꼭 원하는 새들을 자기의 소유로 만들 수 있는 것은 아닙니다. 이 새를 잡기 위해서는 피리를 불거나 휘파람을 불어야 하는데 그렇게 하면 저 새를 놓쳐버리고 말지요.

진주 한 알이 두꺼비 머릿속에 있을 수도 있고 굴 껍질 속에서 발견될 수도 있습니다. 확실한 보장은 없지만 금보다 더 좋은 것이 묻혀 있을지도 모른다는 어렴풋한 생각만 가지고 그걸 찾아내려고 여기저기 돌아다니는 사람을 누가 함부로 업신여길 수 있겠습니까?

책의 내용이나 묘사에 있어서의 변명을 또 이렇게도 서술했다.

왜, 도대체 무엇이 문제입니까? "당신의 책은 불명확하여 무슨 내용인지 잘 모르겠소." 비록 그렇다고 한들 무슨 상관입니까? "하지만 억지로 꾸민 가공적인 내용이란 말이오." 이 문제에 대해 나는 어떻게 생각하느냐고요? 어떤 사람들은 나처럼 불명확하고 가공적인 어휘를 사용하여 글을 써내려가지만 얼마든지 진리가 광채를 발하여 그 빛이 찬란히 빛날 수 있도록 작품을 만듭니다. "그렇지만 그런 작가들은 명확하고 충실한 내용을 결여하고 있소."라고 몇몇 독자들은 생각나는 대로 말합니다. "그러한 내용은 이해력이 약한 사람들을 낙담시키고 수많은 비유는 우리들마저 장님으로 만들어버립니다." 물론 정확하고 뚜렷한 문체로 글을 쓴 것이 사람들에게 신성한 내용을 전달해주려는 작가에게 어울리는 것은 사실입니다. 그러나 내가 많은 비유를 사용해서 글을 썼다고 해서 제 글이 뜻을 명확히 전달하지 못한다고 비판할 수 있을까요? 옛날에 쓰여진 하나님의 율법이나 복음서 등이 독특한 상징, 암시, 비유 등에 의해 이루어진 것이 아닙니까? 그 가장 위대하고 훌륭한 가르침에 대해서도 무조건 공격하려 드는 사람들은 그 위대한 성경에 대해서 함부로 헐뜯으려 하지는 않을 것입니다. 오히려 진지한 사람이라면 성경에 기록되어 있는 바늘과 둥근 고리, 송아지와 양, 암소와 숫양, 새와 풀, 어린양의 피 등등의 어휘가 어떤 의미를 내포하고 있는지 알아내기 위해 겸손하게 열심히 노력할 것입니다. 그러한 비유의 말씀 속에 숨어 있는 진리의 빛과 은총을 발견하는 사람은 참으로 행복한 사람입니다.

이러한, 작가의 변명 뒤에 저자는 책의 장점을 기록해놓았다.

이 책은 독자인 여러분을 각자 한 명의 여행자로 만들어줄 것입니다. 만일 당신이 이 책의 충고를 따른다면 당신은 성지에 이르는 길을 걷게 될 것이오.
이 책의 내용은 엉겅퀴 가시열매처럼 당신의 기억에 달라붙어 무력하고 의지할 곳 없는 사람들에게 커다란 위안이 될 것입니다.
언뜻 보기에는 신비하고 기이한 내용을 담은 것 같지만 실은 매우 건전하고 진실된 복음의 내용만을 담고 있습니다.
어리석은 행동은 멀리 떨쳐버리고 밝고 유쾌한 마음으로 생활하길 원하십니까?
잠을 자지 않고서도 꿈을 꾸고 싶지 않으십니까?

제가 쓴 이 책을 펼치고 당신의 머리와 가슴을 함께 파묻어보십시오.

하고 끝을 맺었다. 저자 버니언은 복음의 시대에 성도들의 행적과 발자취를 묘사하려고 했다가 그들의 여정과 영광으로 이르는 행로에 대하여 갑자기 비유 문학으로 전환된 것에 대한 변명 등이었다.

　나는 주문을 외우듯이 따라 읽어내려가다가, "엉겅퀴 가시열매처럼 당신의 기억력에 달라붙어…." "이 책을 펼치고 당신의 머리와 가슴을 함께 파묻어보십시오"라는 끝 부분에 가서 계속 읽어버리고 싶은 강렬한 충동을 느꼈다. 반면에 또 한 권의 책은 어떤 것일까에 대한 조급함도 밀려왔다. 그래서 《천로역정》에서 《그리스도를 본받아》로 넘어가 역자의 말과 추천서를 급히 훑어보고 가디너 신부가 쓴 서론을 읽어보았다.

　기독교인의 삶은 두 가지 양면성을 지니고 있다. 즉 자기 자신을 믿지 못하고 자신의 힘만으로는 죄악을 벗어나 은총 속에서 자랄 수 없다고 하는 무능의 고백이 그 하나요, 하나님의 은총에 대한 확고한 믿음을 지니고 그로 인하여 우리에게 모든 것이 가능하다고 믿는 자신감이 다른 하나.

라고 기록해놓고는, 이 책은 기독교 신앙에 대한 완전한 설명서가 아니라 영적인 생활을 심화시켜주는 일련의 명상들임을 이해시키면서 영적인 유익과 참된 삶의 기쁨을 가져다주는 끊임없이 솟아나오는 샘물이 되기를 바란다고 했다. 그리고 해설에 영적인 장님 상태로부터 벗어날 수 있는 빛과 자유를 갈구하는 모든 사람이 가장 먼저 생각해야 하는 것이 바로 그리스도의 삶이다.

전 생애를 그리스도의 생애에 맞추어야 한다.

참된 그리스도인에게 있어서는 회개하는 심정을 가지는 것이 더 나은 일이다.

모범적인 삶은 명상하는 삶이다.

별들의 운행을 도표에 표시할 능력은 없지만 자기 자신의 영혼에는 무관심한 지식인보다는 겸손한 사람이 하나님을 더욱 기쁘게 한다.

만약 사람들이 더 이상 인간의 위로를 필요로 하지 않을 만큼 하나님을 완전히 신뢰한다면 그것이 이상적인 상태다.

만약 내적인 생활이 잘 정돈되어 있다면, 그는 다른 사람들의 이상하고도 사곡된 방법에 의하여 어려움에 빠지지 않는다.

내적인 생활을 개발하는 데에는 단순성과 순결성이 가장 중요한 자질이다. 왜냐하면 단순성은 하나님을 따라서 그에게 도달하며, 순결성은 하나님을 발견하고 그를 기뻐할 수 있기 때문이다.

예수의 사랑을 위하여 다른 모든 것은 포기되어야 한다. 그러나 어떤 사람이든지 이 사실을 망각하고 세상적인 일들로 돌아선다면 그는 곧 예수로 하여금 자기를 떠나게 하고 말 것이며, 그의 은혜를 상실하게 될 것이다.

자아의 훈련은 하나님의 도움 없이 인간의 힘만으로는 결코 성취될 수 없다.

도리어 깊은 슬픔으로 자기의 죄를 기억해야 한다.

자아를 포기하는 것은 우리에게 마음의 자유를 가져다줄 것이라고 확신한다. 그렇게 자유롭게 된 사람은 더 이상 과도한 근심에 빠지지 않을 것이다.

나는 책을 조금 더 읽어보았다. 오직 진리를 사랑하는 마음으로 성경을 읽고, 세속적이고 외면적인 것을 무시하며 다만 영혼에 충실하고, 하나님의 말씀에 겸손하게 순종하면 깊은 마음의 평화와 안식을 얻을 수 있다고, 내용은, 강조되어 있었다. 또한 내면적으로 믿음의 광채를 가진 사람은 자기 자신을 쉽게 조정할 수 있어서, 결코 외부적으로 쏟아져나오는 일들이나 다른 사람들의 그릇된 풍문으로 인하여 자신을 혼란시키지 않기 때문이라고도. 그리고 자신의 날개로 날지 아니하고 주의 날개 아래서 의지하는 법을 배우라는 것을. 자기 자신의 온갖 죄의 무게와 무기력함으로 인하여 고독과 절망의 심연에 빠질 수밖에 없는 존재를 주가 일찍이 맛보지 못한 놀라운 은혜로써 감싸주고 부족한 자신을 높여 달라는 것을. 더 나아가서 자기 자신의 뜻보다 오히려 다른 사람의 뜻이 이루어지기를 소망하라고. 그리고 자신의 영예를 구하는 무익한 호기심 보다는, 하나님이 주신 분명하고 확고한 길을 겸손히 따라가는 것이 좋다고도 했다. 이는 많은 사람들이 지극히 높은 신비를 캐어내려고 애쓰는 동안 경건을 잃어버리기 쉽기 때문이고, 하나님이 우리에게 요구하는 것은 호기심이 아니라 믿음과 경건의 생활이기 때문이라고 했다.

글들은 마치 나를 겨냥해서 쓰여진 것 같았다. 이 두 권의 책을, 서울 도착의 날에 맞추어 보낸 것은 앞으로의 나를 위한 예방주사와도 같았다. 내 마음속에 꿈틀댈 온갖 감정들, 나의 머릿속에서 끊임없이 회전하고 있을 많은 생각들, 나아가서는 내가 행동으로 옮길지도 모를 모든 것에 대한 예방의 신호탄이었다.

나는 자리에서 일어났다. 그리고 새날이 밝아오는 창을 보며 문을 열었다. 새들의 지저귐 소리가 들려왔다. "그분과 함께 당신의 골방에 거하면 당신은 세상 어느 곳에서라도 그처럼 커다란 평화를 찾을 수 없다." 새들의 지저귐에 섞여 안개같이 이 말이 들려왔다. "오로지 하나님에 대한 뜨거운 신앙으로 바닷물 속으로 무한히 가라앉아가는 그들 농민들, 그러나 달라진 것이라곤 아무것도 없다. 바다는 여전히 잠잠하고 새는 그 위를 자유롭게 날고. 하나님은 존재한단 말인가? 존재한다면 어째서 이렇게 침묵할 수 있단 말인가?" 어디에서일까? 엔도 슈샤쿠의 《침묵》 속에 나오는 말들이 들려왔다. 나는 대답했다. 존재하지 않으니까 침묵할 수밖에 없지 않겠느냐고. 그 책에서는 계속 물었다. '하나님, 왜 당신은 계속 침묵만 지키고 계십니까'라고. 바다조차 어둠에 침묵한 채 잠잠했다는, 그러나 포르투갈의 신부는 묻고 또 물었다. 그 신부는 배교背敎와 순교의 갈림길에서 인간의 진실과 신앙의 그 어느 것도 저버릴 수가 없었다고 말했다. 그리고 하나님은 언제나 진실한 인간의 사랑 앞에 서 있었다고. "밟아라, 성화를 밟아라. 나는 너희들에게 밟히기 위해 존재하느니라." 시커먼 발바닥의 흔적으로 패이고 닳은 성화를 보고 작가는 그 성화를 밟은 이들의 고통스러운 마음을 헤아려 이 글을 쓰지 않을 수 없었다고 책에서 밝혔었다. 믿음이란 단순한 맹종이 아니라 넓게 포용하고 받아들이는 따뜻한 인종忍從과 순종임을 확인할 수 있는 것이라는.

《천로역정》,《그리스도를 본받아》를 훑어보면서 '침묵'이 떠오른 이유는 무엇일까. 기나긴 세월을 침묵한 내 스스로에게 향한 슬픔 때문일까. 하나님의 침묵은, 그가 존재하지 않기 때문이라고 한 것은 나였다. 그러면 존재하고 있는 나는 왜 침묵했을까. 나의 침묵이 계속되는 사이에 손 교수가 돌아가신다면 나의 고통은 무엇을 밟은 데 기인하게 될까. 나는 왜 이 순간에도 하나님께 매달릴 수가 없는 것일까. 다윗 때도, 지금도 다윗이 아르크투루스 별이라면 손지숙 교수는 스피카 별임을. 나 홀로 지상에 남아 높고도 먼 두 별을 바라보게 될지 모르는 이 공허한 시점에서도 나는 하나님께 엎드릴 수가 없을까. 그 양반이 존재한다고 믿으며 왜 도움을 청하지 못하는 것일까. 기쁨으로 관계를 맺고 싶은 나의 사랑관 때문에? 지금은 기쁨과는 너무나도 먼 거리에 있기 때문에? 손 교수가 생과 사의 전투장에서 암이라는 엄청난 적과 싸우고 있는데…, 이런 것에도 감사하라는 그 양반을 어찌 사랑할 수가 있단 말인가. 그러면 혜주가 보낸 책을 그토록 열심히 읽어내려간 것, 구구절절 기억에 남은 이유는 어떻게 설명이 되는 것일까. 고통 속에서 하나님과의 관계를 시작하고 싶지 않은 나의 내부 속에서, 고통스럽지만…, 그래도…, 라는 밑바닥에서 꿈틀대는 허약함의 실체는 무엇으로 이해해야 되는 것일까. 손 교수가 암으로부터 승리할 때까지는 절대로 인환을 생각해서도, 만나서도 안 된다는, 감당하기 힘든 나의 의지력을 그 양반, 여호와라는 하나님에게라도 기대어보고 싶은 때문은 아닐까. 그렇지 않고서야….

간밤에 마신 소주 기운과 비행기의 여독이 점점 더 나의 육신을 더욱

혼몽하게 만들었다. 모든 것을 잊기 위해서라도 잠이나 자고 싶었다. 하지만 나는 호텔을 나와 택시를 잡았다.

"푹 쉬고 오후에나 오지, 웬 새벽부터야?"

손 교수는 반가운 기색이 아니었다.

"어제 저녁에 굶지는 않았겠지?"

나를 챙기고, 나를 염려하는 손 교수에게 나는 분노 같은 것이 치밀어 올랐다.

"뻔하게 보이드만. 호텔로 직행해서 방에 혼자 앉아 온갖 청승스러운 타령을 하고 있을 모습이…."

그 무섭다는 치료를 받으러 가시면서, 그런 명령을 내리신 교수님은 잔인하다고 생각되지 않으세요? 나는 애처롭게 분노를 삼켰다.

"잠도 못 잤나 보군. 얼굴에 쓰여 있어. 밤새 그 가슴이 어디를 쏘다 니며 흐느적거렸을까."

교수님! 나는 어제와 같이 손 교수의 가슴에 얼굴을 묻었다.

"전투의 방해꾼이구먼. 내가 암과의 전투에서 이기게 하는 길이 무언지 알아? 경의가 친구들과 즐겁게 노는 거야. 앞으로는 예쁜 얼굴, 잠을 푹 잔 얼굴로 찾아와."

손 교수는 침대에 누운 채 두 손으로 나의 머리를 쓸어내렸다.

"오늘도 봤으니 됐어. 이제 돌아가고…, 내일 예쁜 얼굴을 하고 와."

내쫓지 마세요. 잠을 자도 교수님 옆에서 자겠어요. 나는 손 교수의 품 안에서 말했다.

"이런 모습을 보고 있으면 나의 작전 계획이 흐려져, 알겠어? 돌아가! 내 말을 들어!"

나의 머리를 쓰다듬던 손 교수가 그 손으로 나의 얼굴을 들어올렸다.

"이러구 있으면 나, 정말로 속상해."

못 갑니다, 교수님.

"내 힘 고만 빼고…, 어서 나가."

나는 맥이 다 풀려감을 느꼈다.

"이런 모습, 보기 싫어, 나를 돕는 게 아니라니까."

손 교수는 나의 몸을 밀어냈다.

"그만 가보세요. 교수님 말씀을 들으세요."

손 교수의 수발을 들고 있는 아주머니가 나를 일으켰다.

"어제 치료를 받으시고 그렇지 않아도 기운이 없으세요. 호텔로 가 계셔요. 제가 전화를 자주 드릴게요."

아주머니가 내 몸을 끌다시피 하면서 다시 말했다.

"즐거웠던 기억만 갖고…, 친구들과 재미있게 지내. 그게 나에게 힘을 주는 거라는 것 잊지 말어."

끌려나오는 나에게 손 교수가 말했다. 병실에서 내려지는 명령대로 하겠습니다. 손을 흔드는 손 교수를 바라보며 나는 쫓겨났다. 아무런 도움도 될 수 없는 나의 존재가 밉기만 했다. 손 교수에게 내가 이렇게도 무기력한 존재일 수가 있다니. 길이 없었다. 방법도 떠오르지가 않았다. 오직 명령에 순종하는 것, 사랑의 노예로서. 노예가 참전할 수 없는 운명의 전투, 노예는 오직 주인의 승리를 위하여 순종할 따름이다. 나는 호텔의 내 방으로 들어오자마자 침대에 쓰러졌다. 그리고 생각을 못하는 사람같이 잠 속으로 들어갔다.

"아니, 이럴 수가 있습니까?"

전화 소리에 잠에서 깼다.

"언제까지 연락을 하지 않을 계획이었습니까? 너무합니다."

이세훈이었다.

"주무실 거라고, 이 시간쯤 전화하라고 해서 시계만 보고 있었습니다. 온종일을…."

손 교수의 병실에서 내린 명령이었다.

"무조건 호텔로 가겠습니다."

나는 시계를 보았다. 오후 6시를 넘어가고 있었다. 나는 얼굴과 머리를 대충 가다듬고 이세훈을 기다렸다. 인환의 얼굴이 거울에 비치었다. 그 얼굴을 보자 쿵쿵거리는 가슴이 아닌, 생일 케이크에 꽂힌 촛불이 타는 듯한 그런 가슴이 아닌, 그리고 낙숫물 떨어지는 소리도 아닌, 꽃잎들이 피어오르며 속삭이는 소리도 아닌…, 모든 것이 아닌 마음이 되어 떨려왔다.

"바람도 쐴 겸, 나가서 우선 저녁 식사나 하면서, 그간의 공백을 메꾸어봅시다."

이세훈은 나를 보자 식사부터 하자고 했다. 손 교수의 명령이리라. 맛있는 것 사 먹여라, 즐겁게 해주어라, 나의 전투는 금기상황이다. 이세훈에게도 이렇게 말했으리라. 나는 손 교수의 명령대로 또 따랐다. 그가 가는 대로, 그가 들어간 근처의 롯데호텔로, 그리고 엘리베이터를 탔고, 그가 안내하는 장소로 따라 들어갔다.

"여기 회원이 되면서 맨 먼저 떠오른 사람이 민경의 씨였습니다."

르네상스 모양의 의자를 권하며 이세훈이가 말했다.

"카트에 가득히 실려 나오는 양주를 보는 순간 옛날의 민경의 씨 집이 생각났습니다."

그가 내 앞에 앉으며 말했다.

"우리들이 매일같이 들러서 끝장내고 말았지 않습니까. 특히 마지막으로 남은 코냑 한 병마저 끝냈을 때 유쾌해하던 우리 일당들의 모습도 생각했었습니다. 미국과 유럽을 점령한 기분이라던 조승호의 말이 들려오기도 했구요."

나도 기억한다. 그날 밤에 조승호가 썼다는 일기를.

"보통 양주는 맥주잔에 부어 마셔도 참았지만, 제발 코냑만은 세련되게 마시라고 했던 민경의 씨의 호소도 그대로 일기에 썼으니… 향기가, 혀끝이, 등등을 그대로 다 쓰다 보니 다섯 장이 넘었다는군요. 다른 양주를 마실 때도 그랬지만, 코냑을 병째 거꾸로 들고 부어 마셔보려고 민경의 씨와 실랑이를 벌이던 일들, 그리고 이번에는 또 어떻게 코냑 마신 것을 세련되게 자랑할 수 있을까를 고민했다는 내용들이었지요."

이세훈은 담배를 꺼내 물며 내게도 권했다.

"민경의 씨 집을 드나들던 우리들 일당을 부러워하는 친구들에게, 자랑할 일이 더 즐거웠다는 것은 그 친구의 일기에만 기록된 것은 아니었지요. 그리고 우리들의 촌스러운 자랑이 다른 사람을 통해 전파되었을 때, 결국은 코냑을 제공한 민경의 씨는 또 가십의 대상으로 올라버렸지만…."

테이블 위에 놓인 꽃 한복판에서 촛불이 타고 있었다. 불길이 닿을 때마다 꽃잎들이 떨고 있었다.

"하긴, 어디 코냑뿐이었습니까? 차도 못 마시며 몇 시간씩 다방에 앉아 있는 인환의 친구들에게 대접한 커피도, 더위에 어깨를 축 늘어뜨리고 절인 배추같이 걸어다니는 사람에게 사준 빙수도…, 다 몇 시간 후면 가십이었죠. 다정함까지도 문제가 되었던 그 모든 것들이 얼마나 민경의 씨를 고통스럽게 했는가를 알았을 때는…, 민경의 씨가 광화문을 떠난 후였습니다."

촛불과 꽃잎이 울기 시작했다.

"광화문은 우울했습니다. 더욱더 우울했던 것은 우리 일행이 공짜로 유럽을 여행했을 때였습니다. 대사가 초청한 자리에 코냑 병이 있었습니다. 우리는 찰나적으로 서로를 바라보며 광화문의 민경의 씨를 생각했었습니다. 그 후에도 코냑 병만 보면, 우리는, 그렇게, 광화문 시절로 돌아가 우울해집니다."

웨이터가 이세훈의 말대로 양주병이 가득한 카트를 밀며 들어왔다. 이니셜 엑스트라Initial Extra가 총지휘자같이 맨 앞자리에 놓여 있었다.

"캐비어도 있습니다. 광화문 시절에는 상상도 할 수 없었던 것들입니다. 그뿐입니까? 그 당시에 우리가 이해 못하던 민경의 씨의 언어들, 올리브니 피자니 하면서…, 에스카르고가 어떻고, 개구리 다리, 제비집…, 사실 그런 말들에 비위가 상했었죠. 깍두기에 막걸리도 제대로 못 마시던 시대였으니 우리들은 뒤틀렸던 거지요."

이세훈이 미리 준비해놓은 듯 다른 웨이터가 또 하나의 카트를 밀고

들어왔다. 그리고 카트 위에 있는 캐비어 통을 들어 보인 후 뚜껑을 열
어 크래커 위에 올려놓았다.

"한국에 오신 것을, 김인환과 그 일당을 대표하여 환영합니다."

테이블 위로 캐비어와 보드카가 놓이자 이세훈이 잔을 들었다. 나는
세월을 실감했다. 이제는 촛불과 꽃잎들이 흐느낌을 보았다.

"나 혼자 너무 떠들었나 봅니다. 이날을 오랫동안 기다려 왔었기 때
문입니다. 실은 인환이와 함께 오고 싶었는데⋯."

이런 자리에 인환이의 친구인 이세훈과 앉을 수도 있다니. 광화문 시
절에는 차라리 저승이 더 가까웠다.

"지금까지⋯, 죽지 않았기 때문에⋯."

나는 잔을 들며 말했다.

"물론입니다. 앞으로도 오래오래 사셔야 합니다. 우리들 가는 꼴도
다 지켜보아주십시오. 촌스럽게 가는지, 세련되게 가는지도 보았다가
후에 우리에게 와서 말해주십시오."

웨이터가 다시 카트를 밀고 들어와서 로브스터가 올려진 접시를 테
이블 위에 놓았다.

"보십시오. 다 기억하고 있습니다. 민경의 씨가 좋아하는 것만 이미
시켜놓았습니다. 손 교수님의 전화를 받고 이미 다 준비했습니다. 함께
올 것을 믿었거든요. 이런 것들로 민경의 씨의 상처를 아물게 할 수는
없겠지만, 나도 가슴에 멍이 들어 있는 놈입니다. 인환이와 민경의 씨,
그리고 광화문 이야기로⋯. 모든 시발이 나의 책임이었습니다. 괴로웠
습니다."

그건, 일기 탓이었을까. 그날 밤, 달이 너무도 밝았다. 이세훈과 인환이 그리고 나는 달에 취해 있었다. 취한 중에 한 젊은이들의 약속. 이세훈은 말했다.

"인환아, 민경의 씨와 애기 하나 가져라. 기막힌 녀석이 태어날 거다. 우리나라의 예술사를 빛낼 녀석이 나을 거다. 어떠니? 우리들 셋만의 비밀로 하고…."

그러나 막상 현실로 다가왔을 때는 이세훈도 인환도 내 옆에 없었다.

"그래요, 괴로우셨겠지요."

백태수와 했듯이 나는 이세훈과도 잔을 비워나갔다.

"이 클럽의 회원권을 가진 보람을 오늘 비로소 느낍니다. 역시 임자는 따로 있습니다. 주인을 만난 것 같습니다."

여유가 사람을 넉넉하게 만드는 것인가 보았다. 이세훈의 모습은 옛날과는 먼 거리에 와 있었다.

"버티고 살다 보니…, 무조건 살고 봐야 되겠습니다. 남북통일이 되어 기차를 타고 평양을 갈 수도 있을지, 베를린의 장벽이 무너지는 것도 볼 수 있을지, 누가 압니까? 달나라에까지 여행을 할 수도 있을 겁니다. 버텨보십시다."

"그때의 친구들, 영양실조로 일찍 갈 줄 알았는데…."

내가 말하자,

"똥개들이 우리를 살린 것 아닙니까?"

이세훈은 재미있게 웃었다. 나는 지금도 생각하면 끔찍하다. 근사한 모임이 있다고, 그 일당들이 나를 끌다시피 데리고 간 곳은 개를 잡는 현장이었다. 나는 그날 이후 일당들을 한 달 가까이 만나지 않았었다.

"돌아가며 똥개 한 마리씩을 가져와서, 그 똥개로 인하여 우리 모두 이렇게 건재합니다. 그것도 못 먹었으면 어떻게 이 80년대 중반까지 버티었겠습니까? 하긴 합동위령제라도 치러야 할 것 같긴 합니다."

"불쌍한 개들의 원한도 많겠지만…"

내가 또 말했다.

"네, 민경의 씨도 우리에게 원한이 많다는 거죠? 안 되겠습니다. 나 몹시 답변에 궁색해지기 시작합니다. 화제를 돌려야겠습니다. 그렇죠, 우리가 지금까지 버티고 살아주었기 때문에 볼 수 있는 한강다리가 몇 개나 되는지 아십니까?"

백태수가 갑자기 스님의 이야기를 꺼냈듯이 이세훈은 다리 이야기를 하고 있었다.

"아폴리네르 같은 시인의 미라보 다리라는 애송시는 나오지 않았지만, 알렉상드로 3세 다리만큼 운치는 없지만, 센 강, 35개인가 하는 다리, 퐁네프의 기공으로부터 시작하여 몇백 년을 다리에 신경을 써오지는 않았지만, 그런 대로 한강의 다리들도 괜찮습니다."

이세훈은 센 강을 다녀왔다는 말이 하고 싶은 거였다. 광화문 시대에도 이들은 이렇게 엉뚱한 말을 꺼내면서 무언가를 외치며 자랑을 했었다.

"베르디 작품의 무대 같고, 사랑스럽다 못해 슬픈 도시 이야기 좀 해주십시오. 민경의 씨가 그렇게 말했다고 그곳을 다녀온 사람들이 그러더군요. 우리 일당이, 그야말로 작당을 하여 샌프란시스코로 갈려고 했었습니다. 그런데, 미국 비자보다 더 힘든 것이 용기를 꺾더군요. '민경의 비자' 말입니다. 샌프란시스코가 곧 민경의였으니까요. 아니죠, 우리는 '미국' 하면 민경의 씨가 떠올랐으니…, 아무튼 대단하십니다."

손 교수가 설사 정도로 입원한 듯이 이세훈의 입에서도 다른 말만 흘러나왔다.

"아무래도 민경의 씨는 화가보다는 문인 쪽입니다. 전부터 느꼈는데 말입니다, 글 써보지 않겠습니까? 인환과의 이야기를 써보십시오. 광화문의 이야기를, 지금도 왠지 끝나지 않은 것 같은 그 이야기를."

끝나지 않았다. 다윗의 이야기를 해야 했다. 내가 쓴다면 한국판 《주홍 글씨》가 될 것이다.

"무조건, 읽지도 않고 출판합니다."

그가 말했다.

"아직도 우리를 미워하십니까?"

하고 물었다. 내가 미워하는 것은, 누굴 오래 미워하지 못하는 거라고, 나는 술잔을 입으로 가져가며 대답했다.

"미움을 오래 간직할 수 없다는 것, 좋죠. 우리는 똥개로 육체를 보존하며, 미움으로 정신력을 길렀기 때문에 불행한 젊음을 보냈습니다. 돌이켜보면 삶을 영위하는 데 있어서 미움은 가장 큰 적입니다."

아니다, 나에게는 미움이 힘이 되고 사랑은 무기력이다.

"미움으로 정신력을 기를 때는 인생이 고통투성이더니, 어느 날, 사랑의 눈과 가슴으로 세상을 보게 되니까 살맛이 났습니다."

이세훈의 말을 들으며 계속 가슴에 닿는 것은 세월의 길이었다. 나는 또 술을 마시며 물었다. 그때는 왜 그토록 나를 술안주 삼으며 미워했는 가를.

"미워하다니요? 이거, 참으로 억울합니다. 초등학교 학생들이 마음에 드는 계집애에게 집적거리는 그런 것이었지요. 20대인데도 우리는 초등 학교 학생들 같았으니까요. 하긴, 지금도 그렇습니다. 하지만, 우리 일 당들, 착한 놈들인 것은 틀림없습니다. 어떤 때는 우리가 정말로 아담의 후예인가 보라고 생각할 정도로 아둔할 때도 많습니다. 갈비뼈를 빼내 는데도 잠만 잔 것이 아담이라면서요?"

나는 이세훈 씨도 교회에 나가지 않나 보다고 물었다.

"나, 기독교인 되고 싶지 않습니다. 예수 믿으면 술과 담배부터 끊더 군요. 믿는 생활, 쉬워 보이지 않습디다. 그야말로 좁은 길이더군요. 넓 고 편한 길이 있는데 왜 좁은 문으로 들어갑니까?"

"그러니까 더 알고 싶지 않으세요? 그 세계에는 무엇이 있길래 많은 것을 끊고 절제하면서도 행복할 수 있는가를요. 하나님이 우리를 보살 피는 것은 부모님의 사랑을 뛰어넘은 것이라고들 해요."

이세훈은 별안간에 나를 뚫어지게 바라보았다. 얼굴색도 창백해 갔다.

"설마…, 그 사이에 인환을 만난 것은 아니겠지요?"

나는 하나님과 인환이가 무슨 관계가 있느냐고 물었다.

"아닙니다. 오늘밤에는 손 교수님과 인환의 이야기는 하지 않기로 되 어 있는데…, 아닙니다. 우리, 샌프란시스코 이야기나 합시다. 왜 그 도 시는 슬픕니까? 사랑스러워서 슬프다니요?"

그는 애써 술을 마시며 또 화제를 다른 데로 끌고 갔다. 나도 손 교수는 설사로 병원에 입원 중이라고 생각하고 싶었다. 그리고 인환이는 더더욱 지금은, 생각해서는 안 되었다. 초의 심지가 쓰러지며 불이 꺼졌다. 초를 둘러싸고 있던 꽃잎들도 함께 떨어졌다. 샌프란시스코는 다윗이 존재했었기에 사랑스럽고 다윗이 땅 속에 묻혀 있기 때문에 슬픈 도시임을. 이젠 가요. 내가 자리에서 일어났다. 우리는 왔던 길을 되밟아 S 호텔로 돌아왔다.

"곧 연락 드리겠습니다."

이세훈과 나는 무언가 무거운 마음으로 헤어졌다. 나는 그 무게를 침대 위에 던졌다.

새벽 일찍이 눈이 떠졌다. 나는 병원으로 가야겠다고 일어나는데 전화가 왔다. 오늘은 병원에 오지 말라는 손 교수의 전갈이었다. 무슨 일이 있느냐고 물어도 아니라고만 했다. 손 교수를 바꾸어달라고 해도 병실의 아주머니는 오늘은 그냥 있으라고 했다. 걱정하지 않아도 된다고. 나는 또 명령대로 수화기를 놓았다. 잠도 잤는데…, 하지만 어쩌랴. 병실에 달려가도 문 앞에서 쫓겨날 것이다. 쫓겨나더라도 가서 손 교수를 보고 싶다.

나는 샤워를 하면서 생각했다. 오늘은 무엇을 해야 손 교수가 설사로 입원했다는 마음이 될지를. 누구에게도 아직은 연락을 하고 싶지가 않았다. 나는 샤워를 끝내고 의자에 앉아서도 이 생각을 하며 커피를 주문했다. 전화벨이 울렸다. "너, 이래도 되는 거니?" 고함 같은 소리가 들려왔다.

"방금 이세훈 씨가 전화했더라. 그래서 네가 한국에 온 것을 알았다."

박미연, 나는 반가움에 미연아, 하고 불렀다.

"이세훈 씨가 네게 가 있으라고 하더라. 아무튼 만나자. 네가 이럴 수가 있니?"

절대로 수술을 하지 말라던 미연이었다. 어른의 말이라고 네 배 속에 있는 애까지 네 마음대로 하지 못하느냐고 극구 만류했었다. 손 교수와 병원에 다녀온 날 미연은 울면서 물었다. 수술을 하지 않은 거지? 긍정도 부정도 하지 않는 나에게 안 했지? 안 했지? 하며 거듭거듭 물었었다. 나는 손 교수와 여행길에 오를 때까지 아무 말도 하지 않았다. 미연이 나를 보면 또 물을 것이다. 너, 애 키우느라고 샌프란시스코에 머물고 있는 거지? 애 때문에 귀국하지 않은 거지? 나는 또 긍정도 부정도 할 수가 없을 것이다.

"네가 나의 친구인 것이 맞는 거냐?"

미연은 총알같이 내 방문을 열고 들어오며 소리를 질렀다.

"미치도록 오랜 세월이 지났는데, 그것도 부족해서 한국에 와서까지 이럴 수가 있니?"

나는 미연을 안았다. 미안해, 미연아.

"이런 못된 애를 병실에서까지 챙기고 계신 손 교수님이 딱하시다. 막 나오려고 하는데 전화를 하셨더라. 너를 찾아가래. 쓸쓸하지 않게 해주래. 내가 알게 무어냐고 말씀드리려 하다가 참고 왔다."

방안에 버티고 서서 미연은 옛날 광화문 시절같이 울분을 터뜨리고 있었다. 그때의 미연은 수시로 내게 부르짖었다. 네가 왜 이렇게 당하고만 있어야 하니? 뛰고 나는 네가 왜 이렇게 병신같이 구니? 그때도 나는 오늘같이 미연만 바라보고 있었다.

"손 교수님은 샌프란시스코에 가시고 싶어도 네 침묵에 대한 배려로 갈 수가 없다고 하셨어. 그게 무슨 뜻인지 짐작이나 되니? 이 못난 것 아."

미안하다, 미연아. 나는 못났고 못났다.

"오랜만에 만남이 너무 살벌합니다."

이세훈이 방에 들어오며 말했다.

"옛날이나 지금이나 분통터지는 짓만 하잖아요?"

미연이 배앝듯이 말했다.

"손 교수님이 알면 큰일납니다. 지금 민경의 씨 생각만 하고 계시지 않습니까? 누가 환자인지 모르겠습니다. 아침에 호출 명령을 받고 병원에 들렀더니 무어라고 하신지 압니까? 호텔비를 정리하라고 돈을 주면서 당장 삼청동 손 교수님의 화실로 민경의 여왕을 모셔다놓으라는 겁니다. 화가는 화실에 있어야 외롭지 않을 거라고, 그리고 그림을 그릴 것이라고…, 나, 어명을 받자와 짐꾼으로 왔습니다."

"기가 차서…, 쟤가 가서 무릎을 꿇고 있어도 시원치가 않은데, 누가 누구를 보살펴야 되는 건지…."

미연아, 나는 어떻게 용서를 빌어야 할지도 모를 지경에 와 있다. 그저 명령대로 움직이며 따라갈 뿐이다. 명령을 기다리는 것밖에 아무것도 할 수가 없단다. 오직 인환을 생각하지 않는 것이 내가 할 수 있는 유일한 예의일 뿐이다.

우리는 가방을 챙겨 들고 이세훈의 차를 탔다. 대형 창고만 한 손 교수의 화실 한쪽 벽에는 여행 때 스케치한 그림들이 질서정연히 진열되어 있었다. 그 그림들을 바라보니 전생의 일같이 아득한 느낌과 지금 여행을 하고 있는 듯한 현실감이 교차했다.

"완성된 지 10년이 넘는다. 너하고 2인전을 가지시기로 했다고 저렇게 준비를 해놓은 것이다. 이 무심한 것아."

"정말로 놀라우신 분입니다. 여러 곳에서 전시회의 권유를 받으셨는데도 다 거절하셨습니다. 반드시 민경의 씨하고 함께해야 한다고요."

"그것뿐인 줄 아니? 네게 한 번도 섭섭해하시는 기색을 보여주신 적이 없었다. 진정으로 누구를 사랑하면 상대가 침묵해도 그 의미를 전달받고, 만나지 않아도 항상 함께 있는 것이래. 이해할 수 없다가도 네가 부러운 적이 한두 번이 아니었다. 화실로 너의 거처를 옮기라고 하신 것도 깊은 뜻이 있으실 게다. 네게도 그 뜻이 전달된 거니?"

나는 미연과 이세훈의 이야기를 들으며 소파에 주저앉았다. 다시금 슬픔이 고개를 치켜들고 있었다. 미연은 커피를 끓이기 시작했고 이세훈은 내 앞으로 와서 앉았다.

"마시자, 네가 차지하고 있던 손 교수님 가슴의 빈자리를, 아무리 비비고 들어갈려 해도 안 되더니…, 너를 위해 언제나 준비해놓으셨던 이 커피나 마시자."

사랑은 기쁨인데, 나의 사랑은 슬픔이고 허약하기만 했다.

"어쨌거나 경의를 생각하면 신기할 정도로 기가 차요. 아슬아슬하기도 하구요."

미연은 혜주와 같은 말을 했다.

"민경의 씨가 아슬아슬하다고요? 태풍 같은 힘이 있습니다. 엄청난 태풍이 휩쓸고 간 후같이, 민경의 씨가 떠나고 나니까 광화문은 폐허였습니다."

"얘는 건드리기만 해도 깨지는 얇은 '유리종'이에요. 그 종소리를, 태풍이라고 부른 그 시대 우리들의 청각에 문제가 있었던 거예요."

나는 손 교수의 그림들을 보며 커피만을 마셨다.

"민경의 씨는 10년이 넘도록 새만 그리며 살았다고 했는데, 누구 말대로 불사조입니다."

"이세훈 씨, 옛날에는 청각에 문제가 있더니 이제는 시각에도 문제가 있군요. 불사조 같은 모습이 어느 구석에 있어요? 내 눈에는 참새, 그것도 술꾼들의 식탁에 올려진 참새구이로 보여요. 경의가 한국을 떠날 때 어떤 모습이었는지 아세요? 술꾼들이 먹다가 버린 참새의 꽁지였어요."

"박미연 선생, 그렇게 말씀하면 우리가 비참해집니다. 이야기는 그 반대입니다. 별들 사이에 일어나는 사랑의 전쟁에서 우리는 초라한 지상군에 불과했습니다. 생각해보십시오. 미국 유학에서 돌아온 젊은 독신의 여류화가 민경의 씨, 문단의 총아인 기혼의 김인환만도 별들의 이야기인데, 거기에다 할리우드에서 돌아온 영화계의 신성 윤정식 감독과 크고 작은 각계의 별들이 상공에서 반짝였습니다. 우리 지상군들은 땅굴만 파고 있었다니까요."

"지난 이야기라고 그렇게 말하지 마세요. 경의의 젊음을 송두리째 망쳐놓고 그렇게 재미로 말할 수 있어요? 춥고 배고프고 심심하다고, 안주가 필요하다고, 경의의 인생을 그렇게 뜯을 수가 있는 거냐구요? 사랑하고 임신하고 그게 어디 민경의만의 기록적인 사건이었냐구요? 무슨 엄청난 범죄행위였느냐구요? 난, 분해요. 생각할수록 경의의 젊음이 아까워요."

"그러한 사랑과 임신과 물론 민경의 씨만의 사건은 아닙니다. 다만 태풍이 될 수 있는, 무어랄까, 운명적으로 타고난 사람들이 있습니다. 나요? 지금에 와서 돌이켜보면 오히려 불쾌합니다. 아무리 사랑을 해보고 싶어도, 그러한 운명이 오지를 않는 것입니다. 그뿐이 아닙니다. 여류 문인들이나 화가들과 은밀한 뒷골목의 술집에 단 둘이 있어도 태풍은커녕, 솔솔 바람도 불지 않는 것, 그 불쾌감을 별들은 모릅니다. 지상군의 운명은 비애라니까요."

"그렇게 쉽게 말하지 마세요. 새만 그리며 산 경의의 아픔이나 외로움을 생각해보셨나요. 새만 그리고도 살 수 있는 미국도 이상한 나라이긴 하지만."

"미연 씨, 미국요? 미국이야말로 이상한 것이 한두 가지입니까? 하는 짓이 모자라 보이는데 결국은 입이 딱 벌어지고, 개판의 국민들 같은데 보이지 않는 질서 위에 있고, 철저한 이기주의 국가 같으면서도 지구촌 곳곳을 보살피고…, 아이고, 내가 어떻게 미국의 실체를 알 수 있겠습니까? 버스와 기차로 미국을 횡단해본 소설가들의 이야기를 들어보면, 광활함에 압도당했고, 기름진 땅에 탐이 났고, 풍요에 감탄했고, 아름다운 산천에 어안이 벙벙했고…, 그저 결론은 미국이다. 미국이 재채기만 해도 전 세계는 감기에 걸릴 것이라는 위대한 미국이다, 이거랍니다. 그런데 그러한 미국에서 공부를 했고 새를 그린 것이 어떻다는 겁니까? 닭의 모가지만 치면서 평생을 살 수 있다는데…. 미연 씨, 지금 내가 미국을 말하자는 것이 아니고 그 시절의 광화문에 결론을 내리자면, 별들의 전쟁에서 지상군들이 그저 호기심으로 한몫 끼어든 것뿐입니다. 누구도 민경의 씨를 떠나라고 한 사람이 없었습니다. 또 망쳐놓았다니요? 지상군 대표의 한 사람으로 억울합니다."

"떠나라고 할 자격이나 있었어요? 잘 구워진 참새 한 마리의 냄새를 맡고 너도나도 달려들어 '그 참새 말야…' 하면서 무책임하게 지껄여댄, 그야말로 치사하고 유치한 짓들을 한 거예요."

"박미연 화백! 그만해둡시다. 다― 옛날의 이야기들 아닙니까?"

"그렇지 않아요. 이제는 배도 부르고 서구의 맛에도 길들여졌으니까 참새는 아닐지라도 칵테일 파티의 오르되브르이 될지도 몰라요."

"하― 참, 그렇게 되는 것도 특권이라니까요. 아무나 오르되브르이 될 수 있습니까? 파리도 미국도 제주도만큼 가까운 느낌이 들 때가 있지만 그건 우리들의 느낌이고, 오르되브르의 운명은 따로 있다니까요. 어쨌거나, 사실을 털어놓자면, 민경의 씨는 우리들의 그리운 대상으로 존재합니다. 태풍이 지나간 폐허의 광장에서 '너는 어디 있느냐?' 하고 찾았다니까요. 아마도 민경의 씨를 지금들 만나면 잃어버린 일기장을 찾은 듯한, 그리고 다시 읽어보며 추억 속에 잠기고 싶을 겁니다."

"이세훈 씨는 출판 생활 20여 년에 소설가가 되어 있군요. 민경의는요, 겉으로 보기에는 그때나 지금이나 만만치 않아 보이지만 무책임하게 던지는 단어 하나에도 민감한 애예요. 새를 그린 이야기, 난 두려워서 묻지를 못하겠어요. '엄마 새와 아기 새', '날개를 활짝 펴고 나는', 이

373

런 말들을 전해 들을 때마다 몸에 전율이 왔어요."

"그게 다 준비 기간입니다. 걸작이 나오기 위한 누군가의 배려로 수어진 기간입니다. 아무에게나 이런 배려가 베풀어지는 것이 아닙니다."

"한국 땅을 밟으면서, 광화문에 호텔을 정하면서 겪었을 경의의 아픔을 누가 보상할 수 있겠느냐는 거예요."

"보상? 우리가 반가워하고, 두 팔을 벌리며, '너는 어디 있었느냐? 왜 이제야 왔느냐, 그리웠다' 하는 것 이상의 보상이 있다고 봅니까? 15년? 문제가 아닙니다. 한국에 죽치고 있던 우리들, 무슨 대단한 발전이 있었습니까? 세계가 좁아 보이는 것, 카페니 하는 외래어와 친숙해진 것, 주는 대로 마시는 반 잔의 커피 대신 이것저것 취향대로 선택하며 마냥 마실 수 있다는 것, 그런 것뿐입니다. 이렇게 프렌치 로스트라는 커피도 즐기면서. 안 그렇습니까, 민경의 씨."

도저히 끝날 것 같지 않은 두 친구의 대화를 듣고만 있던 나는 고개를 끄덕였다.

"그리고 돌이켜보면 내가 책임져야 할 부분이 많아요."

"너 무슨 뚱딴지같은 소리를 내고 있는 거냐?"

내가 말을 꺼내자 미연이 가로챘다.

"미연아, 봉선화 꽃잎이 손톱에 어울리던 시절에 주홍색 매니큐어를 바른 것부터 내 잘못이고…."

"그게 왜?"

미연이 받아넘겼다.

"곱게 파마한 머리 대신, 긴 생머리에 비행접시만 한 나의 모자도 그랬고…."

"커피 맛 떨어진다."

미연은 연속으로 가로막았다.

"진주나 비취가 아닌, 큰 메달만 한 동 목걸이에 귀걸이와 팔찌 역시
…."

"너 지금, 연극의 대사를 읊고 있는 거냐?"

나는 다가서는 미연에게 말했다.

"그런 모습을 하고 대접한 우정 어린 차 한 잔도 그래. 이 모든 것이
충분히 이야깃거리의 시작이었어. 그곳의 분위기를 알았어야 했고 얌전
히 동조했어야 했는데. 그리고 이세훈 씨 말이 맞아. 누구도 날보고 떠
나라고 하지 않았어. 나야, 떠난 것이. 광화문의 물결이 너무도 세차게
내게로 몰려와서, 내 배가 파도에 밀려났다고 해야 할지…."

"얘!"

미연이 내 앞으로 의자를 당겼다.

"누구에게나 입혀지는 T셔츠에 새만 그렸다면서, 그 많은 전시회를
가졌던 네가 새만 그린 그 기간이 분하지도 않니?"

"미연 씨, 왜 아까부터 새를 그린 것에 신경과민이십니까? 우리 모두
그리운 시점에 와 있다고 하지 않습니까? 그때의 그 시절, 우리는 너무
나 젊었습니다. 하지만 그 젊은 날들의 실수가 세월이 지나고 나니 그리
움이 되어 왔지 않습니까? 이제라도 민경의 씨가 다시 떠나지 못하도록
하면 될 것 아닙니까? 돌아가 새를 그리지 못하도록 붙들 수 있는 능력
도 있지 않습니까?"

이세훈은 미연에게 애걸하는 것 같았다.

"나야말로 날개를 좀 펴게 해주십시오. 실은 나도 죄책감으로 날개를 접은 적이 많습니다. 그러나 다시 한번 또 결론을 내리자면, 민경의 씨의 광화문 이야기는 모두가 가져보고 싶은 부러움으로 남아 있다는 것만 기억해주십시오."

이세훈은, 그 일당들이 나를 행복하게 해준 공로도 인정해달라고 했다. 미연은 그건 너희들을 위해서였다고 반박을 했다. 그런 방향으로만 몰고 가지 말라는 이세훈의 호소하는 듯한 말에도 잊을 수가 없다고 미연은 한마디로 잘라버렸다. 그럼 어떻게 해야 되겠느냐는 이세훈의 물음에, 다시들 몰려와서 나를 옛날같이 뒤흔들어놓지 말라고 했다. 나를 환영하고 외롭지 않게 해야 한다는 이세훈의 말에도 그냥 놓아두는 것이 그나마 보상하는 길이라고.

"손 교수님의 지엄한 명령이 계신데 안 됩니다. 참, 직무 이행을 끝냈으니 나는 출판사로 가봐야겠습니다. 민경의 씨, 새 아닌 다른 그림을 그리시면서 쉬고 계십시오. 어명이 내려질 때마다 들르겠습니다."

이세훈은 스튜디오를 나가면서 좀 봐주십시오. 박미연 씨, 하고 웃었다.

"미안하게 너 왜 자꾸만 그러니?"

이세훈이가 나가자마자 내가 미연에게 말했다.

"나도 모르겠어. 너를 보니까 속상해서 그래. 난, 네가 샌프란시스코에 있는 것이 싫었거든. 그 이유가 바로 저 이세훈 씨 일당 때문이잖니?"

미연은 커피 잔을 다시 들고 왔다.

"네가 이 땅에 없어서, 네가 주는 즐거움이 몹시도 그리웠다."

나에게 전화를 할 때부터 소리를 지르던 미연이 이제 여력이 남아 있지 않은 듯이 조용히 말했다. 그리고 병원으로 가자고 했다. 손 교수님의 명령이 없잖아…, 나는 눈으로 대답했다.

"너, 김인환 씨는 만나지 말아. 그런 무책임한 남자를 만나서는 안 돼. 설마, 그 남자를 아직도 사랑하고 있는 건 아니지? 난, 그 남자만 생각하면 미워서 견딜 수가 없다."

미워하지 말아라. 미워할 수가 없는 사람이잖니. 나는 또 눈으로 말했다.

"전에도 말했지만 페르시아 왕가의 고양이같이, 고급 양탄자 위에 도사리고 앉아서 보라색 눈빛으로 꿈을 꾸며 광화문 생활을 시작한 네가…, 왜 이 꼴이 되었는지 나는 슬프다. 그리고, 날개를 달고 어디로 가고 싶다는 거냐?"

미연은 엄마 새와 아기 새에 관해서는 묻지를 않았다. 3년의 삶을 누리고 떠난 다윗을 한국에서는 아무도 모른다.

"그 남자, 생각할 가치도 없다. 그 남자로 인해 뒤죽박죽이 된 너를 떠올릴 때마다 기가 막힌다. 네 꼴을 보니 그 남자로 인한 상처가 남아 있는 것 같은데 그 상처까지 불쾌하다."

불쾌해. 미연은 강조했다. 비겁하고 최소의 예의조차 모르는 남자야. 실은 그 남자를 내가 미워하는 것조차 시간의 낭비야. 너도 생각해봐라. 그 남자를 사랑한 것이 아닐 거야. 그런 남자를 네가, 사랑할 수 없어. 환상일 거야. 민경의다운 사랑스러운 환상인 거야. 네가 받은 상처도 그 남자 때문이 아닐 거야. 술안주가 되어 뜯기고 뜯겼던 그 아픔 때문이야. 알았지, 경의야. 이제 그 아픔은 모두의 그리움으로 치유가 될 거라고, 그 시간에 와 있다고 이세훈 씨가 그러지 않든? 그러니까 경의야, 이곳에서 몸도 마음도 쉬면서 그림이나 그려. 입원해 계신 손 교수님을 위해서도…. 미연은 전과 같이 나를 달랬다.

"어쨌거나 가끔은, 너야말로 새같이 자유로워 보이기도 해. 허밍버드같이 온갖 아름답고 맛있는 꽃 속에도 있고, '나는 민경의다' 하며 검은색 표지판을 끝에 매달고 백색의 크고 화려한 날개를 활짝 편 채 바다 위를 나는 가닛Garnet새 같기도 하고, 무지개 색같이 다양한 색깔의 삶이라는 생각이 들기도 해. 그래, 네 팔자대로 살아라. 다, 타고난 운명인지도 몰라. 아무튼 더 이상 생각하고 싶지 않다. 경의야, 배고프지? 뭘 해 먹을까? 너, 무얼 먹고 싶니?"

미연아, 나는 수면제를 먹고 싶어. 손 교수의 명령이 내려질 때만 깨어나는 그런 수면제 없을까? 인환이가 보고 싶을 땐 잠을 자는…. 미연은 부엌으로 갔다. 나는 미연의 등에 대고 말할 수 없는 넋두리를 계속했다. 인환과는 끝나지 않았다. 네가 환상이라고 해도 할 수 없다. 그에게서 헤어나지 못하고 있다. 다윗 때문이라도 그를 만나야 한다. 김인환이라는 이름의 족쇄에서 풀려나 자유롭게 날고 싶어도 그게 되지 않는 나를 용서해다오. 나, 인환이로부터 헤어나지 못하고 있다. 손 교수가 전투에서 이기는 날, 나는 그에게 달려갈 거다. 그가 존재함으로 행복했었고, 다윗이 존재했던 것 너, 알 수 있겠니? 미연아, 네가 사랑이 아니라고 해도 나는 그이가 그립고 보고 싶다. 나를 날게 해줄 사람도 그이 뿐이다. 아냐, 아냐, 자유롭고 싶지 않은지도 모른다. 그가 나를 붙든다면, 나는 날개를 접을 것이다.

　인간도 자연도 아름다움의 극치는 수명이 짧은 것인가. 한국의 가을
도 짧게 가버리고 한 해가 기울고 있었다. 나는 이 가을을 병실에서 쫓
겨나는 일을 반복하며 모든 상념을 잊고자 그림을 그렸다. 손 교수의 생
각대로 스튜디오에 있기 때문에 그나마 그림에 손을 댈 수가 있었다. 하
지만 한 점도 완성을 하지 못한 채로 중단된 캔버스만 늘어갔다. 크리스
마스에 맞추어 샌프란시스코의 친구들에게 보내려던 그림도 끝을 내지
못했다. 이젤 앞에만 앉으면 붓을 쥐고 있는 나의 손을 인환이가 흔들었
다. 그때마다 미연은 나의 청각을 흔들었다. 인환에 대한 미연의 분노는
결코 사라질 줄을 몰랐다. 무엇보다도 내가 임신했을 때의 인환의 태도
를 미연은 용서하지를 않았다.

　"그게 운다고 해결될 문제냐."

　나의 임신 사실을 알고 인환이가 술좌석에서 울었다는 이야기에 미
연의 분노는 더욱 커지기만 했었다.

　"김범룡 씨는 자기 같으면 울기 전에 도망갔다고 했다. 능력 없는 기
혼자가 다른 여인에게 임신을 시켰으니 그 길 외에 방법이 있느냐고. 우
는 것은 차라리 아름답지 않니?"

　나는 그때도 인환을 변명했었다.

　"그래서? 울어서 해결이 되었냐니까. 네가 말하는 그 희한한 아름다

움이라는 것이 무엇을 했느냐고. 너는 도대체 그 남자와 그 친구들이 밉지도 않니? 나는 속이 뒤집힌다."

미움의 불길이 가슴속 밑바닥에서부터 타오르고 있는 것을 미연이 어찌 짐작이나 할 수 있었으랴.

"나는 때때로 혼동이 온다. 네가 착한 애인지 무서운 애인지, 바보인지 천재인지, 그리고 천진난만한 어린애인지 아니면 도통한 노인인지 …."

또 말했다.

"네가 주문같이 말하는 사랑이니 하는 것도 그렇다. 전 인류를 다 품에 안고 있는 듯이 인류애까지 넘쳐 보이기도 하다가, 극도의 편애와 사랑의 까다로움이 보인다."

거기에다 '아름다움'에 관하여 덧붙였다.

"정말로 삶이 네게 그토록 아름답게만 느껴지는 건지 아니면, 삶이 하도 허망하고 엉망이라서 아예 포기하고 고도의 희극적인 표현을 쓰고 있는지 말이다."

나에 관한 이러한 생각들은 미연만 하는 것이 아니었다. 나를 보는 순간 나의 전부를 알 수 있다고도 했고, 나의 실체는 영원한 불가사의라고도 했다. 하지만 나에 관한 누구의 궁금증에도 나는 해명을 하지 않았다. 인생의 삶을 소꿉놀이하듯이, 보물찾기를 하듯이, 소꿉친구와 보물찾기 친구들과 더불어 나 나름의 삶을 영위해왔다. 특히 인환과의 관계는 더욱 그렇다. 얼마나 많은 사람들이 얼마나 많은 느낌과 생각을 말했던가. 그래도 나는 추호의 해명이나 흔들림이 없이 김인환이라는 족쇄를 찬 채 침묵을 했었다.

하늘은 온통 백설의 무도회장이었다. 김인환이라는 낙원 안에서 삶
의 꽃을 피우던 밤, 바벨탑을 쌓던 밤에 내리던 눈들같이, 사랑의 은어
로 속삭이며 화려하게 춤을 추고 있었다. 지상 최대의 교향곡이 연주되
었던 그 밤과 같이. 어디 그 밤뿐이었으랴. 김인환이라는 낙원 속에서
모든 것을 사랑했던 시절이 있었다. 나의 눈에 닿는 모든 것, 들리는 모
든 것, 부딪치는 전부를 사랑했었다. 이런 세상 속에 존재하며 함께하는
그의 친구들까지, 그들의 괴변까지를. 소주에 오징어를 들고 내게로 몰
려와 공범의 눈길을 짓궂게 교환하던 그들을. 가난의 끈끈한 정을 서로
탯줄같이 매달고 글과 그림에 열정을 쏟던 그들. 때문에 김인환과 그 일
당은 당대의 빛나는 문인이고 화가가 될 수 있었던 시절이기도 했다. 그
들의 가난이 차라리 아름답게까지 비추이던 시절이었다.

원고 청탁이 없거나 전시회가 없을 때는 뒤틀린 심사를 나를 향해 퍼
붓던 그들이기도 했다. 귀족 취미가 거슬린다. 막걸리 맛도 모르면서 무
슨 한국의 예술가냐. 현실에 대한 비판력이 없는 지성인도 있느냐. 이슬
을 먹지 말고 꽁보리밥에 된장을 먹어라. 눈에 아픔이 없으니, 미국이
아니라 천국에서 유학을 했어도 좋은 그림 나오기는 틀렸다. 분통 터지
는 군사독재정권에 친구들이 감옥을 드나들며 재판을 받고 있는데, 방
청석에 앉아 있는 민경의 씨의 얼굴이라니…, 연극이나 음악회에 온 사
람 같지 않냐. 하늘에서 내려오는 은총이 따로 있나, 우리가 놀아주는
게 은총이지.

말이 모자라서 화제가 중단된 적은 한 번도 없었다. 이세훈의 말대로 똥개의 힘이었을까. 눈빛들이 이글이글 탔었다. 꺼질 줄 모르는 빛나는 눈으로 온갖 이론과 욕이 쏟아져나오면 천둥과 번개가 치는 것 같기도 했었다. 젊음을 감당 못 하는 것 같던, 그래서 언어의 카니발을 벌이던 광화문 시절의 친구들, 김인환과 그 일당, 그들만이 국가의 운명을 통탄하며 짊어지고 있는 듯이 퍼붓는 온갖 분풀이들. 또한 그들만의 대화가 닿지 않은 주제가 없던 그 일당들. 지구 상의 이것저것을 신나게 훑고 나면 마지막 화제는 묘한 곳에 가서 정착하기도 했었다. 그 묘함이 심할수록 그들은 지성인으로서의 신나는 자부심에 몸을 떨기도 했다. "1은 1이다, 1이 아닌 것도 또한 1이다." "A는 A라는 동일률과 A는 비A가 아니라는 모순율, 그리고 A는 A이면서 비A가 될 수 없고 A도 아니고 비A도 아닐 수 없다"는 둥 역설논리학의 공식, 배중률을 다투어 주장하고 반박하고…, 노자도 아리스토텔레스도 도마 위에 올려놓았다.

우리는 그것을 바라보지만, 그것을 보지 못하고 그것을 평온이라 이름을 붙인다. 우리는 그것에 귀를 기울이려 하지만 듣지 못하고 '들을 수 없는 것'이라 명령한다. 우리는 그것을 잡으려 하지만 잡지 못하고 '포착하기 어려운 것'이라 부른다. 이러한 세 가지 성질은 서술의 주어가 될 수 없다. 따라서 우리는 그것들을 한데 묶어 일자一者를 얻는다. 결국 "도를 아는 사람은 그것에 대해 말하려고 하지 않는다. 하지만 도에 대해 말하려 하는 사람은 그것을 알지 못한다". 그러고는 통금 시간이 가까워지면 그들만의 일류 작가들은 허겁지겁 떠났다. 다음 날도, 그 다음 날도 반복되는 알쏭달쏭한 그들과 나와는 진실로 어떤 관계였을까.

누구하고도 결혼하지 말고 김인환만 사랑하라던 그들, 훗날 내가 불법 지대의 재판정에 섰을 때 모두가 사라져버렸던 그들과의 관계.

나는 홀로 재판정에 섰었다. 무수한 죄명이 내게 떨어지고, 실형의 선고도 이곳저곳에서 내려지던 이상한 시대의 이상한 재판에 그들은 한 명도 보이지가 않았다. 실형을 치를 장소도 나를 그 자리에 데리고 갈 사람도 없는 재판정이었다. 술집의 나무토막 위에 올려진 막걸리를 마시며, 깍두기를 먹으며 선고가 내려지기도 했다. 다방에 둘러앉아 계란 반숙으로 배를 채우면서도 선고는 내려야만 했던, 춥고 배고프고 심심했던 시절. 나는 그 시대의 희생양이었다. 슬프고도 허망한 긴 세월 후에 이 사실을 깨달았을 때 나는 인환과 그 일당을 가슴으로 불렀었다. 내가 재판을 받을 때 당신들은 어디에 있었습니까, 하고.

이제 인환과 그 일당은 더 이상 춥지도, 배고프지도, 심심하지도 않다. 지금은 과거의 일기장을 바라보듯이 나를 그리워하는 시점에 와 있다는 이세훈의 말이다. 나는 캔버스에 펼쳐진, 길고도 긴 지난날을 한 치의 어긋남이 없이, 추호의 망각이 없이 그려진 그림이 내 시야에, 내 뇌리에 각인되어 있는데, 망령같이 떠도는데, 나 홀로 에덴의 동쪽에 서서 무너져 부스러진 바벨탑의 조각들을 줍고 있는데, 어찌 세월에만 감사를 할 수 있단 말인가. 세월 또한 상처임을. 나는 왜 김인환을 만나려고 하는 것일까. 만나야 하는 진정한 의미의 실체조차 모르면서…, 그를 만나려고 꿈틀대는 또 하나의 실체는 어떻게 설명이 될 수 있는 건가. 분풀이냐? 다윗의 이야기를 함으로써 그에게 내 상처의 덩어리를 던져버리고 싶은 거냐? 아니면…, 너무도 상처가 아물지를 않아 그가 얼마나 나를 사랑했었고, 지금도 사랑하고 있으며 죽을 때까지도 나를 사랑할 거라는 그 약을 발라야만 되겠기에?

"광화문에 불던 바람, 태풍과도 같던 너희들의 이야기. 인환을 보면 경의가 떠오르고 경의를 생각하면 어김없이 인환을 의식하게 되는 거…, 아직도 계속 그래. 문제는 경의의 마음이 어디에 있는가, 어떻게 마음을 정리할 것인가 하는 거지."

여행을 떠나기 며칠 전에 손 교수가 말했었다.

"산소를 호흡하듯이 그의 환영을 호흡하며 이 순례는 계속될 거예요. 그를 사랑하는 외로운 순례는…."

나의 대답이었다.

"이 세상에서의 삶은 아침의 이슬과 같아. 땡, 땡, 하나님이 부르는 종소리만 나면 언제고 떠나야 하는 것이기도 해. 인생열차의 종점에 닿기 전에, 훨씬 전에, 김인환을 잊어버려."

미연은 내가 손 교수와 여행을 떠나던 날 공항까지 따라나와 내게 말했다.

"사랑은 일종의 소유와 같은 거다. 그런데 너희는 이게 뭐냐? 애당초 사랑도 아니었다. 허상에 불과했단 말이다. 사랑에서 소유로 가는 게 순리다. 너희는 지금 만나지도 않고 있지 않니? 그러고도 사랑해?"

'김인환은 나를 사랑했다.' '그 일당도 나를 사랑했다.' 나는 창 앞에 서서 부르짖었다. 사랑했기 때문에 지금까지 그를 잊을 수가 없는 거다. 그가 슬프도록 그리운 것은 우리가 진실로 사랑했기 때문이다. 그리고 국가의, 세계의 운명을 논했던 젊은 날의 그 일당들이 사랑이 아니었다면 추억하지도 않았을 것이다. 손 교수가 퇴원하면 나는 인환을 만난다. 새도 이야기를 하는데, 우리가 그냥 끝낼 수는 없다.

뜬구름 같은 얼굴로 인환의 환영이, 이제는 스튜디오를 꽉 메웠다. 끝날 줄을 모르는 사랑의 노래가 간절함의 파도를 타고, 내 가슴속에서 요동을 치고 있었다. 나는 애원하듯이 그를 바라보았다. 나의 이야기가 저 한 조각의 뜬구름과 같은 인환에게 아픔을 주는 것이 아닐까. 그는 구름으로라도 존재해야 한다. 나의 이야기를 듣고 나면 아픔을 이기지 못하여 비가 되어 내리지는 않을지. 봄비도 아닌, 태풍에 몰리는 폭우가 되어 결국은 내가 맞을 것이다. 아직도 그를 사랑하고 있다는 확인은 기이한 분노 같은 것을 동반하고 있었다.

"시련도 색과 향기가 다르게 주시는 주님은 성격대로, 재능대로 계획을 세우고 계셔. 순리대로 해라."

손 교수가 런던에서 나와 헤어지면서 내린 이별사였다. 범사는 기한이 있음을, 〈전도서〉를 인용하기도 했다. 세울 때가 있고 헐 때가 있고, 울 때가 있고 웃을 때가 있으며, 슬퍼할 때가 있고 춤을 출 때가 있으며, 찾을 때가 있고 잃을 때가 있으며, 잠잠할 때가 있고 말할 때가 있으며, 사랑할 때가 있고 미워할 때가 있으며, 전쟁할 때가 있고 평화할 때가 있다고. 나는 어느 때에 와 있는 것일까. 울 만큼 울었고, 슬퍼할 만큼 슬펐다. 잃을 만큼 잃었고 잠잠할 만큼 침묵했으니 찾을 때와 말할 때가 아닐까. 그와 함께한 시간의 편편을 끌어안고 걸어온 부자유의 길, 그 길이 멈출 때는 언제일까. 멈춘 다음에는 나는 어디로 가야 하는 것일까.

이른 봄의 새순과 같이 여리고 곱던 어린이들 속에서, 세계를 꿈꾸던 나, 광화문에 정착할 때까지 한 치의 오차도 없이 그 계획을 밀고 나가던 나였다. 광화문에서는 바벨탑을 쌓아올렸고, 무너진 폐허 속에서 흐느끼다가 격류에 몰려 그곳을 떠났다. 나는 지금 허물어져 산산조각이 나 있는 그 폐허 속의 조각들을 줍고 있는 것이다. 실낙원에 서서 무너진 지 오래인 낡고 부스러진 조각들을 왜 줍고 있는 것일까. 광화문의 시대는 오래전에 끝났는데, 세월과 함께 저 머—얼리 떠났는데, 나는 왜 광화문에 서 있는 것일까. 사랑에도 되는 말이 있고 안 되는 말이 있느냐고, 미련의 환상이라는 표현에 항변을 하면서. 만나야만 사랑이 지속되는 거냐고 열렬히도 항변을 하면서까지 나는 왜 광화문의 폐허, 그 실낙원에서 옛날의 깨어진 조각들을 줍고 있는 것일까.

나는 와인을 병째 들고 잔에 부어 마시며 생각 속에 빠졌다. 나는 누구일까, 나는 무엇일까부터 물으며. 무엇을 위하여 살고 있는 것일까, 어떻게 살고 있었는가. 〈잠언〉에서 말했듯이 보금자리를 떠나 떠도는 새와 같이 살아왔는가. 어린 시절은 고향에서 떠나는 꿈을 안고 살았다. 착한 어린이들이 가정의 둥우리에서 쉬고 있을 때, 나는 고향보다 더 큰 세상을 동경하며 떠날 준비를 하고 살았다. 꿈의 청사진을 만들어놓고 미국 유학에서 귀국하여 광화문에 정착했을 때는, 지상에서 빛나던 인간별을 만나 사랑했다. 그 별과의 삶이 전개될 때 나는 더 이상 떠나지 않아도 된다고 믿었다. 그러나 운명은 나를, 나의 의지와는 상관없이 밀어냈다. 고층건물에서 바라보던 인간의 모습은 떼를 지어 움직이는 송사리들 같고, 비행기 안에서 내려다보는 건물들은 체스판 위의 체스 같기만 한데, 이러한 지상에서 빛나던 별 하나를 사랑하다 탄생시킨 다윗도 없는 이곳, 나는 왜 서성대고 있는 것일까. 아직도 별 하나가, 나의 별이 지상에 있다고 믿는 것일까.

'인환을 놓아주어라.' '김인환을 놓아주어라.' 스튜디오 안은 온통 보라색이고, 어디선가 유리종이 울리듯이 이 말이 들려왔다. '내가 너의 멍에를 벗겨주리라' '너를 편히 쉬게 하리라.' 유리종은 계속 울렸다. 나는 사방을 둘러보았다. '네 이마에 붙은 주홍 글씨 A자도 내가 떼어주리라.' 나는 이마에 손을 얹었다. 뜨거운 가마솥에서 달구어진 녹은 유리 같은 피가 흐르고 있었다. 나는 그 피를 닦으려고 자리에서 일어나는데 인환이가 보라색 공간 안으로 들어오고 있었다. '나는 이마뿐이 아닌 얼굴 전체에 A부터 Z까지의 죄지은 낱말, 그 이니셜이 붙어 있소.' 처마에서 떨어지는 낙숫물 소리같이, 그가 내 앞으로 걸어오며 말했다. '그러나 나는 딤즈데일 목사만큼 용기를 갖지 못했소. 호손의 《주홍 글씨》는 용기 있는 자들의 이야기, 나는 A자가 심장을 태워도 떼지를 못하고 있소.' 피를 몽땅 쏟아낸 것같이 창백한 얼굴을 한 그는, 한 손으로 나의 턱을 고이고 한 손으로는 나의 이마에서 흐르는 피를, 털면서 닦아주었다. 나는 그의 손 안에 턱을 고인 채 그를 바라보았다. 나의 눈에서 낙숫물 같은 눈물이 뚝뚝 떨어지며 그의 손바닥에 고였다. 이 남자를 놓아주라니, 이 남자로부터 떠나라고 하다니. 나의 몸에 감겨 있는 사랑의 쇠사슬이 점점 조여드는 소리를 들으며 나는 인환에게 말했다. Adultery

A에서 Z까지 몇 번을 반복되는 죄의 글자들을 온몸에 달고라도 우리, 사랑해요, 하고. 그에게서는 아무런 대답이 나오지 않았다. 나는 다윗의 이야기를 해야 했고 사랑의 확인을 받아야 했다. 20여 년간 쌓아올린 탑, 그 그리움의 조각들을 하나하나 보여주어야 했다. 그러나 혀가 움직이지를 않았다. 손은 박제가 되어 있었다. 손뿐만 아니라 몸 전체가 김인환을 보며 박제가 되어갔다. '내가 보고 있다. 나는 용이 침 삼키는 것까지 보아온 너의 하나님이다.' 유리종과 낙숫물 떨어지는 소리 사이로 촛불이 타오르는 소리 같은, 꽃잎이 피어오르는 소리 같은 속삭임이 들려왔다. 나는 보라색의 공간 안을 둘러보았다. 인환이와 나만이 있었다. '내 형질이 이루기 전에 주의 눈이 보셨으며 나를 위하여 정한 날이 하나도 되기 전에 주의 책에 기록되었나니…, 내가 주의 신을 떠나 어디로 가며 주의 앞에서 어디로 피하리까…' 누가 대답을 하고 있는 것일까. 바람이 새어나오는 가냘픈 소리가 메아리같이 맴돌았다. '헛되고 헛되며 헛되고 헛되도다.' 메아리는 계속 맴을 돌았다. '사람이 해 아래서 수고하는 모든 수고가 자기에게 무엇이 유익한가.' '해는 떴다가 지며 그 떴던 곳으로 빨리 돌아가고.' 시를 낭송하듯 낮았다가 높았다가 하며 메아리는 계속 스튜디오 안을 돌고 돌았다. '바람은 남으로 불다가 북으로 돌이키며 이리 돌며 저리 돌아 불던 곳으로 돌아가고.' '모든 강물은 바다로 흐르되 바다를 채우지 못하며 어느 곳으로 흐르든지 그리로 연하여 흐르고.' 나에게만 들려오는 것일까, 인환은 나의 이마에서 흐르는 피만 닦고 있었다. '만물의 피곤함을 사람이 말로 다할 수 없나니 눈은 보아도 족함이 없고 귀는 들어도 차지 아니하고.' 나의 눈은 인환만을

바라보고 나의 귀는 메아리만을 듣고 있었다. '이미 있던 것이 후에 다시 있겠고 이미 한 일을 후에 다시 할지라 해 아래는 새 것이 없고.' '무엇을 가리켜 이르기를 보라 이것이 새 것이라 할 것이 있으랴. 우리 오래전 세대에도 이미 있었고.' '내가 해 아래서 행하는 모든 일을 본즉 다 헛되어 바람을 잡으려는 것이고.' '저가 모태에서 벌거벗고 나왔은즉 그 나온 대로 돌아가고 수고하여 얻은 것을 아무것도 손에 가지고 가지 못하고.' '내가 사는 것을 한하였노니 이는 해 아래서 하는 일이 내게 괴로움이요 다 헛되어 바람을 잡으려는 것이다.' 시 낭송 같은 메아리가 정지되었다. 인환의 손은 여전히 나의 이마에 있었고 나는 박제된 나의 몸을 풀어달라고 눈으로 호소했다. 이렇게 만났는데, 긴긴 순례 뒤에 비로소 만났는데…. 바람이 새어나오는 소리, 시 낭송하는 소리 위로 다시금 신호같이 유리종이 울려왔다. '이 지상은 나그네가 잠시 지나가는 곳이다. 본향인 천국으로 가는 길목이다. 객지에서의 나그네가 돈과 명예와 학벌과 재능을 아무리 자랑해 본들 그건 메아리에 불과한 것을 너희가 알진데…. 나그네가 욕심을 부리면 물건도 짐이 되고 정신적인 사치도 고통일 뿐인데…. 나그네의 여행이 편안하려면 짐도 가볍게 육신도 가볍게 하라는 말을 너희가 들었을진대…. 아직도 짐을 무겁게 하려느냐.'

나는 심한 갈증과 굳어 있는 몸의 부자유로 고통을 겪다가 눈을 떴다. 인환은 아무 데도 없었다. 나는 이마에 손을 대어보았다. 꿈이었다. 나는 꿈을 꾼 것이었다. 손에는 붓이 그대로 쥐어져 있었다.

날은 밝아 있었고 눈은 계속 내렸다. 나는 넋이 나간 사람같이 붓을 들고 그 자리에 앉아 여전히 난무하는 백설들을 바라보며 꿈을 생각했다. 인환을 보다니, 인환은 지금 어디에 있는 것일까. 그는 왜 나의 꿈속에 나타나서 나의 이마에서 흐르는 피를 닦아주었을까. 하고픈 말은 온 혈관을 터지도록 핏속에서 끓고 있는데, 나의 몸과 혀는 왜 박제가 되어 움직이지를 못 했을까. 그리고 바람이 새어나오는 것 같던, 시 낭송을 하는 것 같던, 유리종이 울리듯이 들려오던 그 소리들. 아직도 짐을 무겁게 하려느냐, 나그네가 욕심을 부리고 있다고? 이 모든 소리들은 누구로부터 흘러나온 것일까.

엄청난 환영과 상념을 부수듯이 미연이 들어왔다. 노크도 없이, 쓰러질 듯이 스튜디오의 문을 박차며.

"경의야, 너도 모르고 있었지?"

미연이 내 앞에 주저앉았다.

"김인환 씨가…, 글쎄…, 어젯밤에 목사 안수를 받았단다."

나는 망치로 얻어맞은 듯이 정신이 번쩍 들며 미연을 바라보았다.

"이세훈 씨가 안수 받는 데 갔었다고 직원이 말해주어 알았다. 내가 그 남자를 너무나 미워하기에 말해주는 것이라며…."

꿈이 아니었다. 인환은 목사 안수를 받으면서 나를 찾아온 것이었다. 나는 이마를 다시금 만져보았다. 그의 손길이 느껴졌다. 이마에 흐르는 피를 닦아주던 인환의 손결.

"그간 밤에 신학대학을 다녔다는구나. 이름까지 바꾸었으니 요즈음의 젊은 신학대학생들이 그를 몰라본 거야. 이세훈 씨와 직원 한 명만 오랫동안 알고 있었나봐."

교회 이야기가 나올 때 놀라서 나를 바라보던 이세훈의 모습이 떠올랐다. 인환을 만난 거냐며 당황해하던 얼굴.

"경의야, 속죄하는 의미로 목회자의 길을 가는 것일까? 너는 이유를 알겠니?"

나는 주워 모은 조각들이 가루가 되는 것을 느꼈다. 왜 이토록 암담해지는 것일까.

"나도 교인이지만, 왠지 그이가 목사가 되었다는 것에 묘한 느낌이 든다. 연예인도, 공대 교수도 목사가 되는데, 왜 김인환 씨의 경우는 이렇게도 묘한 기분이지?"

나는 자꾸만 무너져내려갔다. 목사가 되다니?

"경의야, 너는 어떤 느낌이 드냐? 이걸 어떻게 받아들여야 하니? 어떻게 설명이 되냐고?"

손 교수님은 기뻐하실 거야. 나는 집요하게 묻는 미연에게 이렇게 대답했다.

"손 교수님이 아니고 너 말이다."

미연이 내 말을 받아넘겼다.

"손 교수님이면 되는 거 아니니?"

내가 다시 말했다.

"아무튼 이세훈 씨가 오면 물어보자. 아침에 출근하자마자 손 교수님의 전화를 받고 병원에 갔다니까 곧 이리로 올 거다. 보나마나 너에 대한 어떤 명령이 있었을 게다. 기다려보자."

미연은 이제 마음이 좀 가라앉았는지 커피를 끓여오겠다고 일어났다. 미연은 '왜였을까'를 되풀이하며 아침 내내 커피만을 마셨다. 그리고 미연이 기대했던 대로 이세훈이 나타나자 연속으로 질문을 던졌다.

"왜죠? 왜 목사가 된 거죠? 손 교수님도 지금은 알고 계신 거죠? 손 교수님은 뭐라고 하셔요?"

"인환이를 그냥, 그대로 놓아두라고 하셨습니다. 모든 것을, 다 덮으라고…."

무얼 덮으라는 거죠? 미연이 또 물었다.

"미연 씨가 갖고 있는 미움이나, 민경의 씨가 갖고 있는 사랑이나…, 다 – 덮으라고요."

이세훈은 코트도 벗지 않은 채 의자에 묵묵히 앉으며 말했다.

"너, 그럴 수 있겠니?"

미연이가 또 내게 물었다. 이세훈은 물끄러미 나를 바라보고 있었다. 그 눈 속에는 '인환과 경의 씨의 모든 것은 나 때문입니다'라는 절규가 담겨 있었다. 나는 전신에서 피가 서서히 빠져버리는 허탈감을 느끼며 힘을 잃어갔다.

"인환이가 신학대학을 다니고 있는 것을 몇 년이나 지켜보았는데도, 어젯밤은 왠지 친구를 잃은 것 같은 서글픔뿐이었습니다. 완전히 다른 세계의 사람같이 보였습니다. 손 교수님도 인환의 목사 안수 소식을 듣고 얼마간은 아무런 말씀도 못 하신 채 눈만 감고 계셨습니다. 내일은 크리스마스니까 두 분과 함께 들르겠노라고 말하며 병실을 나오는데, 인환을 놓아주라고, 다 덮으라고. 두 분에게 전하라고 했습니다."

스튜디오 안은 짙은 안개로 쌓여 있는 것 같았다.

"경의가 서울에 와 있다고 김인환 씨에게 말했어요?"

안개같이 습기 찬 목소리로 미연이 물었다.

"용서를 빌었습니다. 용서해달라는 부탁뿐이었습니다."

이세훈의 음성도 젖어 있었다.

"그것으로 모든 것이 끝나는 건가요? 이렇게 경의의 일생은 끝나는 건가요?"

나의 일생이 한순간 무너져내리는 것을 견디고 있는 나를 대신하여 미연이 물었다.

"민경의 씨, 나는 용서라는 단어가 생소하지만 나야말로 용서를 빌고 싶습니다. 인환이나 나나 용서해주십시오."

"나가요, 우리 나가서 어디든지 가요. 숨이 차서 이곳에 못 앉아 있겠어요."

미연이 말했다.

"눈 속을 뒹굴든지 차를 몰고 마냥 다니든지…, 우선 나가요."

"그렇게 하십시다. 나는 어젯밤부터 계속 가슴이 답답합니다."

이세훈도 분출구를 찾은 듯이 자리에서 일어났다.

"너, 차를 몰고 고향에 한번 가보고 싶다고 했지? 나가자, 네 고향 쪽으로라도 달려보자."

나는 미연의 손에 끌려 스튜디오를 나왔다. 몽유병 환자와 같이 끌려 나왔다. 차는 서울을 빠져나와 남쪽으로 달렸다. 차 안에는 〈치고이너바이젠〉만이 애절하게 감돌고 우리는 언어의 방향을 잃었다. 백설은 〈치고이너바이젠〉과 하모니를 이루며 달리는 차 주변에 자유자재로 난무했다. 내가 태어난 곳, 유치원과 초등학교를 다니던 곳, 방황의 뜻조차 모르며 뛰어놀던 곳을 향하여 차는 계속 내려갔다. 혜주와 윤희가 항상 와서 놀던 나의 집, 노랑대문 집 위에도 눈이 난무하며 쌓이고 있을 게다. 돌담을 끼고 즐비하게 늘어선 밤나무 위에도, 꽃과 과일나무로 작은 동산을 이룬 정원 위에도 눈이 덮이고 있을 것이다. 연못에 떠 있던 달과 별, 우리는 그곳에 둘러앉아 꿈을 키웠다. 혜주는 의사, 윤희와 나는 화가의 꿈. 혜주는 어렸을 때부터 나를 치료해주었다. 언제나 넘어지고 넘어져 무릎이 성한 날이 없는 나를. 누구보다도 빠른 몸이었는데도 마음이 더 앞서 있어서 나는 넘어지기를 일삼았다. 때문에 혜주의 책가방 속에는 항상 붕대와 약이 있었다. 윤희와 내가 언제나 갖고 다니는 크레용과 도화지처럼. 우리는 잠자는 시간만 빼놓고는 함께 있었다. 싸움 한 번 하지 않은 우리들 어린 시절의 고향. 우리는 네잎 클로버를 서로 교환하며 맹세를 했었다. 배 한 척만 있는, 오직 세 명만 탈 수 있는 배 한 척만 있다면, 가족을 떠나서도 우리는 그 배를 타자고. 절대의 약속, 어겨서는 안 되는 그 약속에 우리는 맹세를 거듭했다. 그 네잎 클로버를 찾는 데도 하루가 걸렸던 그날의 약속. 우리들 사이에는 어떤 장애도 개입될 수가 없이 우리들은 그 고향에서 우정을 키웠다. 〈치고이너바이젠〉의 제1부만은 아니었다. 즉흥적이고 환상적인 그 1부만은 아니었다.

고향에 내리는 눈은 어린 가슴으로만 아닌, 지금 보아도 신비로웠다. 저희끼리 속삭이며 내리는 눈, 속삭이며 함께 자리 잡는 눈. 어린 가슴에 우주였던 고향이 이제는 사랑스러운 작은 도시로 내 앞에 전개되었지만, 우리의 삶이 이런 지점까지 왔지만, 고향은 여전히 전설 속에서 꿈을 꾸는 신화 같은 마을로 나를 안아주며 환영했다. 잘 왔다고, 혈관의 피가 다 흘러내리는 것 같은 순간에 네가 고향을 향해올 수밖에, 고향에서 출발한 너의 일생을 회고하며 정리하는 거라고.

차는 내가 태어난 노랑대문 집으로, 초등학교 건물로, 그리고 본정통을 지나 교회와 마주하고 있는 유치원까지, 내가 손짓하는 대로 움직였다. 우리는 유치원 앞에 차를 세웠고, 미연은 크리스마스 캐럴이 흘러나오는 교회로 들어갔다. 이세훈 씨와 나는 밖에 선 채 〈오, 베들레헴 작은 골〉이라는 찬송을 들었다.

"평화의 왕이 오는 줄도 모르고 잠들어 있었던 베들레헴, 작은 고을
…."

노래가 끝나며 열려 있는 교회의 문 밖으로 목사의 설교가 들려왔다. 나는 베들레헴은 우리들의 고향만 한 곳일까 생각했다. 하지만 우리들의 작은 고을은 잠든 적이 없다. 삶의 아름다운 모자이크로 색색의 생명들이 살아 움직였다. 참새들까지도, 까치도 깨어서 살아 움직이는 고향, 때문에 많은 아름다운 인물들이 나왔고 온갖 식물의 열매까지도 풍성했다. 나는 기억한다. 목화송이의 그 달콤했던 맛을, 머루와 다래를, 머리 숙인 수수의 알찬 곡식을, 사과의 맛을. 집집마다 피어 있는 채송화와 봉선화를, 민들레와 코스모스, 해바라기 꽃을. 고향은 이러한 곡식과 꽃과 과일로 지상의 에덴동산을 이루었었다고 기억된다. 카인의 후예들은 우리의 고향엔 없었다.

예수의 탄생으로 구약시대가 막을 내리고 신약시대로 접어들었다는, 구약시대에 흘린 모든 힘없는 동물들의 피는 더 이상 흘리지 않아도 된

다는, 예수의 십자가와 그 보혈로 우리의 죄는 완전히 용서함을 받았다는 설교가 새어나왔다. '인환을, 나를 용서해주시는 거죠?' 이세훈의 음성이 이 골목 저 골목에서 짖어대는 삽살개 소리에 섞여 들려왔다.

"여기까지 와서…, 오늘 같은 날에…."

미연이 교회에서 나오며 말했다.

"모두를 위해 기도했다. 김인환 씨를 위하여, 손 교수님을 위하여, 이세훈 씨와 너를 위하여 그리고, 샌프란시스코의 윤회와 혜주까지도…."

차에 시동을 걸자 기다렸다는 듯이 〈치고이너바이젠〉 제2부가 흘러나왔다. 나는 잠시 샌프란시스코를 생각했다. 나에게는 운명의 도시, 필연의 도시인가. 나는 바람을 타고 안개 속을 가듯이 그렇게, 샌프란시스코를 생각했다. 다윗을.

"이세훈 씨, 어디 가서 푸짐한 안주에 술이나 해요. 충청도에서 식사를 하면 소화도 늦게 될 줄 알았는데 벌써 출출해요."

차가 광화문으로 되돌아오자 미연이 또 말했다. 눈은 영원히 내릴 것만 같이 끝이 보이지 않았다. 어디서 이렇게 꽃송이같이 아름다운 눈이 내리고 있는지 출발점도 보이지 않았다. 〈치고이너바이젠〉은 3부를 들려주고 있었다.

"내일, 손 교수님께로 함께 갈 건데…, 오늘은 그만 쉬자."

분망한 클라이맥스로 이끄는 〈치고이너바이젠〉에 맞추어 내가 대답했다.

"그렇게 합시다. 직원들이 기다리고 있을 테니 나도 출판사에 들어가봐야 합니다."

이세훈이 내 말을 받았다.

스튜디오로 돌아오니 문 앞에 꽃과 책이 놓여 있었다.

"무슨 꽃이 이토록 앙증스러우냐? 가지마다에서 발레리나들이 춤을 추는 것 같구나."

노랑 댄싱레이디꽃을 집으며 미연이가 말했다. 이세훈 씨도 문 앞에 놓인 두 개의 상자를 집었다. 큰 상자 위에는 봉투가 꽂혀 있었다. 나는 봉투를 꺼내 들고 스튜디오의 문을 열었다.

"또 샌프란시스코에서 온 거구나. 참으로 너희들 대단하다. 꽃도 그곳으로부터 직송된 것 같다. 아무튼 우린 간다, 내일 보자."

미연과 이세훈은 짐을 안으로 들여놓고 스튜디오를 떠났다. 나는 봉투를 열었다. 나는 크리스마스카드 속에 들어 있는 혜주의 편지를 읽어 내려갔다.

사랑하는 우리들의 경의야. 한국으로 가는 인편에 윤희가 댄싱레이디꽃을 구해서 보낸다. 크리스마스에 네가 이것들을 받아볼 수 있게 되어 기쁘다. 사랑스런 댄싱레이디꽃과 같이 네가 주님 안에서 기쁨과 자유의 팔을 펴고 살 수 있는 날을 기다리고 있다. 손지숙 교수를 위해서도 김성우 목사, 김준호 박사, 이사벨 등 윤희의 집, 다윗의 방에서 몇 번이나 철야 기도를 했다. 모든, 궁극적인 것은 하나님께 달렸다. 우리는 모른다. 우리는 계획하고 노력하지만 최종적인 것은 하나님의 것이다. 마음을 느긋이 갖고 네가 할 수 있는 한, 교수님을 편하게 해드려라. 상자 속의 케이크는 크리스마스에 손 교수님께 갖다드려라. 함께 케이크를 나누며 모든 것을 다해 기쁘게 해드려라. 우리도 그 시간에 예배를 드릴 것이다. 알았지?

너를 사랑하고 사랑하는 윤희와 혜주가,

1986년의 크리스마스에.

그리고 추신으로 혜주는 내가 그릴 예수님의 초상화를 기다리고 있
노라고 덧붙였다. 큰 상자 안에는 손 교수의 병실로 가지고 갈 아름다
운 케이크가 들어 있었다. 다른 상자에는 책과 함께 십자가의 모형을 한
초들이 가득히 들어 있었다. 작은 한 개의 십자가는 케이크에 꽂으라는,
그리고 나머지는 마음이 울적할 때 두고두고 불을 밝히라는 메모와 함
께. 나는 한 개를 꺼내서 테이블 위에 올려놓고 성냥불을 그었다. 다윗
이 떠나고 얼마 되지 않았을 때 혜주가 했듯이. 그날 밤 혜주는 나에게
길고도 긴 이야기를 했었다. 내가 혜주를 만난 이후로 그 밤과 같이 혜
주가 긴 이야기를 한 기억이 없다. 실은 윤희와 나도 그토록 긴 이야기
를 한 적이 없다. "경의야, 그리고 윤희 너도 잘 들어봐라"로 시작된 그
밤의 이야기는 완전한 혜주의 독무대로 날이 밝을 때까지 우리는 듣고
만 있었다.

"어느 목사의 책에 우리는 유아적인 사랑을 떠나야 한다고 했다."

혜주는 여기서부터 말을 꺼냈다. 물론 나는 그 모든 말을 기억하고 있
다. 나는 십자가의 초를 바라보며 그 밤과 같이 혜주의 말을 듣고 있었
다. 주관적이고 감각적이며 이기적인 애정을 떠나 객관적이며 의지적
이고, 실제적이고, 이타적인 성서적 사랑을 배워야 한다는. 예수의 삶

이 바로 이런 사랑을 확증한 삶이라고. 또 그 책에는 루이스 교수의 말을 빌려 "우리는 에로스에 의하여 태어나고, 스토르게에 의하여 양육되고, 필리아에 의하여 성숙하고, 아가페 사랑으로 완성된다."고 하면서 우리는 사랑함으로 태어났고 사랑하기 위해서 살아가고 있으며 사랑하고 있는 만큼만 살아 있는 것이고, 사랑이 살아 있는 한 삶의 이유를 갖는다고. 사랑이 죽을 때 우리는 이미 죽은 것이라고 그래서 인간적인 에로스, 필리아, 스토르게적인 사랑에 모든 것을 걸면 우리의 삶의 의미는 쉽게 퇴색해버리며 하나님의 사랑 안에서만 우리는 영원한 사랑을 말할 수 있다고. 머지않아 우리의 시력은 어두워져갈 것이며 우리의 체온도 차가워져갈 것이나 우리는 그때에도 사랑할 수 있는. 그리스도의 사랑을 알고 그 사랑을 깨달았을 때 모든 유형의 아가페적인 사랑 가운데 뿌리가 박힌다고. 이 영원한 사랑에 대하여 사도 바울은 "사랑은 언제까지든지 떨어지지 아니한다"고 말했고, 베드로는 "모든 육체는 풀의 꽃과 같아서 풀은 마르고 꽃은 떨어지나 아가페의 참된 사랑은 마르지도 않고 떨어지지도 않는다"고.

"그 목사는 또 참된 사랑은 '마지막'이란 선언을 받아들일 줄 모른다고 썼어. 어떤 상처도, 실패도, 절망도, 눈물도, 좌절도 견딘다고. 때문에 그리스도인들은 환난과 고통의 역사 속에서도 가장 낙관적으로 세상의 파도를 싸워나갈 수 있다는."

나는 혜주의 선명한 목소리를 들으며 포도주와 함께 담배를 입에 물었다. 오늘 같은 날 혜주가 옆에 있다면 내게 무슨 말을 해줄 수 있을까. 목사가 된 인환에 대하여 어떤 결론을 내려줄까. 손 교수를 찾아 샌프란시스코를 떠나던 날 공항에서 혜주는 나에게 이런 말을 했었다. "전에 네가 귀국했을 때 김인환이라는 사람으로 인해 한국을 떠났다. 이제 네가 다시 한국에 가 있는 동안에 또 무슨 일이 벌어질지 우리는 모른다. 다만, 고통을 피하여 도망가듯이 떠나고 떠나는 일이 없기를 바란다. 예수님은 '미치광이, 귀신 들린 자, 죄인의 친구, 창기의 벗, 사형에 처해야 마땅한 자'라는 온갖 수모 속에서도 십자가를 향해 침묵의 행진만을 했다'는 그 글을 읽고 우리들 인간과 비교를 하며 얼마나 부끄러웠는지 모른다. 뿐이냐, 겟세마네 동산에서 '내 뜻대로 마옵시고 아버지의 뜻대로 하옵소서'라는 주님이 드린 기도, 우리는 그 십자가의 선물로 인하여, 예수 그리스도의 사랑의 희생으로 인하여 구원을 받았고 영생을 얻은 것을 결코 잊으면 안 된다"고. "모든 것을 주님께 맡겨라, 네가 이해가 되건 그렇지 않건 주님은 단 한 가지도 의미 없이 행하시지 않는다"고.

김인환이 목회자의 길로 들어선 것도 그 양반의 행위라면 이런 때 나는 어떻게 해야 되는 것일까. 나는 목회자가 아닌 한 남자 김인환을 사랑했거늘. 그리고 내 젊음을 다 쏟았거늘. 나보고 남은 생을 침묵의 행진만을 하라는 것일까. 지금까지도 침묵했음을, 다윗을 떠나 보내고도 침묵했음을. 나는 포도주를 병째 들고 와서 계속 잔에 부어 마셨다. 십자가의 초는 불꽃을 피우며 타고 있고 그 불빛에 혜주가 보낸 성경책이 빛을 받고 있었다. 그때 혜주가 보낸 편지에도 어떤 일이 다가와도 주님께 맡기라고 썼었다. 충실한 주님의 종과 같이라고.

"예수 그리스도를 주인으로 모시고 있으면, 잠시 쉬어가는 이 삶의 상처가 절망이 아니라는 거야. 나, 욕심 좀 더 내고 싶다. 주님의 말씀, 성경 말이다. 내가 보내는 책마다 네가 다 읽고 있다는 것으로 만족했지만 이제는 구약과 신약을 연결시키며 읽어줄 수 있겠니? 구약 속에는 신약을 위한 계시가 줄줄이 기록되어 있고, 신약을 이해하려면 또 구약을 읽어야 하는 거다. 그리고 네게 숙제를 주고 싶다. 믿음에 관하여, 사랑에 관하여, 나아가서 죽음과 삶, 즉 생명에 관하여 집중적으로 먼저 읽어라. 네게 도움이 될 것 같아서 그런다. 〈히브리서〉 11장, 〈고린도전서〉 13장, 〈창세기〉 5장, 〈마태복음〉 1장 등을 앞과 뒤를, 구약과 신약을 연결시키며 읽어봐라."

나는 포도주 잔을 들고 창가로 갔다. 스튜디오의 유리로 된 넓은 문을 여니 시야가 온통 백설의 무대로 장관을 이루고 있었다. 나는 싸늘한 겨울의 냉기를 온몸에 받으며 백설의 즐거운 유희를 바라보았다. 이런 밤, 손 교수는 왜 내 옆에 없는 것일까, 왜 쓸쓸히 병실에서 홀로 암과의 투쟁을 해야 할까.

나는 손 교수의 몫을 합쳐서 포도주를 마셨다. 가슴에서 참을 수 없는 그리움이 용솟음쳤다. 그 위로 파도를 타듯 인환이가 또 내 가슴에 울렁거렸다. 고향엘 다녀온들, 혜주의 말들을 상기해도 아무런 도움이 되지 못했다. 손 교수가 이 밤 따라 더 그리운 것도 인환 때문임을 내가 누구에게 속일 수 있으랴. 아무리 포도주를 마셔도 정신은 명료했다. 담배 연기를 대지에 아무리 내뱉어도 속은 가라앉지가 않았다. '너는 손 교수가 생각나면 포도주를 마시고 그 김인환인가 하는 사람의 말이 나올 때는 담배를 입에 물고하는 것 같은데 말이다…' 혜주의 목소리가 또 들려왔다. '믿음 안에서 살게 되면 포도주나 담배에 의존하는 습관들도 바뀔 것이다. 우리가 전적으로 의존할 수 있는 대상은 주님뿐이다. 이 믿음 안에서만이 의롭게 살게 되는 것이다. 아브람이 아브라함으로, 사래가 사라로, 야곱이 이스라엘로, 그리고 사울이 바울로 바뀐 것을 너의 성경 지식으로도 알 거다. 물론 디모데 같은 사람은 약하고 잠을 잘 이루지 못해 바울이 가끔 포도주를 권했다고는 하지만 그가 습관적으로 즐긴 기록은 보지 못했다. 그리스도인이 되면 속으로나 행위로나 달라지게 되더라.'

혜주는 나에게 어떤 의미의 존재일까. 나는 여전히 난무하는 백설들을 바라보며 혜주의 소리들을 들었다. 손 교수에게로 향한 고통과 인환으로 인한 허망함 속에서 자꾸만 자꾸만 들려오는 혜주의 말들. 하나님의 이야기는 여전히 가슴에 닿지가 않고, 혜주의 음성은 집요하게 나의 청각을 울렸다. 나는 전화기 앞으로 갔다. 그리고 혜주를 찾아 수화기를 들었다. 혜주는 나의 전화를 기다리고 있었나 보다.

"경의지?"

내가 입을 열기도 전에 혜주가 먼저 나를 불렀다.

"전화가 올 줄 알았다. 우리들이 보낸 것 다 받았지?"

혜주가 물었다.

"벌써 촛불은 타고 있을 거고, 포도주에 담배도 물고 있을 거고…, 그렇지?"

인환이가 목사가 됐어, 난 어떻게 해야지? 나는 임신 사실을 알릴 때 같이, 가슴속 깊이로부터 떠밀려 올라오듯이 이 말을 해버렸다. 아무 대답도 들리지 않았다.

"난, 이제 어떻게 해야 되냐고?"

나는 재차 물었다.

"김인환 씨도 너도 드디어 자유의 몸이 된 거다. 고마운 일이다."

얼마의 침묵이 지난 뒤에 혜주가 말했다. 나는 미연으로부터 인환의 목사 안수 소식을 들었을 때보다 더 큰 충격을 안았다.

"이제는, 뇌에서 맑게 그를 씻어라. 김인환 씨가 목사가 되었다는 데는 더 이상의 설명이 필요 없다."

그리고 혜주는 또 말했다.

"손 교수님의 병세를 지켜보다가 샌프란시스코로 돌아오는 거다. 윤희와 함께 작품만 하는 거다."

잃어버린 젊음이 아니다. 씨를 뿌리고 뿌린 젊음이었다. 수확할 때가 온 것이다. 작품이다. 혜주는 계속 말했다. 나는 수화기를 놓았다. 혜주의 말소리는 수화기를 통해 계속 들려왔다.

12

병실 안은 이미 포인세티아 화분들이 창가를 장식하고 있었다. 나는 테이블 위에 케이크를 올려놓고 십자가의 초를 꽂았다.

"샌프란시스코에서부터 비행기를 타고 온 케이크예요. 그러니 멋진 예배도 드리고 크리스마스 캐럴도 부르고 해야지요."

미연이 초에 불을 켜며 말했다. 그때 문이 열리며 30대로 보이는, 그러나 소년같이 맑은 얼굴의 젊은이가 들어왔다. 어디서 본 듯한 낯설지 않은 얼굴이었다. 손 교수는 그를 우리들에게 인사시켰다. 이희진이라는 목사라고.

"시간에 딱 맞추어 왔나봅니다."

그의 목소리도 맑았다. 어디서 봤을까, 왜 낯설지가 않을까. 나는 그가 성경구절을 읽고 기도하는 동안에도 내내 그 생각을 하고 있었다. 우리는 크리스마스 캐럴을 부르고, 손 교수가 힘겹게 촛불을 불어 끄자 케이크를 잘랐다. 병실의 아주머니가 커피를 우리 일행 앞에 갖다놓았다.

"경의는 샌프란시스코로 돌아가."

손 교수가 케이크 한쪽을 입에 넣은 후 내게 말했다.

"그리고 내년 봄에 나하고 카프리 섬을 가도록 하자구."

놀라서 바라보는 나에게 손 교수가 다시 말했다.

"내 걱정은 말고 떠나. 샌프란시스코로 돌아가서 그림들이나 정리해

가지고 내년 봄에 다시 나와. 그때 전시회를 함께 열고 여행을 가는 거야. 이희진 목사가 언제나 내 옆을 지키고 있을 테니까. 그런 줄 알고 떠나도록 해."

"안 돼요, 교수님!"

나는 병실을 들르던 첫날과 같이 소리를 지르며 손 교수에게 안겼다.

"한국에 나와 있는 동안 저는 교수님께 아무것도 해드린 것이 없어요. 못 떠나요. 퇴원하시는 것을 보고 갈 거예요."

나는 손 교수의 가슴에서 말했다.

"손 교수님은 내일 퇴원하십니다."

나는 이희진 목사의 이 말에 몸을 일으켜 그를 바라보았다. 이세훈도 미연도 놀란 눈으로 목사를 보고 있었다. 퇴원이라뇨? 무엇을 의미하는 겁니까? 우리들은 다같이 눈으로 물었다.

"집으로 가시고 싶으신 손 교수님의 뜻을 의사들이 받아들인 겁니다. 염려하지 마십시오."

목사의 표정은 평온했고 목소리 또한 침착했다.

"됐어. 이제 돌아들 가. 스튜디오에 가서 즐겁게 지내는 것이 나를 위하는 길이야."

"그렇게들 하시지요. 제가 자주 연락을 드리겠습니다."

손 교수의 말에 목사가 거들었다.

"오늘은 종일 있으려고 해요."

내가 대답했다.

"환자에게 무리입니다."

이 말과 함께 이희진 목사가 일어났다. 병실을 나가달라는 신호의 몸짓이었다. 나는 이렇게 병실에서 쫓겨나는 일만 반복했다. 병실에 들르지도 못한 날이 대부분이었던 것을 생각하면 그래도 쫓겨나는 날은 다행이었다. 손 교수는 이세훈과 미연에게 나를 쓸쓸하지 않게 해주라는 말만을 거듭했다. 인환이 목사가 된 데 대해서는 한마디도 하지 않았다. 나는 무기력하게 누워 있는 손 교수를, 다윗을 바라보듯이 굽어보았다. 또 눈물이 흐르기 시작했다. 나는 다시금 손 교수의 품으로 가서 안겼다.

"떠나기 전에…, 경의가 할 것이 하나 있어."

손 교수가 언제나와 같이 나의 머리를 쓰다듬으며 말했다.

"그림 한 점을 내게 그려주고 가란 말야."

나는 고개를 들었다.

"스튜디오 안의 문 위에 걸린 예수님 봤지? 그걸 복사해도 좋으니까
…."

혜주도 그런 부탁을 했는데, 오래 오래 전인데.

"경의가 내게 주는 최대의 선물이 될 거야. 오랜만의 한국 방문에서 맞이한 크리스마스 선물, 암과의 전투에서 승리한 선물, 그리고 그 한 점의 그림은 축복받은 우리 둘의 인연에 대한 고마움까지 모든 의미를 갖게 될 거야."

언제부터 고인 눈물일까. 손 교수의 얼굴에 눈물이 흘렀다. 나는 손 교수의 눈물을 닦았다. 닦아도 닦아도 흐르는 눈물을 닦고 닦았다. 나의 눈물과 함께.

병실을 나오면서 우리는 손 교수의 주치의를 찾았다.

"대답은 같습니다. 이렇다 할 분명한 말씀을 드릴 수가 없습니다. 죄송합니다."

이날도 의사의 대답은 전과 다른 것이 없었다. 어떤 질문에도 '글쎄요', '그럴 수도 있죠'였다. 미국으로 모시고 가면 어떻겠느냐고 물어도 별로 차이는 없을 것이라고 했다. 그러고는 '자신도 안타깝다', '문화예술계를 위해서도 회복이 되었으면 좋겠다'였다.

"손 교수님은 왜 퇴원하시는 걸까요? 나아지신 걸까요? 아니면…."

미연은 다음 말을 잇지 못했다.

"완쾌되셔야 하는데…."

이세훈은 미연의 질문에 이렇게 얼버무렸다.

"그놈의 암은 방향감각도 없나 봐요. 나쁜 사람들이나 찾아가지…."

미연이 승강기 안에서 또 말했다.

"암뿐이겠습니까. 이 세상에는 우리가 필요 없다고 생각하는 것들이 꽤나 존재하며 방향을 제대로 잡지를 못하고 있는 것 같습니다."

이세훈의 말을 들으며 나는 또 혜주를 떠올렸다. 왜 혜주는 우리가 필요 없다고 생각되는 것이 엄청난 오해라고 했을까를. 우주의 질서 속에는 필요악이라는 것이 필요함을 말했을까. 인간이 가장 몸서리치는 뱀으로부터, 식물과 물고기에 이르기까지 하나님의 창조에 의한 세계의 불가사의한 질서라고. 우리의 능력으로는 도저히 알 길이 없는 그 나름대로의 질서 속에 공존하고 있는 거라고. 하지만 혜주는 암 같은 병을 두고 한 말은 아닐 게다. 암은 치유될 것이고 치유되어야만 했다.

"아무튼 이세훈 씨, 손 교수님은 어떻게 우리보고 재미있게 놀라고 하실 수가 있죠?"

"그분의 깊은 속을 짐작할 수는 없지만 그 길이 손 교수님을 위하는 길이라니까 노력합시다. 민경의 씨를 쓸쓸하게 만들지 말라는 단호한 명령이 귀에 박혀 있습니다. 우리가 병실을 나올 때까지 부탁하시는 모습이 차라리 서글프기까지 했습니다."

"경의는 겨울이면 군 시리즈를 즐긴다. 군밤, 군고구마, 군은행…. 정말이지 누가 누구를 챙기고 있는 건지. 경의 때문이라도 손 교수님은 회복될 거예요. 어떻게 눈을 감으시겠어요?"

"별들의 세계입니다. 나는 항상 지상에서 바라보며 명령만 기다리고 있습니다."

손 교수의 지시대로 해야 된다는 이세훈과 미연을 강제로 돌려보내고 나는 혼자 스튜디오에 들어왔다. 댄싱레이디꽃이 나의 시선을 붙들었다. 나는 이 꽃을 들고 다시 병원으로 가야겠다는 생각이 들었다 손 교수의 퇴원 소식은 나를 점점 더 불안하게 만들어가고 있었다. 나는 코트도 벗지 않은 채 손 교수에게 전화를 했다. 그리고 꽃 이야기를 했다.

"스튜디오에 잘 간직해. 며칠 있다가 퇴원해서 내가 직접 가서 볼 테니까."

손 교수는 오지 말라고 했다. 방금 헤어졌지 않느냐, 친구들과 재미있게 보내라였다. 창가에 꽃만 갖다놓고 오겠다는 나에게 언제나와 같이 잠이 자고 싶다고 했다.

"잎 하나 없는 가지에…."

나는 울먹이며 다시 말을 했다.

"주렁주렁…, 노랑옷을 입은 댄싱레이디들이요, 가넷색의 허리띠를 두르고, 두 팔을 쫙 편 채 춤을 추는 모습이요…"

나는 목이 메인 상태에서 다윗을 생각하며 꽃을 묘사했다.

"춤을 추는 눈송이들을 보며 경의를 보는 것 같았는데…, 경의 같은 꽃이구만. 잘 보관해. 며칠 있다가 그 꽃도 보고 경의가 그린 예수님도 보고…. 그럴 거야. 무슨 일 있으면 이희진 목사를 만나도록 하고…. 아니지, 지금 전화를 바꾸어줄게."

손 교수와의 통화는 끊겼고 이희진 목사의 음성이 들려왔다.

"그 꽃은 우선, 제가 대신 보고 오겠습니다."

조용했으나 위력이 담긴 목사의 말이었다. 이희진 목사가 내게 온다는 것은 틀림없는 어떤 메시지가 있을 것이었다. 손 교수는 그 목사를 통해 내게 무슨 말을 전하려는 것이 틀림없었다. 나는 그 자리에 선 채 문 위에 걸린 예수의 초상화를 바라보았다. 두 손을 마주잡고 하늘을 향해 있는 예수의 모습. 풀숲에 무릎을 꿇고 팔꿈치를 바위에 얹은 채 하늘을 올려다보는 얼굴. 복사를 해도 좋다고 했지만 저 눈과 표정을 그릴 수가 있을까. 나는 손 교수를 보듯이 그림을 바라보았다. 가슴에서는 또 참을 수 없는 그리움이 용솟음을 쳤다. 당신의 몸조차 가누기 힘든 무기력한 상태에서도 사랑의 명령으로 나를 보살피다니. 병원에 오지 말라는 명령도, 병실에 들어선 나를 그 자리에서 쫓아낸 명령도, 얼마나 절대적인 사랑인가. 나는 그 절대의 사랑에 아무것도 보답을 못했다. 손 교수의 사랑을 담을 나의 그릇은 얼마나 크기에 받아도 받아도 담기기만 하는 것일까. 그리고 손 교수는 내 사랑을 담을 그릇은 애당초에 마련을 하지 않았나 보았다. 나는 다짐했다. 며칠 후에 손 교수가 정말로 이 스튜디오에 모습을 보인다면 나는 기도하는 민경의로 그분 앞에 무릎을 꿇겠다고. 두 손을 마주 잡고 무릎을 꿇은 채 기도할 것이라고. 아니다, 예수의 초상화도 함께 보여드려야 했다. 나는 코트를 벗고 그림을 향해 이젤을 놓았다. 혜주는 마음속에서 우러나오는 예수를 그려달라고 했다. 하지만 손 교수는 복사를 해도 좋다고 했다. 나는 같은 크기의 10호짜리 캔버스를 한 개 집어 이젤에 올려놓았다. 그리고 팔레트에 흰색과 파란색을 중심으로 초록과 갈색, 가넷색, 노란색 등 그림에 보이는 색들을 골고루 짜놓았다. 나는 새 캔버스 전면에 흰색을 뭉개듯이 터치까지도 그대로 복사해나갔다. 그 위에 파랑색으로 배경을 이룬 것도 그대로 했다. '손 교수의 퇴원은 암을 정복하고 있다는 희소식이다', '며칠 후면 이 스튜디오에 틀림없이 모습을 보여줄 것이다' 나는 주문을 외우듯이 이 말을 반복하며 그림을 그렸다.

노크 소리에 문을 여니 이희진 목사가 서 있었다.

"그림을 그리고 계셨습니까?"

내 손에 붓이 들려 있는 것을 보고 그가 말했다. 나는 의자를 권하고 커피를 끓였다.

"실은 비자를 드리려고 왔습니다."

커피 잔을 테이블 위에 올려놓는 나에게 이 목사가 말했다.

"손 교수님으로부터 민 선생님께 반드시 비자를 드리라는 철저한 지시를 받았습니다."

별안간에 나온 '비자'라는 말에 내가 의아해하자 그가 설명했다.

"바로 어제의 일입니다마는, 그 말씀은 압권이었습니다. 흔히들 주님을 영접하라고들 하지요. 그런데 손 교수님은 영접 대신에 비자를 드리라고 하셨습니다. 비자를 받으려면 용지를 얻어 서류를 작성해야 하고 주재공관에 가서 또 절차를 밟아야 합니다. 손 교수님께서는 민 선생님께서 이 모든 준비를 끝내고 있다고 보신 겁니다."

이 목사는 그야말로 철저히 준비를 하고 온 듯이 "인터뷰만 남은 것입니다" 하며 커피 잔을 들었다.

"민 선생님에 관한 많은 이야기를 들었습니다. 김인환 선생님께서 어저께 목사 안수를 받았다는 사실까지 손 교수님은 모든 말씀을 해주셨습니다. 비자를 받으십시오. 진리 안에서 자유하십시오. 진정한 자유의 날개는 진리 안에서만 달게 됩니다. 우리의 힘으로 할 수 있는 것은 한계가 있습니다."

나는 무방비 상태에서 당황했다. 이러한 말을 듣는 데 익숙해 있고 또한 책을 통해서도 많이 읽었다. 하지만 이희진 목사의 단도직입적인 '비자'에 관한 이야기에는 나도 그저 속수무책이었다. 그는 완벽하게 원고를 외우고 있었던 양 말을 이어나갔다.

"우리가 아무리 원해도 마음대로 됩디까, 아닙니다. 곡식을 여물게 해달라고 빌어서 태양이 뜨는 겁니까, 아닙니다. 비를 내리게 해달라고 해서 비가 내립디까, 아닙니다. 이런 우리의 생명과 직결된 것은 하나님께서 다 알고 공급해주십니다. 갓난아이가 무엇을 알고 요구합니까. 그러나 어머니는 젖을 먹이며 보살핍니다. 원하지 않아도 다 알고 있습니다. 주님과 우리들의 관계도 마찬가지입니다. 우리에게 절대적으로 필요한 것은 미리 공급해 주십니다. 우리는 오직 하나님의 말씀에 순종하고, 상황에 순종하면 됩니다. 감정적으로가 아닌, 생각 속에서 순종을 하다 보면 해답이 나옵니다. 사도 요한이 50년 가까운 세월을 다 바쳐서 예수님의 어머니를 모시면서 순종한 결과가 무엇인지 아시죠. 신약성경에서 복음의 열쇠인 〈요한복음〉, 〈요한일 · 이 · 삼서〉 그리고 〈계시록〉입니다. 예수님께 순종하느라고 전 인생을 소진하다시피 보낸 요한은 무어라고 말했죠?" '진리를 알지니 진리가 너희를 자유케 하리라'였습니다. 다윗 왕은 또 어땠습니까. 이스라엘 온 천지에 숨을 곳이 없도록 사울에게 쫓겨다니며 생명의 위협 속에서도 무어라고 말했습니까? '젊은 사자는 궁핍하여 주릴 지라도 여호와를 찾는 자는 모든 것에 부족함이 없으리로다'입니다."

비자의 인터뷰는 완전한 일방통행이었다.

"민 선생님, 우리는 제품을 만든 사람의 설명서를 읽으며 그 물건을 사용합니다. 이와 똑같은 원리입니다. 우리를 창조하신 하나님의 말씀을 믿으며 그대로 살아야 합니다. 감정적인 믿음이나 기도가 아닌, 생각하는 믿음, 생각하는 상황을. 내게 유리한 것만 취사선택하는 것이 아닌, 고난의 상황에서도 순종하는 믿음. 그렇게 믿음으로 해서만이 삶의 참된 희열을 얻게 되는 것입니다. 자유하는 그리스도인이 되는 것입니다. 믿음 안에 사는 자들의 삶은 환난 중에서도 소망을 갖게 되고 삶의 모든 상황들을 대할 때마다 승리하게 됩니다."

비자를 얻기 위한 서류의 작성이 끝났다고 말한 이희진 목사였다. 나는 지금 인터뷰를 하고 있는 것이 아니었다. 비자를 받고 그 나라에 입국할 때와 생활을 위한 오리엔테이션이었다.

"삶 자체를 참된 신앙인으로 사는 겁니다. 미신으로가 아닌 참 신앙인으로. 이 세상에서 살아가는 이유는 이 세상이 우리의 목적지여서가 아닌, 우리의 삶을 통하여 십자가를 구현함으로 위로부터 임하는 하나님 나라의 통로가 되기 위함을 잊지 마십시오. 그때 우리가 이 세상을 떠난 뒤에, 이 땅에 우리가 남길 우리의 가방은 충만한 생명의 가방이 될 것입니다. 민 선생님께서 잃어버렸다는 런던의 가방을 말하는 것은 물론 아닙니다."

이 목사는 여기서 잠시 나를 바라보며 판사가 곤봉을 두드리는 모습으로 "민 선생님! 십자가의 삶, 그 실천자일 뿐 아니라 전파자가 되십시오!" 하고 판결을 내렸다. 나는 이 판결이 유죄인지, 무죄인지 알 수가 없었다. 무엇보다 저 곤봉으로 비자의 도장을 찍었다는 것인지 그것도 알 수가 없었다. 그것만이 아니었다. 내가 자유의 몸이 되어 있는지 오히려 수갑까지 채워진 것인지도 분간할 수가 없었다.

"김인환 선생님과의 문제도 그렇습니다. 웨스트민스터 대성당 앞에서 잃어버린 속세의 가방, 그 가방 안에 김 선생님도 들어 있다고 생각하십시오."

곤봉을 치고도 또 재판이 남아 있는 것일까. 재판장 이희진 목사는 이제는 변호인 같은 얼굴로 말했다. 나는 그 얼굴을 보며 왜 저 젊은이는 목사가 되었을까를, 인환이를 생각하며 묻고 싶었다. 하지만 물을 수가 없었다. 잃어버린 가방 속에 인환이가 들어 있다는, 판결문인지 변론인지 그것도 나는 이해할 수가 없었다. 무엇보다도 손 교수가 퇴원하는 실체를 말해달라고도 묻지를 못했다.

"죄송합니다."

무슨 뜻인지 알 수 없는 말이 이 목사의 입에서 나왔다.

"손 교수님의 간곡한 부탁을 받고 와서…, 급한 마음에 단도직입적으로 말씀을 드린 것입니다. 꼭, 오늘, 이 말들을 해야 했습니다. 아까 병실에 전화를 하셨을 때 실은 제가 찾아뵙겠다는 연락을 드리려던 참이었습니다. 물론 손 교수님께서 원하셨던 겁니다."

나는 다시금 불안해지기 시작했다.

"우리는 이 지상에서의 삶을 압니다. 먼저 떠나는 사람이 있기 마련이죠. 그런데 떠나기 전에 사랑하는 사람들이 천국으로 가서 함께 영원한 삶을 누리기를 열망하게 됩니다. 손 교수님의 간곡한 비자 발급의 건도 바로 그런 것입니다. 이해해주십시오."

손 교수의 퇴원은 암으로부터의 정복이 아닌 패배를 의미하는 거냐고 물어야 했다. 그러나 나는, 그럴 리가 없다고, 있어서는 안 된다고 또 속으로 외쳤다. 소위 이 비자라는 것, 손 교수는 오래 전부터 바라고 있었던 문제였다. 떠나는 자리여서가 아니다.

"벌써 예수님을 그리기 시작했다는 말씀을 들으시면 이제야 안심하실 겁니다. 참, 이 꽃입니까?"

이 말과 함께 그는 댄싱레이디 쪽으로 시선을 보냈다.

"내일 손 교수님께서 퇴원하실 때 그림 이야기, 꽃 이야기 그리고 비자 이야기를 전해드리겠습니다. 오늘밤에 지나간 생을 회고해보며 주님께 기도하십시오. 회개하며 주님을 영접하십시오. 김인환 선생님도 민 선생님을 위하여 기도하실 겁니다. 하나님으로부터 많은 훈련을 받은 분입니다. 그분을 위한 기도도 하십시오. 민 선생님께서 피해자가 아니라 가해자라는 마음으로 기도하십시오. 내일은 밝은 새날이 될 것입니다."

그의 입에서 내가 가해자라는 말이 떨어졌다. 청천벽력과도 같은 이 선언에 나는 다시 한번 몸이 박제되어감을 느꼈다. 그는 여전히 침착했고 표정마저도 온화했다.

"기도 하실까요?"

그가 말했다. 나는 엄청난 충격 속에서 꼼짝도 하지 못한 채 그 목사를 바라만 보았다. 비자의 인터뷰만큼이나 긴 기도를 끝낸 이희진 목사는 아무 말도 없이, 조용히 스튜디오를 나갔다. 꿈속에서 인환이 앞에 있을 때와 같이 몸을 움직이지 못하는 나의 귀에 '가해자'라는 말만 들려왔다. '피해자가 아니라, 가해자입니다.'

TV 화면은 이제 '마음속의 여왕'이라는 다이애나의 영결식을 보여주었다. 베르디의 〈레퀴엠〉에 이어 엘튼 존의 〈안녕, 영국의 장미여〉를 불렀다. 토니 블레어 총리는 〈고린도전서〉 13장, "사랑은 온유하며…"로 추모했다. 2천여 명이 초대된 영결식에는 빌 클린턴 미국 대통령의 부인을 위시하여 프랑스, 이집트 대통령 부인, 네덜란드, 스페인의 공주 등도 포함되어 있었다. 나는 화면을 보며 생각했다. 다이애나는 피해자일까, 가해자일까를. 나는 이희진 목사로부터 '가해자'라는 말이 떨어졌을 때의 충격에서 오랫동안 헤어나지를 못했다. 손 교수가 통원 치료를 하며 집에서 1년여의 삶을 더 보내는 그 기간 내내도 나는 왜 내가 가해자인가를 생각하고 생각하며 지냈다. 샌프란시스코의 윤희와 혜주는 주기적으로 전화를 했고, 서울에서 책방을 운영하는 혜주의 동생은 꽃과 책을 계속 공급해주던 그 기간 내내 가해자의 의미를 찾아 고뇌에 빠져 있었다. 이세훈과 미연을 중심으로 백태수, 그리고 인환의 일당들이 스튜디오를 드나들며 광화문 시절의 사건을 추억하는, 그리운 시점임을 강조해도 나는 '가해자'를 생각했다. 삶과 작별할 날이 서서히 가까이 오는 손 교수의 유연한 모습에 무릎을 꿇으면서도 '가해자'라는 말은 내게서 떠나지를 않았다. 다윗을 생각하면서도 나의 중심을 사로잡고 있는 것은 '가해자'였다. 여름 내내 말라 있던 산천초목이 다 살아 움직이는 겨울, 풀잎들이 모두 살아나 다윗의 무덤을 덮고 있을 샌프란시스코의 겨울인데도 그 빗소리에 외롭고 추위에 떨 다윗을 생각하면서도 그랬다. 다윗은 그 우기의 계절에 떠났으니까. 우기의 계절만 오면 병적으로 더욱더 다윗이 생각나고 나도 모르게 흐르는 눈물 속에서도 내가 왜 가해자인가는 떠나지 않았다.

하지만 이 말 역시 누구에게도 하지 않았다. 때문에 주위 사람들은 각자의 느낌대로 나를 위로하곤 했다. 손 교수는 만날 때마다 나를 달랬다. 삶은 여행이라는, 유럽을 함께 여행했듯이, 이 세상도 여행길이라고 영원한 천국에서 다시 만나 고통도 방황도 없는 삶을 함께 누리자고. 그리고 참다운 사랑이란 슬픈 사랑이라는 사실을 거듭 상기시켜주었다. 또한 영원한 사랑은 헤어져야만 하는 슬픈 사랑이라고. 미연은 사랑이란 자신이 완전히 파괴될 때까지 헤어날 수 없는 것이라는 말이 나를 보면 증명이 된다고 했다. 그리고 그렇게 사람을 사랑하는 것도 능력이라는 말까지. 이세훈은 말했다. 버린 자의 아픔을 생각해서 용서해줄 수 없겠느냐고. 결국 이세훈은 인환이 나를 버렸기 때문에 내가 먹구름 속에 앉아 있는가 보다는 결론을 내리고 있었다. 이희진 목사, 그는 사랑이신 하나님께 회개하고, 속죄하고, 김인환 목사를 위해 기도하라고 했다. '이 세상의 기쁨은 완전한 것이 아니다. 기쁨에는 고통의 맛이 섞여야 한다'는 독일의 게오르크 롤렌하겐 목사의 말을 빌려가며 인환과의 관계도 그런 것이 아니겠느냐는. 그러면서 살아서 천국의 생활을 누려보도록 노력하라고 했다. 천국은 죽은 다음에만 가는 곳이 아닌, 이 지상에서도 누릴 수 있는 특권자가 있는데 그 특권은 각자에게 달려 있다고 말했다. 곧 근래의 손 교수의 모습이 바로 그 특권을 누리고 있는 모습인 것이라고. 내가 긴 침묵에 용서를 빌 때 오히려 축복받은 행복한 관계, 내가 동반했던 삶에 감사만 거듭한 모습이 그렇다는. 나의 침묵은 어느 외침보다 큰 사랑이었노라며 받아들이는 모습. 무엇보다 불치의 상태에서 삶에 연연하는 처량한 모습을 결코 보여주지 않는 자세라고 했다. 이제 천국의 비자를 받았으니 화폭에 날개를 그릴 필요가 없이 스스로 날개를 달고 이 지상에서부터 천국의 생활을 하도록 하라는 것이었다. 주님만을 바라보며 주님께 맡기고 자유의 날개로 살라고. 아픔은 사라지고 풍요롭고 윤택한 영혼의 삶이 될 것이라는. 예수님의 초상을 그리며 준비를 하라고 했다.

하지만 나는, 내가 가해자라는 설움에서 헤어나지 못했다. 피해자로서 젊음을 다 바친 나였다. 다윗의 실체도 알리지 못한 채 가해자라는 표적이 이마 위에 또 하나가 붙어 있다니. 다윗을 인환에게 알리는 것은 의무이기도 함을. 그와의 관계가, 어리석은 무지의 바벨탑을 쌓아올리다 끝낸 관계였을지라도, 젊음으로 인한 열정 때문에 있었던 관계였다 해도 다윗은 그가 알고 있어야 했다. 다윗만이 아니었다. 나는 상처의 세월들에 위안을 받아야 했다. 아니다, 위안을 넘어 그가 나를 사랑했었다는 확인이 있어야만 나는 앞으로 나아갈 것 같았다. 우리는 사랑했으니까. 사랑했음으로 다윗이 존재했으니까. 광화문의 지하도에서의 첫 대면 이후 그와 함께했던 황홀한 기억. 이름만 들어도, 그의 친구들을 만나도 가슴이 뛰던, 나의 삶 전부가 해바라기가 되어 나의 태양, 인환을 향해 움직였었다. 그림도 꿈도 이미 내게는 없었다. 그이만을 바라보며 나의 삶은 불타올랐고 인환은 곧 나의 삶이었다. 기이한 재판이 벌이졌을 때 그가 어디론가 사라졌어도 그리움은 너무도 강렬히여 미움을 짓누르며 허허벌판이 된 광야의 광화문에서 나는 울부짖었다. 그 형벌의 순례는 지금까지 이어지고 있음을. 그런데 내가 가해자라고? 어찌하여 내가 가해자일 수가 있단 말인가. 인환은 언제나 스튜디오에 있었다. 뜬구름으로 떠 있기도 했고, 비가 되어 내리기도 했고, 하얀 눈송이가 되어 유희를 하기도 했고 그리고 무지개로 떠 있기도 했다. 간절한 사랑의 노래는 내 가슴에서 요동을 쳤고 가해자라는 외침의 메아리도 언제나 함께 있었다.

스튜디오의 생활 속에서 겨울이 가고 봄이 가고 여름마저 갔다. 이희진 목사가 미연과 함께 나타나서 여행을 하자고 한 것은 가을이었다. 꿈속에서 손 교수와 함께했던 갈대와 코스모스 길을 가자고 했다.

"한국의 남단이다, 진도에서도 더 가는데, 네가 꿈에 본 그 길을 손 교수가 알려줬다."

미연은 하룻밤을 보내고 오자며 내 짐들을 챙겼다. 한국에 가 있는 1년여 동안 크리스마스 전날 밤에 고향에 다녀온 것 외에는 서울 밖을 나간 적이 없었다. 나는 미연이 하자는 대로 이희진 목사의 차에 올랐다. 아니, 미연이 아니었다. 손 교수였다. '이 목사와 함께 그곳을 다녀와라. 내 대신 경의와 그 길을 걸어라.' 손 교수의 병상에서 내려진 또 하나의 명령이었을 게다. 우리는 그곳으로 가는 중간 중간에 쉬면서 차도 마시고 식사도 했다.

"꿈속에서 본 것과 같니?"

진도에서 다리를 건너 얼마큼 차가 달린 후 갈대와 코스모스가 시야에 들어오자 미연이 내게 물었다. 바람에 이리 몰리고 저리 몰리는 갈대의 무리를 지나면 줄지어 코스모스가 펴 있고 그것들은 반복되었다.

"이 길을 쭉 타고 내려가면 조그마한 교회가 있습니다. 손 교수님과 함께 많이 생각해서 내린 결론입니다. 그 교회에서 침례를 받으십시오."

꿈속에서 본 그대로의 장관에 황홀해 있는 나에게 이희진 목사가 말했다. 1년 전에 비자를 받으라던 조용하면서도 위엄 있는 말투 그대로였다. 자신이 시무하는 교회가 서울에 있는데 왜 이곳까지 나를 데리고 온 것인지 나는 알 수가 없었다. 갈대와 코스모스 때문에 이곳까지 내려올 이희진 목사가 아니었다.

"교파도 다르고 세례의 형식도 다르지만 손 교수님께서 오랜 생각 끝에 내리신 결론입니다."

내 마음의 의문을 알고 있다는 듯이 그가 말했다.

"이야기를 듣고 나도 많은 망설임이 있었다. 하지만 너는 반드시 손 교수님의 뜻에 거역하지 않을 것 같기에 함께 내려온 거다."

미연이가 거들었다. 나는 비자를 받을 때와 같이 침례도 받기로 했다. 손 교수에게 내가 유일하게 할 수 있는 일은 순종하는 것밖에 없었다. 손 교수가 먹으라면 나는 똥개 고기라도 먹어야 했다. 나의 무기력의 대가는 오직 순종만이 있었다. 차는 교회 앞에 섰다.

"목사님도 기다리고 계실 겁니다. 미리 연락이 되어 있습니다."

우리는 교회 안으로 들어갔다. 목사의 제복을 입은 사람이 등을 돌리고 엎드려 기도하고 있었다. 우리는 조용히 앉았다. 우리가 교회 안으로 들어오고도 1시간가량이나 그러고 있던 목사가 일어나 몸을 돌렸다. 그 순간 나는 거의 의식을 잃을 뻔했다. 인환, 그 목사는 인환이었다. 그는 강단에서 내게로 향해 서서히 걸어왔다. 광화문의 지하도에서 만났을 때의 소설가 김인환이 아니었다. 내게 달려와 내 가슴에 안긴 꽃들을 가져가며 '당신이라는 이름의 꽃'이냐고 묻던 그때의 열정적인 젊은 남자 김인환이 아니었다. 반백의 머리에 모든 열정이 사라진 타인이 걸어오고 있었다.

"오랜만입니다."

그 타인이 내게 손을 내밀었다. 나는 손을 주었다. 어떤 용어로도 표현이 불가능한 상태에서 그의 손 안에 나의 것이 있었다.

"준비는 다되어 있겠죠?"

이희진 목사가 물었다. 인환은 나의 손을 놓고, "옷을 갈아 입으셔야겠는데…" 하고 말했다. 무슨 말들을 하고 있는지 나는 알 수가 없었다.

"이 교회의 전통대로 하고 있습니다. 십자가 뒤의 커튼 너머에 있습니다."

인환은 앞장서서 걸어가 십자가 앞에 개어놓은 가운을 내게 주었다. 그리고 커튼을 열었다. 수영장의 축소판 같기도 하고 목욕탕의 확대판 같기도 한 모양에 물이 가득히 채워져 있었다. 물 아래 양쪽으로는 계단이 있었다. 미연이 나를 데리고 한쪽 계단 앞으로 갔다. 그리고 그 옆의 간이 탈의실에서 옷을 벗고 가운을 입으라고 했다. 나는 비자를 받을 때와 같이 완전한 무방비 상태에서 미연이 하라는 대로 했다. 가운을 입은 나는 물 속 계단에 발을 들여놓았다. 건너편에서도 가운을 입은 인환이가 계단을 밟아내려오며 내게로 왔다. 광화문의 지하도에서의 첫 만남이 있던 날도 우리는 서로 마주 보며 계단을 밟고 내려왔었다. 젊음의 열정으로 포화된 그와 나는 그렇게 만났었다. 15년이라는 아픔의 세월 뒤에 우리는 다시, 마주 보며 계단을 밟고 아래로 아래로, 물 아래로 내려가고 있었다. 광화문 한복판이 아닌 물의 한복판 침례탕의 한복판으로. 그는 내 머리에 손을 얹고 기도를 한 후 나의 상반신을 그의 팔에 안아 물속에 잠그었다 꺼냈다. 미연은 다시 나를 데리고 탈의실에 가서 머리의 물기를 닦아주었다. 찰나에 이 행사는 치러졌다.

나는 로봇같이 했다.

인환이가 목사 안수를 받았다는 소식을 듣던 날, 이세훈과 미연을 몽유병 환자같이 따라갔듯이 그렇게 했다. 내 의지를 거부당한 상태에서 손 교수의 명령에 오직 순종했다. 용서를 받았다는 뜻으로. 그 사랑의 빚으로부터 탕감받은 뜻으로.

"이희진 목사의 전화를 받고 계속 기도를 했습니다. 우리가 이렇게 만나다니요."

지금 누가 누구에게 말하고 있는 것일까.

"주님께서 하시는 일을 우리가 어떻게 거역하겠습니까."

이건 누구의 언어이며 누구의 목소리인 것일까.

인환은 꽃 이름을 물어야 했다.

"이 꽃을 무어라고 부릅니까?"

이것이 그와 나의 언어다.

"몸에서 이 꽃들이 피어있는 것 같습니다. 당신이라는 이름의 꽃입니까?"

그의 입에서는 이런 말이 나와야 한다. '꽃 이름이 민, 경의…' 하고. 그런데 지금 내 앞에 서 있는 저 남자는 누구란 말이냐? 마로니에의 낙엽을 몸으로 받으며 서 있어야 할 남자, 그것으로 덮인 어깨의 낭만, 이마 위로는 머리카락이 시를 낭송하듯이 흘러내려 있어야 할 남자, 그 인환이 아니었다. 광화문 한복판에서 내게 빛을 안겨줬던 인환이가 아니었다. 침례탕 한복판에서 나를 물속에 담근 남자는 인환이가 아니다. 내 가슴에 꽃이 있는데 이름을 묻지도 않고 가져가지도 않는 저 남자는 인환이가 아니다. 그는 나의 사랑, 다윗과 나의 김인환이 아니었다.

나는 지금 꿈을 꾸고 있는 것이었다. 꿈속에서 다시 한번 갈대와 코스모스가 우거진 길을 걷다가 교회에 들어온 것이었다. 인환이가 내 이마에 흐르는 주홍 글씨를 닦아주었듯이, 지금은 물속에서 내게 침례식을 거행한 것이었다. 나는 빨리 꿈에서 깨어나야 했다. 하지만 나는 또 박제가 되어갔다. 꿈속에서, 인환이 앞에서 그랬듯이. 혀도, 몸도 그리고 의식까지도. 이희진 목사, 미연 그리고 인환과 저녁을 하는 자리에서도, 여인숙에서 미연과 잠을 자는 자리에서도, 그리고 다음 날 그곳을 떠날 때도 계속 그 상태로 있었다. 단 한마디의 말도 입 밖으로 새어나오지를 않았다. 나는 이들이 무슨 말을 했으며 무엇을 내게 물었는지도 기억이 없었다. 이건 꿈이다, 꿈이어야만 했다. 서울에 도착해서도 이 상태는 계속되었다. 나는 몇 날 몇 밤을 그렇게 보냈다. 긴긴 꿈을 꾸고 있음을, 빨리 꿈에서 깨어나야 함을, 나는 혼자서 몸부림을 쳤다. 그러나 갈대와 코스모스와 인환의 교회는 스튜디오 안에 있었다.

　나는 스튜디오의 유리문을 열고 밖으로 나갔다. 가을 밤하늘에 별이 총총히 빛났다. 나는 다윗의 별, 아르크투루스를 올려다보았다. 다윗에게 무슨 말을 해줄 수가 있으랴. 3년의 삶밖에 살지 못한 다윗이 무엇을 알 수가 있을까. 목사가 되어 나에게 침례식을 거행한 인환과 다윗의 관계. 손 교수도 모르고 있는 다윗의 실체. 나는 무엇을 해야 하며, 무엇을 하지 말아야 하는 것조차 알 수가 없었다. 나는 왜 여기까지 왔는지, 어떻게 왔는지 알 수가 없었다. 아르크투루스를 바라보는 나의 눈에서 뭉클뭉클 눈물이 엉기며 쏟아져내렸다. 나는 더 이상 살고 싶지가 않았다. 꿈이 아니라면 차라리 다윗에게로 가고 싶었다. 비자를 받고 침례를 받았으면 다윗에게 갈 수 있을 것이다. 나에게는 다윗에게로 가는 길만이 남아 있었다.

　나는 스튜디오 안으로 들어왔다. 생에서 마지막으로 완수해야 할 과제가 아직 한 가지가 있었다. 손 교수를 위하여 예수의 초상을 완성해야 했다. 나는 이젤 앞에 앉았다. 1년이 넘도록 끝내질 못한 그림, 주변의 하늘과 구름과 숲까지 잘 정돈되어 있었다. 정교한 바위 위에 올려진 팔과 마주잡은 손도 그곳에 있었다. 머리에서부터 샌들을 신은 발까지 예수의 모습은 그려져 있었다. 귀도 코도 입도 어깨에까지 내려온 머리와 이마, 눈, 코, 입 그리고 다듬어진 짧은 수염까지 다 있었다. 다만 그려도 그려도 눈에 담긴 의미 그리고 얼굴 전체에 떠도는 신비스러운 표정을 포착할 수가 없었다. 나는 다윗에게 가기 위하여 이 그림을 완성하기로 결심했다. 인환을 만나고도 다윗의 이야기, 사랑의 확인, 세월의 상처들에 위안을 받지 못한 나의 삶은 그 목적에 종지부가 찍혀 있었다. 나는 붓을 들어 눈과 표정을 색칠해 나갔다. 그러나 그 눈은 예수가 아닌 인환으로, 다윗으로, 손 교수로 그려졌다. 표정도 인환이었고 다윗이었고 손 교수였다. 나는 주먹으로 눈물을 뭉개며 붓을 움직였다. 인환과 다윗과 손 교수의 눈에서도 눈물이 흘렀다. 흐르며 얼굴의 표정을 적셔놓았다. 나는 그 눈물을 지우며 다시 예수의 눈을, 표정을 그렸다. 이마에서부터 보이는 표정은 귀와 일직선을 이루며 하늘을 향해 있는 턱에까지 있었다. 나의 눈에서도 그림 속의 눈에서도 계속 눈물이 흐르고, 나는 나의 것을 닦으며 그림 속의 눈물을 지우고 지웠다. 온 밤을 반복하다가 나는 붓을 든 채 그 앞에 엎드렸다. 엎드려 나의 생애 최초의 기도를 올렸다.

"예수 그리스도라는 분이여! 나는 당신이 누구인지를 모릅니다. 비자도 받고 침례도 받았습니다마는 아직도 모릅니다. 이 모든 것은 지상에서 조만간 헤어지게 될 손 교수님에 대한 사랑의 순종으로 이루어졌습니다. 하지만 절차를 끝냈으니 제 기도를 들어주세요. 나의 마지막 지상에서의 과제가 당신을 그리는 것이기에 이 자리에 있는 것입니다. 당신의 눈에 담긴, 얼굴 전체에 떠도는 의미를 내가 그려낼 수 있도록 도와주세요. 그리움으로 꽉 차 있는 듯한 얼굴의 표정, 호소하고 있는 듯한 눈의 의미는 무엇입니까. 나를 다윗에게 빨리 보내주세요. 나를 도와주세요."

날이 밝았다.

가을 햇볕이 따스하게 스튜디오를 채웠다. 나의 몸도 따스히 녹아 있었다. 나는 따스한 가슴으로 따스한 눈으로 그림을 바라보았다. 그곳에는 여전히 다윗이 보였고 인환이 보였고 손 교수도 보였다. 무엇보다 예수는 내가 사랑하는 세 사람의 모습, 인간의 모습으로 완성되어 있었다. 밖에서는 새들이 지저귀고 있었다. 그 지저귀는 소리 사이로 들리는 하나의 소리가 있었다.

"사랑이라는 이름은 아무리 아름다웠다 해도, 상대가 그 사랑으로 인해 고통을 안는다면 그것은 곧 가해자입니다."

전화벨이 울렸다.

"손 교수님, 병마의 고통에서 자유의 몸이 되셨습니다. 방금, 고요히 출발하셨습니다. 장례의 절차를, 손 교수님의 뜻대로 진행해야겠습니다. 곧 와주시기를 바랍니다."

이희진 목사가 전화선을 통해 손 교수의 임종을 알려주었다.

"김인환 목사님도 이곳으로 오고 계십니다."

나의 가슴에 조용한 파도가 일었다. 예수의 초상화에선 손지숙 교수가 미소를 짓고 있었다. 그 위로 다윗과 인환이 겹치며 확대되어 갔다. 새들이 안으로 날아들어오고 있었다. 날개의 파드닥거리는 소리는 인간 예수의 화면으로 가득 찬 스튜디오에, 오디오의 운율이 되어 메워져 갔다. '사랑이라는 이름의 미명…, 사랑이라는 이름의 미명…, 그 애절한 발라드….'

다이애나 왕세자비의 영결식은 역사 속으로 묻혀감을 녹화된 비디오 테이프는 보여주고 있었다. 다이애나의 관은 웨스트민스터 대성당을 나오고 있었다. 다이애나는 노샘프턴 알소프에 있는 스펜서가의 영지로 가고 있다고 CNN은 보도했다.

문학의 길, 진리, 생명

– 신예선 소설 다시 읽기

김종회 한국문학평론가협회 회장, 경희대 교수

1

미국 서해안의 보석 같은 도시 샌프란시스코의 창연蒼然한 풍광, 그리고 실리콘 밸리의 중심 도시 산호세의 활기찬 기운과 더불어 살아온 원로 작가. 한국에서 8만 리 길 태평양을 건너가 모국어로 글을 쓰고 모국어로 된 문학의 화원을 가꾸면서, 많은 문학인들을 길러낸 북부 캘리포니아 한인 사회의 문학적 대모代母. 곧 신예선 선생을 일컫는 말이다. 선생에 관련된 역사적이고 전설적인 일화들이 너무 많이 알려져 있지만, 여기서는 그 풍성한 이야기의 숲에 머물 겨를이 없다. 내가 만난 신예선, 내가 읽은 신예선의 소설을 논거하기에도 갈 길이 바쁜 까닭에서다.

내가 선생을 처음 만난 것은 2004년《문학사상》의 김환태평론문학상의 수상자로 결정되었다는 통보를 받은 그해 여름이었고, 장소는 산호세 선생의 '아지트'인 데니스 레스토랑에서였다. 처음 만난 선생을 모시고 차를 마시다가 한국으로부터 온 국제전화로 내 수상 소식을 들었다. 10여 년 전 그 처음이 길운이었을까. 이후로 선생이 함께한 자리에는 늘 좋은 소식이 즐비했다. 아담한 체구에 깊이 있게 반짝이는 눈을 가진 선생은, 그러나 그 생각과 활동 범주에 있어서는 호활豪活하기 이를 데 없었다. 지금까지 나는 여성 문인의 글씨 가운데 선생의 그것처럼 선이 굵고 힘이 있고 호방한 자체字體를 본 적이 없다.

2012년 선생이 루마니아에서 수상한 '세계를 빛낸 여성문화예술인상'의 수상 소감을 보면, 자신의 문학에 대해 다음과 같이 술회하고 있다.

문학을 떠나서 살아본 기억이 없는 나의 삶. 수천 수만의 밤들이 시야에 전개된다. 이 순간에 하늘의 은하수와 같이 가로등 불빛 주위에서 빛나며 나의 창 앞에서 내리던 눈, 그런 눈부신 밤이 있었다. 광풍이 창을 때리며 장대비가 내리던 서글픈 밤도 있었다. 새싹이 돋아나고 꽃이 피던 봄밤이 있었고, 타오르는 불길 같은 빛깔이 되었다가 떨어지던 낙엽과도 같은 가을밤도 있었다. 사랑이 시작되던 밤, 사랑이 끝나던 밤. 그 많던 내 인생의 밤에 문학이 있었다. 언제나 그 자리에 있었다. 한결같은 사랑으로 인내로 의리로. 문학은 언제나 함께해주었다. 이 문학이 지금, 내게 월계관을 씌워주고 있는 것이다.

이 인용문을 통해, 문학이 과연 선생에게 무엇이었으며 선생이 어떤 각오로 문학과 더불어 한 생애를 지나왔는지 짐작할 만하다. 요컨대 문학은 오늘의 선생을 있게 한 필요충분조건이었다. 그러기에 이 글의 제목을 '문학의 길, 진리, 생명'이라 붙였다. 성경에서 예수 그리스도를 뜻하는 이 숭고한 어휘들을 모셔온 것은, 선생에게 있어 문학이야말로 종교적 신앙의 심층에 버금가는 삶의 근본이라 여겼기 때문이다. 많은 사람들이 문학을 인생의 지표로 하여 살아가고 있지만 거기에 일상적인 삶의 방향성, 형이상학적 정신의 궁극, 그리고 자신의 생명에 육박하는 존재론적 가치를 모두 걸지는 못한다. 그런데 선생은 서슴없이 그 길을 선택한, 오연(傲然)한 기개의 사람이다. 그렇게 살고 그렇게 썼다.

선생의 장편소설 《에뜨랑제여 그대의 고향은》, 《외로운 사육제》, 《무반주 발라드》, 《심포니를 타는 허밍버드》 등과 단편소설 〈무도회에의 권유〉, 〈광화문 이야기〉 등 많은 작품들은 그 삶과 문필의 이력을 보여주는 증빙이다. 《에뜨랑제여 그대의 고향은》은 양인자 각본과 작사, 김희갑 작곡, 그리고 조영남 노래로 KBS 〈한국의 소설 30편〉에서 연속극으로 전파되기도 했다. 그런가 하면 그 많은 칼럼이나 여행기 등은 여기서 열거하기 어렵다. 미국과 한국 모두에 걸쳐 활발한 사회활동, 여러 이름 있는 상의 수상 또한 그렇다. 특히 미주 동포사회에 있어서의 다양다기한 성취와 그에 대한 존중은 전례를 보기 드물다. 지구마을Global village라는 어휘가 일반화된 국제화 시대에 있어서, 선생은 그야말로 국제적인 삶을 살고 또 국제적인 견식으로 작품을 썼다. 이 글은 그 성과를 문학적으로 검토하기 위한 소론小論이다.

2

이 책에서는 선생이 2006년 8월부터 2009년 7월까지 1년간에 걸쳐 《미주한국일보》에 연재한 장편 《심포니를 타는 허밍버드》와 선생의 대표작이라 일컬을 수 있는 장편 《무반주 발라드》를 함께 묶었다. 이 두 소설은 공히 '자전소설'이란 호명을 부가할 수준으로, 작가의 실제적 체험과 거기에 결부된 세계관 및 문학적 인식을 직접적으로 표출하고 있다. 시기적으로는 《무반주 발라드》가 온갖 마음의 상처를 끌어안은 채 고국을 떠나 미국에 정착하던 젊은 날의 파란만장한 삶을, 그리고 《심포니를 타는 허밍버드》가 오랜 세월을 미국에서 보낸 다음 다시 고국과의 연계를 회복한 노년의 원숙한 삶을 형상화한다.

《무반주 발라드》는, 요약하자면 참으로 가슴 아픈 사랑 이야기다. 유사한 주제로 발표되었던 단편 〈광화문 이야기〉를 확대 개작한 것으로 알려져 있다. 소설 속에 등장하는 주 인물 민경의는 작가 자신을 예표하고, 그 사랑의 상대역인 김인환이나 우상 같은 멘토 손지숙 교수를 비롯하여 여러 등장인물들은 대다수가 실제의 인물들에게서 각기의 모델을 차용해왔다. 거기에다 소설적 사건 또한 그러하니, 이는 이 작품을 자전소설이라 부를 수밖에 없는 이유다. 이와 같은 소설적 장치와 더불어 작가가 추구하고 있는 메시지의 핵심은 '슬픈 사랑의 이야기'다. 너대니얼 호손이 《주홍 글씨》에서 펼쳐 보인, 회피할 길 없는 운명적 사랑의 이야기가 여기에 있다.

그 슬프고 아픈 사랑의 한 가운데서 민경의는 어린 아들을 잃었다. 차마 '참척慘慽'이란 말로도 형용할 길 없는 동통疼痛의 실상을 견디며, 그는 인간적 숙성의 한 고비를 넘는다. 그런데 그 월경越境의 근력은 어디서 왔을까. 작중의 민경의는 화가다. 그의 멘토 손지숙 또한 화가다. 그림이 민경의의 영혼을 구원하였을까. 물론 그럴 것이다. 그러나 그로써 석연하기에는 목전의 시험이 너무 험하고 그 상흔 또한 너무 깊었다. 민경의는 마침내 신에게로 돌아간다. 이 소설에 편만해 있는 기독교 체험이나 고백의 담론은 이 소설이 문학작품으로 쓴 신앙론임을 말한다. 마치 이문열이 그의 예술론을 〈금시조〉라는 단편으로 쓴 것처럼.

이 소설은 또한, 그와 같이 작가가 소설로 쓴 예술론이기도 하다. 비록 민경의를 화가라는 예술의 다른 영역에 있는 것으로 치환해두기는 했으나, 작가는 그림을 통해 문학을 환기한다. 실제로 작품 속의 민경의는, 그리고 동반자 손지숙은 세계문학 전반에 걸쳐 폭넓은 지식을 자랑한다. 유럽의 문학 명소 곳곳을 함께 여행하며 이들이 나누는 대화는, 코스모폴리탄의 박람강기한 눈길이 아니면 쉽사리 포착할 수 없는 비평적 감식으로 채워져 있다. 견강부회하여 말하자면, 민경의는 화가의 마스크를 쓰고 있으나 결국은 문학·음악·미술·무용 등의 예술 일반론을 포괄하는 예술 이론가의 면모를 가졌다. 《무반주 발라드》는 그런 점에서 그동안 많은 분야와 계층의 독자들을 망라하는, 광범위한 수용력을 보였던 것이다.

슬프고 아픈 사랑이라고 해서 다 예술적으로 값이 있는 것은 아니다. 민경의의 사랑, 이 작가가 명념銘念했던 사랑은 계산하지 않는 사랑, 소

유하지 않는 사랑이었다. 이를테면 작가가 작품 속에서 인용한, 도스토
옙스키의 《카라마조프가의 형제들》에 제시된 '논리보다 앞서가는 사랑'
이었던 셈이다. 그러기에 기혼자를 사랑하고서 이를 운명론적 사랑이
라 규정할 수 있었을 것이 아닌가. 민경의가 김인환을 사랑한 것은 그를
만나기 전부터다. 소설의 표지 그림을 그리기 위해 작품을 읽고 먼저 그
정신세계에 매혹된다. 세상의 저잣거리에서 쉽게 만나는 사랑이 아니라
는 뜻이다.

　길고 암울한 터널 같은 생애의 한 시기를 지나며, 민경의는 마침내 스
스로의 내면을 지탱할 힘을 섭생한다. 그런데 그 변모에 개재된 사고의
변환이 있다. 자신이 피해자일 뿐 아니라 가해자이기도 하다는 인식의
변화다. 신산辛酸한 삶의 현장, 험악한 환경적 조건을 넘어온 세월도 그
러했지만, 민경의에게는 그 주변에 '아름다운' 조력자들이 있었다. 그것
은 인간에 대한 신뢰, 인간이 어울려 살아가는 세상에 대한 신뢰를 회복
하게 하는 추동력이다. 바로 그러한 자기 극복의 범례를 완성할 수 있었
다는 데서 높은 평점을 얻음으로써, 이 소설이 한껏 자전적 기록으로 빛
난다.

3

《무반주 발라드》에 대한 작품론을 진행하면서, 한 가지 언급하지 않고 아껴둔 대목이 있다. 소재적 차원에서 끊임없이 언급되는 영국 다이애나 황태자비의 장례식 광경이다. 주 인물이 방문했던 웨스트민스터 대성당의 모습으로부터 시작해서, 이 세계사적 화제의 사건이 작가의 관심을 인류 문화사의 여러 무대에 활달하게 펼쳐나가는 데 유익하게 작용하고 있다. 물론 다이애나의 비극에서 자신의 삶이 감당해온 비극성의 면모를 유추하기도 한다. 그런데 이 책의 앞부분에 수록된 장편 《심포니를 타는 허밍버드》에 이르면, 그와 닮은꼴 방식으로 월드컵 공식 축구공 '팀가이스트'가 그 자리를 대신한다.

이 독일 월드컵 공인구는 소설의 서두를 장식하며 등장하여, 월드컵에 열광하는 세계 시민들의 심리적 동계動悸와 작중인물 '나'의 세상살이 열정을 동류同類의 방향으로 이끈다. 이 공인구는 종내 소설의 중심을 관통하여 결미에 이르기까지 세상을 내다보는 작가의 시각에 편의하고 유익한 '객관적 상관물'로 기능한다. 하나의 사물이나 경물에, 더 나아가 한 사람의 인물에 마음을 열어 놓고 나면, 놀라운 집중력과 창의적 관계망을 열어나가는 이 작가의 성격적 특성을 여실히 증명하는 범례다. 그와 같은 성정性情의 소유자이기에 오늘 여기, 그리고 이 작품의 축조에까지 이르렀을 터이다.

이처럼 이미 예정된 소설 기술의 행로를 따라가면서, 이 작품은 작가가 인생 경험의 수많은 굴절을 넘어 안정되고 숙련된 자리에 안착하기까지의 과정을 드러낸다. 어린 시절 당돌하고 영민한 소녀의 모습으로 험난한 시대의 파고波高를 헤쳐 온 일, 고단하고 분주한 삶의 여정旅程에서 소중하고 깊은 인연으로 사람들을 만난 일, 그리고 '이제는 돌아와 거울 앞에 선 누님'처럼 그 모든 회환을 반추하는 일 등이 시간의 순차적 진행에 따라 파노라마처럼 펼쳐져 있다. 고려조의 시인 이조년李兆年이 지은 시조 〈다정가多情歌〉의 한 구절처럼, '다정도 병인 양하여 잠 못 드는' 날들이, 진중한 인생의 훈장처럼 작가의 마음 판에 새겨진 기록이 되었다.

소설의 표제가 된 '허밍버드'는 우리말로 '벌새'다. 새 중에서는 몸이 가장 작아 길이는 5cm이고 몸무게는 2.8g에 불과하지만, 그 모습이 너무 아름다워 '나는 보석'이라고 불린다. 긴 부리에 현란한 깃털을 가진 이 새는, 미국 캘리포니아 주의 상징, 곧 주조州鳥다. 이 소설 《심포니를 타는 허밍버드》에서는 말할 것도 없거니와, 앞서 살펴본 《무반주 발라드》에서도 허밍버드는 수시로 등장한다. 작고 아름답고 단단한 개념이나 사람을 은유할 때 작가는 이 새를 불러온다. 그것은 곧 작가가 가진 세계관의 한 단초를 보여주는 듯하다. 그에게는 누군가 명성이나 재물 등 삶의 큰 성과를 이룬 경우 이를 존중할 수 있으나 존경하지 않는 배포가 있다. 정녕 그가 소중하고 귀하게 여기는 대상은 허밍버드처럼 작고 소박하지만 그 내면의 진정성으로 인해 아름다운, 조촐하지만 품위 있는 것이다.

그렇게 이 작가에게서 마음으로부터의 고임을 받은 선배 작가가 있다. 한국문학에 하나의 에포크를 긋고 다른 세상으로 간 이병주다. 그 타계他界는 벌써 20여 년 전의 일이다. 생전의 친분도 친분이려니와, 이병주의 삶과 문학이 한가지로 거침없고 호쾌했던 연유로 여러 측면에서 이 작가의 성향과 겹쳐 보이는 대목이 있다. 아마도 널리 알려진 이병주의 이름과 소설이 그를 감동하게 하기보다, 이병주의 다감하고 섬세한 천품이 잊을 수 없는 선배 작가로 그처럼 확고한 좌표를 설정하게 했을 것이다. 근래의 그가 해마다 가을날 이병주의 향리이자 문학관이 있는 경남 하동의 '이병주국제문학제'를 찾아오는 것은, 그 존경의 염念이 구두선口頭禪에 그치지 않음을 말한다. 그와 같은 존재양식으로 이병주에 대한 회상들 또한 이 소설의 전편을 관통한다.

작가를 대신하는 소설의 등장인물은 '정혜성'이란 이름으로 불린다. 이 소설에서도 그의 곁에는 수많은 '아름다운' 사람들이 있다. 한국전쟁의 역사적 소용돌이, 그리고 부침浮沈하는 개인사의 에피소드들 가운데, 정혜성은 새롭게 만난 인연들의 내면을 책갈피처럼 들추어 보인다. '정박사'와의 10개월 결혼생활도 그 한 사례다. 이 소설에는 《무반주 발라드》와 같은 들끓는 열정은 없으나, 오히려 '미네르바의 부엉이'가 황혼에 날 듯 지난 세월을 담담하게 되짚어보이는 글의 행보가 한결 여유롭고 그만큼 미더움이 있다. 그가 살아온 삶의 심포니를 지휘하는 허밍버드의 환각을 보는 것으로 이 소설은 결미에 이른다. 좀 거칠게, 단도직입적으로 요약하면 미주판 '여자의 일생'이다.

4

이제 다시 소설 밖으로 걸어나가보자. 신예선 선생의 노년은 분주하고 화려하다. 언제나 여러 사람들과 더불어 뜻 있는 일을 도모하고, 할 수만 있다면 사람을 돕고 또 키운다. 샌프란시스코 한국문학인협회나 협회의 문학캠프, 독서모임도 그의 수고와 더불어 여기까지 왔다. 그리고 《미주한국일보》 샌프란시스코판에 22년째 계속되고 있는 〈여성의 창〉은 그의 뒷받침으로 수백 명의 사람들이 참여해오고 있다. 이제 그 글을 묶어 출간하는 계획을 추진 중에 있기도 하다. 물론 많은 처소에서 많은 업적을 남긴다고 해서 반드시 가치 있는 것은 아닐 터이다.

그러나 온 평생에 걸쳐 창의적인 아이디어로 새 길을 열고, 언제나 다른 사람을 도우며, 공동체적 가치의 실현을 위해 자신을 던져온 이의 일생을 아름답다 하지 않을 수 없다. 소설은, 그리고 문학은 그에게 있어 그 곤고한 삶의 과정을 이끌어온 예인 등대의 불빛과도 같았다. 때로는 감당해야 하는 삶의 무게가 너무 무거워서 하나님의 품으로 뛰어들기도 했다. 아픔의 세월을 오래 견딘 진주조개가 더 영롱한 진주를 품어내듯이, 말할 수 없는 아픔과 슬픔을 넘어선 그 곳에 인간으로서의, 그리고 문학으로서의 성숙이 있었다.

이 책에 실린 두 자전적 장편소설 《무반주 발라드》와 《심포니를 타는 허밍버드》는, 바로 그러한 값비싼 삶의 대가를 지불하고 수확한 문학적 소출이다. 선생의 삶과 문학은, 그러므로 한시대의 가슴 아픈 꿈이요 오래 기억해야 할 모본模本이다. 이는 어린 시절부터 문학에 뜻을 두고 오직 한 길만 달려 지금 여기에 이른 이 원로 작가에게, 우리가 함께 보내는 존경과 신뢰의 다른 이름이기도 하다. 부디 오래도록 선생의 노익장老益壯과 역부강力富强을 빌어마지 않는다.

신예선(申禮善), Yeasun Shin

저서

장편소설

《에뜨랑제여 그대의 고향은》, 재판은《절규》, 신태양사

《외로운 사육제》, 삼중당

《聖女》, 하버드

《유학생》, 월간《대학가》연재

《잃어버린 가방》,《뉴욕 한국일보》에 연재

《겨울에 열린 창》,《뉴욕 한국일보》에 연재

《노래의 날개》,《L.A. 동아일보》에 연재

《그리고 빛난 별》,《뉴욕 해외한민보》에 연재

《신예선 문학 30년 대표 선집》, 태학사

《무반주 발라드》, 태학사

《심포니를 타는 허밍버드》,《샌프란시스코 한국일보》에 연재 등

단편소설

〈개최의 인터체인지〉, 〈무도회의 권유〉, 〈광화문 이야기〉 등

칼럼

〈신예선 코너〉,《뉴욕 한국일보》

〈신예선 칼럼〉,《L.A. 태양신문》

〈금문교〉,《샌프란시스코 한국일보》

〈여성의 창〉,《샌프란시스코 한국일보》
〈문학의 향기〉,《샌프란시스코 중앙일보》

여행기

〈떠나고 떠난 날들의 일기〉,《L.A. 태양신문》,《S.F. 중앙일보》,《S.F. 동아일보》

기타

한국과 미국 내의 일간지, 주간지, 월간지에 단편소설, 수필, 시, 칼럼 등 수백여
편 발표

학력

청주여고 졸업(충남 예산 출생)
위스콘신 주립대학교 섬머스쿨 수료
케임브리지 스쿨 오브 브로드캐스팅 졸업
하버드 대학교 익스텐션 코스 수학
뉴잉글랜드 컨서버토리 오브 뮤직(미스 데이비스에게 사사)
보스턴 컨서버토리 오브 뮤직(마담 팔고에게 사사)

경력

월간《대학가》, 하버드 출판사,《뉴욕 한인회보》주간
《뉴욕 한국일보》기자
《샌프란시스코 동아일보》산호세 지국장

《코리아 포스트》동생 신해선 씨와 공동 발행인

'한미봉사회' 영어 및 문예창작 지도

'캘리포니아 국제문화대학' 출강

KTN TV 방송위원

《샌프란시스코 문학》발행위원장

'산호세 한미대학' 출강

'샌프란시스코 한국문학인협회' 창립

《샌프란시스코 한국문학》창간

'샌프란시스코 문학캠프' 창설

《샌프란시스코 한국일보》전문위원

문단 활동

한국문인협회, 한국소설가협회, 한국여성문학인회, 국제펜클럽 한국과 미국 회원

현재 '국제펜클럽 한국본부 샌프란시스코 지부' 명예회장

현재 '샌프란시스코 한국문학인협회' 명예회장

* 펜문학상, 미주동포문학상 특별상, 세계를 빛낸 문화예술인상, 이병주국제문
  학상 대상, 샌프란시스코 주최 제1회 장한여성상 수상을 위시하여 수십 개의
  감사패, 공로패 등 문화예술과 지역사회상 수상

* 국제펜대회 제36회부터 63차까지 한국(두 번), 이란, 이스라엘, 오스트리아
  (두 번), 오스트레일리아, 영국, 스웨덴, 브라질, 프랑스, 네덜란드, 캐나다, 체
  코, 멕시코, 러시아 등 17회 참석

기타 활동

'뉴잉글랜드 한국학생회' 회장 역임

'실리콘밸리 한국여성협의회' 회장 역임

'민주평화통일자문회의 샌프란시스코지역협의회' 부회장, 고문 역임

현재 '세계한국여성네트워크' 고문

현재 '북가주 언론인협회' 초대 이사장

주소

사무실

3400 El Camino Real, #7

Santa Clara, CA 95051

U.S.A.

Tel) 408-241-1791

Fax) 408-241-1886

자택

Ms. Yeasun Shin

825 Maria Lane #615

Sunnyvale, CA 94086

U.S.A

Tel) 408-773-8940

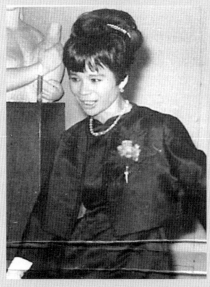